LIS HALEY
Cautivar a un Dragón

Editado por Harlequin Ibérica.
Una división de HarperCollins Ibérica, S.A.
Núñez de Balboa, 56
28001 Madrid

© 2013 María Dolores Martínez Salido
© 2014 Harlequin Ibérica, S.A.
Cautivar a un dragón, n.º 175

Todos los derechos están reservados incluidos los de reproducción, total o parcial.
Esta edición ha sido publicada con autorización de Harlequin Books S.A.
Esta es una obra de ficción. Nombres, caracteres, lugares, y situaciones son producto de la imaginación del autor o son utilizados ficticiamente, y cualquier parecido con personas, vivas o muertas, establecimientos de negocios (comerciales), hechos o situaciones son pura coincidencia.
® Harlequin, TOP NOVEL y logotipo Harlequin son marcas registradas por Harlequin Enterprises Limited.
® y ™ son marcas registradas por Harlequin Enterprises Limited y sus filiales, utilizadas con licencia. Las marcas que lleven ® están registradas en la Oficina Española de Patentes y Marcas y en otros países.
Imagen de cubierta utilizada con permiso de Harlequin Enterprises Limited. Todos los derechos están reservados.

I.S.B.N.: 978-84-687-4166-6

A mi querida sobrina, Rocío: una pequeña diosa que siempre ve el lado bueno de las cosas.

Capítulo 1

Inglaterra, agosto de 1859

Norah Devlin mordía una pequeña brizna de hierba al tiempo que canturreaba un breve fragmento de la pieza que había oído meses antes, durante el transcurso del baile que habían organizado los Devlin con motivo de la puesta de largo de Monique: su querida y añorada hermana menor.

A pesar del tiempo transcurrido, aún sonaba en su cabeza aquella imperecedera melodía, de dúctiles compases y monótonas pautas, impecablemente ejecutada por la orquesta. Cerró los ojos, imaginándose allí: en el magnífico salón de baile, iluminado por decenas de grandes arañas de cristal.

Una ligera brisa agitó sus cabellos, devolviéndola a la realidad. A aquel nuevo entorno, desabrigado y feroz, donde todo el mundo empleaba su tiempo en sobrevivir. Ya no había personas prestas a ofrecerle lo que deseara, ni menús de platos deliciosos, ni flores frescas sobre la mesilla de su dormitorio, recordó Norah, suspirando profundamente mientras extraía una de las inmaculadas sábanas de algodón del tosco cesto de mimbre que descansaba a sus pies.

Acercó un poco la nariz para aspirar el aroma a limpio que despedía el tejido aún mojado y sonrió para sus adentros.

Aquello era una victoria. Una que la llenaba de orgullo, ya que para ella significaba mucho más que una simple pieza de la colada. Una vez más se dijo que debía darle las gracias a Georgina, la joven doncella, por la ayuda que le había prestado al abandonar por un rato sus obligaciones para enseñarle una cosa tan simple como aquella. Sin su ayuda no habría sabido cómo demonios enjugar la colada en el caudaloso río que atravesaba aquella propiedad, sin terminar al mismo tiempo empapada hasta los huesos.

Norah no pudo evitar sonreír al recordar la cara que había puesto la joven muchacha al descubrir el desconocimiento que ella poseía respecto a aquella tarea. Un trabajo que, según parecía, toda joven de su clase debía conocer y dominar a la perfección. La pobre Georgina se había ruborizado tanto que las pequeñas pecas que poblaban su redondo rostro parecieron encenderse aún con más fuerza, provocando que su piel se tornara de un tono ferozmente anaranjado.

Por un instante, Norah se preguntó cómo reaccionaría la muchacha si llegara a enterarse de su secreto. Desde luego, era mejor no pensarlo. Si la susceptible doncella lo descubriera, con toda seguridad le daría un síncope.

Asió una pequeña pinza de madera, suspiró y estiró su estilizado cuerpo tanto como le fue posible.

Aunque ella, con su metro setenta y cinco, no podía considerarse una joven pequeña, se vio obligada a hacer un gran esfuerzo, que incluyó incluso ponerse de puntillas para alcanzar el cordel y atrapar la suave tela con las pinzas de madera.

«¿Cómo diantres se las apañará Georgina?», se preguntó. Irguió la espalda y alzó su rostro al cielo, secando con el dorso de su mano las imperceptibles gotas de sudor que comenzaban a poblar su frente. Consciente de la aspereza de su piel, extendió los dedos ante sus ojos para poder contemplarlos. Cuando lo hizo, dejó caer los hombros y exhaló un fuerte suspiro. Nunca antes había tenido las manos tan secas y castigadas. Norah frunció el delicado ceño. Si no hubiera visto aquellas manos, blancas y tersas, hubiera jurado que aquello era totalmente imposible. Sin embargo, no podía perder el tiempo en lamentarse; eso, además de no servirle para nada, la ponía de muy mal humor. Tratando de no darle más vueltas al asunto se prometió a sí misma no demorar más tiempo la preparación de alguno de los numerosos ungüentos que tía Mariel le había enseñado a elaborar durante una de sus esporádicas visitas a Virginia. Aquella misma noche prepararía uno de aquellos maravillosos bálsamos y se lo aplicaría con cuidado hasta que la ajada piel de sus manos recuperara por completo el aspecto níveo y saludable que meses antes poseía.

Cautivar a un dragón

—Deberías ponerte la cofia —dijo a su espalda una voz angustiosamente familiar.

Norah dio un respingo. El corazón pareció treparle hasta la garganta, impidiéndole respirar por un momento. Se dio la vuelta y notó cómo de repente la boca se le secaba al topar con Cesar Crandall, el ayuda de cámara del marqués y, a la suma, también su mano derecha. En el momento que clavó los ojos en ese hombre, tuvo que reprimir el imperioso deseo de girar sobre sus talones y marcharse de allí rápidamente. Sobre todo al darse cuenta de cómo la miraba. La misma mirada que había advertido, repetidamente, los tres últimos meses: como una hiena a punto de lanzarse a la yugular de un infortunado animal herido, recordó Norah, sintiendo al mismo tiempo un desagradable estremecimiento.

Aquella descarada inspección la exasperaba como a un ratón atrapado en una de las ratoneras que la señora Hayes colocaba en los rincones más insospechados de Greenhouse.

—Sí, señor —respondió por fin, extrayendo a su vez la brizna de césped de su boca y arrojándola rápidamente a un lado—. Esta mañana hacía muchísimo calor, señor Crandall. Así que decidí quitármela mientras enjuagaba la colada. Desgraciadamente, tuve mala suerte y cayó al río. Ya se imaginará el resto: la corriente la arrastró lejos —explicó, tratando de no andarse por las ramas.

Crandall la observó en silencio. Sus ojos reflejaban un chocante brillo. Un brillo sobre el que ella no deseaba verse obligada a pensar.

Norah se repitió una y otra vez que debía mantener la

calma. Dada la delicada situación en la que se encontraba, no podía permitirse el lujo de provocar un enfrentamiento con ese hombre, o con ninguna otra persona en aquella casa.

De pronto, él extendió una mano y atrapó uno de los brillantes bucles de ella entre sus dedos. Por instinto, Norah trató de retroceder un paso, notando a su vez cómo el color de sus mejillas se evaporaba y la sangre las abandonaba con celeridad.

Con los pies clavados en el sitio, contuvo un instante la respiración en el interior de sus pulmones, abriendo sus grandes y expresivos ojos verdes al mismo tiempo. Aquellas dos brillantes esmeraldas, sitiadas por unas oscuras y densas pestañas, se clavaron sobre la áspera mano que sostenía sus cabellos, sin dar crédito a lo que ocurría.

¿Qué demonios pretendía aquel hombre?, se preguntó mientras carraspeaba tratando de que el nudo que se había adueñado de su garganta se esfumara. Sin embargo, lo único que consiguió fue que aquella asfixiante sensación se acrecentara, sumándole, además, un fuerte y desagradable escalofrío que invadió su cuerpo con la rapidez de un relámpago. Aquella brusca sacudida logró hacerla palidecer como a un cadáver.

—Tu cabello es como el mismísimo fuego —murmuró él con voz ronca, como si acabase de hacer un asombroso descubrimiento.

Una sensación de alarma recorrió su columna vertebral y las rodillas comenzaron a temblarle. Sin embargo, trató de no ceder ante el temor que aquel hombre le causaba. Ni por un momento debía permitirse parecer desvalida o indefensa. No cuando su honor e integridad estaban en juego. Lo miró con frialdad y trató de que su voz no vacilara.

—Adquiriré una cofia en cuanto acuda a la ciudad, señor Crandall —aseguró ella, agarrando y retirando el mechón de entre los dedos del hombre.

La brillante hebra de cabello se deslizó sin que él tratase de retenerlo, lo que le provocó a ella un inmenso alivio. Al menos, no tendría que pugnar para que lo soltara.

Norah aceleró sus movimientos, se dio media vuelta y retomó nuevamente su trabajo, fingiendo ignorar la presencia de Crandall con la esperanza de que él se marchara.

Aquella situación comenzaba a serle insostenible. Desde el mismo día que había entrado a trabajar en la casa del marqués de Devonshire, no hacía más de tres meses, se había visto acosada por aquel aborrecible hombre; perseguida a hurtadillas por los pasillos y observada cuando creía estar a solas. Como si el espiarla de aquella clandestina manera le provocara a aquel degenerado un oculto placer, pensó Norah al tiempo que volvía a sumar otra pinza a la larga fila que adornaba el cordel. Cuando lo hizo, no pudo evitar posar nuevamente la mirada sobre sus ásperas manos.

Él, aún de pie junto a ella, pareció intuir sus pensamientos.

—Sabes perfectamente que solo tendrías que solicitármelo, y no volverías a realizar más este tipo de trabajos. —Norah sintió como su nauseabundo aliento le rozaba el rostro—. Yo, particularmente, opino que no son dignos de una joven tan bella y delicada como tú —susurró él, acercándose más de lo que a ella le hubiera gustado.

«¡Maldito bastardo!», pensó Norah apretando los dientes con fuerza. Ese sinvergüenza tenía suerte de que en esos momentos ella no tuviera en sus manos la paleta de golpear la colada. ¡Le hubiera enseñado lo bella y delicada que era!

—No sé a qué se refiere, señor Crandall. —Se apartó un paso del hombre—. Este trabajo es tan digno como cualquier otro —le espetó, reprendiéndose a sí misma por haber permitido que asomara un leve temblor en su voz.

¡Maldición! No tenía ni idea de cómo manejar aquella situación. Odiaba sentirse tan enojada. Nunca se había visto en circunstancias semejantes hasta ese momento y jamás había temido a nada ni a nadie. Sin embargo, tenía que reconocer, muy a su pesar, que Cesar Crandall habría asustado al mismísimo diablo de habérselo propuesto.

Reprimió un hondo gemido en su garganta y, temerosa de enfrentarse nuevamente a aquel sujeto inmoral y licencioso, extrajo otra pinza del bolsillo de su viejo delantal gris, dispuesta a añadirla al resto.

Sin otorgarle apenas tiempo para reaccionar, Crandall movió rápidamente un brazo y capturó su muñeca con los dedos.

Norah sintió que la sangre se le helaba y giró súbitamente el rostro para mirarlo con los ojos desorbitados por la sorpresa. Nadie antes había osado tocarla, mucho

Cautivar a un dragón

menos de aquella forma posesiva y autoritaria. Respiró aceleradamente, al advertir como una lasciva sonrisa se plasmaba en el rostro del hombre. Sintió náuseas y furia al mismo tiempo. Con los dientes apretados, trató de tirar de la articulación, pero los dedos de él se cerraron con más fuerza en torno a su muñeca, hasta el punto que creyó que le cercenarían la circulación.

A punto estaba de abandonar las formas y propinarle un buen empujón cuando advirtió el malicioso brillo que iluminó los ojos del hombre; una mirada que le erizó el cabello tras la nuca. Hubo una extraña pausa en la que el silencio flotó sobre sus cabezas, tirante e incómodo.

Norah trató en vano de tirar de su muñeca, pero él no aminoró la presión de sus dedos. Tras un instante que pareció eterno, Crandall movió la mano que tenía libre para obligarla a abrir el puño cerrado, con sus rudos y zafios dedos. Ella, negándose a tal atropello, apretó más la pinza en su puño, a pesar de que sabía que no serviría de nada. Él acabaría abriéndole los dedos y robándole el objeto de madera que apretaba en su interior.

Cuando finalmente lo consiguió, Crandall rozó deliberadamente el interior de la palma de su mano, tocándola durante más tiempo del que cualquiera hubiera presumido necesario.

Norah retiró la mano violentamente sin poder ocultar el desagrado en sus facciones.

—¡Sabes perfectamente a lo que me refiero! —rezongó él, furioso, antes de arrojar la pinza al suelo—. Conmigo no importa que te hagas la maldita puritana. Puedes guardarte esa estúpida actitud para cuando vayas a oír el sermón del vicario.

—¡Se equivoca...! —replicó ella, casi sin aliento—. ¡No sé de qué me está hablando! —repitió con nerviosismo, tratando de aparentar no comprender lo que él le estaba proponiendo de manera tan poco sutil.

—Di lo que te plazca, muchacha —Crandall se aproximó un poco más a ella antes de continuar diciendo—: Pero recuerda que cuando el amo no está aquí, soy yo el único que gobierna esta casa. Por si aún no te ha quedado claro, en Greenhouse se hace mi voluntad. ¡Piénsalo! Lo que te propongo no es tan descabellado, ¿sabes? Puede que incluso te beneficiara...

Ella lo miró pasmada, abriendo la boca sin que de su garganta pudiera surgir ningún sonido. Fue cuestión de un segundo: su mente se nubló, perdiendo la facultad de razonar, y su mano se movió como si adquiriese vida propia, restallando un instante después contra el rostro de Crandall.

—¡Cómo se atreve! —estalló Norah al tiempo que frotaba con nerviosismo su mano, tratando de que aquel desagradable hormigueo se esfumara.

La expresión de Crandall era terriblemente gélida. Sus ojos la fulminaban mientras comprimía con fuerza la mandíbula en un claro intento por contener su cólera.

—¡Deberías aprender modales! —bramó Crandall.

Abriendo los ojos como platos, Norah no pudo evitar que de su garganta emergiera una armoniosa carcajada. Si de algo ella estaba al corriente era de modales, conductas y, sobre todo, de las muchas y muy buenas normas de decoro que parecía desconocer por completo Cesar Crandall. Aunque, por supuesto, no estaba dispuesta a comentar aquello con ningún oriundo del lugar, mucho menos con el que se encontraba en aquellos momentos ante ella.

—¿Te parece gracioso? —rugió él, atrapándola nuevamente por la muñeca para zarandearla a continuación.

—No, señor. No me parece en absoluto gracioso... —dijo ella achicando los ojos—. De hecho, tengo la convicción de que el asunto es de lo más grave —concluyó, sacudiendo su brazo enérgicamente hasta que consiguió deshacerse de la mano que lo apresaba.

Seguidamente se alejó unos pasos que le permitieron recuperar el valor y la habitual cautela de la que hacía gala cuando se encontraba cerca de ese detestable hombre.

Crandall estaba acostumbrado a que en aquella casa sus deseos fueran acatados sin rechistar por todos y cada uno de sus empleados. Cuando el marqués de Devonshire se encontraba ausente, hacía y deshacía a su antojo. Por tanto, el hecho de no lograr sus propósitos lo enfurecía de manera inimaginable.

—¡Deberías dejar de creer que puedes aspirar a más! —estalló él. Extendió una mano y tiró del extremo de la sábana limpia, arrojándola al suelo.

Norah se quedó inmóvil, contemplando como el lienzo comenzaba a mancharse de polvo y arena.

Él sonrió al advertir su conmoción.

—Aunque tengas el aspecto de una dama, solo eres una simple doncella. Te vendría bien recordarlo si no deseas verte obligada a buscar otra casa en la que ofrecer tus servicios que, dicho sea de paso, dejan muchísimo que desear.

Ella apretó los dientes, luchando por contener las lágrimas de impotencia que amenazaban con escapar de sus ojos. Se inclinó y recogió el tejido de algodón.

—Hago lo que puedo... —murmuró, estrechando la tela contra su vientre.

—¡Y por eso estás aún aquí! —exclamó él—. Por eso y porque cuentas con el apoyo de tu antigua patrona, esa tal lady Patterson. —Ella alzó el rostro y abrió los ojos, sorprendida de que ese hombre mencionara el noble apellido de su querida tía. Crandall le obsequió una sórdida y mezquina sonrisa al deducir que su estocada había acertado a clavarse en algún sensible recodo de su interior. La miró de arriba abajo y añadió—: Sinceramente, no entiendo cuáles fueron las razones que la llevaron a recomendarte directamente a lord Greenwood.

Lo oyó resoplar con desdén. Norah sintió ganas de gritarle. De decirle quién era realmente ella y expresarle la pobre opinión que poseía de él. Sin embargo, contuvo aquella retahíla de pensamientos y se limitó a decir:

—¡Oh! Créame si le digo que yo también lo ignoro, señor Crandall —replicó la muchacha, sintiendo cómo las palabras brotaban solas de su boca de forma segura y clara. Su espíritu, vigorizado ante aquella tácita beligerancia, hizo que sus ojos refulgieran como dos esmeraldas recién talladas. Sin querer ni poder evitarlo, la inofensiva apariencia que solía anidar en sus facciones fue sustituida por el arrojo del desafío.

Cautivar a un dragón

Él la acuchilló con la mirada y su rostro enrojeció por la cólera. Su expresión se endureció. Luego, giró sobre sus talones reteniendo a duras penas un juramento en el interior de su boca y comenzó a caminar con paso firme hacia la casa, abandonando por fin el lugar.

Norah permaneció inmóvil en el mismo sitio con los ojos clavados en su espalda. De algún modo necesitaba asegurarse de que se marchaba, de que no se ocultaba tras la ropa tendida para acecharla como solía hacerlo por los corredores y recovecos de la mansión. Tragó saliva al distinguir como él giraba el rostro sin detener sus pasos para lanzarle una dura y fría mirada de advertencia. Cuando Crandall pareció centrarse nuevamente en el serpenteante sendero de tierra que llevaba hasta el portón principal de Greenhouse, la joven cerró los párpados y se sintió relativamente aliviada, notando a la vez cómo el peso de su cuerpo se aflojaba. Cuando Norah volvió a abrir los ojos, él ya había desaparecido de vista.

Por fin a solas, extendió el brazo y apoyó el peso de su cuerpo sobre uno de los postes que sostenían la colada, respirando al mismo tiempo con dificultad. Por un momento había temido que las piernas le fallarían, que las rodillas se doblarían y que caería al suelo ante aquella alimaña ruin e inmoral. Bajó los párpados y agradeció secretamente al cielo que aquello no hubiese sucedido. Después, dejó escapar un hondo suspiro de alivio e introdujo la sábana nuevamente en el cesto.

—Solo un par de meses más… —se dijo en voz baja antes de asir la canasta y encaminarse de nuevo hacia el caudaloso río.

LIS HALEY

La suave bruma del amanecer, que había reinado cuando la doncella y ella habían enjuagado la colada por primera vez, ya se había disipado por completo, dando paso a los resplandecientes rayos del sol que la forzaban a entornar los ojos, mientras una cruel quemazón le aguijoneaba sin piedad el rostro. Norah rebasó los verdes pastos donde un par de vacas pacían libremente y enfiló el pintoresco camino que con sus sinuosas curvas parecía jugar a confundir al viajante.

Mientras caminaba no pudo evitar que a su mente acudieran las palabras que Cesar Crandall había expresado respecto a su tía. Aunque le hubiera gustado hacerlo, no había mentido al responder a la cuestión, ya que era cierto que tampoco alcanzaba a comprender por qué tía Mariel se había decidido a recomendarla en una casa de la que su propietario, el marqués de Devonshire, gozaba de una más que dudosa reputación de libertino y mujeriego. Una escabrosa popularidad de la que incluso ella, en su lejana Norteamérica, había oído hablar en alguna que otra ocasión. Aún recordaba una de aquellas conversaciones: lord Dragón lo había llamado el señor Stuart, un notable banquero que solía frecuentar los bailes y cenas que su familia, los Devlin, ofrecían con bastante asiduidad.

Según el gordo y charlatán señor Stuart, además de por su mala reputación, el marqués de Devonshire era de sobra conocido por su carácter duro e indiferente. Muchas jóvenes damas, alentadas por sus familias, habían tratado de «echarle el lazo». Pero él, lejos de resignarse a ser el objeto de las atenciones de una dama, se había mostrado del todo reacio a la exaltación del romanticismo y al matrimonio. Sobre todo, a este último, pensó Norah, repasando mentalmente lo poco que había oído sobre aquel caballero.

Todavía recordaba el relato de cómo una joven señorita había tratado de engatusarle con una hábil artimaña, encerrándose junto a él en su alcoba. Cuando ambos fueron sorprendidos, ella había dado por sentado que su familia lo obligaría a desposarse. Pero dado que aquella alcoba era la que ocupaba el propio lord Greenwood, y este había admitido en incontables ocasiones ser un consumado libertino, tan solo consiguió que su virtud y el honor de su familia se viesen altamente comprometidos. Evelyn Moore, como según parecía se llamaba la joven, contrajo rápidamente, y de manera algo sospechosa, matrimonio con el pobre y decrépito señor Wallace, acallando definitivamente los rumores de su supuesta falta de decoro.

Norah clavó los pies bruscamente en el suelo y se detuvo al advertir que sus erráticos pensamientos la habían desorientado de tal modo que la habían llevado hasta una zona del río que jamás había visitado antes. Echó un rápido vistazo a su alrededor, percatándose de que hacía ya un buen rato que había rebasado el lugar donde ella y Georgina habían hecho la colada. Si bien, tras contemplar con detenimiento las grandes copas de los viejos árboles, tupidas y acogedoras, decidió que aquel lugar era tan bueno como el primero e incluso considerablemente más bello. Una sonrisa se perfiló en sus labios.

Se aproximó a la orilla, se inclinó sobre una roca que

yacía medio sumergida en el agua y clavó ambas rodillas en el suelo, disponiéndose a comenzar su trabajo. Aquello no estaba tan mal, pensó mientras depositaba el cesto a su lado. Le agradaba sentir el vigorizante olor de la hierba mojada y el sonido que producía la corriente al chocar contra las rocas que sobresalían a los lados del río. Daba una sensación de paz que se mezclaba fácilmente con una agradable impresión de libertad.

—Libertad... —susurró con un suspiro al tiempo que extendía la mano y extraía del cesto un pequeño pedazo de jabón.

Parecía un sentimiento tan lejano para una mujer... No importaba en qué país se encontrase, la libertad tenía siempre un precio demasiado alto. Sumergió la pieza de tela en el agua y la restregó enérgicamente hasta que logró que todo rastro de mancha o suciedad desapareciese.

Absorta en sus pensamientos, dio un respingo cuando advirtió un ligero chasquido a sus espaldas. Giró apresuradamente el rostro por encima del hombro y contuvo la respiración dejando que sus ojos escudriñaran nerviosos el lugar. Norah pestañeó al ver a un pequeño pájaro picoteando en el interior de un viejo tronco caído en el suelo, cubierto por un vetusto musgo. Soltó el aire que había retenido en sus pulmones y suspiró aliviada.

—¡Menuda tonta! —se reprendió. Se estiró y trató de desentumecer los músculos de la espalda.

Debería relajarse. Seguramente, en esos momentos el sinvergüenza de Cesar Crandall estaría espantosamente enredado con los muchos preparativos que originaba el inminente regreso del marqués al hogar. Este no tardaría

Cautivar a un dragón

más de dos días en retornar, y aquello seguramente lo mantendría alejado de ella. Al menos por el momento, pensó aliviada.

—¡Maldición! —juró en voz alta al notar como el lienzo se escapaba de entre sus magullados dedos. Alargó rápidamente su brazo para tratar de recuperarlo, pero tan solo fue capaz de atrapar un transitorio puñado de agua.

Exasperada, contempló como el trozo de tela se alejaba flotando libremente al son que le confería la corriente, hasta que la fortuna lo hizo topar con la enrevesada rama de uno de los incontables y destartalados árboles que crecían en la orilla del río, quedando enmarañado a ella.

Se incorporó y dio un fuerte y furioso puntapié en el suelo, resoplando al mismo tiempo.

Maldita fuera. No estaba el horno para bollos. Presentarse en la mansión y explicarle a Crandall por qué había un lienzo de menos no estaba entre sus deseos más inmediatos. Echó un rápido vistazo alrededor para cerciorarse de que ningunos ojos indiscretos pudieran observarla y con un suspiro de resignación se apresuró a deshacerse del delantal, el vestido y las medias, arrojándolos a un lado sin más protocolo.

A los pocos segundos su cuerpo se cubría tan solo por una fina y amplia camisola de algodón, junto a sus maravillosos calzones ribeteados de fina puntilla francesa: una de las pocas prendas de las que se había negado a separarse. Se sintió repentinamente turbada. Nunca antes se había despojado de la ropa en un lugar público como aquel. Sin embargo, trató de animarse diciéndose que el mundo no iba a desaparecer porque a ella se le hubiese ocurrido tal cosa.

Cuando sus pies tocaron el agua, contuvo durante un segundo la respiración. El contraste frío que desafiaba al calor de su piel le produjo un fugaz escalofrío. A pesar de todo, se obligó a mover los pies, uno tras otro, introduciéndose lentamente en el agua mientras rogaba en silencio para que aquel río tuviese la escasa profundidad que parecía poseer. Agradeció que la corriente no fuera demasiado animosa aquel día, sobre todo, cuando por fin alcanzó su objetivo sin que existiera el menor peligro de ser arrastrada por las aguas. En cuanto lo logró, tiró fuertemente de la sábana liberándola de la rama e hizo flotar su cuerpo al tiempo que giraba sobre sí misma, tratando de volver a la orilla lo más rápidamente posible. Algo que le fue tremendamente difícil, ya que el agua casi había alcanzado la altura de sus senos y la empapada camisola se le enredaba en el cuerpo impidiéndole caminar con soltura. Cuando estuvo finalmente a salvo, retorció el tejido que había rescatado y lo dejó caer en el interior del cesto antes de echar un rápido vistazo a sus ropas húmedas.

Notó cómo el calor trepaba a sus mejillas cuando comprobó que las aureolas rosadas de sus pechos se dibujaban a la perfección bajo la fina tela de su camisola.

¡Justo lo que necesitaba!, pensó soltando un suspiro, alentar más al «señor carezco de moral». ¡Maldición! ¿Cómo demonios iba a presentarse en Greenhouse así?

Nerviosa, comenzó a retorcer su ropa interior. Aunque al poco tiempo tuvo que darse por vencida. Si vestía

Cautivar a un dragón

sus ropas secas sobre la camisola y los calzones mojados, tardarían solo un par de minutos en estar todos igual de empapados. Se dejó caer en el suelo, respirando profundamente y aspirando el aroma vigorizante de la madera húmeda. Miró al pájaro que continuaba picoteando el tronco.

—¡Muy bonito! Tú continúa con lo tuyo mientras yo cojo una pulmonía.

El mal humor de Norah se disipó rápidamente. ¡Hablarle a un pájaro! ¡Menuda estupidez! Alzó los brazos sobre su cabeza y se tumbó en la hierba con la esperanza de que el sol secara rápidamente sus prendas. Entrelazó los dedos tras la nuca, cerró los ojos y sonrió. En la mansión Greenhouse estarían tan ocupados que dudaba mucho que reparan en su ausencia.

Capítulo 2

Lord Greenwood, marqués de Devonshire, galopaba sobre su montura dejando que la suave y cálida brisa estival le golpeara dócilmente el rostro, agitando a su vez su larga y brillante cabellera negra.

Aunque en un principio había previsto su regreso a Greenhouse para el viernes, el poco afortunado encuentro que había mantenido con su dulce y afable prometida, Ivette Beaumont, en París, había precipitado su regreso.

Marcus contrajo la mandíbula al recordar cómo había sorprendido a la joven en el invernadero que poseía la hermosa villa de los Beaumont en una situación un tanto comprometida junto a Jean-Luc, el joven y lozano jardinero contratado por la familia tan solo unas pocas semanas antes.

Cuando se vio descubierta, ella había estallado en sollozos y balbuceos, culpando de su inapropiado comportamiento al pobre muchacho, el cual se limitó a mirarla

Cautivar a un dragón

con los ojos abiertos como platos por la sorpresa que le produjo oír a la bella y virginal Ivette alegar haber sido presa de algún tipo de encantamiento mágico y poderoso, empleado por él.

Por supuesto, Marcus había roto el compromiso de inmediato.

—Pero, señor... —le había implorado Pierre Beaumont, padre de la muchacha, al tiempo que trataba de seguir los rápidos pasos del marqués.

Este se había detenido un momento en el vestíbulo para asir el sombrero y los guantes que le ofrecía un lacayo mientras oía cómo lady Carlota Beaumont lloraba desconsolada en lo alto de las escaleras que conducía a las habitaciones principales.

—Decidme al menos el porqué de la ruptura de vuestro compromiso con mi querida hija Ivette. —El hombre respiraba agitadamente tras el esfuerzo realizado al tratar de alcanzar a Marcus—. Mi pobre niña está tan desolada...

El marqués le lanzó al hombre una mirada despectivamente fría al tiempo que enarcaba una de sus cejas y se colocaba el sombrero. Tras golpear este último con una de sus manos, acoplándolo mejor a su cabeza, le dijo:

—Creo que vuestra hija encontrará la manera de curar su desolación en el bello arte de la floricultura... ¡preguntadle a ella si dudáis de mi palabra! —había respondido Marcus, señalando a la temblorosa joven que acababa de traspasar el umbral de la puerta. Después giró sobre sus talones y se marchó sin cruzar una palabra más.

En aquellos momentos, al recordarlo, se sintió presa de la ira. ¿Cómo diablos había podido ser tan estúpido?, se preguntó sacudiendo la cabeza a ambos lados. No comprendía qué le había empujado a pedir la mano de aquella joven insulsa y necia. Él era suficientemente rico para poder elegir una dama apropiada de entre la flor y nata de la aristocracia inglesa. Y aunque por desgracia también era sobradamente conocido por sus miembros, poseía suficiente dinero como para comprar el afecto de aquella que a él se le antojara.

¡Al diablo con la joven señorita Beaumont!, se dijo endureciendo aún más la mandíbula. ¡Y al diablo con las mujeres! Él estaba muy bien como estaba: rico, soltero y, según decían las malas lenguas, disoluto.

Los profundos jadeos del caballo llamaron su atención. El animal estaba tan exhausto que empezó a temer que de no refrescarlo pronto caería fulminado antes de que alcanzaran los vetustos muros que envolvían Greenhouse.

Ni siquiera tuvo que estimular al caballo para que se dirigiera hacia el río que atravesaba su propiedad. En cuanto el animal notó la cercanía del agua, se desvió de su camino y se detuvo en la orilla.

Marcus descabalgó y examinó al animal durante unos segundos antes de desviar la mirada y achicar los ojos debido a los cegadores destellos que el sol arrancaba a las aguas.

El caballo, nervioso, relinchó.

—Calma, campeón —le susurró cerca de la oreja.

Sujetó las riendas a un enorme tronco caído y le dio

Cautivar a un dragón

una ligera palmada en el lomo, tratando de tranquilizarlo.

Algo le ocurría al animal, dedujo echando un vistazo a su alrededor.

En cuanto advirtió la causa de su nerviosismo contuvo la respiración.

—¿Qué demonios...? —masculló en voz baja, contemplando el cuerpo de una joven que yacía inerte sobre la hierba.

Debía de encontrarse más agotado de lo que creía para no haber reparado antes en ella, sobre todo después de comprobar que únicamente vestía una fina camisola de algodón y unos calzones.

Era imposible adivinar qué hacía allí. Escudriñó a su alrededor. No había carretas, ni caballos. Ni tan siquiera un esposo que salvaguardara su honra. Aunque pensándolo bien, nada de eso habría explicado por qué esa mujer estaba en su propiedad.

De pronto se inquietó. ¿Qué podría haberle ocurrido? En fin, aquellos caminos solo conducían a sus campos y a su propia casa, por tanto, rara vez eran visitados por caminantes, mucho menos por algún asaltante.

Marcus se aproximó a ella y respiró aliviado al comprobar que la mujer se hallaba profundamente dormida.

Con la intensidad de un halcón, contempló el rostro de la muchacha, suavemente ovalado.

Desde luego, era una joven bonita. No demasiado voluptuosa, de acuerdo, pero sí que tenía un cierto aire seductor que costaba definir.

Tras vacilar un segundo, trastrabilló y se dejó caer sentado junto a ella, inspeccionándola a continuación con detenimiento.

Aquella exquisita ropa interior solo podía pertenecer a una dama, y no a una campesina, como había conjeturado en un principio. Sus labios se curvaron en una sonrisa al contemplar la densa y larga cabellera que se desparramaba sobre el suelo en grandes bucles. A Marcus le sorprendió el chocante contraste que la superficie del pasto ejercía sobre aquel intenso granate. Era como contemplar un jardín en llamas. Si bien, todo aquel color armonizaba de una extraña manera con su tez pálida y cremosa.

Marcus continuó deslizando la mirada hasta que topó con la suave curva de sus senos, que subían y bajaban armoniosamente con cada respiración.

Sabía que lo que hacía no estaba bien, pero ¿cuántas ocasiones tendría de disfrutar de un placer como aquel? Esa criatura era sublime… ¡Perfecta! Y no de una manera convencional. Para empezar, sus labios eran demasiado grandes, llenos y rojos para que se juzgaran perfectos. Y, sin embargo, había algo en aquella discordancia que lo dejaba sin aliento.

Repentinamente se sorprendió a sí mismo preguntándose cómo sería besarlos. Devorarlos, sentir la humedad de esa selecta y prohibida exquisitez. Imaginar aquella boca pegada a la suya lo excitó de una manera inimaginable. Su respiración se aceleró y el calor se precipitó a lo largo de su vientre.

El marqués inspiró profundamente, maldiciéndose a sí

mismo por el escaso control que parecía ejercer sobre la respuesta de su anatomía masculina. Sobre todo, después de lo sucedido en París con Ivette.

Tras debatirse un rato entre despertarla o continuar disfrutando de la sensual imagen que aquel inesperado encuentro le ofrecía, decidió que lo primero era lo más sensato. En fin, no convenía dejarla allí, en aquellas circunstancias, a merced de cualquiera que fuera aún menos respetable que él mismo.

—Señorita —susurró.

Ella separó lentamente los párpados y por un momento él no pudo evitar preguntarse si ciertamente no sería un hada pobladora de aquellos bosques al percatarse del color esmeralda que se ocultaba tras sus espesas pestañas.

Norah abrió los ojos de golpe y los clavó en aquellas dos gemas profundamente azules.

—¡Buen Dios! —exclamó, poniéndose de pie de un solo salto.

—¡No! —Él alzó ambas manos, tratando de calmarla—. No tema. Solo quiero saber quién es.

—¿Qué?

Lo miró desconcertada antes de clavar sus ojos en el brillante aro de oro que pendía del lóbulo de su oreja izquierda.

Por un instante a él le pareció que la muchacha tenía la intención de decir algo, pero en vez de eso, dio un brinco y salió corriendo. Él se levantó tratando de detenerla, pero la joven sorteó su poderoso cuerpo hábilmente.

LIS HALEY

Norah se adentraba cada vez más en el bosque, que se hacía más tupido y oscuro por momentos. Tenía que hacer verdaderos esfuerzos para no extraviarse, tratando de memorizar cada árbol y cada piedra con la que se cruzaba, mientras sentía cómo las pequeñas ramitas que descansaban esparcidas por el suelo se quebraban bajo sus pies descalzos. Su corazón parecía querer escapársele del pecho. El aire agitaba sus cabellos rojos cuando, de pronto, algo se clavó bajo la planta de uno de sus pies. Abrió los labios y un quejido brotó de su boca al notar la intensa punzada de dolor.

¡Maldición! Aquel no era el mejor momento para detenerse, se dijo, tratando de continuar.

Norah apretó los dientes al sentir un nuevo aguijonazo de dolor. Algo que se repitió cada vez que intentaba posar el pie en el suelo.

¡Por todos los cielos! Le gustase o no la idea, no tenía más remedio que detenerse.

—¡Maldita sea! —masculló entre dientes. Inclinó la cabeza y echó un rápido vistazo a la planta del pie.

Se apartó la larga melena del rostro y, apoyándose sobre la punta de los dedos, caminó hasta lograr alcanzar una roca cercana. Asió su pie derecho y lo alzó hasta colocarlo sobre su pierna izquierda. Cuando se percató del daño, se dispuso a extraer con la punta de sus dedos la pequeña astilla de madera que se había alojado en su carne. Tras varios intentos, logró sacar el pequeño fragmento de ramita.

Norah ahogó un quejido en su garganta y frotó enérgicamente la zona lastimada al tiempo que echaba un vis-

Cautivar a un dragón

tazo a su alrededor, asegurándose de que aquel desconocido no la había seguido.

Aún sentada sobre la roca, depositó nuevamente el pie en el suelo y comprobó que estaba bien. Tomó dos hondas bocanadas de aire, sintiendo al mismo tiempo el golpeteo furioso y acelerado de su corazón, y trató de calmarse mientras se regañaba por haber sido tan estúpida al quedarse dormida durante horas. Pero sobre todo, se reprendió por haber permitido que un desconocido la sorprendiera de aquella manera: con aquellas ropas, o más bien, con tan pocas.

La aparición de aquel hombre la había espantado muchísimo. Y aquel aro de oro que pendía de su oreja no auguraba nada bueno, se dijo Norah recordando el brillo de aquel objeto, preguntándose a continuación si se trataría de uno de esos piratas que aún subsistían surcando los mares en busca de infortunadas fragatas a las que abordar. Después recordó lo lejos que estaban de cualquier puerto y descartó aquella estúpida y novelesca idea de su cabeza. Aunque no del todo.

Después de comprobar que los latidos de su corazón casi habían recuperado la normalidad, decidió que ya era hora de levantarse de su improvisado asiento. Debía regresar lo antes posible al lago y recoger su ropa. Presentarse de aquella manera ante el señor Crandall no era lo que más le apetecía ni tampoco lo más conveniente, a juzgar por la enfermiza inclinación que mostraba por ella.

Seguramente aquel desconocido ya se habría largado. Se levantó, echó la cabeza hacia atrás y soltó el aire lentamente. De pronto se encontró mirando una bota de montar. Durante un eterno segundo mantuvo los ojos clavados en aquella negra bota, luego tragó saliva y, haciendo un esfuerzo sobrehumano, deslizó su mirada lentamente hacia arriba, topando con la insondable mirada de aquel enigmático hombre, montado esa vez sobre un brioso corcel negro.

Norah sintió la boca seca ante aquel icono viviente de peligroso y oscuro poder.

—Espero que no tenga intención de salir nuevamente huyendo, señorita. Lo que menos desearía en estos momentos es verme obligado a forzar más a mi montura —dijo él, con una sonrisa burlona en los labios.

Norah sintió cómo el corazón le palpitaba en el pecho. Los labios le temblaron, prestos a responder, pero le fue imposible emitir un solo sonido coherente. De pronto comprendió que no sabía qué decir y cerró la boca a cal y canto, limitándose a contemplarlo en silencio. Era un hombre atractivo, de eso no había duda, dedujo sin mucho esfuerzo, tragando saliva al mismo tiempo. Poseía un rostro de líneas rectas que ligaba a la perfección con unos ojos azul profundo, que poseían un brillo demasiado peligroso y feroz para ser ignorado. Estaba segura de que jamás había visto antes un ser que transmitiera tanto poder y virilidad como aquel hombre de piel dorada y anchos hombros.

No pudo evitar que le ardieran las mejillas al percatarse de que a su constitución robusta no le sobraba ni un kilo de grasa. Pudo estar segura de eso, ya que sus calzas se le ajustaba a las piernas de tal manera que se podía dis-

Cautivar a un dragón

cernir sin esfuerzo el conjunto de músculos y tendones bajo sus ropas.

Apartó rápidamente la mirada de aquel cuerpo, notando la boca seca.

—¿Qué es lo que quiere? —ella notó que se le entumecían las manos. Atractivo o no, no estaba dispuesta a que un desconocido le pusiera las manos encima.

Él, intuyendo sus pensamientos, se apresuró a decir:

—Deje de temblar como un cervatillo herido, no pretendo causarle ningún daño.

—¿Y cómo sé que no miente?

—¿Tengo pinta de ser un hombre sin palabra?

—Más bien tiene pinta de ser un pirata. —Norah dejó que las palabras surgieran de su boca de manera espontánea. Abrió los ojos y pestañeó, asombrada de haberse atrevido a decir semejante barbaridad.

Marcus no pudo evitar que de su pecho emergiera una fuerte y profunda risotada. Jamás le habían dicho nada parecido, pero lo cierto era que podía comprender perfectamente el porqué de su desconfianza. Con aquella incipiente barba de dos días, los ropajes polvorientos tras el largo camino y el arete de oro que exhibía siempre en su oreja, podía imaginarse el espantoso aspecto que ofrecía en aquellos momentos.

—¿Y si lo fuera? —le preguntó él.

El sentido común de Norah le dijo que cerrara la boca cuando de repente una idea surgió en su cabeza. Clavó los ojos en él antes de responder:

—Pues si fuera cierto, no tendría más remedio que advertirle que está usted hablando con lady Greenwood, esposa del marqués de Devonshire, dueño y señor de todo lo que nos rodea —mintió, imprimiendo a su voz un matiz solemne mientras señalaba a su alrededor, tratando así de enfatizar su farsa.

Marcus enarcó una ceja y en su rostro se dibujó una media sonrisa. Tenía que admitir que aquella desconocida poseía mucho coraje al enfrentarse a él. Pero sobre todo mostraba poseer un arrojo y atrevimiento desmedido, incluso poco juicioso, al hacerse pasar por su esposa. Sobre todo cuando en aquellos momentos él carecía de una maldita prometida.

—No sabía que ese marqués de tres al cuarto se hubiera casado. —Él rio, con la intención de seguirle un rato más el juego.

—¡No es un marqués de tres al cuarto! —gruñó ella, tratando de parecer convincentemente indignada—. Además, debo insistir en lo furioso que se pondrá si llega a sus oídos este desafortunado encuentro. Mi esposo es un hombre terrible, ¿sabe usted? Las gentes de por aquí lo llaman lord Dragón.

Marcus borró de su rostro la sensual sonrisa que hasta ese momento había esbozado. La simple mención de aquel frío apodo conseguía encolerizarlo.

—Créame, si usted fuese mi esposa... —comenzó a decir él con un tono tan seco que la hizo retroceder dos pasos—, ni en mil años permitiría que caminase por ahí sola y de esa manera. —Señaló con su dedo índice la fina camisola que ella vestía.

Norah sintió como si con aquel simple gesto hubiese acariciado su piel. No de una manera convencional, sino peligrosa y desconcertantemente sensual. Aquel pensamiento la turbó. Notó que le ardían las mejillas y un inexplicable calor se deslizó por su vientre. Un calor que nada tenía que ver con el hecho de que transcurriera ya el mes de agosto. No, fue una sensación mucho más placentera; como un cosquilleo.

Envaró la espalda y cruzó ambos brazos.

—No lo pongo en duda. Pero dado que no soy su esposa, le ruego que abandone las tierras de mi marido inmediatamente —replicó, reculando dos pasos más.

—¿Y dejarla a usted sola con esa apariencia? —rio él.

—Sé cuidar de mí misma —le espetó ella.

—Permítame dudarlo —replicó Marcus, clavando su mirada en las suaves y voluptuosas formas que se adivinaban debajo de la sucinta vestimenta.

De manera inconsciente, Norah rodeó de inmediato su cuerpo con los brazos, como si con aquel gesto pudiese protegerse del intenso escrutinio al que él la estaba sometiendo. Aunque la ropa estaba ya completamente seca, no era tan tonta como para ignorar que con cada movimiento la suave tela se le adhería como una segunda piel. Aparte, por supuesto, del maldito escote, que era tan amplio que no dejaba de deslizarse, una y otra vez, mostrando su hombro desnudo.

—Debería acompañarla a casa. Será lo más sensato —resopló Marcus, tratando de que la joven revelara de una vez por todas su identidad, dado que, obviamente, no compartían el mismo techo.

Y, por descontado, jamás habían compartido el lecho. De eso último estaba bien seguro.

Un incómodo pálpito se instaló nuevamente en su entrepierna al imaginar a aquella mujer en el interior de su lecho, desnuda y...

El marqués agitó la cabeza, arrancando aquel pecaminoso pensamiento de su cabeza. Aquella mujer parecía poseer el don de avivar algunas partes de su anatomía que se había prometido controlar. No obstante, no ignoraba el peligro que aquella joven corría y estaba decidido a no dejarla allí sola. Espoleó a su montura para que avanzase hasta donde ella se encontraba, mirándolo con actitud arrogante.

Norah contuvo el aliento y abrió los ojos llena de espanto, adivinando sus intenciones. Negando al tiempo con la cabeza, comprendió inmediatamente que ya era demasiado tarde para detenerlo. Él estaba demasiado cerca para que ella pudiese ir a ninguna parte.

—¡Déjeme! —gruñó cuando el fuerte brazo del hombre la rodeó por la cintura.

Sin el menor esfuerzo, Marcus, inclinado sobre su silla, la izó, ignorando sus protestas.

Norah no daba crédito a lo que ocurría. Aquel hombre la instaló delante de él, rodeándola con uno de sus fuertes brazos, y aún así, manejaba la montura con el otro con una asombrosa destreza. Aquello era humillante. Se negaba a ser acarreada como si fuese un chiquillo. ¡Maldito fuera el carácter de los hombres! Creían tener el derecho de decidir lo que una mujer necesitaba en cada momento. Trató de apartar el fuerte brazo que la rodeaba por los hombros, pero solo logró que él la sujetara con más fuerza, demostrándole que no podría huir.

Cautivar a un dragón

Lanzó un suspiro de frustración y se resignó ante la determinación de él, sabiendo que si conseguía llevarla hasta Greenhouse, no tardaría un segundo en descubrir que no era más que una simple sirvienta. Tomó aire y se acomodó mejor en la silla.

Un gruñido sonó a su espalda.

—¡Por todos los santos, mujer! ¡Deje de moverse así! —refunfuñó Marcus.

—¿Por qué? —preguntó, y se encogió de hombros.

—Porque si continúa haciéndolo, cabe la posibilidad de que me ponga cariñoso, monada.

Norah decidió que lo mejor era permanecer inmóvil y mantener la boca cerrada. Sin embargo, tuvo que hacer verdaderos esfuerzos para no chillar cuando él la atrajo hacia su cuerpo, acomodándola mejor contra su torso.

¡Buen Dios! Se hallaban tan cerca que podía sentir el calor que emanaba de su piel.

Un intenso estremecimiento le recorrió la columna vertebral.

¡No, no y no! Debía relajarse, se dijo, tratando de respirar con normalidad. A menos que quisiera que todo se fuera al traste, debía mantener la cabeza en su sitio y pensar en cómo hallar una manera de escapar de toda aquella enrevesada situación. Cerró los párpados e inspiró una profunda bocanada de aire. Un instante después, descubrió que con aquel gesto solo había logrado paladear el aroma tremendamente masculino, a musgo y tierra mojada, que él despedía.

¿Cómo diantres podía estar deseando saborearlo más de cerca? ¿Acaso había perdido el juicio? Apartó rápidamente ese pensamiento, casi obsceno, de su mente, sin comprender qué demonios le ocurría. Semejante comportamiento no era propio de una dama. De hecho, no deseaba especular a qué clase de mujer sería conforme.

Norah tuvo la sensación de que el estómago se le encogía, le daba tres vueltas de campana y empequeñecía al mismo tiempo cuando él aproximó su boca para preguntarle su nombre.

Demasiado cerca de su oído. Bueno, demasiado cerca de cualquier parte de su cuerpo, temió ella apretando los labios. El suave aliento de él logró que un estremecimiento recorriera nuevamente su espalda, haciéndola enmudecer. Sus dedos, entumecidos, se cerraron fuertemente sobre la crin del caballo.

—Mariana —mintió, al tiempo que trataba de contener las extrañas reacciones de su inexperto cuerpo—, mi nombre es Mariana, y creo que no necesito que un desconocido me acompañe a ninguna parte —masculló Norah entre dientes, frunciendo los labios con disgusto.

—¡No sea usted ridícula! —respondió él, rodeándola con fuerza y negándole apenas el espacio necesario para moverse sobre la grupa del caballo.

Cuando la silueta de los tejados de Greenhouse se abrió paso entre la espesa vegetación, Norah se sintió desfallecer. Giró la cabeza con la intención de convencerlo de que abandonara la idea de acompañarla hasta la casa y contuvo el aliento en sus pulmones. ¡Diantres! Estaban tan cerca el uno del otro que era capaz de notar como su cálida respiración le acariciaba el rostro. Él clavó sus ojos azules y misteriosos en ella. No dijo nada. Tan solo se limitó a observarla en silencio.

Sin saber muy bien por qué, Norah se sintió turbada. Giró rápidamente el rostro, clavando la vista al frente, antes de decir:

—Si de verdad quiere usted ser de alguna utilidad, debería llevarme de vuelta al río.

—¡Caramba! —exclamó Marcus—. Va usted muy deprisa, señorita, ¿no le parece? —bromeó él, soltando una fuerte risotada.

—¡No sea estúpido! —le otorgó un fuerte codazo en el duro pecho. Un ataque que él ni tan siquiera pareció notar—. Debo recuperar mi ropa. ¿No creerá, ni por un momento, que voy a presentarme de forma tan inapropiada ante mi esposo?

—Ni por un momento... —fue toda la respuesta de él.

Norah ladeó ligeramente el rostro y advirtió el brillo travieso que aleteaba en sus profundos ojos azules. No cabía duda: estaba bromeando. O tal vez incluso burlándose de ella. ¡Diablo de hombre! La desconcertaba terriblemente. Parecía un demonio con la piel de un ángel... o tal vez al contrario, recapacitó un instante después.

Exhaló un suspiro y sintió que los músculos se le aflojaban cuando él dio un ligero tirón de las riendas de su caballo, obligándolo a girar en sentido contrario.

El camino de vuelta se le hizo eterno. No porque fuese desagradable. Decir o pensar eso era un absurdo. Más bien fue tremendamente incómodo y turbador. Y eso que trató de no prestarle atención e ignorar el poderoso cuerpo que estaba a su espalda.

Cuando llegaron a su destino, Norah apenas pudo soportarlo un segundo más. Sin aguardar a que él detuviese por completo a su caballo, se deslizó de la silla de montar de un salto y se apresuró a tocar con los pies el suelo, temiendo un instante después por la integridad de sus tobillos.

—¡Maldita sea! ¿Ha perdido el juicio? —Marcus abrió los ojos de par en par.

—¡Oh, vamos! —resopló ella—. Tan solo ha sido un salto.

—¿Un salto? ¡Podría haberse roto una pierna!

—No exagere —repuso ella mientras se dirigía al lugar donde se hallaban sus ropas. Las recogió antes de ordenarle con el ceño fruncido—: ¡Vuélvase!

—¿Insinúa usted acaso que corro el peligro de ver algo que no haya visto ya? —preguntó él, envolviéndola con una intensa y descarada mirada.

—¡No sea majadero y vuélvase! —insistió ella.

Marcus decidió obedecer.

—Dígame... —comenzó a decir él. Lanzó una mirada al cesto de ropa que parecía estar olvidado a un lado de la orilla y arrugó el ceño—. ¿Qué se supone que hacía usted aquí sola?

—¿Cree que preciso compañía para darme un baño?

—Sí, cuando lo hace en un río y no en la seguridad de una bañera.

—¡Vaya! ¿Acaso ahora es un delito? —resopló ella con desdén mientras sus dedos se afanaban en cerrar con rapidez los pequeños botones de su vestido.

—No creo haber dicho semejante cosa; sin embargo,

debe reconocer que no es, digamos, apropiado. Sobre todo para la esposa de un caballero como lord Greenwood —respondió él, esforzándose para que no le temblara la voz debido a la risa que comenzó escapar de sus labios.

No hubo respuesta. El silencio flotó en el aire, roto únicamente por el murmullo de los insectos y el canturreo de los pájaros.

—¿Lady Greenwood? —giró el rostro, adivinando la perspicaz argucia de la dama, y resopló con los ojos clavados en el cesto de mimbre vacío.

Capítulo 3

Norah corría como alma que lleva el diablo mientras oprimía fuertemente entre sus dedos la sábana limpia, que ya se encontraba prácticamente seca. Tras detenerse un momento ante la colada, y con la respiración agitada por el esfuerzo, la tendió junto a las restantes con manos temblorosas, en el mismo lugar que habría ocupado de no haber sido el objeto de la ira de Cesar Crandall.

Echó una rápida mirada sobre su hombro y suspiró con alivio al no hallar a nadie tras ella. Cerró fuertemente los párpados tratando de recobrar el aliento, apoyando a su vez una de sus manos en la cintura. Parecía una locura, pero aún era capaz de notar la presión de aquellos fuertes brazos alrededor de su talle. Debía de estar desvariando, se dijo tratando de pensar de forma coherente. Con seguridad el sobresalto le impedía pensar con claridad. Era absolutamente imposible que todavía notase el calor de su piel, o la fuerza de su musculatura.

Sin embargo, aquella sensación, aunque quimérica, consiguió estremecerla y ruborizarla al mismo tiempo, provocándole un insensato calor que nubló momentáneamente su cabeza.

Tomó una profunda bocanada de aire y la expulsó lentamente de sus pulmones.

—¡Norah! ¡Norah! —los agudos chilliditos de Georgina la transportaron de nuevo a la realidad. Alzó la barbilla y observó como la joven corría sendero abajo.

Por un instante contuvo la respiración al advertir que los pies de la muchacha resbalaban sobre el pasto húmedo, obligándola a sacudir violentamente los brazos para evitar caer al suelo.

—¿Se puede saber qué es lo que te ha ocurrido? —preguntó sorprendida la joven doncella, reparando en el desaliñado aspecto que ofrecía la joven. Georgina, con las mejillas arreboladas y la cofia ligeramente torcida a un lado, se detuvo aguardando una respuesta.

Norah se encogió de hombros. Como solía decir su padre: la mejor defensa era siempre un buen ataque. Así que, hábilmente, sorteó el interrogatorio preguntando a su vez:

—¿Por qué demonios corrías de esa forma? ¿Pretendes partirte el pescuezo?

—El señor... —Georgina tomó aire—, ha regresado. Crandall desea vernos a todos en el vestíbulo en menos de cinco minutos.

—¡Cinco minutos! —exclamó Norah con las mejillas encendidas. Sacudió enérgicamente el polvo de sus ropas y con nerviosismo trató de componer el lazo de su delantal.

Georgina rebuscó bajo su cofia y extrajo uno de los alfileres que sujetaban sus cabellos.

—Será mejor que te pongas esto. —Extendió sus dedos para entregárselo.

Norah lo asió. Sonrió agradecida y trató de recogerse los cabellos en un improvisado y confuso moño.

—¿Qué tal estoy? —le preguntó a la doncella al tiempo que se alisaba la falda con una mano.

—¿Deseas oír la verdad, o una mentira piadosa?

Ella achicó los ojos.

—Estás hecha un auténtico desastre —añadió Georgina con sinceridad—. Lo cierto es que parece que te hayas peleado con un oso. —Reprimió una risita.

—¡Más hubiese valido que hubiera sido un oso! —Se apartó los mechones de la frente con una mano—. Con seguridad esa fiera hubiese sido mucho menos peligrosa —murmuró.

Georgina parpadeó un par de veces.

—¿Te has vuelto loca? ¿Qué diantres estás diciendo? —arrugó la nariz.

—Tal vez te lo cuente otro día, Georgina... —comenzó a decir Norah. Aferró con fuerza el brazo de la doncella y tironeó de ella—. Ahora debemos darnos prisa si no queremos que al señor Crandall le dé un ataque.

—¡Eso es del todo imposible! —opinó Georgina con la respiración entrecortada, al tiempo que sujetaba el bajo de su vestido para poder correr más deprisa—. Por si no lo sabes, los bichos malos son también los más resistentes.

El comentario, cargado de veneno, provocó la risa de

Cautivar a un dragón

ambas. Era una observación tan cercana a la verdad que incluso continuaban riendo cuando franquearon las puertas del enorme vestíbulo. El vibrante sonido de sus risas quedó suspendido en el aire cuando las ocho personas que formaban parte del servicio abrieron los ojos como naranjas, contemplándolas con asombro.

Crandall, frente a ellos, carraspeó y les lanzó una gélida mirada que hizo que todos volvieran rápidamente sus rostros y retomaran su estado anterior: completamente erguidos y mirando al frente.

Norah inclinó el rostro, ocultándolo entre las sombras que inundaban el lóbrego vestíbulo, y agradeció que nadie hubiese reparado en que tan solo la mitad de los postigos yacían abiertos.

Ambas jóvenes ocuparon su puesto al final de la ordenada fila y aguardaron en silencio.

Crandall comenzó a caminar despacio, examinando a los empleados y analizándolos escrupulosamente. Sus pasos eran silenciados por la bella alfombra persa, lo que creaba una cierta sensación de quietud que él mismo se encargaba de romper haciendo ocasionalmente algún grotesco ruido con su garganta, como si fuera a cantar o algo parecido para avisar de su cercanía.

Aquello era lo que más exasperaba a Norah: la prepotencia de la que hacía gala.

—Veo que hoy reina un humor excelente en esta casa —comentó el hombre con sarcasmo, deteniéndose a la altura de las muchachas.

Norah levantó el rostro y sus ojos se toparon con la enojada y penetrante mirada de él. ¡Diantres! Ese hombre conseguía ponerle los pelos de punta. Estaba claro que Crandall no tenía la menor intención de olvidar el episodio ocurrido horas antes, dedujo Norah. Desvió la vista hacia el impresionante reloj de pie que, según le había mencionado el señor Anderson, era una importante pieza de caoba y palosanto, firmada por H. Ayre, que por lo visto costaba una fortuna.

Se quedó atónita al reparar en lo tarde que era.

—Tal vez haya empleados con demasiado tiempo libre —añadió Crandall, frunciendo al mismo tiempo el ceño.

Ella no pudo evitar clavar nuevamente la mirada en él.

—No creo que estar o no de buen humor tenga algo que ver con tener más o menos tiempo libre, señor Crandall —objetó Norah.

Casi al instante sintió como el codo de Georgina se hundía en sus costillas.

¡Dios santo! ¿Acaso también tendría que batallar con la doncella? La miró arrugando el ceño.

La muchacha, haciendo caso omiso, le sostuvo la mirada al tiempo que en la suya aleteaba un tácito brillo de advertencia, que indicó a Norah lo erróneo de su comportamiento.

—Debería aprender a morderse la lengua, señorita Devlin. En esta casa no toleramos las malas formas con los superiores, debería saberlo. —Hizo una pausa—. Espero hablar sobre esto con usted, a las nueve de esta misma noche, en la biblioteca —ordenó él.

Norah sintió como si una peligrosa sombra se cerniera sobre su cabeza. Si había algo en el mundo que ella de-

Cautivar a un dragón

seaba evitar a toda costa era permanecer a solas con aquel sátiro en una habitación cerrada.

Exhaló un suspiro comprendiendo que la biblioteca de aquella casa era demasiado oscura e íntima para que no ocurriera lo peor. Aun así, negarse significaría su despido inmediato. Por tanto, no tuvo más remedio que acceder, manteniendo la boca bien cerrada.

Durante los minutos posteriores, que fueron apropiadamente utilizados para componer las ropas, peinados y cofias, Norah se consagró a repasar lo sucedido horas antes. Sonrió para sus adentros al recordar cómo había burlado al apuesto desconocido, logrando huir mientras el pobrecillo permanecía hablando solo. Casi se sentía culpable de haberlo hecho quedar como un monumental botarate. Aunque solo un poco, claro. Tensó las comisuras de los labios y evitó que una sonrisa se instalara en ellos.

Fuera, el repiqueteo de los cascos de un caballo atrajo inmediatamente su atención, provocando que sus pensamientos quedasen apartados en algún recóndito rincón de su cabeza. Era de suponer que el marqués de Devonshire, dado el título que ostentaba y su posición, se trasladase en un lujoso carruaje, de esos tipo berlina con asientos de piel que tan de moda estaban entre los aristócratas. Pensar eso hubiera sido lo más lógico. Pero, según parecía, se había equivocado.

Cuando la entrada fue invadida por una silueta, recortada contra la luz del atardecer, Norah desvió súbitamente la mirada al frente. Su respiración se aceleró y una extraña sensación aguijoneó insistentemente el interior de su estómago. Por alguna desconocida razón, se negaba a mirar en aquella dirección, mientras uno tras otro, oía como los empleados le daban la bienvenida al patrón.

Se concentró en dejar de sentir la imperiosa necesidad de salir corriendo. Huir lejos, muy pero que muy lejos de allí. Y lo habría hecho de no ser porque sus pies se negaban a moverse.

Su pulso se detuvo cuando él llegó a su altura.

—Hola de nuevo.

La voz resonó en sus oídos como la pólvora, taladrándole los tímpanos hasta el cerebro. Norah despegó los ojos del intrincado y exótico dibujo de la alfombra y alzó lentamente la mirada.

«¡Maldita sea mi suerte!», se dijo, presagiando que se podría escribir un libro con los relatos de los infortunios sucedidos ese día. De pronto sus ojos se toparon con los del marqués y las palabras se le atragantaron en la boca al notar que él la miraba con un deje de diversión en los suyos. El brillo dorado del aro que pendía de su lóbulo izquierdo se obstinaba en recordarle su desventurado encuentro.

Al no obtener respuesta, Marcus le preguntó:

—¿Acaso te ha comido la lengua el gato? —se burló de ella.

—Aquí no tenemos gato, señor —se escuchó rebatir, logrando que la diversión de él aumentara por momentos.

—Lamento enormemente la conducta de la joven —interrumpió Crandall, al tiempo que agarraba la levita del marqués—. Es insubordinada y, a mi juicio, demasiado deslenguada.

Marcus lo miró enarcando una ceja. Un gesto de advertencia que logró que Cesar Crandall enmudeciera al momento y se apartara de él unos pasos.

Norah parpadeó. Era realmente increíble la facilidad con la que el marqués dominaba el temperamento dictatorial de aquel hombre despreciable.

—Creo que eso lo juzgaré yo mismo —opinó lord Greenwood, sin apartar los ojos de Norah, que lo miraba sin pestañear.

Creía estar viviendo una pesadilla. Una en la que la cazaban en una estúpida mentira y trataban de hacerle pagar por ello. Y lo peor es que era terriblemente humillante. Norah se dijo a sí misma que ya no podría empeorar. Pero trágicamente lo hizo; y mucho. El mundo pareció volverse del revés cuando él extendió una mano hacia ella para pasarla a continuación tras su nuca con una naturalidad pasmosa.

Ante aquel inaudito gesto, Norah contuvo la respiración mientras trataba de retroceder un paso. Algo que le fue imposible porque los fuertes dedos de él la sujetaron con fuerza, impidiéndoselo.

—Así está usted mucho mejor —aseguró el marqués al tiempo que soltaba el largo alfiler dorado que sujetaba su cabello.

Antes de que pudiera hacer nada para evitarlo, los brillantes bucles se le desparramaron sobre la espalda, envolviéndola en un manto escarlata.

Abrió la boca y dejó caer la mandíbula, atónita ante

aquella falta de recato. De su garganta brotó un pequeño gemido mientras lanzaba con el rabillo del ojo una mirada al resto del servicio, que los observaba tan asombrados como lo estaba ella misma.

Lo miró y adoptó un porte airado.

—Si me lo permite, milord, esto no es apropiado… —musitó Norah con la respiración acelerada, extendiendo una mano para arrebatarle el brillante objeto de entre sus fuertes dedos.

Él la miró enarcando una de sus masculinas cejas. Su rostro, de facciones duras y marcadas, poseía una tez más dorada de lo que los cánones de belleza masculina recomendaban. Sus labios finos y sensuales eran los mismos que podría haber poseído cualquier dios del Olimpo y, sin embargo, no era un dios quién estaba ante ella, sino un simple hombre, se obligó a recordar Norah, tratando así de superar su angustia.

Lord Greenwood le lanzó una sonrisa irónica.

—Hay muchas cosas inapropiadas para una joven y se perpetran, señorita Mariana. Debería saberlo —aseveró él.

—Devlin, señor —aclaró tras él Crandall—. La muchacha es la señorita Norah Devlin.

Marcus frunció el ceño, traspasándola al mismo tiempo con la mirada.

Norah sintió como si su corazón hubiera dejado de palpitar súbitamente, notando a su vez como la sangre le huía del rostro.

—Y con esto se confirman mis palabras, ¿no es así, señorita Devlin? —preguntó lord Greenwood con una mezcla de chanza e ironía a partes iguales.

Cautivar a un dragón

Ella tragó saliva ante tal afirmación, sin atreverse a abrir la boca para pronunciar palabra en su defensa. Se sentía como si fuese un ladrón pillado en medio de la noche con las manos en la masa y sin opción a negar su crimen. En aquel bochornoso momento, solo se le ocurrió que aún podía empeorar. Él todavía podía sacar a relucir el detalle más humillante de todos: que se había hecho pasar por su esposa.

Tras regalarle una media sonrisa cargada de picardía, lord Greenwood se giró hacia Crandall. Este no demoró en ofrecerle una exagerada reverencia, que a juicio de Norah y seguramente de todos los presentes, rozó la más exagerada de las baboserías. Norah no pudo evitar hacer una mueca de profundo desagrado hacia el repugnante ayuda de cámara. Sin embargo, poco o nada podía opinar al respecto.

—Necesito un baño caliente, Crandall —le dijo lord Greenwood.

—Inmediatamente, señor —contestó Crandall, haciendo a su vez un gesto con la mano hacia Pierre y Colin, los dos jóvenes hermanos que se encargaban de tener las cuadras y los caballos en perfectas condiciones.

Los muchachos se movieron rápidamente, prestos a cumplir la orden, provocando a su vez que la hilera del personal se disolviera y que todos y cada uno de sus integrantes retomasen sus habituales tareas.

Fue en aquel momento cuando Norah aprovechó para escabullirse. Giró sobre sus talones con la agilidad de una gacela y a continuación enfiló el corredor que conducía a las cocinas.

—¡Buen Dios! —resopló en voz alta en cuanto cerró la puerta, apoyándose después en ella.

Casi al instante advirtió un ligero golpeteo al otro lado que le hizo dar un respingo. Abrió y respiró tranquila al comprobar que se trataba de Georgina.

—¿Qué diablos ha sido eso? —exclamó la joven y pecosa muchacha, volviendo a cerrar la desvencijada puerta tras de sí.

—¿Qué diablos ha sido el qué? —preguntó Norah, aparentando no saber a lo que la doncella se refería.

—¿Cómo puedes preguntar eso? —resopló Georgina—. Todos hemos visto lo que ha sucedido en el vestíbulo —insistió con los brazos en jarras—. Desapareces durante toda la mañana y cuando al fin regresas...

—¡No seas ingenua! ¡No ha pasado nada! —la interrumpió Norah.

Comenzó a moverse con nerviosismo de un lado para otro, atravesando la estancia que se encontraba dividida en varias zonas: unas destinadas al trabajo; otras reservadas al descanso del personal.

Norah abría y cerraba tarros, llenaba cestillos con galletas y después los colocaba en el primer lugar que se le ocurría, tratando de aparentar hallarse atareada.

—¿Nada? ¡Por Dios! —bufó la doncella—. ¡Arrancó la aguja de tu pelo!

Norah le lanzó una rápida mirada, tragando saliva al mismo tiempo.

—Todos los caballeros lo hacen... —dijo sin resultar convincente para nadie. Cosa bastante lógica, pues ni tan siquiera resultó serlo para sí misma.

Cautivar a un dragón

—¡No digas bobadas! Nadie hace eso. Esa es la excusa más estúpida que he oído nunca —repuso la joven, burlona.

—¡Basta, Georgina! ¡No sé qué ha pasado hace un momento! ¿De acuerdo? —confesó Norah, deteniendo finalmente sus pies antes de añadir—: El señor cree conocerme y no es así. Eso es todo —mintió, tratando de no alentar más la inquieta imaginación de la doncella.

—¡Oh…! —ronroneó Georgina, haciendo que Norah la mirase frunciendo el ceño.

—¿Oh? ¿Qué quieres decir con ese «oh»? —Norah puso los brazos en jarras.

—Tan solo… —Georgina hizo una pausa para suspirar—, pensé que esta sería una de esas encantadoras y dulces historias de amor… —manifestó, poniendo un falso semblante de abatimiento.

—¡Vamos, Georgina! Tan solo soy una doncella y el marqués… pues eso, él es un marqués. El simple hecho de especular que semejante cosa fuera posible es inconcebible. —Se rio.

—¡En mis novelas no lo es! —aseguró la joven.

Norah se aproximó a la muchacha y le agitó la cofia sobre la cabeza, haciendo que se enfurruñara aún más y alzara la mano para retener el trozo de algodón sobre su nuca.

—Esas novelas por entregas que lees son tan solo literatura barata. —Volvió a reír Norah.

—¡No es barata! —se quejó Georgina—. Si les echases un vistazo opinarías lo contrario.

—Bueno, tal vez no lo sean. Pero lo cierto es que estropea la pobre cabecita de las muchachitas como tú —señaló, tocando la punta de la nariz de la joven con su dedo índice.

Después se dirigió al otro extremo de la tosca mesa de madera y pasó un trapo sobre su superficie, retirando las migajas de pan que yacían esparcidas sobre ella.

—¡Casi tenemos la misma edad! —protestó Georgina, lanzándole una pequeña hogaza de pan que tomó del interior de un cestillo.

Norah la atrapó en el aire y después la mordió.

—Te recuerdo que yo tengo veintitrés, soy cuatro años mayor que tú. Hazme caso, sé de lo que hablo: esas cosas no ocurren —le dijo, abandonando el trapo sobre uno de los estantes de la vieja alacena de caoba—. Además, ¿quién ha dicho que los enlaces con la alta sociedad sean siempre felices? —Levantó un dedo—. Sin obviar que son imposibles.

—¿No lo son? —preguntó Georgina sin convicción, sentándose de un saltito sobre la mesa que dividía la inmensa cocina en dos.

—No, no lo son. La verdad es que casi nunca —La voz de Norah tembló al recordar.

—Pareces saber mucho sobre el tema —respondió Georgina, mordiendo otra hogaza de pan que extrajo de la misma canastilla.

Norah apoyó ambas manos en el tablero y añadió:

—Sé lo suficiente.

Ambas muchachas dieron un brinco al mismo tiempo cuando la señora Hayes irrumpió en la habitación, haciendo que Georgina descendiese de su improvisado asiento y las dos tratasen de recomponer su imagen en la medida de lo posible.

Molly Hayes les lanzó una mirada con el rabillo del ojo que las hizo enmudecer de inmediato. La mujer prestaba sus servicios en Greenhouse como ama de llaves desde hacía más de veinticinco años. Su pelo canoso, que siempre llevaba recogido en un estirado moño y que cubría con una oscura cofia, era la guinda que le faltaba al pastel para hacerla parecer la bruja de cierto cuento que Norah había leído tiempo atrás. Su aspecto descarnado y sus huesudos dedos casaban a la perfección con su semblante serio y formal. Todo ello era inmensamente adecuado para la tarea que le había sido encomendada. Sin embargo, Norah no podía dejar de intuir que debajo de toda aquella fachada, severa e impasible, ocultaba la personalidad de una mujer sensible y compasiva. Tal vez aquella impresión se debiese al modo que trataba a los empleados. Cierto que manejaba las labores del personal con puño de acero; no obstante, se cuidaba de prestar la atención debida a todas y cada una de las quejas u observaciones que estos le manifestaban.

—¿Dónde te habías metido? Te he buscado por todas partes, muchacha —le dijo a Norah antes de aproximarse a ella para ponerle en las manos una pequeña cesta con jabones, dos grandes lienzos de algodón y un cepillo de cerdas suaves.

La joven ojeó el contenido del canasto sin comprender qué significaba aquello.

—Lord Greenwood está esperando a que le subas esto —la informó Molly.

Norah lanzó una fugaz mirada a Georgina, notando como el semblante de esta parecía haber perdido todo su lozano color.

—Pero... —comenzó a decir—, lord Greenwood estará en la tina...

—Así es, querida —respondió la señora Hayes sin dar demasiada importancia a aquel hecho.

Ella abrió la boca para protestar, pero el asombro y la agitación que sentía en su pecho no le permitieron pronunciar palabra.

—He tratado de persuadirle para que fuese uno de los hermanos Matheson quien le llevara estas cosas, pero él insiste en que seas tú, y solo tú, quien lo haga —añadió la señora Hayes.

Norah sintió como la boca se le secaba y asió tan fuerte la cestilla que los nudillos comenzaron a ponérsele blancos.

La señora Hayes, intuyendo los pudorosos pensamientos que rondaban su mente, puso una de sus huesudas manos sobre su hombro antes de decir:

—Trata de no mirar, jovencita.

—¿Cómo se supone que voy a hacerlo? —murmuró.

—Fácil: entra, coloca los paños cerca de la chimenea para que se calienten y la cesta sobre la mesita que se encuentra al lado de la tina. Luego, sal de ahí lo más rápidamente posible. Eso es todo.

«¿Eso es todo?», se preguntó Norah abriendo los ojos de par en par.

—Pero ¿por qué yo? —replicó ella, tratando de hallar el modo de eludir la orden. Molly pareció vacilar

Cautivar a un dragón

durante un momento, pero se limitó a elevar las cejas y decir:

—Quién sabe, querida. Los hombres son así de insólitos, y lord Greenwood lo es aún más —explicó finalmente al tiempo que apoyaba una de sus descarnadas manos sobre la espalda de Norah y la empujaba suavemente hacia la puerta. Una vez fuera, se detuvo para mirarla—. Yo en tu lugar recogería ese cabello tuyo con un buen alfiler, querida. Es tan solo un consejo —añadió con una nota de inquietud en su semblante.

A Norah le pareció advertir un ligero titubeo en la mirada de la mujer antes de que esta cerrara la gruesa puerta abujardada de la cocina.

Tras inspirar profundamente, decidió emprender el ascenso por las escaleras que daban a la alcoba principal. En el trayecto imaginó una decena de maneras distintas de actuar. Algo que no le sirvió para nada, ya que una vez frente a la puerta de roble se sintió repentinamente acobardada. Su faringe parecía haberse encogido y las rodillas le comenzaban a temblar sin control. Aun así hizo un esfuerzo y golpeó la puerta con los nudillos, aunque lo hizo tan débilmente que nadie pareció oír su llamada.

Aguardó un momento antes golpear de nuevo con más fuerza. Cuando finalmente la voz del marqués respondió al otro lado, asió el pomo firmemente y, tras inspirar hondo dos veces, lo giró sobre sí mismo, entró y cerró tras ella.

Norah, decidida a seguir el consejo del ama de llaves, clavó la mirada al frente y caminó hasta la chimenea para a continuación extender los gruesos paños de algodón sobre el diván que descansaba ante ella, evitando mirar hacia el recodo donde se encontraba el hombre disfrutando del baño.

Aquel aposento era tan inusitado como lo era su extraordinario propietario. Era sobrio, aunque tendía a lo práctico y funcional. Las opacas cortinas de terciopelo, tal vez demasiado oscuras para un lugar tan sombrío, estaban corridas a ambos lados, permitiendo que los últimos destellos arrancados a la expiración del ocaso se filtrasen por los cristales emplomados, inundándolo todo con su ambarina luz. Norah alzó la vista para contemplar admirada los bellos paneles de roble que descansaban situados sobre la pared de la chimenea, guarnecidos con complicados motivos orientales. Por un momento la muchacha casi olvidó que no se encontraba sola en aquel dormitorio. Jamás había visto una obra de arte como aquella, con tantos matices delicados, siluetas de damas de piel nacarada y guerreros envueltos en túnicas floreadas.

Un deliberado y enérgico carraspeo se encargó de recordarle que eran dos y no uno en la habitación. Norah tensó todos sus músculos, más consciente de su propio cuerpo de lo que lo había estado en sus veintitrés años de vida. Repentinamente notó la mirada del marqués clavada en ella y un estremecedor y abrasador escalofrío la hizo retornar al contexto de la situación. Irritada consigo misma, notó como el pulso se le había vuelto a disparar, advirtiendo al mismo tiempo el repiqueteo de los latidos en sus sienes.

Se mordió el labio inferior, repitiéndose que era im-

Cautivar a un dragón

posible que sintiese la mirada de él acariciarle el cuello. Y aunque sabía que eso no era posible, aquel pensamiento provocó a lo largo de su columna vertebral un extraño y perturbador cosquilleo.

Sofocando un gemido, prosiguió con su trabajo negándose a que la presencia del marqués la trastornase de aquel alarmante modo. Tras aproximarse a la tina para depositar la cesta sobre la mesita que le había indicado la señora Hayes, giró con la intención de marcharse, cuando sintió los fuertes dedos de él alrededor de su muñeca.

Norah clavó la mirada en aquellos largos dedos.

—No recuerdo haberte dado permiso para que te marcharas —apuntó él, con voz áspera y profunda.

Ella no pudo evitar alzar la vista para mirarlo, y cuando lo hizo tampoco pudo evitar ponerse colorada de la planta de los pies a la raíz del cabello.

Lord Greenwood tuvo que reprimir una carcajada ante su recato.

—¿Acaso soy el primer hombre que ves sin ropas? —se burló él.

—¡No sea ridículo! Tengo veintitrés años, he visto decenas —mintió ella.

Él no pudo evitar fruncir el ceño ante su respuesta, aun cuando intuyó que la muchacha mentía respecto a la cantidad de amantes que habían compartido su lecho.

—Bueno, entonces no tendrás reparos en auxiliarme con esto —le dijo. Liberó su articulación y tras asir el cepillo de cerdas del interior de la canastilla, se lo arrojó.

Norah tuvo que hacer un esfuerzo sobrehumano para atraparlo sin caer dentro de la tina al mismo tiempo.

Cuando lo logró, advirtió que el hombre la miraba con una nota de diversión estampada en su semblante.

—¡No tiene gracia! —refunfuñó ella, devolviéndole el objeto de la misma forma que él se lo había entregado.

—¡Vaya! —exclamó lord Greenwood—. Resulta que lady Greenwood tiene carácter. —Rio él, atrapando el cepillo.

Ella le lanzó una mirada iracunda.

—¡Ven aquí! —ordenó él.

—¿Por qué debería hacerlo? —replicó ella en tono cortante, cruzándose de brazos y negándose a mover los pies del sitio.

—Porque es una orden, y porque preciso que alguien me frote la espalda. —Se encogió de hombros—. A mí me es imposible. Y dado que tú tienes tanta usanza con los hombres, supongo que no te importará.

Ella apretó fuertemente la mandíbula entornando los ojos al mismo tiempo, y comprendió lo hábilmente que había utilizado sus palabras en su contra. Se aproximó a él, tratando de aparentar indiferencia, y le arrancó nuevamente el cepillo de las manos. Lord Greenwood se inclinó hacia delante, posando ambos brazos sobre las rodillas y dejando premeditadamente expuesto su torso húmedo a la mirada de ella. En su dorado rostro se dibujó una sonrisa socarrona.

Sorprendida ante tal cantidad de músculos y tendones, Norah se arrodilló tras él e introdujo el cepillo en el agua, abordando después la tarea de restregarle fuertemente la espalda. Una espalda digna de un adonis, pensó con un nudo en el estómago.

Cautivar a un dragón

—¡Hmmm! —ronroneó al sentir como la joven comenzaba con su labor, provocando que un intenso rubor se adueñara de las mejillas de ella.

—¡Hmmm!

—Deje de hacer eso —protestó ella con voz ronca sin poder apartar la mirada de aquella fuerte espalda.

—¿Que deje de hacer qué? —preguntó él con una muestra de falsa ingenuidad.

—Esos sonidos. Permítame decirle a milord que parece un animal —le respondió ella, agitando el cepillo y salpicándole intencionalmente.

Él, lejos de enojarse, agitó la cabeza enérgicamente, haciendo que el cabello empapado mojara la parte superior de su vestido.

Norah alzó un brazo para tratar de protegerse los ojos, frunciendo un segundo más tarde el ceño al contemplar el deplorable estado de sus ropas.

Resopló al oír como él reía.

—Será que haces que me sienta como el lobo de Caperucita —se burló él.

—Ese es un cuento demasiado antiguo. Los hermanos Grimm lo publicaron hace cuarenta y siete años, así que de ser milord el lobo de esa historia, sería usted demasiado viejo y decrépito para poder atrapar a ninguna Caperucita. —Restregó con más fuerza.

—*Touché!* —exclamó él—. Eres demasiado perspicaz para mí.

Ella se incorporó y rodeó la tina para poder mirarlo de frente. Cuando lo hizo, se sintió avergonzada de la violenta y extraña reacción que su cuerpo experimentó ante la visión de aquella masculina complexión. Obligándose a no apartar la mirada de aquellos penetrantes ojos azules, se aclaró la garganta antes de decir:

—Tiene usted razón en una cosa, milord —comenzó a decir ella, logrando que él alzara una de sus cejas—. Soy demasiado astuta para usted —añadió entregándole solemnemente el cepillo. Al punto se giró y comenzó a caminar hacia la puerta.

—No para el lobo —recalcó el marqués, haciendo que la muchacha se detuviera en el instante que asía el pomo.

Norah sintió un ataque de pánico al intuir una advertencia en las palabras de aquel perturbador hombre. Sin embargo, no se iba a amedrentar tan fácilmente.

—Un lobo demasiado viejo, recuérdelo, milord —alzó el mentón con orgullo sin tan siquiera mirarlo.

—Llámame Marcus, al fin y al cabo eres mi esposa —oyó la voz del hombre a su espalda.

—No pienso tomarme esas libertades con un caballero que he conocido hace tan solo unas horas, milord —manifestó Norah antes de abandonar la habitación y cerrar la puerta tras de sí.

Una vez en el corredor, apoyó la espalda en la puerta e inspiró hondo tratando de que su cuerpo y su cabeza recuperaran la extraviada normalidad. Sentía un extraño nudo en el estómago, que le era casi imposible controlar. Trató de aprisionar dos bocanadas más de aire en el interior de sus pulmones. De pronto el repetitivo eco de las campanadas del reloj inundó los amplios y solitarios corredores de la mansión, advirtiéndole del retraso al que se expondría de no ponerse en marcha de inmediato.

Cautivar a un dragón

Norah atrapó el bajo de su falda con los dedos y bajó las escaleras de dos en dos, corriendo a toda prisa hacia la biblioteca. Si se retrasaba, el señor Crandall insistiría en saber dónde había estado metida durante todo ese tiempo, y ella no tenía intención de dar a aquel hombre ningún tipo de explicación que no se ciñera estrictamente a su trabajo.

De pronto arrugó el ceño.

¿Desde cuándo restregar la espalda del patrón se había convertido en una de sus obligaciones? ¡Buen Dios! ¡Esperaba que no fuese así! No ansiaba verse de nuevo en semejante situación.

Cuando por fin alcanzó la puerta de la biblioteca, la abrió y entró aceleradamente en la habitación, topándose de frente con el ayuda de cámara del marqués, que apartó de los labios la copa que se acababa de servir para clavar sus pequeños y oscuros ojos en ella.

—¡Por todos los santos, muchacha! ¿Acaso te persigue una decena de salteadores? —la reprendió mientras contraía el ceño al distinguir las salpicaduras de agua que exhibía en su vestido.

—No, señor —reconoció ella, tratando de recuperar el aliento.

—Cierra la puerta y siéntate —le ordenó él.

Norah no pudo hacer otra cosa que contemplar con desaliento la única salida que poseía la estancia, antes de obedecer a medias, ya que, si bien cerró la puerta, permaneció de pie en mitad de la sala.

—¡Siéntate! —insistió el ayuda de cámara.

—Si me lo permite, señor Crandall, prefiero permanecer de pie.

—Como quieras. —Alzó una ceja y tomó un prolongado sorbo de brandy.

Norah contempló el rostro del hombre, iluminado por la tenue luz de los fanales. En ese momento no parecía ni tan hostil, ni tan temible. Era más bien el semblante de un hombre cansado, tal vez incluso amargado. Mirándolo bien, Crandall no era beneficiario de una gran belleza, ni tampoco era el arquetipo de hombre por el que una mujer suspiraría, pero nadie en su sano juicio negaría el hecho de que poseía cierto atractivo. Además, a sus treinta y seis años hacía gala de un físico que muchos jóvenes caballeros envidiarían. Por lo menos, eso opinaba la señora Hayes.

Crandall abandonó la copa sobre la repisa de la chimenea y giró su rostro para clavar nuevamente los ojos en ella.

—¿Sabes por qué estás aquí? —preguntó.

Norah arrugó el ceño ante aquella obviedad.

—Presumo que desea darme una reprimenda.

—Así es, señorita Devlin. —La miró ceñudo—. Creo que como ayuda de cámara del marqués es mi deber advertirle que está usted muy cerca de ser despedida.

Sin poder remediarlo, sus ojos se abrieron de golpe. Si perdía aquel empleo estaba perdida. Tendría que trasladarse a otro lugar. Algo que debía evitar a toda costa, ya que en esos momentos no le convenía llamar demasiado la atención. Y había pocas cosas que la llamasen más que el despido de una doncella, que a buen seguro se convertiría en la tertulia de la hora del té.

Hasta el momento todo le había salido de maravilla

Cautivar a un dragón

para exponerse ahora a que el hombre contratado por su padre diera con ella. No cuando con seguridad la obligarían a regresar a Virginia, a su casa, y a un funesto destino que no deseaba recordar.

A Dios gracias, tras aquellos arcaicos muros no corría ningún peligro. Al menos ninguno que procediera del exterior. Ya que según le había comentado Georgina, en aquella casa rara vez se celebraba baile, cena o acontecimiento alguno.

Suspiró con resignación.

—Lo lamento, señor Crandall —comenzó a decir con evidente tensión—. Pero prometo sujetar mi lengua en el futuro.

—¡Y un cuerno! —apuntó él con sarcasmo, antes de añadir—: ¿Crees que soy estúpido, muchacha?

Ella se quedó de piedra.

—¿Qué...?

—¿Que si crees que soy un botarate?

—¡No! —exclamó Norah al tiempo que echaba un vistazo hacia la puerta cerrada—. Le aseguro, señor Crandall, que jamás he creído tal cosa. Si me da una oportunidad, le prometo que trataré de mantener las formas. Sé comportarme y mantener la boca cerrada y...

—No estoy tan seguro... —la interrumpió, y a continuación dejó que una sorda pausa flotara en el aire.

Inmerso en aquel dilatado y deliberado silencio, Crandall se sirvió otra copa de brandy, agitando el dorado líquido antes de llevarlo lentamente a los labios.

Norah comenzaba a sentirse desesperada.

—Se lo suplico, señor Crandall, yo...

—¡Tú! —masculló Crandall entre dientes—. Lo único que has hecho desde que llegaste a esta casa, es... —se detuvo, agitando después la cabeza—. ¡Por el amor de Dios! ¡Me estás haciendo perder la cordura!

Norah lo miró confundida sin saber cómo debía reaccionar ante semejante declaración.

—¡Yo no hago tal cosa! —alegó ella en su defensa.

—¡Qué demonios sabrás tú! —la contradijo él, estrellando la copa de cristal en el interior de la chimenea apagada.

El sonido que produjo el vidrio al romperse en miles de pedazos le provocó a Norah un tremendo sobresalto que encogió su estómago. Un estupor que solo pudo compararse con lo que sintió cuando examinó el semblante del ayuda de cámara. En ese instante su sentido común le avisó de que aquella situación se había convertido en algo más que un simple sermón. Comprendió entonces que tenía que largarse de allí lo antes posible.

Apenas le dio tiempo de mover un dedo y cuando se quiso dar cuenta aquel hombre se había abalanzado sobre ella. Norah soltó un chillido y tropezó con sus propios pies, perdiendo el equilibrio. Con el corazón latiendo a mil por hora de puro terror, sintió cómo el cuerpo de él aplastaba el suyo, impidiéndole respirar con normalidad.

Peleó con uñas y dientes, forcejeando y apoyando ambas manos sobre sus hombros para tratar de apartarlo. Sin embargo, comprendió que le sería imposible quitarse a ese hombre de encima. Entre otras cosas porque triplicaba su peso. Extendió los dedos, tratando de arañar-

Cautivar a un dragón

lo, pero Crandall se lo impidió, propinándole una enérgica bofetada.

Norah cerró los ojos fuertemente para no desmayarse. Se sentía mareada por la falta de aire e incapaz de gritar. Trató en varias ocasiones de asestarle un puntapié, pero él yacía tendido sobre ella, de manera que abarcaba su delicado cuerpo casi por completo. Apenas podía despegar los talones del suelo.

Experimentó entonces una oleada de profundo pánico y se revolvió tratando de gritar cuando la áspera mano de él amordazó con fuerza su boca. La sangre se le heló en las venas al advertir el sonido de la tela de su vestido al desgarrarse, mientras los ojos se le humedecían por la rabia y la impotencia.

Un torbellino de colores nubló su vista y cerró fuertemente los párpados. Temía estar a punto de perder la consciencia cuando advirtió que el peso que oprimía sus costillas desaparecía repentinamente, y el aire volvía por fin a llenar sus pulmones.

Norah tosió, notando que la inundaban las náuseas y un vertiginoso mareo al tratar de respirar. Con un esfuerzo sobrehumano, se incorporó apoyando ambas manos en el frío y marmoleño revestimiento de la chimenea.

Todavía mareada, advirtió el frío brillo del atizador y no lo pensó dos veces: lo aferró apresuradamente y giró su cuerpo, alzando al mismo tiempo aquella improvisada arma sobre sus hombros con la intención de asestarle a Crandall un buen golpe de ser necesario.

Paralizada de miedo, Norah se detuvo y bajó lentamente los brazos. Le costaba creer lo que contemplaban sus atónitos ojos: el marqués de Devonshire, con el rostro descompuesto por la furia, aferraba por el cuello a Crandall mientras este último temblaba como una hoja otoñal arrojada al viento.

Aún con el pelo mojado y a medio vestir, Greenwood lo retenía aplastado contra uno de los paneles de nogal que revestía la pared de la estancia. Marcus, cubierto tan solo por unos calzones de lana y sus botas, apenas había tenido tiempo de abotonarse la camisa. Norah clavó la mirada en aquel fuerte torso y tragó saliva antes de comprender lo que realmente estaba a punto de ocurrir: si nada ni nadie lo impedía, ese icono de virilidad, del que ella no podía apartar los ojos, partiría en dos el cuello de aquella libidinosa sanguijuela.

—¡Cómo te atreves! —rugió Marcus—¡En mi casa! ¡Con una de mis empleadas!

Norah contempló aterrada cómo los fuertes dedos del marqués se cerraban aún más alrededor del cuello de Crandall.

—¡Basta! —gritó ella. Arrojó el atizador a un lado y se aferró fuertemente al brazo del marqués con la esperanza de que soltara al atemorizado ayuda de cámara.

Marcus le lanzó una iracunda mirada que la hizo palidecer.

—¿Cómo puedes proteger aún a este mal nacido, muchacha? —rugió Marcus—. ¿Acaso no comprendes lo que esta sabandija desagradecida pretendía?

Ella sintió que el corazón le golpeaba contra las costillas.

—¡No nací ayer, milord! —alzó su voz. Oprimió furiosa los puños, en un vano intento de mantener la calma, y añadió—: Pero si insiste en no soltar su cuello, este canalla morirá estrangulado.

Aquellas palabras lograron hacerlo recapacitar y se detuvo con la respiración agitada. Conocía a la perfección las consecuencias que podría acarrearle el no contener su irascible temperamento. Aflojó los dedos y se apartó de Crandall un paso, permitiéndole respirar.

El ayuda de cámara, tan pálido como la mismísima muerte, se apoyó un instante en la pared mientras absorbía el aire con fuerza, tratando de recuperar el aliento perdido. Con torpes movimientos, alzó la barbilla para mirarla.

—¡Maldita zorra! —escupió las palabras, incluso antes de recuperarse por completo, al tiempo que la acuchillaba con la mirada.

Norah desencajó la mandíbula y lo miró pasmada sin poder creer lo que oía. Aquel hombre era realmente detestable, un maldito autócrata que trataba a las mujeres como si fuesen tan solo despojos. Ella no estaba dispuesta a continuar permitiéndoselo, ¡por supuesto que no!

Notó que la ira y el orgullo la invadían rápidamente. Ese tipo no merecía ni el aire que respiraba. La boca se le comprimió en una fina línea ante la visión de aquella escoria humana y, por primera vez en mucho tiempo, se permitió hacer lo que su corazón le dictaba: se aproximó a él con determinación y le propinó un fuerte golpe en el rostro, con tanta fuerza como su pequeño puño se le permitió.

La bofetada hizo que Crandall se tambalease a un

lado, aunque por desgracia no llegó en ningún momento a perder el equilibrio. Es más, un segundo después, alargó una mano tratando de alcanzarla.

Marcus, anticipándose a sus movimientos, aferró firmemente a Norah por la cintura y la apartó de él justo a tiempo, empujándolo después contra el revestimiento de madera.

La joven dio un brinco al notar el cálido contacto de su abrazo. Sin embargo, aquello no fue nada comparado con el hormigueo que le produjo sentir el roce de su fuerte torso contra la espalda.

Desconcertada por la extraña sacudida que experimentó su estómago, lo miró de reojo con la respiración completamente descontrolada. El tiempo pareció detenerse cuando sus ojos se encontraron. Norah contuvo la respiración y ambos se distrajeron durante un breve momento. Un instante que por fortuna fue finalmente quebrado por la voz del marqués.

—¡Lárgate de mi casa! —le ordenó a Crandall.

Crandall abrió los ojos de par en par, topándose con la dura y severa mirada de su patrón. Respiró fuertemente por la nariz, negándose a creer lo que estaba escuchando.

—¡No puede usted hacerme esto! —balbució—. No… no puede echarme así sin más…

—¿Sin más? —preguntó Marcus con los dientes apretados—. ¿Acaso eres tan estúpido que no entiendes la gravedad de tus actos? ¡Dios mío, cómo he podido estar tan ciego!

Crandall lo miró espantado, antes de dirigir un dedo acusador hacia ella para añadir:

Cautivar a un dragón

—¡Ella! ¡Ella es la culpable!

—¿Qué? —exclamó Norah, atónita.

El marqués la retuvo con fuerza al notar que intentaba lanzarse sobre Crandall. Si hubieran estado en otra situación, Marcus habría encontrado divertido el que una jovencita como ella osara enfrentarse a un rufián como Crandall. Sin embargo, no era el caso y, por descontado, tampoco le hacía ni pizca de gracia el asunto.

—¡Maldito desvergonzado! —gritó ella, lanzando dos fuertes puntapiés al aire. Dos patadas que, afortunadamente para el ayuda de cámara, no llegaron a alcanzarlo.

—¡Suélteme! —chilló ella revolviéndose con la esperanza de que él la liberara.

Marcus ignoró sus intentos por zafarse.

—¡He dicho que te largues! —le repitió.

El ayuda de cámara apretó los puños antes de dirigirse hacia la puerta, donde varios empleados, alertados por la fuerte disputa, observaban con ojos incrédulos la escena. Crandall se detuvo ante ellos antes de rugir:

—¡Quitaos del medio! ¡Malditos metomentodo!

—En el futuro... —comenzó a decir lord Greenwood, haciendo que el hombre cerrara la boca de golpe y lo escuchara sin apartar la mirada de la puerta—, procure tratar a mis empleados con el respeto que se merecen.

Crandall lanzó a Norah una mirada por el rabillo del ojo.

—¿Acaso crees que él es mejor que yo? —le dijo.

Norah advirtió que Marcus endurecía la musculatura de los brazos en torno a su cintura.

Crandall rio amargamente antes de proseguir:

—¡Solo calentarás su lecho! ¡Nada más!

¡Y aquello tenía agallas de llamarse a sí mismo hombre! Norah notó que la sangre le hervía en las venas. A punto estaba de estallar cuando el marqués, resolviendo que ya había escuchado suficientes impertinencias por parte de aquel hombre, la apartó a un lado y dio dos grandes zancadas hacia él, agarrándolo a continuación de la pechera de la camisa.

—¡Maldito sinvergüenza! —bramó—. Ni se te ocurra compararme nuevamente contigo. A diferencia de ti, yo jamás tomaría a una mujer en contra de su voluntad.

—No, usted no. Usted las seduce hasta lograr lo que ambiciona de ellas y luego las arroja al arroyo. Logra incluso que se crean grandes damas. ¡Pues permítame decirle que yo no tengo tanta paciencia ni tantas contemplaciones! Yo no soy un caballero, sino un simple criado, y como tal me comporto —Crandall escupió las palabras, tratando de deshacerse de las manos que lo sujetaban fuertemente.

Cegado por la furia, Marcus traspasó el umbral de la puerta, arrastrándolo consigo y provocando a su vez que los demás miembros del servicio se echaran rápidamente a un lado para evitar tropezar con ambos.

A pesar de hallarse en clara desventaja física, Crandall comenzó a lanzar manotazos a ciegas tratando de soltarse. Un ataque que el marqués no parecía ni siquiera notar.

—¡Maldito desequilibrado! —bramó Marcus. Dio una fuerte patada al portón principal y lo arrojó fuera de un solo empellón.

Cautivar a un dragón

Crandall trastabilló y cayó sentado sobre el duro suelo repleto de guijarros, levantándose entre juramentos un segundo después.

—Te equivocas en una cosa, Crandall: tú ya ni siquiera eres un criado, ahora no eres más que una maldita y sucia rata de cloaca —estalló Marcus con violencia.

La brusquedad y rapidez con la que lo sacó de la casa había dejado a todos atónitos, de manera que tan solo pudieron limitarse a observar en silencio sin atreverse a intervenir o mediar para tratar de calmar los ánimos.

El marqués, con el ceño fruncido y los puños apretados, pugnó por mantener la calma y, tras resoplar, introdujo una mano en el bolsillo de su pantalón y le arrojó después varias monedas de plata.

—Tu salario de esta semana. Te recomiendo que lo agarres y lo gastes esta misma noche. Paga los favores de alguna pobre mujerzuela que se halle dispuesta a aplacar tu desmedida y sucia inclinación a forzar mujeres.

Le lanzó una última mirada y a continuación se giró sobre los talones y cerró la puerta tras de sí, dejándolo sumido en la oscuridad de la noche.

Crandall se agachó y tomó en su mano un puñado de pedruscos del suelo, que después arrojó con violencia a la puerta cerrada. La furia y la irritación lo hacían parecer ebrio, gritando y maldiciendo el día que había llegado Norah a aquella casa, acusando a la joven de todas sus desgracias y del incierto destino que le aguardaría a partir de entonces. Luego, lanzó un puñado más de guijarros antes de retroceder para alejarse de allí entre amenazas y juramentos.

La señora Hayes, cubierta por un enorme y tosco camisón de algodón y con el cabello recogido en una trenza, estrujaba espantada la mano de Georgina, que ni siquiera parecía ser consciente del fuerte apretón, ya que permanecía de pie con los ojos abiertos como platillos de café, enmudecida por la sorpresa.

Junto a ellas, tratando de calmarlas, se encontraba uno de los sirvientes de mayor edad, el señor Scott Anderson. Marcus se aproximó a ellos, dirigiéndose después a este último:

—Señor Anderson, espero que a partir de mañana usted no tenga inconveniente alguno en tomar posesión del puesto de ayuda de cámara, que recientemente ha quedado vacante —ironizó.

—Yo... —murmuró el hombre, tomado por sorpresa—. Necesitaremos un nuevo mayordomo, señor —concluyó Scott.

—Tomaré eso como un sí —respondió Marcus al tiempo que cerraba los botones de su camisa—. Ahora, si me disculpan, aún tengo otro asunto del que ocuparme. Pueden retirarse a descansar, creo que todos lo necesitamos —añadió. Pasó al interior de la biblioteca y desapareció cerrando la puerta a su espalda.

Los ojos verdes de Norah siguieron al marqués mientras este cruzaba la sala, encaminándose directamente al aparador en donde Molly Hayes solía almacenar el brandy y el oporto. Tras llenar dos copas del primero, se aproximó a la joven y le ofreció una.

Ella la aceptó sin rechistar, pensando que tal vez aquel licor consiguiese tranquilizarla. Después de la trifulca, las

Cautivar a un dragón

piernas le temblaban tanto que se había visto obligada a tomar asiento en uno de los grandes sofás orejeros de piel. Norah aspiró profundamente y dejó que el silencio los envolviera. Lo que menos necesitaba en aquellos momentos era otro enfrentamiento.

Él sacudió la cabeza y la miró ceñudo.

—¡Maldita sea! —exclamó—. ¿En qué demonios estabas pensando al reunirte con ese pedazo de cretino aquí?

A ella le costó reaccionar, alzó el rostro y lo miró entre las espesas pestañas mientras los dedos le temblaban descontroladamente. El marqués parecía hallarse tan enojado que sintió la necesidad de tomar un largo sorbo de brandy antes de responder. El fuerte líquido, ajeno hasta aquel entonces a su conocimiento, resbaló rápidamente por su garganta, quemándole el interior.

Norah tosió enérgicamente.

—¡Vaya! Veo que no estás familiarizada con esta clase de licores —observó él sin mirarla al tiempo que se ponía la chaqueta, que había arrojado sobre el diván al descubrir a ambos en el suelo.

—Mi madre siempre solía decir que son impropios de... —se detuvo al percatarse del grave error que estaba a punto de cometer.

—¿Impropios de qué? —insistió él.

—Carece de importancia —musitó ella antes de incorporarse con la clara intención de retirarse.

—¿Qué demonios crees que estás haciendo? —preguntó él, alzando una de sus oscuras cejas.

—Creo que no debería estar aquí, junto a usted, a solas —opinó ella en voz alta.

—Podrías haber opinado eso mismo antes de meterte en la situación en la que te encontré junto a mi ayuda de cámara —dijo él, clavando la mirada en el sonrojado rostro de ella.

—¿Cómo puede decir algo semejante? ¡Yo no he tenido la culpa de lo que ha ocurrido!

—Cierto, no la has tenido —admitió él—. Solo digo que desde que te conozco, que no es demasiado tiempo, te comportas de una manera poco común, exponiéndote al riesgo de una forma desmedida.

Norah exhaló un suspiro.

—Pues agradecería que milord me indicara la mejor forma de evitar ese peligro al que se refiere en una casa donde acostumbran a citarte a solas en la biblioteca o a obligarte a frotar la espalda del patrón —puntualizó ella de manera mordaz.

—¡Dios santo! ¡No soy ningún sátiro! —Rio él.

—No es eso lo que he oído. De hecho, he oído tantas cosas sobre milord que me resulta increíble que aún no haya saltado sobre mí para tratar de llevarme a su depravado lecho —comentó ella con perspicacia al tiempo que observaba el amplio desgarrón en su vestido.

La repentina carcajada de Marcus atrajo la atención de ella, que reculó un paso cuando él extendió la mano para situarle la tela rasgada nuevamente sobre el hombro.

Norah contuvo la respiración, clavando la mirada en él.

—¿Es eso una invitación? —preguntó Marcus con un brillo de diversión en los ojos.

Cautivar a un dragón

Las piernas de Norah comenzaron a temblar cuando notó el suave roce de sus dedos, fuertes y seguros. De pronto, sintió la necesidad de largarse de allí, eso, si sus temblorosas rodillas se lo permitían.

¡Buen Dios! Norah se quedó de piedra al advertir como el poderoso cuerpo del marqués se cernía sobre el de ella, atrapándola contra el frío revestimiento de la chimenea.

—No debería ser tan vanidoso, milord —comenzó a decir en tono de censura—. Además, puede que también sea demasiado arrogante.

—No me digas... —Acercó la nariz a sus cabellos.

Norah tragó saliva.

—¿Cree que unas pocas palabras de su boca bastarán para derretir a cualquier dama? Pues permítame decirle que está usted equivocadísimo si cree que sucumbiré a sus más que dudosos métodos.

—¿Tratas de insinuar que eres algo más que una doncella? —susurró él, provocando que su tibio aliento rozara suavemente la mejilla de ella.

Norah sintió una oleada de calor por todo el cuerpo. Sus dedos se debilitaron, dejando caer accidentalmente la copa y derramando el contenido sobre la hermosa alfombra.

—Lástima, era un buen brandy —susurró él sin apartar los ojos de los de ella.

Norah desvió un momento sus ojos hacia el suelo, clavándolos en la mancha que comenzaba a expandirse en torno al cristal.

—La alfombra debe de ser muy costosa —añadió, notando como la voz le temblaba ligeramente.

Él le sostuvo la barbilla con la punta de los dedos, alzando su rostro, y Norah tragó saliva cuando sus miradas se encontraron. Entonces ella observó que en el profundo azul de sus ojos aleteaba algo que le era imposible descifrar. Algo oscuro y al mismo tiempo seductor. Durante un instante se preguntó si estaba perdiendo el juicio. ¿Oscuro y seductor? ¡En qué parte del mundo era eso posible!

Deseando escapar de allí corriendo, Norah envaró la espalda antes de añadir:

—Yo… —carraspeó, tratando de aclarar su garganta—, pagaré el desperfecto.

Los sensuales labios de él se torcieron en una seductora sonrisa.

—¡Olvida la maldita alfombra! —dijo riéndose—. Tendrías que trabajar para mí durante dos vidas al menos para costearla.

Norah se quedó completamente inmóvil al olfatear el embriagador aroma a jabón de afeitar y perfume caro que desprendía su piel. Se estremeció. Se hallaban tan cerca el uno del otro que le fue sumamente fácil discernir el poderoso contorno de su torso bajo su elegante camisa.

—Debo marcharme… —protestó ella sin poder apartar la mirada de sus labios—. Esto no es correcto, milord. Es tarde y…

—¿Incorrecto para ti o para mí? —la interrumpió él, acariciando con su aliento las espesas pestañas de ella al tiempo que apoyaba ambos brazos sobre la chimenea, apresándola en un círculo de vigorosa musculatura.

—Para ninguno de los dos —dijo ella con voz ronca,

Cautivar a un dragón

recuperando momentáneamente la cordura, un instante antes de agacharse y escabullirse por debajo de su brazo.

Lord Greenwood no hizo intento alguno de retenerla.

—Lo deseas tanto como yo —afirmó él, instalando una sonrisa socarrona en sus labios.

Atónita ante semejante presunción, se detuvo para mirarlo con la boca abierta.

—¿Pero qué demonios está diciendo?

—Creo que he hablado lo suficientemente claro: sé que lo deseas. Puedo notarlo en la forma en que me miras. Eres tan transparente como el cristal de la copa que derramaste.

—¡Eso es totalmente falso! —repuso ella con energía.

No obstante, aquella aptitud solo provocó que él riera aún más alto.

—Señorita Devlin, eres una grandísima embustera —dijo burlón.

Ella inspiró profundamente tratando de contenerse y miró al techo poniendo los ojos en blanco. Estaba segura de que él trataba de provocarla, aunque no alcanzaba a entender la razón.

—Si no… —Hizo una pausa, tratando de expresarse con coherencia—. Milord, si no necesita nada más, me voy a dormir —suspiró, tratando de no alentar más su diversión. Giró grácilmente su cuerpo y se encaminó hacia la salida.

—Me parece bien… —opinó él—. Pero antes deja que te dé un consejo…

Norah se detuvo un segundo y lo miró ceñuda.

—¿Y bien?

—Procura no equivocarte de aposentos. No creo que esta noche pudiera corresponder como es debido; tengo un dolor de cabeza insoportable.

Norah le dirigió la más hostil de las miradas.

—Lo que usted tiene es un ego tan enorme que no le cabe en ese dichoso traje de Charles Frederick Worth[*] que lleva usted puesto —bufó—. ¿Acaso cree que con tan solo su magnífica y maravillosa presencia voy a caer rendida a sus pies? ¡Pues puede usted aguardar sentado, milord, porque eso no va a suceder!

—¿Cómo lo sabes? —Marcus achicó los ojos, traspasándola con la mirada.

Ella se detuvo sin comprender a que se refería.

—¿Cómo sé qué? —resopló.

—Mi traje… ¿Cómo sabes quién lo ha confeccionado? —insistió él, abandonando su posición junto a la chimenea para aproximarse a ella con una inquietante lentitud.

Norah pestañeó, intentando encontrar una respuesta que explicase su desliz al tiempo que reculaba un paso, acercándose más a la puerta.

—¡Exijo que me digas cómo lo has sabido! —le advirtió, deteniéndose frente a ella.

—Olvida milord que una de mis funciones en esta casa es encargarme de la colada. Además, todas las creaciones de ese caballero están rubricadas —se aventuró a explicar.

---

[*]Worth fue pionero en atribuirse la categoría de celebridad al firmar sus creaciones como si de piezas de arte se trataran.

Cautivar a un dragón

—Así es... —cruzó los brazos ante su fuerte torso—, pero da la casualidad que este es el primer traje que confecciona para mí, ya que, según intuyo, también debes de saber que cose habitualmente únicamente para damas.

Norah sintió un atisbo de pánico y, sin embargo, no pudo evitar que su mirada se posara en la musculatura que se distinguía bajo la camisa abierta.

—Yo... —Tragó saliva y se esforzó por apartar los ojos de aquel cuerpo. Por supuesto que distinguía el trabajo de *le couturier*, como solían llamar al sastre. ¿Y quién no lo haría? Aquel modisto solo aceptaba realizar un traje de caballero cuando se trataba de un conocido o alguien con cierta relevancia. Los trajes que cosía para su padre eran bastante similares al que él llevaba puesto en aquel momento—. Es fácil reconocer una prenda como esa... —dijo ella sinceramente.

—¿Sí? ¿No me digas que en la casa de tu antigua patrona, lady Patterson, se contaba también con los servicios de *le couturier*? Lo cual, dicho sea de paso, sería de lo más insólito, dado que todo Londres conoce el hecho de que esa dama es una incondicional de madame Adelaida —se inclinó y enfrentó su rostro al de Norah, que se sentía completamente incapaz de abrir la boca.

Él enarcó una de sus cejas antes de añadir:

—Escondes algún secreto...

Norah contuvo la respiración al oír las palabras del marqués. Tal afirmación se aproximaba tanto a la verdad que sintió arder sus mejillas hasta el límite de lo absurdo.

—No sé de qué me está hablando, milord —mintió

ella mientras sus dedos tanteaban el picaporte de la puerta que se encontraba a su espalda.

—Escondes algo, Norah Devlin, y pienso averiguar de qué se trata —lo escuchó decir antes de salir de la biblioteca a toda prisa.

Una vez alcanzó el vestíbulo, comenzó a temblar como una hoja. Se sentía mareada y extenuada por la serie de sucesos que se habían desarrollado en las últimas horas. Y, para colmo, lord Greenwood parecía sospechar algo, temió Norah mientras remontaba rápidamente los peldaños de la escalera.

Se pasó una mano por la frente, apartándose el cabello, y se recordó a sí misma que no debía preocuparse. Pronto todo habría acabado, tía Mariel se instalaría definitivamente en Londres y ella podría abandonar aquella casa sin levantar sospechas.

Pero hasta entonces debía evitar cruzarse con ese peligroso hombre. Peligroso en muchos aspectos, pensó con un estremecimiento.

Capítulo 4

Aquella semana parecía haber transcurrido considerablemente más despacio que las anteriores.

Durante los cinco días posteriores a su encuentro en la biblioteca con lord Greenwood, Norah se sumergió en la rutina de su trabajo: por el día limpiaba, fregaba, enceraba los suelos y enjuagaba la cuantiosa colada, y por las noches preparaba en la cocina, junto a Georgina, pomadas hidratantes para la piel, hechas a base de miel y distintas frutas.

Norah no podía evitar que una sonrisa aflorara en su rostro cuando la doncella abría la boca sorprendida, al comprobar los rápidos resultados que producían aquellos maravillosos ungüentos, que incluso la señora Hayes les había solicitado para ella misma. Uno de esos milagros en tarro, los había llamado.

De aquel modo había pasado el lunes, luego el martes y así sucesivamente hasta llegar al viernes, su día de descanso.

Cautivar a un dragón

Durante todo aquel tiempo había evitado con notable éxito a lord Greenwood que, afortunadamente para ella, fue reclamado con urgencia en una de las muchas plantaciones de cereales que poseía cerca de la Abadía de Fountains.

Los negocios del marqués abarcaban un amplio abanico de posibilidades: desde los trigos que se cultivaban en Inglaterra, a la hoja de tabaco que su flota de barcos trasportaba desde el nuevo mundo al resto de Europa.

Norah apartó con su mano la hoja seca que había caído sobre el libro que estaba leyendo sentada a la fresca sombra de un viejo árbol.

No lograba entender por qué la obra que en aquellos momentos acaparaba su curiosidad, *Les Fleurs du mal*, había sido todo un escándalo. Incluso llegó a ser declarada de mal gusto y de atentar contra la moral. A ella aquel trabajo le parecía francamente brillante. Aunque por desgracia, semanas atrás, se había visto obligada a discutir con el dueño de la librería sobre la conveniencia o no de que ella adquiriese semejante obra. El viejo señor John Monroe se había mostrado totalmente en contra de que una jovencita de su edad leyese una obra tan controvertida, pero ella estaba tan resuelta a comprarla que el pobre hombre no tuvo más remedio que abdicar ante su determinación.

Un inesperado sonido atrajo su atención. Norah apartó un instante los ojos del libro y se quedó inmóvil, prestando más atención. El sonido parecía ser más bien un chapoteo, pensó incorporándose. Tal vez alguien hubiera caído al agua, sospechó.

Con un sentimiento de alarma, arrojó el libro a un lado

al recordar que aquella mañana Georgina sería la que limpiaría la colada en su lugar. Se tapó la boca con la mano, tratando de reprimir un grito, y corrió todo lo rápido que sus pies se lo permitieron. Recordaba perfectamente el pavor que le producía a la joven doncella caer al agua, ya que no sabía nadar.

Cuando llegó a la orilla se detuvo en seco con la respiración entrecortada. Miró a un lado y al otro y, aunque no distinguió el cesto de ropa por ninguna parte, sabía que no podía estar del todo segura de que aquella canasta no hubiese caído al agua junto a la doncella.

Sin detenerse a pensarlo dos veces, comenzó a abrir rápidamente los pequeños botoncillos de nácar que cerraban la parte superior de su ligero vestido de algodón azul.

Apenas había conseguido separar tres botones cuando ante ella emergió del agua un hombre.

Norah se quedó petrificada en el sitio, comprendiendo que el más mínimo movimiento por su parte alertaría a lord Greenwood de su presencia allí. Este iba tan desnudo como el mismo día en que nació, permitiéndole a ella admirar aquel cuerpo en todo su esplendor. Bueno, en casi todo, ya que además de encontrarse de espaldas a ella, el agua le cubría de cintura para abajo, muy oportunamente, pensó Norah ruborizándose.

Marcus agitó fuertemente la cabeza y miles de pequeñas gotas se precipitaron en todas direcciones, haciendo que ella diera un paso atrás. Norah juró en voz baja cuando sospechó que él había advertido su leve movimiento.

—¿Acaso me espías? —preguntó él, girando su cuerpo hacia ella.

Cautivar a un dragón

Norah olvidó que sus labios poseían la virtud de expresarse en cuanto clavó su mirada en aquel musculoso torso. Los profundos ojos azules de Marcus brillaron de diversión y añadió:

—Creí haberte entendido bien cuando dijiste que habías gozado de la compañía de decenas de amantes, ¿me equivoco? —señaló él, rompiendo momentáneamente el encantamiento en el que ella estaba sumergida.

—Yo... —carraspeó con nerviosismo—. No creo en ningún momento haber dicho tal cosa.

—¡Lo recuerdo perfectamente! —Marcus hizo un gesto con la mano, apoyando un dedo sobre su sien—. Dijiste que habías visto decenas de hombres. ¡Sí, eso fue exactamente lo que dijiste!

—No dije que fueran amantes —aclaró ella sin mover los pies del sitio.

—¡Vaya! ¡Otro misterio! ¿Cómo puede una joven ver decenas de hombres despojados de sus ropas fuera de una alcoba? —Rio.

—No todo el mundo es tan lujurioso como usted, ¿sabe? —comentó ella, ansiando aparentar una firmeza que en absoluto poseía.

Él lanzó una fuerte risotada que la hizo estremecer por dentro. Jamás una risa le había parecido tan seductora como la de aquel hombre.

—¡Oh! Ya entiendo ¡Qué torpe he sido! —Marcus se golpeó la frente mojada con la palma de la mano.

—¿Qué es lo que entiende? —resopló ella entre dientes, al tiempo que se dejaba caer sentada sobre la hierba, justo frente a él.

—Debe de ser usted una de esas muchachas de escasa moralidad que pasan su tiempo libre espiando mientras los pobres e indefensos caballeros nadan ajenos a su presencia.

Norah soltó una melodiosa carcajada.

—Usted no es un hombre pobre y, desde luego, tampoco es un indefenso caballero —añadió.

Greenwood no pudo evitar sentirse cautivado por el sonido de su risa. En ese instante, aquella muchacha era la criatura más exquisita que había visto en su vida.

—El dinero no lo es todo —acertó a decir Marcus, arrojándose un poco de agua sobre la cabeza para desenmarañar la larga y negra cabellera que rozaba ya sus hombros.

A ella se le escapó un suspiro al pensar en la dicha de las gotas que atravesaban su cuerpo, adheridas a aquella piel dorada como el trigo. Tragó saliva y exorcizó aquel perturbador pensamiento de su mente. Aunque en ese momento no lo pareciera, ella era ante todo una dama, una mujer que jamás se había visto inundada por aquellas reflexiones libidinosas. Se sentía como si no fuera ella misma, atrapada en aquella perturbadora espiral de descubrimientos y nuevas impresiones.

—Cierto —logró responder tras aclararse la garganta.

—¿Cierto? —él frunció el entrecejo—. ¿Qué puede saber una joven doncella como tú sobre fortuna o responsabilidades?

—Bueno... —comenzó a decir ella—. De un modo u otro, todos tenemos responsabilidades, milord. Y en lo que respecta a la fortuna, prefiero entender más de felicidad.

—¿Sabes que eres una muchacha de lo más extraña?

—añadió Marcus antes de comenzar a caminar hacia la orilla.

—¿Qué está haciendo? —preguntó ella tensando el cuerpo e incorporándose con rapidez.

—Está claro: salir del agua —Rio él—. ¿No desearás que me arrugue como una pasa?

—No, pero, pero... yo... —balbuceó ella y se dio la vuelta rápidamente, dándole la espalda.

—¿Un arrebato de virtud? —Rio él mientras se ponía los pantalones, que descansaban sobre una roca cercana. Tras colocarse sus botas de montar, se aproximó a la muchacha, que continuaba inmóvil, evitando mirarlo.

—¡Por Dios! Tienes veintitrés años, ¿recuerdas? —se burló, aproximando su boca al oído de ella.

Norah dio un tremendo brinco y giró el rostro para mirarlo. Cuando lo hizo, trastabilló y tropezó fuertemente con el duro torso desnudo de él. Marcus la envolvió entre sus brazos para evitar que cayese y ella retuvo abruptamente la respiración.

—No creí que fueras de las que se arrojan a los brazos de un hombre a la primera ocasión que se les presenta —se burló él con voz ronca, sintiendo el roce de sus suaves pechos a través de la tela del vestido.

Norah apoyó ambas manos sobre su torso y le propinó un fuerte empellón, consiguiendo que la liberara.

—¡Maldito cretino! ¿Acaso cree que voy a tolerar que...?

Norah no pudo terminar la frase. Marcus se precipitó, literalmente, sobre sus labios, impidiéndoselo. Luego desplazó su fuerte mano tras la nuca de ella, enredando los dedos entre sus cabellos, haciendo que aquel contacto fuese aún más intenso.

Ella siempre había creído que los besos eran inofensivos y gentiles, llenos de devoción y de cortesía. Pero ni en mil años habría osado imaginar que un beso como aquel pudiese existir: un contacto cargado de pasión, precipitación y... deseo.

El corazón comenzó a latirle deprisa y notó cómo paulatinamente su cuerpo perdía la rigidez de tal manera que por un momento creyó carecer de osamenta que lo sujetara. De pronto una oleada de pasión la azotó como un látigo, provocándole un intenso y húmedo calor que le nubló el juicio. En ese instante solo deseaba que continuara. Sintió como si nada le importara y se dejó arrastrar más allá del decoro. Más allá de lo que se suponía correcto.

Él jugó hábilmente con su lengua al tiempo que introducía una mano bajo su falda, acariciando con los dedos la fina piel de sus muslos y buscando con experimentadas caricias la unión de estos. Norah se estremeció al sentir el húmedo deseo que se instaló en aquel punto. Los labios de Marcus le recorrieron el suave y blanco cuello, haciéndola temblar.

—Limón, bergamota y naranja... Agua de Farinas[*]... —susurró él sin separar los labios—. Un perfume algo costoso para una doncella, ¿no te parece?

Norah recuperó la cordura súbitamente, empujándo-

---

[*] Aroma muy innovador para la época, ya que se trataba de una fragancia muy fresca en contraposición a la de los cargados perfumes, usados por aquel entonces.

Cautivar a un dragón

le después y alejándose abruptamente de él. No podía dejar de respirar agitadamente al tiempo que sus senos subían y bajaban de forma descontrolada. Sentía que le ardían las mejillas, consumidas por un sofocante calor.

—Debo regresar a la casa —se obligó a decir.

—Lo que deberías, señorita Devlin, es confesar ese secreto que tanto te obstinas en ocultar.

—No sé a lo que se refiere. —Trató de caminar, pero él se lo impidió obstaculizándole el paso y sujetándola por el brazo—. Tengo mucho trabajo, señor —insistió Norah.

—¿Crees que no sé que hoy es tu día libre?

—¡Suélteme el brazo!

—¿Quién te regaló ese perfume? —la interrogó.

—¿Qué? —Norah arrugó el ceño. Aquel hombre debía de haber perdido totalmente el juicio.

—¡Ya me has oído! Exijo saber quién te hizo ese regalo, y por qué.

Ella lo miró sorprendida. ¿De modo que ese hombre había llegado a la absurda conclusión de que el perfume era el obsequio de un caballero? Eso por llamarlo de algún modo. ¡Pues bien! Si eso era lo que creía, peor para él. Sonrió satisfecha a pesar de que las mejillas le ardían terriblemente y su corazón palpitaba con fuerza. Greenwood había puesto una maravillosa arma en sus manos: la excusa perfecta para lograr evitarlo.

—Tiene usted razón, milord —admitió ella, sintiendo como los fuertes dedos de Marcus aflojaban su presa.

—¡Lo sabía! —resopló él—. ¡Sabía que estaba en lo cierto!

—Así es, milord —mintió ella.

—¿Puedo saber de quién se trata?

—¿Acaso cree que estoy chiflada, milord?

—Vives bajo mi techo. Es mi deber estar al tanto de todo lo concerniente a los que están bajo mi protección.

—Trabajo para usted, no estoy bajo su protección, haría bien en recordarlo.

—En lo que a ti respecta, es lo mismo.

—No tiene usted que preocuparse por mí.

Él endureció sus facciones antes de añadir:

—¡Pues se acabó! —exclamó repentinamente. La soltó y se apresuró a terminar de ponerse la camisa.

Ella abrió sus ojos desmesuradamente y palideció.

—¿Qué se supone que quiere decir con eso?

—¿Acaso no escuchas cuando te hablan? Quiero decir justamente eso: que no volverás a verlo.

—¡No puede usted imponerme tal cosa, milord! —Rio ella con nerviosismo.

—Puedo y acabo de hacerlo. —Alzó una ceja.

Norah cruzó los brazos ante la cueva de sus senos de una forma casi infantil.

—Pues yo amo a ese hombre —mintió—. Así que veo difícil lograr lo que usted me pide.

—Tranquila, preciosa... —se burló el marqués.

Se aproximó a ella y le dio un fuerte y rápido beso en los labios, antes de emprender el camino de vuelta a casa.

—¿Tranquila?

—¿Repites siempre las palabras como una cacatúa? —bufó él—. A partir de ahora seré yo quien caliente tu frío lecho, preciosa.

Cautivar a un dragón

Ella se quedó estupefacta al entender que, de no hacer nada para evitarlo, su plan se iría a freír espárragos. No tardó mucho en darse cuenta de que aquel caballero era demasiado inteligente y sagaz para subestimarlo. Algo que ella había hecho muy desatinadamente. Lord Greenwood sabía ingeniárselas a la perfección para rebatir cualquier excusa que a ella se le ocurriese.

—Pero usted no me atrae... —trató de convencerlo, en un último intento de enmendar su error.

Marcus la miró por encima del hombro.

—Hace un momento ese cuerpo tuyo decía lo contrario. —Rio—. Podía haberte hecho mía ahí mismo, de habérseme antojado —respondió él, señalando el lugar junto al lago con el dedo índice, antes de continuar su camino.

—Sin duda está usted loco si cree que voy a comprometer mi rep... —cerró rápidamente la boca.

Marcus se detuvo y retrocedió un paso hasta ella.

—¿Tu reputación? ¿Eso es lo que ibas a decir?

—No.

—Norah... confiesa.

—Creo que ya he confesado bastante por hoy, ¿no le parece? —bufó entre dientes.

—No existe ningún amante —adivinó Marcus con media sonrisa.

—¡Qué demonios sabrá usted! —exclamó ella indignada. Odiaba ser tan sumamente transparente para aquel hombre.

—Si tuvieses realmente uno, no te importaría lo más mínimo tu reputación —le lanzó una mirada de advertencia.

—Es mi prometido —mintió nuevamente, tratando de recuperar el control de la situación.

—Está bien, entonces no te importará decirme de quién se trata.

—Sí que me importa ¡y mucho!

—¿Sí? ¿Por qué? —preguntó él.

Norah lo miró ansiando encontrar una respuesta sensata ante tan audaz encerrona. Si tan solo pudiese apartar un momento la mirada de aquellos profundos ojos, a buen seguro hallaría cientos de maravillosos argumentos a su pregunta.

—Pues... porque... yo... —balbució.

Marcus rio enérgicamente.

Norah no pudo evitar apretar con fuerza su mandíbula y lanzar un rugido antes de darse media vuelta y comenzar a caminar con paso firme hacia la mansión, alejándose cada vez más de aquel hombre insufrible.

Aún le parecía oír su risa cuando atravesó la puerta trasera que conducía a la cocina. Allí agarró un cuenco de una de las estanterías y derramó un poco de la leche fermentada que Corintia, la cocinera, había elaborado días antes. Luego añadió miel, algunas especias y comenzó a batirlo todo enérgicamente.

—¿Qué haces? —preguntó Georgina, que la observaba desde el rincón donde estaba sentada, mondado unas patatas.

—Bálsamo para las manos —respondió ella de manera automática, apretando aún más la mandíbula.

—Ya preparamos ungüento para las manos el miércoles —le recordó la doncella al tiempo que abandonaba la

Cautivar a un dragón

faena. Se limpió las manos en el delantal y se incorporó para aproximarse a ella.

—¿Se puede saber qué es lo que te ha enojado tanto? —añadió Georgina.

—¿Por qué crees que estoy enojada? —replicó Norah, agregando el contenido de otro tarro.

—Bueno, entre otras cosas, porque acabas de terminar con todo el sebo para dar lustre a las botas.

Norah se detuvo y clavó la mirada en el cuenco que sostenía entre las manos. Su espeso contenido y el extraño color que había adquirido la mezcla indicaban que Georgina no se había equivocado.

—Es... una receta nueva.

—No lo dudo... —respondió la doncella, arrebatándole el cuenco de las manos para después introducirlo en un pequeño barreño de cobre, lleno de agua—. Seguro que es una receta estupenda, si lo que pretendes es que se te caiga la piel a tiras.

Norah alzó el rostro y la miró.

—¡No logro comprender a los hombres! —estalló.

—¿Te refieres a tu historia con el marqués? —preguntó Georgina sagazmente.

—Ya te dije que no hay tal cosa. Está solo en tu cabeza —rezongó Norah, arrugando el entrecejo.

Georgina se encogió de hombros, apoyó una mano en sus redondas caderas y chasqueó la lengua antes de decir:

—Ya, pero entre tanto te recomiendo que vayas a la tienda del señor Cosme y compres más sebo. Al marqués no le gustará verse obligado a prescindir de él. Al fin y al cabo, tienes tiempo, hoy es tu día libre.

—Tienes razón —suspiró ella al recordar que Greenwood parecía estar al corriente de aquel hecho.

—También te conviene comprar una cofia nueva. Ya oíste lo que te dijo la señora Hayes el otro día.

Norah sonrió a Georgina y asintió.

—Creo que el señor Scott tenía la intención de acudir hoy a la ciudad, puede que le pida que me lleve.

—Una idea estupenda, Norah. Scott Anderson es un hombre respetable y seguro que no pondrá objeción alguna a que lo acompañes. Tal vez incluso lord Greenwood estaría dispuesto a hacerlo.

—¡Georgina...!

Capítulo 5

—Con esto no te serviría ni una jarra de mi peor cerveza.

El tabernero arrojó a Crandall la pequeña moneda que este le había entregado momentos antes. Crandall elevó los ojos y no hizo esfuerzo alguno por atrapar el penique, que acabó estrellándose contra su pecho.

—Cálmate, John... —replicó alguien a su lado. Crandall no se molestó en averiguar de quién se trataba y mantuvo la mirada clavada en su jarra vacía—, yo pagaré el trago de mi amigo.

—¡Tú mismo, Bob! Si quieres perder tu dinero, allá tú. Pero este tipo no tiene ni para pagar su propio entierro —refunfuñó el tabernero colocando de un solo golpe una jarra llena frente a Crandall.

Este último la asió y la elevó lentamente hacia el desconocido que decía ser su amigo, antes de arrimarla a su boca y dar un buen trago al dorado contenido. El tabernero le lanzó una última y fría mirada antes de marcharse.

Cautivar a un dragón

Bob estiró sus largas piernas y apoyó su delgada espalda sobre la trasera de la silla. Después observó fijamente a Crandall. Aquel rostro de ojos pequeños y nariz prominente que se encontraba semioculto tras los grasientos mechones oscuros escapados de su viejo sombrero le resultaba familiar.

—Yo te conozco...

—No me digas —ironizó Crandall dando otro trago.

—Ya te he visto antes por aquí —adivinó Bob. Después pareció relajarse aún más en su asiento—. Venías a retozar con esa mujerzuela, ¿cómo se llama...? Sandie. Sí eso es, Sandie.

Crandall rio amargamente. Aquel antro, sucio y oscuro, le parecía ahora aún más decadente que antes.

—Esa cualquiera... ahora no se acercaría a mí aunque la vida le fuera en ello. Todas esas furcias son iguales, tan solo les interesa el maldito dinero.

—Sí, el maldito dinero —repitió Bob. Después dio un trago de su propio licor y entornó los ojos.

—Yo antes poseía dinero, ¿sabes? —balbució Crandall—. No es que fuese un hombre rico, pero tenía un buen sueldo y un buen techo bajo el que cobijarme. ¿Me entiendes, verdad?

Bob asintió en silencio.

—¡Ya no tengo dinero! ¡Ni trabajo! ¡Ni nada! ¡Maldita sea! —Dio otro trago—. Lo he perdido todo por una furcia. Una ramera peor que la propia Sandie.

Bob lanzó una mirada a la mujer, que los observaba con disgusto desde la barra al tiempo que servía un par de jarras de cerveza.

—Eso es tremendamente difícil, amigo. No hay pescador, hombre o marino que no haya retozado en el lecho de esa mujer —respondió Bob sin apartar la mirada de ella.

—Créeme, es cierto. La mujer a la que me refiero es de las que se hacen las inocentes, las castas; pero lo que realmente buscan es un buen bocado que merezca más la pena.

—Bueno, siempre puedes trabajar para otro señor, ¿no es así?

—Nadie en Londres querrá asalariarme. —Hizo una pausa torciendo la boca—. No después de que mi reputación como ayuda de cámara haya quedado arrastrada por el lodo... ¡Maldita mujerzuela!

—Entonces, déjame decirte que es una suerte que tú y yo hayamos coincidido hoy en esta sucia taberna.

—¿Sí? ¿Y quién demonios eres tú? —bufó Crandall, haciendo que su casi inexistente labio superior temblara al tiempo que apuraba el resto de su bebida.

—Bob Royal, marinero del *Discípulo,* el barco que capitanea el comandante Bass Dane.

—¿Y eso debería importarme?

—Sí, si lo que deseas es comenzar de nuevo.

—¿Marino? No gracias, no es lo mío.

—Prestarías tus servicios en el *Discípulo* solo durante unas pocas semanas. A cambio, el comandante Dane te pagaría unas monedas, y con ellas la oportunidad de comenzar de nuevo.

—Ya te he dicho que eso es imposible.

—No tanto. Bass piensa dirigir el *Discípulo* hasta Amé-

Cautivar a un dragón

rica. Tiene asuntos que resolver en el condado de Virginia, y no creo que allí tu reputación sea de dominio público.

Crandall guardó silencio un par de minutos.

—¿Y dices que tan solo serían un par de semanas?

—Así es. El comandante necesita con urgencia hombres, marinos o no, que presten sus servicios en el buque. En cuanto lleguemos a Virginia, las bodegas del *Discípulo* se cargarán de hojas de tabaco y ya no será necesario que tú, u otros tantos como tú, permanezcáis bajo el mando de Bass. Podréis hacer o dirigiros adonde más os plazca.

Cesar Crandall frunció los labios y volvió a guardar silencio.

—¿Y bien? ¿Cuál es tu respuesta? —insistió Bob.

Crandall alzó la jarra vacía ante los ojos del marino, y este hizo nuevamente una señal al tabernero.

—¿Cuándo partimos? —respondió Crandall con voz pastosa al tiempo que John colocaba una jarra llena nuevamente ante él.

Capítulo 6

—¿Puede detenerse allí, señor Scott?

Norah señaló con el dedo un pequeño negocio a un lado de la calzada. Su escaparate, repleto de telas y lazos de infinidad de géneros y colores, era tremendamente llamativo.

—Parece un lugar muy fino, ¿no te parece? —comentó el hombre, alzando una ceja al tiempo que detenía el carruaje justo donde ella se lo había indicado.

—Así es, pero necesito con urgencia una cofia nueva y da la casualidad de que este es el único sitio en todo Londres donde las venden ya confeccionadas. Prometo que tan solo tardaré unos minutos, señor Scott.

—Tarda el tiempo que precises, jovencita, yo aún tengo que hacer un par de recados más para la casa del marqués. La señora Hayes me pidió que comprara un par de sacos de harina, sal y sebo para dar lustre —arrugó el ceño—. Aunque estoy completamente seguro de que eso último lo compré la semana pasada...

Cautivar a un dragón

Al oír aquello, Norah no pudo evitar que sus mejillas ardieran y enrojecieran súbitamente. Enderezó la espalda y se deslizó suavemente de la parte delantera del carruaje.

—Gracias. En cuanto termine, aguardaré su regreso aquí mismo.

Anderson asintió con un movimiento de cabeza y azuzó a los dos caballos que tiraban del vehículo para que partiesen.

Norah mantuvo la mirada clavada en el elegante carruaje hasta que este giró, perdiéndose en medio de una multitud de calles toscamente adoquinadas.

Miró a su alrededor. Aquella ciudad no dejaba de sorprenderla. No había un solo rincón que no pareciera estar lleno de vida. Desde el lugar donde una muchacha arrojaba a la calle el contenido de un bacín, al puesto donde un joven y lozano muchacho trataba de llamar la atención de los transeúntes con el *Daily Telegraph* en mano.

Si bien había nacido en aquella bulliciosa ciudad, su padre abandonó aquel lugar hacía algo más de veinte años, trasladándose junto a su familia a Virginia. Por tanto, poco o nada recordaba de su lugar de origen.

Un chiquillo tropezó fuertemente con ella, haciendo que Norah se tambalease un momento y retrocediera dos pasos para evitar caerse. Súbitamente recordó por qué se encontraba allí.

—¡Lo lamento, señorita! —gritó el pequeño casi sin mirarla, antes de continuar corriendo calle abajo.

Ella no pudo impedir que una sonrisa iluminara su rostro. Después alisó las arrugas de su falda con una mano y cruzó la puerta de Adelaida's, un pequeño y lujoso establecimiento, sobradamente conocido por las diestras manos de su propietaria a la hora de confeccionar las prendas y vestidos más soberbios y elegantes de Londres.

El vibrante tintineo de la campanilla de latón que colgaba sobre el marco de la puerta atrajo la atención de las tres jóvenes damas que se encontraban en el negocio, escoltadas por sus doncellas.

—Buenos días. —Se atrevió a desearles, recibiendo como única respuesta el silencio y alguna que otra despreciativa ojeada.

La propietaria se apresuró a dejar lo que tenía entre manos para atenderla, y Norah intuyó que no deseaba tenerla pululando por su tienda más tiempo del necesario.

—¿Qué desea?

—Buenos días, madame —volvió a desearle—. Preciso una cofia de algodón.

—Eso es más que obvio. —Oyó la risita de una de las mujeres. La muchacha, una joven de cabellos oscuros y un tanto entrada en carnes, abrió su abanico, ocultándose después la boca.

Norah se quedó en silencio y apretó fuertemente los dientes. Sintió unas ganas terribles de asestarle un buen puñetazo. Uno de aquellos que, de niña, le había enseñado a propinar el joven Jhoss Newman, uno de los mozos que trabajaban para su padre. Pese a todo sonrió e imaginó tres maneras distintas de arrancarle los pelos de la cabeza, algo que la ayudó a mantenerse serena e ignorar los cuchicheos y las risitas.

Cautivar a un dragón

Suspiró. Odiaba aquello. Fingir ser otra persona y no responder ante las humillaciones a las que la clase obrera era frecuentemente sometida por aquella decadente clase alta le resultaba cada vez más difícil. Aunque lo peor era saber que, por desgracia, ella también pertenecía a ese detestable elenco.

Madame Adelaida le hizo una señal con su huesuda mano para que la siguiese y se dirigió con paso firme hacia uno de los cuantiosos mostradores, enseñándole a continuación el objeto que ella había solicitado.

—Te costará medio penique —dijo la mujer, extendiendo con cuidado la prenda sobre el mostrador.

Norah introdujo los dedos en el pequeño bolsillo de su vestido y los movió con nerviosismo al no hallar nada en su interior.

—¡Maldito pillastre del demonio! —exclamó al recordar su desafortunado tropiezo con el muchacho.

Las jóvenes damas abrieron súbitamente los ojos, escandalizadas por sus palabras. El espacio se llenó de murmullos, pero estos fueron sofocados súbitamente por un estrepitoso silencio.

—Señorita, le ruego a usted que se marche —le exigió la propietaria sin la más mínima cortesía. Plegó la prenda con cuidado y la devolvió a su sitio.

—Lo lamento, madame, pero lo cierto es que un jovenzuelo me robó el dinero.

—Sí, claro... —Se cruzó de brazos y alzó una de sus exquisitas cejas—. Si me dieran un chelín cada vez que escucho algo semejante, poseería un palacio y no un taller de costura. Además, aunque poseyeras el dinero suficiente para comprar una de mis cofias, nunca la vendería a una muchacha tan deslenguada e insolente.

Dicho esto, rodeó el mostrador y la aferró por el brazo para obligarla a abandonar el lugar.

Estaban a punto de alcanzar la puerta cuando alguien carraspeó tras ellas.

—Supongo que no tendrá inconveniente alguno en aceptar mi dinero —comentó lady Patterson con voz firme, fulminándolas con la mirada.

Norah giró el rostro y abrió los ojos de par en par al reconocer a su querida tía.

—Milady... —comenzó a balbucear la mujer—. Lady Patterson... ¡Es un grandísimo honor que visite usted mi humilde taller!

—No me cabe la menor duda —respondió lady Patterson, fría y tajante, mientras dejaba que sus ojos trazasen un círculo a su alrededor.

Las elegantes damas, que momentos antes se habían escandalizado, palidecieron y se sumieron en un incómodo mutismo. No había nadie en Londres, aristócrata o no, que desconociera el noble apellido de aquella poderosa dama.

Catherine Cox, que contaba tan solo con diecinueve primaveras, se atrevió a hablar.

—La creíamos en el nuevo mundo, milady.

Inclinó levemente su cabeza con cortesía.

—Pues como es obvio, no es así —respondió, cortante. Después giró su rostro y lanzó una dura mirada al lugar donde se encontraba madame Adelaida, aferrando enérgicamente el brazo de su sobrina.

Cautivar a un dragón

—Creo haber oído que la muchacha ha solicitado una cofia.

—Sí, milady, pero... —El rostro de la propietaria adoptó un tono pálido.

—¿Sí o no le ha pedido esta joven una cofia? —la interrumpió lady Patterson, achicando los ojos.

La mujer aflojó los dedos que sujetaban el brazo de Norah y, sin mencionar una palabra más, se dirigió rápidamente hacia el mostrador.

Norah se aproximó, lanzándole a lady Patterson una mirada de agradecimiento.

—¿Deseas algo más? —preguntó la mujer, mientras terminaba de envolver la prenda con un suave pliego de papel. A Norah le pareció que la voz de madame Adelaida se había tornado sumamente afable.

—¡Puede llamarla señorita! —añadió lady Patterson, provocando que los asombrados ojos de las presentes se clavasen en Norah y logrando que la joven notase que su cuerpo empequeñecía por momentos.

Madame Adelaida desencajó la mandíbula y miró a lady Patterson, desconcertada.

—La señorita es mi querida sobrina, madame. Y como tal deseo que usted la trate.

El color de las mejillas de la costurera parecía haber desertado de su rostro, abandonándolo para evadirse al fin del mundo.

—Lo lamento, lady Patterson. —Su rostro volvió a enrojecer como una fruta madura—. Quiero decir... yo no podía imaginar...

—No importa —interrumpió a la mujer—. Como

puede usted observar, la señorita necesita varios vestidos, miriñaques, corsés, guantes, sombreros y zapatos. Mi sobrina ha realizado un largo viaje y necesita un guardarropa nuevo y elegante.

—Yo la había confundido con una doncella, milady. Cuando pidió la cofia… —dijo con un hilo de voz.

Lady Patterson le lanzó una dura mirada de advertencia que la hizo enmudecer súbitamente.

—¿Acaso está usted insinuando que alguien de mi familia aparenta ser un simple empleado del hogar?

—No, milady, yo… —Tomó aire—. Traeré todo de inmediato.

Dicho eso, madame Adelaida se dio la vuelta y desapareció en el interior de su taller.

—Desconocía el hecho de que tuviese usted una sobrina, milady —indicó Catherine Cox, inclinando la cabeza hacia Norah. La joven le respondió de la misma forma.

—Pues ya ve lo equivocada que estaba, señorita Cox. De hecho, no es la única sobrina que tengo —respondió lady Patterson.

—Sí, milady, reconozco que estaba tremendamente equivocada —admitió sin entusiasmo antes de clavar la mirada en el bonito reloj de pared con esfera de porcelana que descansaba sobre el mostrador. A continuación añadió—: ¡Oh! ¡Pero qué tarde es!

Norah alzó una ceja, sorprendida por la pedante representación de aquella muchacha de tirabuzones rubios y boca pequeña sin creer una sola palabra. Parecía increíble lo hábil que era para ser tan joven.

Cautivar a un dragón

La Señorita Cox sonrió e hizo una cortés reverencia antes de abandonar el taller junto a su doncella.

Lady Patterson no se sorprendió del cauteloso comportamiento del que había hecho alarde la joven. Sabía que nadie en su sano juicio se arriesgaría a molestarla o incomodarla. Ella era una mujer demasiado influyente y respetable para intentarlo y salir airoso de ello. Su marido, uno de los aristócratas más poderosos de toda Inglaterra, había fallecido tiempo atrás, transformándola a su vez en una poderosa viuda. Una a la que no convenía enojar o desagradar.

El resto de las jóvenes no tardó en imitar a la señorita Cox, despidiéndose cortésmente y dejando a ambas mujeres a solas en el interior de la pequeña tienda.

—¡Tía Mariel! —Norah le dio un fuerte abrazo.

—¡Querida!

—Creí haber entendido bien cuando dijiste que tenías previsto instalarte definitivamente en Londres en noviembre —comentó Norah.

—Y así era en un principio. Pero las cosas parecen haberse calmado en Virginia mucho antes de lo que yo había esperado.

—¿A qué te refieres?

—El hombre que tu padre contrató para dar contigo, un tal señor Ford, de Missouri, abandonó tu búsqueda ya hace semanas. Por lo visto, mi querido cuñado se negó a continuar pagándole sin obtener resultados.

—No me sorprende... —admitió Norah, que conocía sobradamente el carácter huraño de su padre.

Lady Patterson retrocedió un par de pasos, apartándose un poco de la joven y admirando mejor su aspecto.

—Estás estupenda, querida. Creo que incluso has ganado un poco de peso desde la última vez que te vi.

—¡Gracias al cielo! Si no hubiera sido por ti, tengo la seguridad de que ahora tan solo sería un decrépito saco de huesos. —Rio la joven.

—Aun así, creo que has cometido una estupidez exponiéndote de este modo a ser reconocida.

—¿Qué? ¿Quién va a reconocerme aquí, en Londres?

La dama guardó un segundo de silencio.

—Sí, supongo que tienes razón, sobre todo ahora que el señor Ford ha dejado de husmear por aquí. Además, ya no hay caso de que continúes ocultándote. No solo he regresado definitivamente a la ciudad, sino que también he puesto de manifiesto tu verdadera identidad ante ese hatajo de arpías.

Norah sonrió al oír aquellas palabras de los labios de una mujer tan elegante y educada como su tía. Luego la miró ceñuda.

—¿Y cómo piensas evitar que mi padre averigüe dónde me encuentro?

—Lo habría hecho de todos modos, de haber partido de Virginia inmediatamente después de ti. Haber aguardado allí un tiempo ha evitado que tu padre sospechara nada respecto a nuestro plan —dijo lady Patterson antes de que madame Adelaida irrumpiera nuevamente en la tienda.

La mujer acarreaba en sus manos una decena de muestras: telas de seda estampada, encajes y género liso de al-

Cautivar a un dragón

godón. Tras deslizar la cinta métrica que llevaba apoyada tras el cuello, inició la tarea de tomar medidas a la joven Norah.

—¡Vaya! Posee usted una cintura diminuta, señorita Patterson —observó madame Adelaida, anotando una cifra en un pequeño cuadernillo. Norah abrió la boca para indicarle el error que cometía al confundirla con una Patterson. Sin embargo, lady Patterson se apresuró a responder por ella:

—Aun así, deseo que confeccione para mi sobrina varios de esos célebres corsés suyos, madame. Tengo entendido que son una exquisitez —apuntó lady Patterson, lanzándole a Norah una mirada que le indicó lo que podría beneficiarlas aquello.

A ella no le costó demasiado comprender el significado de aquel gesto. Si la creían descendiente del difunto marido de su tía, y no de su propia sangre, correría menos riesgo de ser descubierta.

—¡Por supuesto, milady! —respondió la mujer con evidente orgullo al tiempo que extraía un enorme tomo de una de las estanterías y lo habría sobre el mostrador para que admirasen los bellos bocetos de sus afamados diseños—. Solo tienen que indicarme el estilo que desean, y en pocos días tendrán confeccionado todo lo necesario.

Con la valiosa ayuda de su tía y su exquisito gusto, Norah eligió cuidadosamente los modelos que más le favorecerían y el género en que se realizarían los mismos: encajes, terciopelos y sedas estampadas.

Se hallaba tan enfrascada en aquel maravilloso pasatiempo que olvidó por completo que el señor Anderson pasaría a recogerla hasta el mismo instante que este detuvo el carruaje donde habían acordado un rato antes.

Norah apartó los ojos de los extraordinarios bocetos para contemplar al hombre a través del escaparate y dejó caer los brazos a ambos lados de su cuerpo cuando vio que Anderson extraía del bolsillo de su chaleco un pequeño reloj y lo ojeaba con nerviosismo.

—Debería regresar a Greenhouse, tía —susurró Norah.

—¡Tonterías! —respondió lady Patterson. Irguió la espalda y giró con gracia sobre sus talones para encaminarse después hacia la puerta.

En cuanto la vio, Scott inclinó la cabeza hacia la dama y Norah, aguardando en el interior del taller, se adelantó un paso para poder ver mejor la cara que ponía el hombre. Por desgracia, tres elegantes damas se detuvieron un instante ante el escaparate, dificultándole la visión y obligándola a estirar el cuello, gesto que no sirvió para nada, ya que una multitud de personas transitaban aquella mañana por la calle, inundando la travesía de altos sombreros de copa y bellas sombrillas de encaje.

Se mordió el labio inferior con nerviosismo y aguardó pacientemente a que su tía regresara.

—¿Y bien? —quiso saber Norah en cuanto cruzó la puerta.

Lady Patterson lanzó una fugaz mirada hacia madame Adelaida para asegurarse de que no podía oírlas.

—Le dije que a partir de este momento prestas tus servicios nuevamente en mi casa. Lo entendió perfectamente y dijo que informaría a lord Greenwood en cuanto llegara a la mansión.

Cautivar a un dragón

Al oír aquel nombre, Norah sintió un vuelco en el estómago. Su mera mención parecía poseer el poder de descontrolarle los latidos del corazón. Lo único que tenía que hacer era respirar, se dijo un instante después, comprendiendo que no volvería a verlo. Pero lo que le costó más fue tratar de entender el motivo por el cual se sentía repentinamente indispuesta.

—¿Te ocurre alguna cosa, querida? Te has puesto pálida.

—Yo... —Asió el pequeño abanico de su tía y comenzó a darse aire—. Estoy algo mareada.

La propietaria del taller, notando la palidez de sus mejillas, se apresuró a ofrecerle una de las sillas que estaban dispuestas de manera estratégica por toda la tienda.

—Siéntese, señorita —pidió con preocupación.

—¿Puede traer un poco de agua, madame? Creo que tomar algo fresco le vendrá bien —opinó lady Patterson.

La mujer, que se dirigió rápidamente a la trastienda, regresó en un abrir de ojos con un vaso en las manos. Norah lo acercó a sus labios y tomó un pequeño sorbo.

—Lo lamento. Supongo que es este sofocante calor —inventó la joven.

Lady Patterson la miró con recelo antes de dirigirse a madame Adelaida.

—Trate de tener todo listo en un par de días. Si lo logra, le pagaré el doble de su precio.

La mujer, que trató fervientemente de no parecer demasiado ansiosa, no pudo evitar que se le iluminase el rostro.

LIS HALEY

—Trataré de tenerlo todo a punto el próximo lunes, milady —respondió.

Lady Patterson ofreció su brazo a Norah, pero esta lo rechazó alegando hallarse algo mejor. Pero si bien no sentía la misma sensación de pánico que le había encogido el corazón al principio, aún le temblaban las piernas.

Fueran cuales fueran las razones, se sentía como si le hubiese pasado una carreta por encima. Esgrimió una mueca de fastidio y se levantó de la silla. ¿Cómo era posible que la simple mención de ese hombre la afectara tanto?, se preguntó. Sin duda solo era cuestión de tiempo que lo olvidase. Estaba segura de que aquel pellizco que sentía en el estómago se esfumaría en cuanto se alejase de Greenhouse y de su propietario.

Norah no pudo evitar que aquel pensamiento le provocase una cierta sensación de angustia.

¡Por el amor de Dios! Todo aquello era absurdo.

Tras abandonar el pequeño comercio, ambas subieron al lujoso carruaje que las aguardaba al otro lado de la calle. Norah lanzó un profundo suspiro y recostó la espalda en el asiento de cuero, echando la cabeza hacia atrás. Lady Patterson, en silencio, se limitó a observar el rostro cetrino de su sobrina. No era de extrañar que después de todo lo sucedido se sintiera ahora indispuesta, pensó.

Trascurridos unos minutos, Norah exhaló nuevamente un suspiro y levantó la cabeza para observar el paisaje tras la ventanilla con la mirada ausente.

—¿Me lo vas a contar? —le preguntó su tía, interrumpiendo sus pensamientos.

—¿Contarte? Lo lamento, pero no te comprendo, tía

Cautivar a un dragón

Mariel —respondió dirigiendo nuevamente su mirada hacia el exterior.

—Parece como si abandonar tu puesto como doncella en la mansión Greenwood no te causara felicidad alguna, sino todo lo contrario.

Norah abrió los ojos asombrada, no tanto por las extrañas palabras de su tía sino porque en ellas hubiese algo de verdad. Aun así sonrió, tratando de aparentar indiferencia.

—¡No seas ridícula, tía Mariel! —Rio—. Tan solo es que... me pilló por sorpresa...

—Ya... —dijo con una sonrisa socarrona.

—Te suponía en Virginia. Eso es todo.

—¿Eso es todo? —Alzó ambas cejas—. Porque hace un momento, en el taller de esa mujer, parecías un cadáver de lo pálida que te has puesto.

Norah batalló porque su estómago no se encogiera nuevamente.

—Ya te dije que el causante es este asfixiante e irritante calor.

—Y dime... ¿ese sofocante calor tuyo tiene nombre?

Norah abrió la boca y dejó caer la mandíbula ante la perspicacia de su tía.

—¿Qué nombre se supone que debería tener?

—Marcus Greenwood, por ejemplo... —respondió la mujer, encogiendo un instante los hombros. Luego sonrió con picardía.

Norah no podía creer lo que su tía le estaba diciendo. ¿Acaso era trasparente para todo Londres?

—¿Y por qué Marcus? ¿Por qué no Iván o Timothy?

—Porque, querida, no hay dos hombres como Marcus Greenwood.

—¡Ya…! —la miró entre las pestañas—. ¿Y por qué no te casas tú con él? —resopló Norah entre dientes.

—Pues porque me sobran unos veinte años y me faltan energías. Por eso —respondió la mujer con tono melancólico.

Norah entornó los ojos, fulminándola con la mirada.

—Tía Mariel…

—¿Sí?

—¿Elegiste enviarme a Greenhouse con alguna finalidad oculta?

Lady Patterson se rio.

—¿Qué finalidad podría tener yo para elegir ese lugar en particular?

—Pues por ejemplo, el marqués —concluyó Norah, cruzando ambos brazos ante su pecho.

—¿Te has enamorado del marqués? —preguntó lady Patterson, dedicándole una falsa e inocente mirada.

Norah trató de reprimir un gruñido.

—Tía Mariel, tienes suerte de que te adore —apuntó ella.

Lady Patterson no pudo contener por más tiempo la risa.

Capítulo 7

El insistente golpeteo al que parecía estar siendo sometido el portón principal logró que despertara súbitamente.

Se incorporó en su cama y se esforzó para levantar los párpados por completo. Cuando lo logró, deslizó la mirada a su alrededor. De repente recordó que ya no se hallaba en el frío y oscuro cuartillo que ocupaba junto a Georgina en Greenhouse. Los finos visillos de encaje celeste que cubrían las ventanas, las alfombras y la inmaculada chimenea de mármol a su izquierda se encargaron de recordarle cuál era su nueva posición.

Aún somnolienta, Norah agarró el vaso de agua que reposaba sobre la mesilla y dio un pequeño sorbo, que fue inesperadamente interrumpido por el sonido de más golpes.

—¿Qué demonios…?

Apartó la colcha y depositó los pies descalzos sobre la alfombra.

Cautivar a un dragón

Acto seguido, clavó la mirada en lady Patterson, que penetró en la habitación con la respiración entrecortada.

—¿Qué ocurre, tía?

—Algún pobre desquiciado, supongo —respondió por fin la mujer, lanzando una inquieta mirada hacia el corredor.

—Debe de serlo para aporrear tu puerta así a estas horas de la mañana —miró hacia donde lo hacía su tía y se levantó de la cama para aproximarse a ella.

Jane Clark, una de las doncellas, golpeó suavemente con los nudillos el marco de la puerta abierta, atrayendo la atención de ambas.

—Es lord Greenwood, señora. Solicita ser recibido por milady.

Norah se quedó paralizada durante un segundo, sintiendo que los latidos en su pecho aumentaban considerablemente su ritmo. Notó que se le enrojecían las mejillas. ¡Cómo odiaba que su cuerpo y su cabeza perdiesen el control de aquella manera!

—¿Solicita? —replicó lady Patterson con irritación—. ¿Desde cuándo a aporrear la puerta de una dama de manera semejante se le llama solicitar?

—Tía... —comenzó a decir Norah—. Será mejor que bajes a recibirlo. Cuanto antes se marche de aquí ese hombre, mejor. —No pudo evitar que un deje de temor asomara en sus pupilas.

—Sí, creo que será lo más acertado —suspiró la dama observándola con detenimiento.

—Entonces, señora, ¿lo hago pasar a la sala de visitas? —preguntó la doncella.

—Sí, Jane. Dile que lo recibiré en quince minutos. Y llévale mientras tanto una infusión caliente, tal vez así ese ogro se tranquilice.

Una vez se hubo marchado la joven doncella, lady Patterson lanzó una inquisitiva mirada hacia Norah.

—¿Debo saber algo que aún no me hayas contado? —indagó.

—¿Algo? ¿Algo sobre qué? —preguntó Norah, sintiendo cómo le ardían las mejillas.

—Algo sobre por qué cierto marqués aporrea mi puerta al día siguiente de marcharte tú de su casa.

—¡No digas tonterías, tía Mariel! Esto no tiene nada que ver conmigo.

Lady Patterson estiró los músculos de la espalda y ajustó las mangas de su amplio camisón.

—¡Eso espero! —suspiró—. Si no, tendría que dar demasiadas explicaciones a mi cuñado por mi comportamiento —agregó antes de salir de la habitación.

Norah cerró la puerta, apoyó la espalda sobre ella y retuvo un momento la respiración. ¿Qué demonios hacía allí lord Greenwood?, se preguntó sin hallar una respuesta lógica a su conducta. Se incorporó con esfuerzo y se aproximó rápidamente a la ventana, corriendo los finos visillos de encaje para poder mirar a través de los cristales. Como siempre, no había carruaje alguno, tan solo un brioso corcel que parecía aguardarlo junto a la hermosa fuente del jardín.

Dio un tremendo salto al oír tres golpecitos tras la puerta. Se giró y por un momento se quedó mirando sin saber si debía abrir o permanecer allí, pasmada y en silen-

Cautivar a un dragón

cio. Cuando trascurridos unos segundos se abrió y apareció la joven Jane Clark, suspiró aliviada. Sin embargo, se vio obligada a sujetarse en el quicio de la ventana al notar que las rodillas le fallaban.

—¿Ocurre alguna cosa? —se atrevió a preguntar a la doncella, sintiendo a su vez como un inoportuno nudo parecía querer instalarse de por vida en su garganta.

—Lady Patterson ha ordenado que le pregunte qué es lo que desea tomar esta mañana. Según ha dicho milady, tras su largo viaje tal vez le apetezca desayunar en su dormitorio, y no abajo en el salón —le indicó la joven.

Norah no era ninguna estúpida, conocía perfectamente el peligro al que se enfrentaba y lo imprudente que sería cruzarse con el marqués en aquellos momentos. Sobre todo sin estar al corriente de lo que había ido a buscar.

—Gracias, Jane, tan solo tomaré un poco de fruta y algo de leche caliente —le dijo a la muchacha menuda y de mejillas sonrosadas.

Jane Clark, de apenas veintitrés años, inclinó ligeramente la cabeza y se marchó tan rápido como había aparecido.

Norah centró entonces su atención sobre la puerta cerrada, sintiendo infinidad de sentimientos, tan dispares como incompatibles: por un lado tenía la necesidad de abandonar aquel dormitorio y correr escaleras abajo para tratar de averiguar el motivo de la irrupción de lord Greenwood allí, y por otro deseaba encerrarse en aquel dormitorio y permanecer allí hasta que aquel hombre desapareciera de la casa y de su mente.

Norah intuyó que aquello último iba a ser tremendamente complicado, por no decir imposible. Se llevó una mano a la boca e introdujo la punta del dedo índice entre los labios, mordiendo después la uña.

¡Buen Dios, aquello sí que era exasperante! Echó atrás la cabeza y se dio la vuelta nuevamente hacia la ventana. ¿De qué estarían hablando su tía y él? Acercó un poco más la punta de la nariz al cristal y cuando advirtió la figura del marqués aproximándose a su caballo la apartó rápidamente, ocultándose tras el visillo sin perderlo a él de vista.

Incluso a aquella distancia era un hombre imponente. No hacía falta encontrarse más cerca de lord Greenwood para apreciar el salvaje y primitivo poder que emanaba de él. Se estremeció al tiempo que lo observaba alejarse al galope, levantando al mismo tiempo una gran nube de polvo a sus espaldas. Permaneció inmóvil hasta que, por fin, desapareció de su vista por el sendero de tierra: un largo tramo de camino delimitado por dos grandes hileras de viejos cipreses.

Jane entró nuevamente en el dormitorio portando en sus manos una hermosa bandeja de plata que contenía varias piezas de fruta y un tazón de leche. Después la depositó sobre una mesita.

—La visita ya se ha marchado —le informó la joven.

Norah se preguntó por un momento si aquella muchacha habría intuido el motivo de su desazón.

—Sí, lo sé. Acabo de ver como se alejaba por el sendero.

—Es un caballero realmente interesante, ¿no le pare-

Cautivar a un dragón

ce a usted, señorita? —comentó la doncella mientras cerraba los postigos y abría las ventanas, antes de proceder del mismo modo con la puerta de dos hojas que daba a la pequeña terraza.

Norah trató de ignorar las palabras de la chica y se encaminó con tranquilidad hasta el fondo del dormitorio. Allí se sentó en un pequeño diván tapizado en seda estampada de tonos beige, ante el que había una mesita realizada por Jean-Jacques Werner, un desaparecido ebanista por el cual su tía parecía tener una más que notable predilección.

Jane tomó de nuevo la bandeja y la llevó hasta el lugar donde ella se encontraba, depositándola después sobre aquella lujosa mesa.

Norah alzó el rostro cuando lady Patterson traspasó la puerta. La mujer, con un grácil movimiento de sus caderas, se sentó junto a ella.

—Jane, por favor, tráeme una taza de té —pidió a la muchacha.

Esta se limitó a asentir con la cabeza antes de marcharse, cerrando la puerta tras de sí.

—¿Y bien? —insistió en saber Norah.

Su tía enarcó una de sus pelirrojas cejas y clavó sus almendrados ojos en ella.

—¿Y bien qué?

Se encogió de hombros al tiempo que trinchaba con su tenedor una de las encarnadas fresas que descansaban en el interior de uno de los platillos de porcelana.

—¡Oh, vamos, tía Mariel! Sabes perfectamente a qué me refiero.

—Bueno, por lo visto lord Greenwood está algo molesto con el hecho de que yo haya decidido recuperar a mi antigua doncella —explicó la dama antes de lanzarle una inquisidora mirada.

Norah trató de aparentar desconocer el porqué de aquella situación y, fingiendo una total falta de interés, comenzó a pelar una manzana.

Lady Patterson bajo la mirada y se sumó a ella, robándole pequeños pedacitos de fresa para llevárselos después a la boca, de labios finos y algo severos.

—¿Sabes? Creo que ya es hora de que nuestros vecinos conozcan a la sobrina de mi difunto esposo.

De pronto Norah se quedó pálida, soltó el tenedor sobre el plato y alzó su mentón sorprendida.

—¿No será peligroso? —le preguntó a su tía.

—Tal vez, pero será aún más peligroso cuando todo Londres sepa que mi sobrina se aloja bajo mi techo y no se muestra a nadie. Como comprenderás, tu padre no tardaría ni un minuto en sospechar que te hallas bajo mi protección.

—Sí, creo que tienes toda la razón —admitió ella con un suspiro.

Lo último que necesitaban en aquellos momentos era que Basil Devlin intuyera que había alguna razón secreta por la que lady Patterson ocultaba a la sobrina de su difunto marido a la vista de todos. Su padre era un hombre sagaz y muy astuto. No en vano había logrado que de dos de las tres magníficas fábricas que poseía en Virginia saliera gran parte del jabón que se comercializaba en todo San Francisco y parte de Europa. Creer que si

Cautivar a un dragón

llegaba a sus oídos aquella noticia él no sospecharía nada en absoluto era una soberbia estupidez, digna de cualquier descerebrado que no lo conociera lo suficiente.

Norah notó como si la boca del estómago se le hubiese cerrado repentinamente, impidiéndole engullir cualquier alimento. Valorar la posibilidad de que la pudieran encontrar allí y por consiguiente obligarla a regresar a Virginia, le producía un escalofrío. Sobre todo al recordar por qué se hallaba bajo la protección de su tía en Londres. Aún le parecía imposible que su padre se hubiera dado por vencido después de tan solo tres meses, aunque, por fortuna, parecía ser así.

—¿Qué piensas? —preguntó lady Patterson cuando advirtió que Norah dejaba su plato a un lado.

—Me preguntaba cómo piensas presentarme a esos vecinos tuyos.

—Pues con un baile, por supuesto. ¿Cómo si no? —Su tía se encogió de hombros.

—¿Un baile?

Norah abrió la boca.

—La semana próxima sería el momento perfecto, dado que madame Adelaida ya tendrá preparado todo lo necesario.

Norah se hundió en el respaldo de su asiento y lanzó un prolongado soplido.

Su tía la observó con detenimiento antes de añadir:

—Lo que no sé es qué vamos a hacer con tu aspecto.

—¿Mi aspecto? ¿Qué demonios le ocurre a mi aspecto?

Lady Patterson le lanzó una inquisitiva mirada antes de responderle.

—En cuanto alguien hable a mi queridísimo cuñado Basil sobre tu color de pelo lo tendremos aquí de inmediato —resopló con desánimo.

—¿Y qué propones? —Norah entornó los ojos, mirándola entre sus densas pestañas.

—Rezar, cariño. Rezar mucho...

—Tía, eso no es una opción.

—Ya, pero es lo único que se me ocurre.

Capítulo 8

La semana pasó sin más contratiempos. Norah se dedicó durante todo aquel tiempo a conocer mejor todas las dependencias y recodos de Lakehouse, ya que constituirían desde ese momento su nuevo hogar, y puso especial interés en conocer a las personas que habitaban en él: la joven y discreta Mary Anne, el habilidoso mayordomo Edward o la señora Bach, entre otros. Esta última siempre estaba atenta a que lo que entraba y sobre todo lo que salía de su cocina fuera siempre perfecto y delicioso. Meredit Bach era además madre de un joven mozo de cuadras llamado Nicholas, el cual, para desesperación de todos los habitantes de la mansión, pasaba gran parte de su tiempo pensando en las musarañas y por lo tanto desatendiendo sus labores en los establos.

Norah había pasado sin duda una grata semana, pero lo que más le había complacido durante aquellos últimos y calurosos días de agosto había sido conocer a los habitantes que circundaban la propiedad y que, por tanto, se

Cautivar a un dragón

hallaban bajo la protección de su tía. Descubrió con asombro que lady Patterson no solo era respetada por su apellido, sino que también era muy generosa con aquellas gentes. Algunos, como Jane o el mayordomo, poseían en las cercanías una de las pintorescas casitas de ventanas emplomadas y tejado cónico que los lugareños se esforzaban en cubrir en su totalidad de paja hábilmente tejida. Según le contaron, aquello preservaba el calor en invierno y los protegía al mismo tiempo de la incómoda humedad que solía dar buena cuenta de los muros de piedra. A pesar de poseer una de aquellas casas, Jane y Edward residían durante todo el año en Lakehouse como asalariados de lady Patterson, mientras que otros tantos vecinos explotaban sus tierras pagando una insignificante renta a la dama.

Aquella semana, Norah se sintió enormemente orgullosa de ser su sobrina. Orgullosa y dolorida, pensó recordando la cantidad de baños de lodo, friegas de limón e ingestas de vinagre a las que su tía la había sometido durante los últimos días. Su cabello brillaba aún más que antes tras las inacabables cataplasmas de pomadas y potingues que Jane le había aplicado, un día sí y otro también.

Se detuvo en el camino de tierra que conducía directamente hasta la entrada principal de Lakehouse y admiró su grandeza. Sus orillas estaban tan perfectamente delimitadas que se hubiera podido pensar que alguien había extendido una alfombra de guijarros hasta la mismísima puerta. Los cipreses que parecían acompañarla en su paseo se alzaban sobre el pasto verde en ordenada hilera a cada lado del camino, recortados elegantemente y privados de su punta. Allí, ante ella, se erigía la magnífica mansión construida en 1620. Su bloque principal estaba custodiado por dos grandes alas que se alzaban de forma majestuosa a ambos lados. Desde aquella distancia podía atisbar perfectamente los enormes conductos dobles, y perfectamente alineados, que sacaban al exterior el humo de los hogares.

Norah se apartó a un lado cuando a tan solo un par de metros de ella desfiló un pequeño carromato cargado de fanales y otros enseres que se suponían necesarios para el baile de aquella noche.

Tía Mariel, haciendo gala de su reputación de magnífica anfitriona, pretendía iluminar los jardines tanto como fuera posible, ya que el acontecimiento se extendería hasta el exterior de la propia mansión. Así era lady Patterson cuando ofrecía una cena o baile: recargada y espléndida; aunque paradójicamente, jamás rebasaba el sentido de la elegancia y lo estrictamente correcto.

En cuanto la galera alcanzó la puerta principal, varios trabajadores se afanaron en descargar los objetos acomodados en su parte posterior, distribuyéndolos luego por doquier.

Norah resopló y continuó su paseo abriendo la pequeña sombrilla marquesa con intrincados bordados para protegerse de los rayos del sol. Clavó la mirada en sus manos, que habían recuperado toda su tersura y reconquistado su blancura. Para ella aquellos detalles eran importantes sí, pero no prioritarios. Sin embargo, para su tía el aspecto de una dama era siempre fundamental. No obstante, ella agradecía más el hecho de haber podido retomar sus clases de piano. Aquello era lo único que adoraba hacer en Virginia y de lo que Basil Devlin no se había atrevido a privarla, ya que según decía, a su futuro marido le llenaría de orgullo.

Sintió un estremecimiento al tiempo que alcanzaba el portón principal y penetraba en el vestíbulo. Repentinamente se sintió mareada y se sujetó a uno de los bustos románicos que decoraban el principio de la balaustrada de mármol a ambos lados de la escalinata. Esta, tras los doce primeros peldaños se bifurcaba, conduciendo a los dormitorios principales, habitaciones de uso exclusivo y a dos de los *boudoirs*.

Sintió como si una mano invisible aprisionara su cuello impidiéndole respirar al recordar a Ryan Wharton, el horrible hombre con quien su padre la había prometido. Un caballero que ostentaba tantos años como dólares en el First Bank of the United States.

—¡Cielo! —exclamó una voz familiar—. ¿Qué te ocurre?

Norah elevó sus ojos y miró a su tía, que se encontraba en el rellano de la escalera mirándola con preocupación.

—No... no es nada —respondió, llevándose una de las manos a su frente entumecida y cerrando los párpados al mismo tiempo.

Lady Patterson descendió los peldaños apresuradamente y cuando llegó junto a ella la abrazó. Conocía demasiado bien a su sobrina para no entender lo que significaba ese «nada».

—Aquí no va a encontrarte nadie, te lo prometo —le dijo tratando de tranquilizarla, aunque sabía que si estaba de Dios el que Basil Devlin la hallara, ni ella ni nadie podrían hacer nada por impedirlo.

Ella alzó el mentón y observó los suaves ojos almendrados de su tía antes de añadir con determinación:

—Me da lo mismo, no pienso regresar con él aunque me encuentre. ¡Antes muerta que casarme con Ryan Wharton!

Lady Patterson abrió los ojos y se apartó de ella para después asirla de ambos hombros con fuerza.

—No quiero volver a escuchar algo semejante, ¿me has comprendido? —Lady Patterson hizo una pausa y suspiró fuertemente—. Confía en mí, encontraré el modo de que todo salga bien.

Norah abrió sus bellos ojos verdes y la miró sorprendida, limitándose a asentir débilmente. Le daba miedo lo que podía estar rondando la cabeza de su tía. Lady Patterson era una mujer decidida e inteligente que rara vez se detenía cuando sabía lo que ambicionaba.

—Ahora quiero que te olvides de todas esas bobadas y subas a prepararte para esta noche —le dijo su tía besándola en la frente antes de alzar la voz para llamar a Jane—. Dentro de unas horas aquí no cabrá un solo mosquito.

Norah no sabía cómo sentirse ante aquellas palabras. En cierta manera le hacía feliz volver a verse rodeada de gente, y sin embargo, al mismo tiempo, no sabía si aquello iba a suceder demasiado pronto. Fuera así o no, ya no había marcha atrás.

Cautivar a un dragón

—¿Sí, milady? —preguntó la doncella en cuanto hizo acto de presencia.

—Dile a Edward y a ese zoquete de Nicholas que suban el suficiente agua caliente para el baño. Luego, encárgate de ayudar a mi sobrina a prepararse —ordenó al tiempo que uno de los lacayos dejaba caer junto al vestíbulo un enorme jarrón, que se hizo añicos en cuanto tocó el suelo.

—Discúlpame, querida... —le dijo a Norah antes de dirigirse rápidamente hacia Jaime, encargado de deshollinar los hogares y conocido por todos los moradores de Lakehouse como «el manos de trapo», por razones obvias.

Norah contuvo una risita antes de comenzar a subir las escaleras para dirigirse a su dormitorio.

Media hora después se encontraba sumergida en el interior de la tina que alguien había dispuesto en el *boudoir*, junto a la ventana. El agua caliente, junto al vapor perfumado que cosquilleaba en su nariz, habían logrado lo que parecía imposible: sus músculos habían perdido la rigidez y su estado nervioso casi se había disipado por completo.

«El agua, el aroma a rosas, ¡quién sabe!», se dijo a sí misma. Pero lo cierto era que todos los problemas parecían en aquel momento encontrarse ya distantes. Norah sonrió al pensar esto último. A fin de cuentas aquello era literal, ya que su padre se encontraba afortunadamente en otro continente. Ya no tendría que oír más sus gritos, órdenes o palabras despectivas sobre su falta de interés por encontrar un esposo acaudalado o con título.

Con su hermana, Monique, todo era distinto. Él siempre se mostraba amable y acedía a todos sus caprichos, por descabellados que estos fueran. Norah estaba plenamente convencida que, de antojársele a la joven, él permitiría que se prometiera incluso con Jaime manos de trapo.

Sin embargo, aunque quería con locura a su hermana, Norah sabía que no era como Monique, ya que ella no era realmente hija de Basil.

Podía perdonarle a Basil Devlin que le hubiera otorgado su ilustre apellido arrebatándole el de su padre, muerto cuando ella tan solo era un bebé. Incluso podía pasar por alto el hecho de haberle ocultado su falta de parentesco con él hasta cumplir los diecinueve. Pero lo que jamás podría perdonarle era el haberla tratado como una simple moneda de cambio. No cuando ella no había conocido otro padre que no fuera él.

Jane entró en la habitación haciendo que Norah abriera uno de sus párpados para seguirla con la mirada. La joven doncella puso un pequeño banquito junto a ella y se sentó, comenzando después a enjabonarle el cabello en silencio.

Norah cerró los ojos y dejó que sus pensamientos afloraran en su mente. Repentinamente, como por arte de magia, tuvo la estremecedora y onírica visión del cuerpo desnudo de lord Greenwood en su propia tina mientras ella le frotaba aquella imponente espalda. Aquello logró hacerla enrojecer casi de inmediato.

¿Qué pensaría él sobre su precipitada decisión al

Cautivar a un dragón

abandonar Greenhouse? Tal vez incluso él hubiese valorado la posibilidad de que, tras lo sucedido, aquello fuera una huida en toda regla.

Sus mejillas ardieron hasta lo absurdo al recordar la indecente proposición que él le había hecho junto al río.

¿Por qué no se había sentido del mismo modo al oírla de los labios de Cesar Crandall? Al fin y al cabo, se suponía que ambos hombres trataban de obtener lo mismo. Sin embargo, no fue repulsión lo que experimentó su cuerpo tras oír semejante cosa de boca del marqués.

¿Acaso aquel peligroso hombre la había hecho perder el juicio?, se preguntó sumergiéndose un poco más en la tina y sintiendo al mismo tiempo que el calor y el rubor se hacían con el resto de su cuerpo.

—¿Sabe, señorita? —comenzó a decir Jane—. He oído que Adam Kipling vendrá esta noche al baile.

—¿Adam Kipling? —Norah arrugó el suave ceño, preguntándose qué importancia podía tener aquel nombre.

—Sí, señorita. El señor Kipling en persona —repitió Jane solemnemente al tiempo que le derramaba un jarro de agua sobre la cabeza para retirar con cuidado el jabón de sus cabellos.

Norah secó su rostro con un lienzo de algodón antes de decir:

—Lo lamento, Jane. Pero no conozco al caballero.

—Pues debe de ser usted la única joven en todo Londres que no haya oído hablar de él —apuntó mientras le secaba los grandes bucles rojos con ayuda de un grueso paño de lino.

—Supongo que es porque no llevo demasiado tiempo en esta ciudad —hizo una breve pausa antes de preguntar—: ¿De quién se trata?

Jane sonrió satisfecha. Se incorporó, giró sobre sus talones y se dirigió al pequeño armario con puertas de nogal para extraer más toallas. Tras aproximárselas, le dijo:

—Es el bribón más encantador del que yo haya oído hablar —suspiró—. Además, por lo visto también es terriblemente apuesto.

—Hablas de él como si lo conocieras. —Rio Norah.

—Bueno... para el caso es lo mismo. He escuchado tantas cosas sobre ese hombre que, Dios no lo quiera, podría tratarse de mi propio hermano —envolvió el cuerpo de Norah en un lienzo de gran tamaño antes de proseguir—. Según su mayordomo, el señor Thomas, no hay día que ese caballero no reciba en su propiedad al menos la visita de una dama; ya sea joven o no.

—Parece tratarse de un auténtico libertino... —observó Norah.

—No lo creo —contestó la doncella, arrugando el ceño pensativa—. Él tan solo es un joven fresco y desenfadado. No como ese lord Greenwood, él sí que es un auténtico mujeriego.

Norah contuvo la respiración.

—¿Lord Greenwood? —musitó.

—¡Ajá! —asintió Jane—. Georgina, una de las doncellas del marqués, me comentó que ese caballero andaba detrás de una de sus empleadas. ¿Se lo imagina? Ese hombre carece totalmente de moral.

¡Dios santo!, se dijo Norah con las mejillas encendidas. ¿Acaso había un club privado donde las doncellas y demás empleados del hogar se reunían para intercambiar chismes sobre sus patrones?, pensó al tiempo que salía de la tina para dirigirse al *boudoir*, decorado en tonos celestes. Una vez allí, se sentó en el diván y comenzó a secar el resto de su cuerpo.

—El otro día te parecía un caballero interesante —le recordó ella.

Jane se inclinó a su lado, abrió un tarro de cristal y comenzó a aplicarle una gota de su contenido sobre cada una de sus uñas, masajeándolas después hasta que estuvieron brillantes.

—Eso era porque desconocía el hecho de que esa pobre muchacha se había visto obligada a salir huyendo de allí como alma que lleva el diablo —respondió la doncella encogiéndose de hombros.

Norah casi tuvo ganas de reír.

—No seas exagerada, Jane —sonrió.

—En absoluto, señorita. La joven huyó sin dar la menor explicación. O por lo menos una que fuera real. Porque, según tengo entendido, dijo que se incorporaba a trabajar como doncella en esta casa, y obviamente, no era cierto.

—Obviamente... —se limitó a decir.

Mary Anne traspasó la puerta, depositó una serie de prendas sobre una banqueta y tras inclinar la cabeza se marchó sin pronunciar palabra. Norah supuso que debía de ser la única empleada del hogar que no pertenecía a aquel imaginario club consagrado al cotilleo.

—Es una joven realmente extraña —le comentó Jane.

—¿En qué sentido?
—Es difícil de explicar... —reflexionó en voz alta—. Nunca habla ni se relaciona con ninguno de nosotros.
—Eso no tiene por qué ser necesariamente algo malo. —Rio ella. Se levantó y caminó hasta donde Mary había dejado el vestido.
—Supongo... pero sí que es insólito —añadió Jane tras ella.

La prenda de seda era exquisita. Poseía un suave y traslúcido tono blanco estampado con flores y hojas de un gris tan pálido que aquellos dibujos habrían podido confundirse entre los pliegues de la falda de no ser porque la luz de los fanales se reflejaba sobre ellos, arrancándoles emplomados destellos. Aunque carecía de tela que ocultara sus hombros, sí que poseía unas pequeñas mangas de gasa abullonadas que llegarían a ceñir la mitad de sus brazos, permitiendo así contemplar el nacimiento de sus largos guantes de seda.

Según parecía, lady Patterson estaba decidida a que su sobrina entrara en el orbe social de Londres de la mejor manera posible.

Capítulo 9

Norah Devlin pasó junto al piano Érard* de madera de palisandro y atravesó después la enorme puerta de dos hojas que daba acceso al suntuoso salón de baile. Alzó sus ojos, bellos y fascinados, observando las imperecederas paredes recargadas y decoradas con multitud de tallas doradas al aceite que se extendían hasta el cielo raso para extinguirse allí. Este, gracias a su intrincado diseño, parecía prolongar la altura de la sala hasta el infinito, mostrando el bosquejo de una gran cúpula protegida por ángeles y rollizos serafines mientras que las magníficas arañas doradas que colgaban de él y las decenas de fanales que se habían colocado estratégicamente ante los espejos reflejaban su luz en el abrillantado suelo de madera exótica.

Las damas y caballeros que se cruzaban en su camino

---

*Sébastien Érard, primer fabricante francés de pianos a gran escala, creando la firma de pianos que lleva su apellido.

Cautivar a un dragón

giraban su rostro para admirar a la joven sobrina de lady Patterson: pelirroja, hermosa y enigmática.

Norah, con una parte de sus cabellos graciosamente recogidos sobre la nuca y la otra mitad cubriéndole la espalda como si de una brillante y roja cascada ensortijada se tratara, saludaba y sonreía amablemente a todas y cada una de las personas que a su paso se detenían para saludarla.

—¡Querida! —exclamó una dama, delgada e increíblemente pálida, a la que ella no había visto nunca antes.

La mujer, ataviada con un hermoso vestido de seda azul cobalto y una cantidad desmesurada de polvos en los pómulos, le otorgó un fugaz y casi quimérico abrazo antes de comentar:

—Usted debe de ser la señorita Patterson —inclinó su cabeza. Las plumas de su tocado se agitaron sobre su coronilla como si hubiesen recuperado de nuevo el don de volar y Norah tuvo que reprimir la intención de sus labios de curvarse hacia arriba—. Me han comentado que se ha desplazado usted desde París. ¿Es eso cierto?

—Así es —mintió ella. Por alguna razón que desconocía, aquella desecada mujer no le inspiraba nada bueno.

—¡Adoro París! —comenzó a decir con tono melancólico, obviando el hecho de que no habían sido correctamente presentadas—. ¿Usted no? —añadió.

—Lamento desilusionarla, pero creo que prefiero el clima húmedo de Londres —discrepó al tiempo que advertía que tía Mariel entrelazaba su brazo con el suyo.

—Veo que ya conoces a lady Harte —le indicó lady Patterson, y ambas mujeres inclinaron la cabeza al unísono—. No sea usted egoísta, querida, es injusto que acapare toda la atención de mi sobrina. No cuando esta noche debe conocer a todos mis invitados. —Rio de manera encantadora al tiempo que abría su abanico de encaje color burdeos y lo agitaba ante su rostro.

Norah advirtió el ligero temblor en el labio superior de la mujer. Luego, elegantemente, lady Harte inclinó su cabeza y con una forzada sonrisa se excusó antes de girar sobre sus talones, aferrándose al instante del brazo de uno de los caballeros que pasaba casualmente junto a ella.

—¡Querido señor Cox! —exclamó la mujer—. Debe usted contarme cómo le ha ido a su preciosa hija. Según he oído, el señor Courtney le ha hecho una maravillosa proposición.

El hombre le sonrió sin entusiasmo, alzando al mismo tiempo un centímetro su brazo con la finalidad de evitar que los kilos de polvos que yacían sobre el rostro y escote de la dama profanaran su elegante chaqueta. Después, ambos se perdieron entre los incontables invitados.

—¡Menuda arpía! —murmuró Lady Patterson en voz baja sin dejar de sonreír al resto de los presentes.

—¡Tía! —Norah no pudo evitar soltar una risita.

—Es cierto, querida. Si una serpiente pudiera elegir transformarse en un ser humano, sin duda elegiría ser lady Harte.

Miró de manera cómplice a su sobrina, asió dos copas de ponche de la bandeja que un lacayo le ofreció y puso una de ellas en los dedos de Norah, antes de agregar:

—Deseo que conozcas a alguien.

Norah alzó sus finas cejas sorprendida. Llevaba tanto

tiempo ocultándose, que mostrarse libremente ante los ojos de toda aquella gente seguía resultándole algo violento. Aun así, resolvió dejarse acompañar por su tía alrededor de la inmensa estancia hasta alcanzar el lado opuesto de la misma. Allí, tres caballeros y una joven dama conversaban animadamente. Cuando el más alto y apuesto de ellos advirtió la presencia de la distinguida dama, se adelantó un paso e inclinó su cuerpo, tomando al mismo tiempo su mano enguantada para después rozarla apenas con los labios.

—Lady Patterson, está usted realmente hermosa esta noche —sonrió pícaramente.

Durante una fracción de segundo, Norah percibió que desviaba la mirada de su tía para clavarla en ella. Fue un gesto tan rápido y fugaz que nadie más pudo reparar en ello.

—No sea usted tunante, señor Kipling. —Lady Patterson rio con coquetería—. Recuerde que podría ser su madre.

—Es improbable que alguien pudiera confundirla a usted con su madre, milady.

El joven volvió a sonreír, haciendo que Norah tuviese que reprimir las ganas de reír al recordar las palabras de Jane respecto a ese hombre.

Él contrajo el ceño y sonrió antes de preguntar:

—¿No va usted a presentarnos a su bella acompañante?

Lady Patterson asió suavemente a Norah por el codo y la invitó a adelantarse unos pasos.

—¡Cómo no! Señor Kipling, esta es mi sobrina, la señorita Patterson.

LIS HALEY

—Es un placer... —le dijo él inclinándose sin apartar sus dorados ojos de los de ella—. Veo que la belleza es norma habitual en su familia, milady —añadió aproximando los labios al dorso de la mano de Norah. Varios mechones de su brillante pelo dorado se deslizaron desordenadamente a un lado de su frente.

Norah inclinó ligeramente su cabeza y sonrió al tiempo que lady Patterson soltaba una melódica risita y otorgaba con su abanico un golpecito en el hombro del caballero. Luego la presentó al resto de los presentes antes de añadir:

—Es usted incorregible, señor Kipling —soltó la dama.

Él, lejos de molestarse, sonrió ampliamente a lady Patterson.

A Norah la dejó estupefacta aquel entusiasmo y espontaneidad. Su manera de mirar y sus palabras ponían de manifiesto claramente sus pensamientos, aunque la resuelta manera en que los expresaba no era ofensiva o indecorosa, sino todo lo contrario.

Las damas parecían competir por llamar su atención, ávidas de oír algunos de aquellos pícaros cumplidos. Y tras conversar un minuto con él, ninguna de ellas parecía permanecer indiferente a sus encantos.

Norah conjeturó que gran parte de la culpa la tenía el hecho de que su mente audaz fuera acompañada de un indiscutible atractivo físico. Kipling debía de poseer treinta y dos o treinta y tres años. Su cabello rubio y tremendamente liso le caía a un lado sobre la frente y su piel dorada hacía juego con sus astutos ojos. Por un momento pudo entender perfectamente el entusiasmo de Jane al hablarle de él. Aunque para ser honesta consigo misma continuaba prefiriendo el aspecto masculino y salvaje de lord Greenwood.

Norah parpadeó un par de veces al reparar en sus pensamientos. ¿Qué demonios hacía nuevamente el marqués en ellos?

—¿Le apetece bailar?

—¿Disculpe?

Miró a Kipling. Este estaba inclinado sobre ella y había alzado el antebrazo a la altura de su pecho.

—Le preguntaba si desea bailar —repitió él, rescatándola por completo de su ensoñación y transportándola de nuevo al salón de baile.

Norah no respondió, tan solo se limitó a echarle una rápida mirada a su tía antes de sonreír a Kipling y apoyar su enguantada mano sobre el antebrazo de él. Después se dejó acompañar dócilmente hasta el centro de la sala, donde las parejas ya habían comenzado a girar al son del vals *Carnaval vienés,* una rápida pieza de Johann Strauss, imprescindible en cualquier baile, pero al mismo tiempo algo anticuada.

Ella sonrió al apreciar que su entretenida pareja era también un excelente bailarín, ya que no perdía en ningún momento el ritmo que imponía la alegre pieza. Sus cuerpos parecían reflejarse sobre el encerado suelo de madera de cerezo, mientras la mirada de él se imponía acompañada por una desprendida sonrisa. El halo desenfadado de Adam Kipling lograba que ella se sintiera tremendamente cómoda. Tal vez aquella resplandeciente sonrisa no fuese más que uno de los muchos elementos de atracción poseídos por el señor Kipling; pero a Norah le daba francamente igual. En aquel momento comenzaba a sentirse feliz y no deseaba que nada ni nadie enturbiara de ningún modo aquella alucinación.

Giraron una y otra vez hasta que los dedos de él se desprendieron de los suyos súbitamente. Ella lo vio girar sobre sí mismo, apresando hábilmente a la joven que se hallaba más próxima a ellos. Una milésima de segundo más tarde, otro bailarín ocupaba su sitio junto a ella. Los cambios de pareja se sucedieron con cada nuevo comienzo de compás y todos los caballeros con los que ella compartió el baile fueron tremendamente variopintos: jóvenes, no tan jóvenes y aristócratas a los que no supo en qué grupo catalogar.

Norah sonreía ampliamente cuando el joven de patillas escandalosamente largas y anaranjadas con el que bailaba se apartó para dar paso a un nuevo bailarín. Su sonrisa desapareció al notar que sus dedos eran sujetados con violencia antes de que otra mano se apoyara en su cintura, tirando después de ella con fuerza. Tuvo que emplearse a fondo para no perder el equilibrio y estrellarse contra el torso del caballero. Cuando Norah alzó el rostro para descubrir de quién se trataba, sus ojos se toparon con la inquietante mirada azul de lord Greenwood, marqués de Devonshire.

Trató de apartarse de él y deshacerse de sus fuertes dedos, pero Greenwood se lo impidió, asiéndolos aún con más fuerza. Sin que ella pudiera hacer nada para evitarlo, Marcus la obligó a girar con él, alejándola cada vez

Cautivar a un dragón

más del centro del salón hasta que acabaron junto a las puertas dobles de cristal que conducían al jardín. Sus hábiles pasos y su destreza la empujaron sutilmente consiguiendo que ambos las atravesasen un segundo después.

Cuando finalmente se encontraron a solas, en mitad de la penumbra iluminada sutilmente por la luz de multitud de fanales, Norah se retorció, deshaciéndose por fin de los dedos que oprimían los suyos.

Lo fulminó con la mirada y dio un paso hacia él.

—¿Qué demonios está haciendo usted aquí? —farfulló entre dientes. Sus ojos escudriñaron rápidamente a su alrededor, asegurándose de que se hallaban completamente solos.

—Yo debería preguntarte lo mismo, ¿no te parece? —indicó él con tranquilidad al tiempo que se recostaba perezosamente contra la balaustrada de piedra y encendía con la llama incandescente de un fanal uno de los cigarrillos que el señor Philip Morris vendía en su pequeña tienda en Bond Street con notable éxito. Después la miró con atención antes de añadir—: Así que este era tu gran secreto. Sinceramente... —expulsó una bocanada de humo— imaginaba que se trataría de algo más sórdido.

Ella resopló poniendo los ojos en blanco antes de preguntar:

—¿Se puede saber quién lo ha invitado?

—Tú no, desde luego. —La recorrió con sus sagaces ojos antes de añadir—: No te sienta mal lo de vestirte y comportarte como una dama —resopló—. Aunque claro, supongo que eso no es demasiado favorable en lo que a mí respecta.

—¡Menudo prepotente! —bufó Norah—. ¿Qué le hace suponer que me entregaría a usted si hubiera sido realmente una doncella?

Marcus abandonó su sitio junto a la balaustrada y con tan solo dos zancadas se plantó ante ella.

Norah alzó su barbilla de manera desafiante, negándose a retroceder un centímetro ante aquel cuerpo masculino y amenazador que le sacaba con facilidad los dos palmos. Sin poder evitarlo, las rodillas le temblaron y su estómago dio una voltereta al advertir el brillo inquietante que refulgía en el fondo de sus ojos. Algo que, sumado al cremoso y masculino olor de su jabón de afeitar, la obligó a tragar saliva, tratando de humedecer la boca seca, sintiendo al mismo tiempo que su pobre cabeza daba vueltas y su corazón se aceleraba al notar cómo le ardían las mejillas.

—No me tientes... —le susurró él, inclinándose y aproximándole la seductora boca a su oído.

Norah cerró los ojos al sentir el tibio aliento de él acariciar su cuello y coquetear con su hombro derecho. Bruscamente sintió que el coraje había desertado de entre sus filas, abandonándola en un terreno demasiado pantanoso y resbaladizo para resultar inocuo.

—¿Cómo lo ha descubierto? —se atrevió a preguntar.

Él rio enérgicamente, provocando que Norah se estremeciera ante aquel masculino y vibrante sonido.

—No seas presuntuosa, querida —le respondió al tiempo que arrojaba al suelo el cigarrillo para a continuación aplastarlo bajo la punta de su bota de piel negra.

Antes de que le fuese posible intuir las intenciones de

Cautivar a un dragón

él, Marcus movió la mano con rapidez, deslizándola tras la espalda de ella para atraerla después más cerca de su propio torso. A continuación comenzó a caminar empujándola hábilmente hacia el lugar más recóndito y sombrío del jardín.

Norah se vio forzada a retroceder adherida a su atlético cuerpo, tratando al mismo tiempo de no tropezar con sus pies o con los de su asaltante. Sus piernas se movieron en sentido contrario hasta que notó sobre la desnuda piel de sus omóplatos el frío contacto de la pared que le impedía continuar reculando. Una vez consiguió atraparla entre aquel muro y su propio cuerpo, Marcus añadió:

—No tenía ni la menor idea de que fueses pariente de lady Patterson.

Norah notó que el calor inundó súbitamente su rostro hasta el punto de que sus oídos pitaron, recordándole la humillante farsa que se había visto obligada a representar durante meses. No le extrañaba lo más mínimo que tras lo sucedido él se sintiera furioso con ella. Pero no había tenido otra elección.

—No creo que mi parentesco con ella sea en absoluto de su incumbencia, milord.

—Pues según lo veo yo, creo que sí lo es. Y juzgo además que me debes una, sobre todo después de quitarte de encima a ese mal nacido de Crandall.

Norah tragó saliva al oír ese nombre.

—Pues se lo agradezco, milord. Aunque dudo que vaya a recibir nada más de mi persona por haberse comportado como se supone que cualquier caballero habría hecho de encontrarse en semejante situación —respondió ella con un profundo suspiro.

Aquellas palabras le provocaron a Marcus un súbito ataque de risa. Cualquier otra dama hubiese comenzado a chillar despavorida al verse alejada del resto de los invitados y asaltada de aquel modo. Sin embargo, ella parecía no intimidarse con facilidad.

Aquella insólita manera de actuar lo incitaba a descubrir hasta qué extremo debía llevar a aquella joven para traspasar los inexpugnables muros que había construido a su alrededor y tras los que parecía escudarse con bastante éxito.

Se aproximó cerniendo su poderoso cuerpo sobre el de ella, haciendo que Norah contuviese un segundo la respiración y lanzara un instante después un gemido ahogado, cuando sintió la posesiva presión de la boca del marqués sobre la suya.

Sin saber cómo ni por qué, abrió sus rojos labios ante aquella invasión, permitiéndole explorar con su ávida lengua su interior. Sintió como su pulso se aceleraba y maldijo por un momento el maldito e incómodo corsé, que parecía impedirle respirar con normalidad. Su sangre parecía hervir en el interior de sus venas y ese chocante calor no tardó en extenderse por el resto de su cuerpo, haciéndola creer que de un momento a otro se desmayaría. Sin embargo, aquel desfallecimiento jamás llegó, tan solo el deseo y el arrebato de locura permanecían junto a ella mordiendo su alma. Aquel beso se hizo más profundo, más intenso, puede que incluso carente de inhibiciones. Se dejó llevar, alzó los brazos y rodeó el fuerte cuello de

Cautivar a un dragón

él al tiempo que una punzada apremiante se hacía dueña de su vientre.

Marcus apartó repentinamente su boca y la miró extrañado. A Norah le fue imposible descifrar si era enojo, furia o conmoción lo que reflejaban los ojos del marqués de Devonshire.

—¡Vete! —le ordenó él con voz ronca.

Norah se quedó petrificada. La sangre se heló en sus venas súbitamente y el calor que antes se había adueñado de su cuerpo comenzó a evaporarse tan rápido como había aparecido. Abrió la boca para protestar, pero Marcus, lejos de escucharla, la interrumpió echándose a un lado para que a ella le fuera posible moverse fácilmente sin tropezar con él. Luego insistió:

—He dicho que te vayas. ¡Maldita sea!

Ella reprimió un gemido en su garganta, dio un ligero brinco y retrocedió dos pasos, como si aquel hombre fuese el mismísimo diablo. No lograba apartar los ojos de él. Sus facciones se habían tornado austeras y duras. Apretaba la mandíbula como si el contacto con ella le hubiese causado repulsa.

Cuando el sonido que produjo su mano al abofetear el rostro de Marcus la devolvió a la realidad, giró sobre sus talones y echó a correr en dirección a la casa sin mirar hacia atrás.

Cruzó apresuradamente la desierta terraza. Sus piernas devoraron con avidez los seis peldaños grises que la distanciaban de la salvación y traspasó las puertas que daban al solemne salón de baile. Allí se detuvo con la respiración entrecortada.

LIS HALEY

La música y los invitados de lady Patterson parecían totalmente ajenos a lo sucedido entre las sombras del jardín. Norah se preguntó si alguno de los asistentes intuiría el sofocante frenesí del que era presa su cuerpo. Clavó los ojos sobre el espejo más próximo, advirtiendo el embarazoso rubor que teñía sus mejillas, junto con los brillantes bucles que caían libres sobre su rostro, huidos del que antes había sido un perfecto recogido.

Atravesó la sala rápidamente, evitando tropezar de nuevo con la señora Harte que, según pudo advertir, se hallaba peligrosamente cerca de ella. Con cuidado, asió el bajo de su falda y se deslizó por el estrecho corredor que se había formado entre la pared flanqueada por hermosa sillas y los asistentes, que observaban embelesados a los bailarines mientras charlaban animadamente. Cuando alcanzó por fin una de las puertas de dos hojas que conducían al interior de la vivienda, apresuró sus pasos hacia la biblioteca, cerrando la puerta tras de sí en cuanto estuvo en el interior.

La estancia estaba suavemente alumbrada por un par de candelabros de plata que descansaban sobre una mesita de nogal, iluminando las altas estanterías repletas de libros elegantemente encuadernados. Norah anduvo unos pasos y se dejó caer sobre un elegante sillón orejero de piel que se hallaba ante la chimenea apagada. Al instante, clavó los ojos sobre uno de los leños que aguardaban a ser quemados, al tiempo que sentía como su cuerpo comenzaba a temblar.

¿Acaso aquel hombre pretendía volverla loca?, se preguntó hundiéndose por completo en el respaldo de la butaca. ¿Qué demonios estaba pasando allí? Ese no era el hombre frío y carente de emociones del que ella había oído hablar. Por más que lo intentaba, no encontraba al que todos llamaban lord Dragón por ninguna parte. Y su boca... aquella boca parecía tener el don de arrebatarle cualquier vestigio de moral o recato que ella pudiera poseer. Alzó la mano y rozó con la punta de los dedos sus labios, todavía hinchados y sedientos de más.

—Acabaré en una de esas horribles instituciones mentales —se lamentó exhalando un suspiro y centrando su atención en el pequeño piano de nogal que se encontraba junto a una de las ventanas.

Desde luego, no era un Érard. Ni tan siquiera podía adivinarse de qué firma o artesano era, pero al fin y al cabo, continuaba siendo un piano.

Resopló.

Marcus Greenwood se frotó la mejilla dolorida con sus largos y fuertes dedos. No lo había visto venir. Y aunque hubiera sido así, no habría hecho nada por evitarlo ya que sin duda alguna creía merecérselo. No entendía qué le ocurría con aquella mujer. La había deseado hasta lo irracional cuando la creía una simple doncella y ansiaba poseerla aún más ahora que sabía que para él era intocable.

—¡Una dama! —resopló al tiempo que en sus facciones se dibujaba una virulenta media sonrisa.

Acababa de romper no hacía mucho su compromiso con Ivette y ya parecía estar anhelando sumergirse nuevamente en otra estúpida experiencia. ¿Y por qué? Porque su maldita entrepierna desconocía el autocontrol, por eso.

Irritado, Marcus recapacitó sobre eso último. Aquel dominio sobre sí mismo y sobre sus naturales impulsos masculinos solo había flaqueado desde que conocía a aquella dichosa mujer. Él jamás había tenido reparos en yacer con cuanta mujer, dama o ramera se le antojara. Nunca había tenido deseos de más, mucho menos de averiguar si podría haberlo habido. Ni tan siquiera cuando la dulce y delicada Ivette Beaumont se despedía de él aproximando su boca y otorgándole dos ligeros besos que hábilmente posaba cerca de sus comisuras.

Por alguna razón, con aquella joven todo era distinto. Lo hacía sentirse frenético, tierno e incluso furioso, pensó lanzando al mismo tiempo un juramento.

Recapacitó un momento sobre cómo lady Patterson, al coincidir con él hacía no más de cuatro meses, durante una de sus muchas visitas a la ciudad de San Francisco, le había solicitado que adquiriera temporalmente los servicios de la joven como doncella en Greenhouse, ya que, según ella, debía viajar a Virginia, por lo que se ausentaría de Londres por un tiempo indeterminado. Él desechó la idea de preguntar a la dama sobre sus motivos para evitar llevarla consigo en aquel viaje. Lady Patterson era una de las pocas damas londinenses con las que realmente simpatizaba y no deseó importunarla con una serie de cuestiones que podrían resultar ser de índole personal. Así pues, escribió en cuanto le fue posible a su por aquel entonces ayuda de cámara, el señor Cesar Crandall, informándole de que admitiera a la joven en cuanto esta llegara.

Cautivar a un dragón

Apretó la mandíbula y clavó la mirada en el fondo del oscuro jardín al recordar cómo lo había encontrado tumbado sobre ella. Si él no hubiera estado justo en aquel momento en la habitación colindante a la biblioteca….

Prefería no pensarlo. Sus dedos asieron con fuerza el pasamanos de la balaustrada y sintió como una angustiosa punzada aguijoneaba su estómago. Allí estaba de nuevo ese inadmisible reconcome. Extrajo su pitillera y sacó otro de aquellos cigarrillos, deteniéndose a continuación para mirarlo fijamente. Ningún cigarrillo o Partagás* lograría arrancar aquella sensación de su estómago, dedujo arrojando la pitillera lejos de sí.

¿En qué demonios estaba pensando lady Patterson cuando le propuso acoger a su sobrina bajo su techo? Sobre todo conociendo la mala fama de la cual él era poseedor. A su mente solo acudía una intrigante idea: la de hacerlo caer en el intrincado juego femenino de la seducción. Y de todos era bien sabido que si en aquel juego estaba involucrada una dama, solo podía llevar a un caballero a una sola cosa: el matrimonio.

Sintió como la ira lo embargaba. Ambas mujeres lo habían intentado vapulear como a un títere. Y él, como un perfecto idiota, casi había mordido el anzuelo. Ya había estado a punto de caer en aquella trampa una vez y, a juzgar cómo había acabado la ventura, se negaba a volver a precipitarse al vacío una segunda.

Él deseaba a Norah Patterson y estaba claro que ella

---

*La Flor de Tabacos cubanos de Partagás apareció en el registro de los nombres de marcas en 1845.

también a él. Conseguiría lo que anhelaba, solo así lograría extirpar aquella desazón de su estómago y de partes de su anatomía que solían yacer ocultas. Al fin y al cabo, era ella quien lo había buscado y tentado a propósito, pensó al tiempo que giraba sobre sus talones, abandonando el jardín y dirigiéndose al interior de la casa.

Marcus arrugó el ceño al advertir como el hijo bastardo de su padre, Adam Kipling, estaba como de costumbre rodeado de damas y muchachas con mejillas arreboladas.

Kipling había obtenido el reconocimiento por parte de Wallace Greenwood como su hijo. Y a pesar de lo mucho que había insistido el padre de Marcus en que adoptase también su apellido, este se había negado categóricamente a ello. Aun así, Wallace lo incluyó en su testamento, designándole un buen pellizco de su fortuna, junto con la magnífica posesión llamada Backdown, denominada así por la característica pendiente que la rodeaba.

Lord Greenwood apartó la mirada de su medio hermano para deslizarla a continuación a su alrededor, escudriñando el salón con sus profundos ojos azules.

Obviando las claramente masculinas, una centena de cabezas femeninas con hermosos tocados repletos de coloridas plumas se movían de un lado para otro inundando el lugar. Pero ninguna de ellas poseía el llamativo color encarnado que él estaba buscando.

Fue entonces cuando su atención se posó en las puertas abiertas que daban al interior de la mansión. Inmediatamente después decidió encaminarse hacia ellas, abriéndose paso entre los invitados. Estos se apartaban a

Cautivar a un dragón

un lado, intimidados a partes iguales por su reputación y por su envergadura, permitiéndole alcanzar con facilidad su objetivo. Una vez llegó al corredor, observó que este estaba alicatado en su parte media por una serie de grandes azulejos blancos y negros, en vez de por las largas alfombras de un solo tono que solían decorar la mayoría de las viviendas londinenses. Anduvo por él, atravesándolo con pasos firmes y seguros. El repiqueteo de sus botas contra el suelo resonó en torno suyo hasta que finalmente la alfombra persa del vestíbulo lo silenció. Allí se dirigió hacia las elegantes escaleras marmoleñas que se alzaban defendidas por sendos bustos románicos, con la intención de remontarlas y hallar a la mujer que le estaba haciendo perder la cordura. Sin embargo, se detuvo bruscamente en el tercer peldaño.

Las suaves notas arrancadas a un piano inundaron los oídos del marqués con sus mansos y disciplinados acordes. El sonido no provenía de ninguna de las habitaciones que se encontraban en el piso superior, sino que sonaban armoniosamente tras unas de las puertas colindantes al vestíbulo.

Marcus Greenwood descendió los peldaños nuevamente y se dirigió a ella, asiendo con su mano el dorado picaporte de bronce y comprobando con enorme satisfacción que no se hallaba cerrada.

Norah, enfrascada en recordar todas y cada una de las notas y acordes que contenía aquella intrincada pieza de Chopin, apenas notó la presencia de Marcus en la biblioteca. Cuando él abandonó el lugar que ocupaba junto a la puerta y se aproximó a ella, esta alzó los ojos y, al advertir la sombra que se avecinaba, se incorporó de un salto alejándose del piano.

La exigua luz del candelabro que ella había posado sobre la cubierta del piano alumbró el severo e inescrutable semblante de él.

Norah sintió como su respiración se tornaba inconstante al tiempo que notó como la sangre abandonaba su rostro. Tragó saliva sin apartar los ojos de él y dio un ligero rodeo en torno al piano para tratar de marcharse de allí.

Marcus se movió ágilmente y la atrapó por ambos brazos antes de que consiguiera alcanzar la puerta cerrada.

—¿Acaso pretende importunarme adonde quiera que vaya? —le espetó ella, agitando al mismo tiempo sus hombros sin lograr deshacerse de sus fuertes manos.

—Es una posibilidad —respondió él con voz profunda.

Nora clavó sus ojos verdes en la mirada indescifrable del marqués de Devonshire y sintió un estremecimiento.

—Esto no es correcto —indicó tratando de apartarlo.

Él la atrajo más hacia su cuerpo, inmovilizándola contra su duro torso. Ella se quedó sin aliento al notar la dura erección de su deseo contra su vientre. Abrió los ojos de par en par sin poder pronunciar palabra.

Marcus inclinó la cabeza y comenzó a posar pequeños y tibios besos en la curva blanca de su cuello. Los pechos de Norah subían y bajaban con cada contacto mientras

Cautivar a un dragón

sus pulmones y su estómago parecían haberse encogido hasta alcanzar la medida de un guisante.

Tembló cuando él le soltó los brazos para acariciarle los pechos sobre la tela del vestido e hizo un esfuerzo sobrehumano para no perder en aquel momento el juicio. Pero cuando los hábiles y experimentados dedos de él desabrocharon la parte posterior de su corpiño, supo que estaba predestinada a perder aquella batalla.

—Marcus… —musitó ella en un último intento de detenerlo.

Él sonrió. El sonido de su nombre en los labios de ella le produjo un estimulante cosquilleo sobre el que decidió no pensar. Puso un dedo sobre sus labios antes de tomar posesión de ellos con la boca.

Los pensamientos de Norah se mezclaron en su mente como si fuesen engullidos por un increíble torbellino: sí; no; tal vez; quizás… Ninguno de ellos le parecía lo suficientemente lógico o mínimamente coherente. En ese momento lo único que le parecía racional era el hecho de que deseaba más. ¿Cuánto? No estaba segura, pero su cuerpo parecía estar dispuesto a averiguarlo.

Él tiró con suavidad de su vestido hacia abajo, dejando que este cayera a sus pies. En ningún momento trató de separar su boca de la de ella. Temía que de hacerlo, aquel prodigioso instante se disipara en la nada. Las enaguas y el corsé fueron los siguientes en ceder ante su locura. Y la fina ropa interior no tuvo mejor suerte. Marcus deslizó las prendas a un lado y pasó un brazo bajo sus piernas, cubiertas tan solo por las finas medias de seda, sujetas a sus muslos con sendas ligas de muselina.

La izó y después la transportó en brazos hasta el diván tapizado en terciopelo azul. Allí la depositó con cuidado sin dejar de besar la curva de su cuello.

Ella sintió que la boca de él descendía atrapando la punta de uno de sus senos. Durante aquel breve segundo fue consciente de su propia desnudez. Trató de ocultarse los pechos con una mano, pero él no se lo permitió, asiéndola y llevándola después al centro de su masculinidad. Norah abrió desmesuradamente los ojos al tiempo que él se deshacía de su propia ropa. Jamás antes había admirado el cuerpo desnudo de un hombre, y por descontado nunca esperó que algo tan masculino pudiera poseer aquella belleza salvaje y primaria.

Él la asió de las muñecas y tiró con cuidado de ella, conduciéndola hasta la alfombra de lana que descansaba extendida ante la chimenea. Allí se sentó, completamente desnudo, y tiró de ella haciéndola caer sobre su pecho. Marcus giró sobre sí mismo y se colocó sobre ella mientras buscaba ávidamente con las manos el centro de su feminidad, arrancando de la garganta de Norah un suave ronroneo cuando lo hubo alcanzado. La boca de él fue descendiendo por su cuerpo, atrapando un pezón y después el otro. Norah creyó que moriría de placer cuando él inundó su vientre de tibios y fugaces besos, que de vez en cuando alternaba con el jugueteo de la punta de la lengua. Cuando llegó al centro de su excitación ahogó un gemido y arqueó la espalda, segura de que ya no podía haber nada más sublime y placentero. Marcus se cernió sobre su cuerpo y clavó su brillante mirada azul sobre los verdes ojos de ella, acomodando el cuerpo entre sus blancas piernas. Le cubrió la boca con la suya al tiempo que Norah sentía la dura presión de su sexo al invadir su inexperto cuerpo.

Soltó un gemido que fue apresado por la boca de él y abrió los ojos para clavarlos directamente en los suyos. Marcus se detuvo un segundo, sintiendo que todos los músculos de su cuerpo se tensaban sobre la delicada anatomía de ella. Norah alzó los brazos y le rodeó el cuello, sorprendiéndolo y animándolo a continuar. Él comenzó a moverse con cuidado, aunque su cuerpo no tardó en ser presa del placer y el arrebato, haciendo que aquellos movimientos y caricias se convirtieran en un delirante frenesí.

Ella se aferró a la dura espalda de Marcus, arqueando la espalda y acoplándose a él como si fueran dos piezas del mismo puzle hasta que ambos cuerpos llegaron a un sublime clímax que estalló en una cascada de sensaciones desconocidas. Fue entonces cuando supieron que ya no había marcha atrás; después de aquella noche, lo desearan sus mentes o no, sus almas estarían ya unidas.

Marcus salió de ella, rodó a un lado y clavó los ojos sobre el techo. Ocultó su rostro entre las manos y lanzó un gruñido estremecedor. Norah observó con el ceño fruncido como él se levantaba, asía su vestido del suelo y se lo arrojaba después. Ella lo atrapó y trató de ocultar su desnudez tras la suave tela de seda.

—¡Vístete! —le ordenó.

La mente de Norah pasó por varios hipnóticos estados: primero la humillación; después el desconcierto; y por último la ira. Cuando esta llegó, se levantó y se vistió sin mirar al lugar donde él se encontraba poniéndose las botas de piel sobre el elegante pantalón de lana gris.

Una vez se colocó la chaqueta, Marcus la observó con el ceño fruncido, tratando de pensar con claridad. La había deseado y la había tomado, eso era todo. Sin embargo, su masculinidad satisfecha continuaba exigiendo más. ¿Qué demonios significaba aquello?, se preguntó apretando la mandíbula. Creía que con tocarla una sola vez el encantamiento al que ella lo sometía se evaporaría y no al contrario. Se incorporó y se dirigió a uno de los espejos, tratando de adecentarse los cabellos.

Norah le lanzó una mirada con el rabillo del ojo. Entendía poco o nada su manera de actuar. La había seducido, eso era cierto. Y también lo era el hecho de que ella había participado en aquello, tanto como él. Pero su estúpido comportamiento lograba confundirla por completo y enojarla por momentos.

—Esto no ha significado nada —se apresuró a indicarle él.

Norah sintió como si un invisible puño le golpeara el estómago. Estiró la espalda y trató de parecer indiferente.

—Te equivocas... —comenzó a decir ella—. Ha significado menos que nada.

Marcus retuvo la respiración un segundo. Podría haber esperado cualquier respuesta de ella, pero jamás aquella. Por algún extraño motivo, en vez de sentir alivio ante sus palabras se sintió tremendamente molesto, enojado y disconforme.

Cautivar a un dragón

—¿Qué demonios pretendes decir con eso? —mascullo, dirigiéndose hacia ella.

Norah lo evitó pasando por su lado y se acercó al lugar que Marcus acababa de abandonar. Allí, frente al espejo, compuso su peinado y comprobó que su aspecto fuese lo más correcto posible. Después se giró para enfrentarse a él.

—Marcus Greenwood, ¡decídete! ¡Sí o no! Pero trata de no volverme loca. ¡Por el amor de Dios! ¿Quién te has creído que eres para entrar aquí y seducirme de esta manera?

—¡Pues no es que tú no hayas participado! —rugió él, apoyando al tiempo una de sus fuertes manos en la pared, junto al espejo.

—No lo niego... —comenzó a decir—. Pero a diferencia de ti, yo sé lo que quiero. —Desvió los ojos del espejo para posarlos en él, antes de añadir—: Y no quiero volver a verte jamás.

Él apretó la mandíbula sintiendo que una estocada mortal atravesaba certeramente su torso. Aun así, no osó mover ni un solo dedo cuando Norah dio media vuelta, se dirigió a la puerta y salió dando un portazo.

Norah se detuvo un segundo en el corredor, tratando de respirar. Su corazón parecía querer escapársele del pecho y su pulso no era que digamos mucho más tranquilo. Sacudió su cabeza, luchando contra las lágrimas que pugnaban por escapar de sus ojos, y comenzó a caminar hacia el salón.

¿Notaría su tía el cambio operado en ella?, se preguntó. No tenía ni la menor idea de si aquello era posible, pero de lo que no le cabía la menor duda era de la inteligencia que poseía la dama.

—¡Maldito bastardo! —masculló entre dientes antes de atravesar las puertas del salón de baile.

En cuanto lo hizo, Adam Kipling, como si se hubiera materializado de la nada, se aproximó a ella.

—¿Todo bien? —le preguntó, clavando sobre ella su enigmática mirada dorada.

—¿Por qué no iba a estarlo? —se limitó a preguntar ella de forma automática asiendo una de las copas de ponche que pasaron sobre una bandeja a su lado. Después dio un largo sorbo.

—Debe usted disculparme, señorita Patterson. Pero hace un momento la vi marcharse de la sala, y si me perdona el atrevimiento, advertí que el estúpido de lord Greenwood lo hacía tras usted.

—¡Vaya! Está usted en todo, señor Kipling —resopló de manera despectiva.

—Lo estoy en lo que a Marcus Greenwood respecta.

—¿Y puedo saber por qué? —preguntó intrigada.

—Porque ese mal nacido es mi hermano... —suspiró con aburrimiento—. Bueno, medio hermano. Lo conozco, créame.

—¿Sí? Pues por lo que a mí respecta, creo que no tengo la intención de conocerlo más a fondo.

—Señorita Patterson... —Rio él—, creo que usted y yo vamos a llevarnos bien.

—Llámeme Norah y prometo intentarlo —bromeó ella.

—Si promete llamarme Adam —dijo él, reparando al

instante en la silueta de Marcus que, apoyado en el umbral de la puerta cercana al Érard, los miraba con cara de pocos amigos y con la mandíbula completamente comprimida.

—¡Trato hecho! —admitió ella, extendiendo la mano.

Adam la asió con suavidad y besó deliberadamente el interior de su muñeca, sonriendo al comprobar que el semblante de su hermano se hacía más hosco y seco.

Después de tanto tiempo, el destino le había puesto en las manos el arma perfecta para poder realizar lo que llevaba años deseando: vengarse de su medio hermano.

Capítulo 10

Marcus había pasado los tres peores días que recordaba en sus treinta y dos años de vida.

De haber sabido que yacer tres noches atrás junto a Norah Patterson le iba a provocar aquel maldito desasosiego, no se habría acercado a menos de treinta kilómetros a Lakehouse. Desde entonces, sus días estaban saturados de la imagen de su cuerpo desnudo, su piel aterciopelada y las íntimas caricias que ambos habían compartido en la penumbra de la biblioteca. El recuerdo de su erótica respuesta ante la invasión de su cuerpo mortificaba ciertas partes de su anatomía que solían responder por sí solas. Y cuando se cernía la noche… de eso era mejor no hablar.

Aquella joven lo había vuelto completamente loco. De tal modo que ni tan siquiera era capaz de concentrarse en que sus negocios fuesen como debían ir.

Se preguntó si la joven y virginal Ivette, con sus tirabuzones rubios y sus dos besos convenientemente cercanos a su boca, habría respondido del mismo modo ante sus caricias de haberse encontrado en la misma situación.

—¡Y un cuerno! —masculló con enojo mientras arrojaba con fuerza un guijarro a las calmadas aguas del río.

El pedrusco realizó varios saltitos antes de finalizar su fugaz carrera sumergiéndose en el fondo. Se sentó sobre el húmedo pasto y observó cómo las perfectas órbitas que habían provocado aquellos saltitos se hacían cada vez más y más grandes, dispersándose después hasta desaparecer.

Debía de madurar de una maldita vez, se dijo. Lo correcto era visitar la casa de lady Patterson y pedir la mano de su sobrina. ¿Acaso cabía la posibilidad de hallar una mujer que se complementara mejor con él? Lo dudaba mucho.

Norah Patterson y su tía parecían haber ganado la batalla y lo más insólito era que a él parecía importarle un comino, pensó inclinándose hacia delante y apoyando el antebrazo sobre la rodilla flexionada.

La suave brisa agitó el pasto que se extendía ante él, permitiéndole reparar en el pequeño bulto que yacía en el suelo, semioculto entre la hierba.

Marcus se levantó y caminó hasta él. Se puso en cuclillas y apartó el verde forraje a los lados para poder asir el pequeño libro. Luego lo sacudió hasta arrancar el polvo adherido a su bella encuadernación.

—*Les Fleurs du mal* —susurró en voz baja, leyendo las doradas letras impresas en su exterior.

Cuando investigó su contenido, halló asombrado el nombre de Norah Devlin en una de sus primeras páginas. ¿Por qué indicaría que era propietaria de aquel libro usando su falso apellido?, especuló pasando la yema del dedo índice sobre la mancha de tinta que representaba su nombre. Daba lo mismo, las mujeres eran así de extrañas y él poseía ahora una buena razón para presentarse en Lakehouse y ver a la señorita Patterson de nuevo.

Norah Devlin bajó rápidamente las escaleras para dirigirse hacia el pequeño saloncito azul donde su tía solía recibir a las visitas. Jane le había anunciado minutos antes, y con la misma agitación con la que lo había hecho los tres últimos días, que el joven Adam Kipling la aguardaba en aquella pequeña sala de paredes color celeste cubiertas con los retratos de la estirpe Patterson al completo; desde la propia imagen de lady Patterson hasta la representación del primer Patterson del que había constancia.

En cuanto cruzó la puerta, Adam se incorporó e inclinó la cabeza para saludarla. La salita azul era el único lugar donde ella, o cualquier otra dama que morara en Lakehouse, podrían haber recibido a un caballero, ya que aquel saloncito, además de profusamente iluminado, poseía puertas acristaladas que no dejaban lugar a la intimidad.

—Me alegro de verlo, Adam —admitió asiéndole ambas manos antes de apartarse de él para ocupar su propio asiento, junto a una de las grandes ventanas. Él se sentó en cuanto ella lo hizo.

Cautivar a un dragón

—Sabe que para mí es un verdadero placer el pasar un rato con usted —le dijo él arrancándole una sonrisa.

—No trate de adularme. Sabe que sus cumplidos no me convertirán en una de esas bobas que lo admiran.

—Es una pena... —admitió él con una media sonrisa, cruzando una pierna y apoyándola sobre su rodilla.

Vestía completamente de gris, a excepción de su camisa blanca y su pañuelo de seda granate. El traje le estilizaba hábilmente el cuerpo, dando la sensación de que era más alto.

—Sí... —Rio ella—. Así es la vida. Mortalmente injusta.

—¡Dígamelo a mí! La única mujer por la que estaría dispuesto a abandonar mi soltería y resulta ser inmune a mis encantos.

Aquel astuto comentario logró teñir las mejillas de Norah.

—Y dígame, Adam, ¿qué noticias me trae hoy? —preguntó.

A Norah le encantaba hablar con él. Aparte de ser un caballero tremendamente divertido, Adam Kipling estaba muy versado en política y temas sociales, por los cuales ella sentía pasión.

—Bueno, creo que esto le interesará —comenzó a decir, realizando una deliberada pausa que se dilató hasta que pudo observar el parpadeo impaciente de ella—. Según tengo entendido, hace unas semanas un coronel llamado Edwin Drake encontró esa sustancia, eso que llaman petróleo, cerca del condado de Crawford, en Pensilvania.

—¿Y eso qué tiene de extraordinario? —quiso saber Norah con impaciencia. Las noticias del nuevo mundo le interesaban particularmente.

—Mucho. Según parece, se trata de un grasiento líquido que puede sustituir al aceite de las lámparas y resultará más económico que las modernas lámparas de gas. Por lo visto, ese coronel ha hallado una especie de enorme embalse subterráneo.

—¡Es increíble!

—Eso mismo pensé yo...

Sonrió al haber logrado el propósito de sorprenderla.

Jane los interrumpió entrando en la salita con una bandeja plateada. Se inclinó para depositar sobre la mesita la tetera caliente, dos tazas y una bandeja con pastas. Norah advirtió como lanzaba una fugaz y risueña mirada a Kipling antes de doblar las rodillas e inclinar la cabeza para decir:

—Si desean algo más, háganmelo saber.

Por lo que Norah pudo apreciar en la forma que su invitado miró a Jane, Adam Kipling poseía una buena respuesta para su oferta.

—Eso es todo, Jane —advirtió a su doncella.

La joven se retiró dejando ambas puertas de cristal abiertas, aunque no tardó mucho en aparecer de nuevo para abrir postigos y ventanas con la excusa de que el calor estival era sofocante.

Norah no sabía si reír o echarle una reprimenda por su revelador comportamiento.

Cuando creyó que la joven doncella por fin se había marchado, esta reapareció por la puerta.

Cautivar a un dragón

—Lord Greenwood está aquí, señorita. Y solicita verla.

Norah contuvo el aliento girando al mismo tiempo el rostro para mirar a Kipling. Este se encogió de hombros y se hundió un poco más en su asiento antes de decir:

—Será divertido ver la cara que pone al hallarme aquí —le dijo.

—¿Divertido? —lo miró ceñuda.

—Por si no se ha dado cuenta, mi medio hermano está loco por usted.

—No sea ridículo. —Rio—. Eso no es cierto.

—Ya le dije que lo conocía…

—Pues tal vez no lo conozca tanto como usted cree —opinó ella.

Le sirvió una taza de té y después llenó la suya de aquel ambarino líquido. A continuación le dijo a la doncella:

—Hazlo pasar, Jane —después susurró—: Tengo curiosidad por saber qué mosca le ha picado a su hermano.

—Medio hermano… —aclaró él, arrancándole a ella una sonrisa.

—Puede usted llamarlo como desee.

—Se me ocurre una cosa… —susurró Kipling. Ella inclinó su cuerpo para oírlo mejor—. Finjamos estar prometidos.

—¿Prometidos? ¿No será comprometido? —sonrió ella.

Aunque, para ser honesta consigo misma, dejarse llevar por aquella audaz idea la estimulaba enormemente.

—Usted misma ha dicho que él no guarda ningún tipo de sentimiento romántico hacia su persona.

—Así es... —admitió.

—Le apuesto cinco libras a que provocamos un cambio en su actitud —susurró Adam.

A ella le resultó tremendamente divertido que un caballero deseara saltarse las normas y apostar contra una dama. Así pues, aceptó de buena gana.

Norah Devlin y Adam Kipling se pusieron de pie en cuanto el marqués de Devonshire entró en la habitación. Este clavó ambos pies en el suelo, deteniéndose bruscamente para atravesar a su hermano con una fría mirada antes de inclinar la cabeza para saludar a Norah.

—Lo lamento, no sabía que estaba usted ocupada, señorita Patterson —dijo él, lanzando nuevamente una mirada asesina a su hermanastro.

Ella ignoró la tensión entre ambos hombres y le hizo un gesto con la mano para que tomara asiento junto a ellos.

—¿Qué es lo que le trae por aquí, milord? —preguntó. Luego se giró hacia Jane y le pidió que trajera más té y pastas.

—Ante todo, quisiera excusarme por mi comportamiento —indicó Marcus, acomodándose en la butaca de piel.

—Su comportamiento... —se limitó a repetir ella con desgana, haciendo un gran esfuerzo por no arrojarle el contenido de su taza de porcelana sobre la cabeza.

Kipling, con gesto lacónico, apoyó su mentón sobre la mano y los miró atentamente.

Cautivar a un dragón

—¿Podríamos hablar en privado? —preguntó Marcus, dirigiéndose a su medio hermano.

Este se levanto inmediatamente de su asiento y se aproximó a Norah, tomando después una de sus delicadas manos entre las suyas.

Al observar las facciones del marqués se vio asaltada por un inofensivo deseo de echarse a reír, que se vio obligada a reprimir.

—Estaré aguardando en el vestíbulo, preciosa mía —murmuró, lo suficientemente bajo para que aparentase tratarse de una confidencia, y lo necesariamente alto para que Greenwood pudiera oírlo con claridad. Luego soltó su mano y pasó junto a Marcus, regalándole una triunfal sonrisa antes de desaparecer por la puerta.

—¿Preciosa mía? —resopló el marqués cuando por fin estuvieron solos—. ¿Quién demonios se ha creído Kipling que es para hablarte de ese modo?

Ella lo miró estupefacta. Posiblemente Adam Kipling realmente no fuera nadie importante en su vida, pero al menos se abstenía de tutearla y la trataba como a una verdadera dama. Aquel hombre, por el contrario, hablaba y actuaba como si ella fuera una pequeña e insignificante parte de sus pertenencias.

De repente recordó su conversación con el joven momentos antes. Al principio había dudado si poner en práctica o no la divertida idea que a él se le había ocurrido. Pero después de advertir el posesivo comportamiento del marqués, comenzaba a valorar positivamente aquella posibilidad. Además, no le apetecía en absoluto perder cinco libras.

—Ese hombre tiene más derecho que usted para hablarme así, dado que es ahora mi prometido.

Marcus tensó los músculos de la mandíbula y la atravesó con la mirada. Ella trató de aparentar indiferencia ante su taciturno ataque, dio un pequeño sorbo al contenido de su taza y la posó nuevamente sobre el platillo, rogando por que él no notase el temblor que se había apoderado de sus rodillas.

—¿Sabe mi hermano lo sucedido en la biblioteca? —masculló Marcus, bajando la voz e inclinándose hacia ella.

Norah se mantuvo sentada, tratando de no mostrar consternación alguna por sus palabras, pero lo cierto era que le habría hecho feliz el poder atizarle un puñetazo en aquella odiosa y atractiva cara.

—Su medio hermano... —le recordó ella antes de añadir—: Y según recuerdo, usted mismo me indicó que aquello no había significado nada.

—He cambiado de opinión —apuntó al tiempo que cogía la taza de té que Jane había puesto ante él. Aguardó en silencio hasta que la joven doncella se marchó—. No has respondido a mi pregunta.

—¿No lo he hecho? —bufó ella—. Creí que estaba bastante claro que así había sido. Como ya le dije, lo sucedido en la biblioteca fue menos que nada. La verdad, casi lo había olvidado.

—¡No digas estupideces! —bufó.

Ella alzó los ojos y se sintió repentinamente furiosa. Reparó en como su corazón se aceleraba al tiempo que sus delicados dedos aferraban y retorcían de forma nerviosa la suave tela de su vestido amarillo de fina muselina estampada con miles de diminutas florecillas verdes. Se levantó de su asiento antes de ser imitada por él y dio un pequeño paso hacia Marcus.

—Es usted un maldito presuntuoso, milord —bufó por la nariz—. Terminaré por odiarle si continúo viendo su cara de cretino por aquí.

—No pensabas eso la otra noche —ronroneó él, apartándole uno de los mechones rojos que se había deslizado sobre su rostro.

Ella contuvo la respiración.

—La otra noche no sabía que retozaba con el mismísimo diablo —le reprochó ella, apretando los dientes al tiempo que apoyaba el dedo índice sobre el fuerte pecho de él.

—Me han llamado muchas cosas, pero esto es nuevo.

—Espero, lord Greenwood... —comenzó a decir, empujándolo al mismo tiempo con el dedo—, que aprenda usted a no tutearme cuando estemos a solas. Dudo que a mi prometido le agrade. ¿Me ha comprendido?

—Sobre todo la parte en la que me sugieres que volvamos a estar a solas... —se burló él.

—¡Es usted insufrible!

—Al menos no soy un mentiroso.

Ella se detuvo y enrojeció repentinamente de la planta del pie a la raíz del cabello. ¿Acaso él intuía su falso compromiso?

—No sé a qué se refiere...

—A que dudo mucho que mi hermano continúe con

su compromiso, cuando sepa eso que tú y yo sabemos, preciosa —susurró.

—Su medio hermano…

—Mi medio hermano —admitió cruzando los brazos y esperando una respuesta.

—Pienso contárselo —lo retó.

—Permíteme que lo dude.

—¿Es eso todo, milord? —le preguntó ella, tratando de dar por finalizada la visita.

Él introdujo la mano en el bolsillo de su chaqueta y extrajo un pequeño libro.

—Por el momento —dijo y se inclinó cortésmente—. Ha sido un placer.

—El placer ha sido solo suyo, milord —le respondió ella con una sonrisa artificial a la que él respondió de la misma manera. Luego, sin más, se marchó.

Norah se dejó caer sobre la butaca más próxima y resopló.

¿Cómo era posible que la cercanía de aquel hombre la hiciera perder los papeles de ese modo? Suspiró antes de hundirse aún más en el respaldo del asiento.

Marcus alcanzó el vestíbulo al cabo de pocos segundos. El mayordomo le entregó con suma amabilidad el sombrero y la fusta y lo acompañó después hasta la puerta. Allí, con los brazos cruzados y apoyado en el umbral, lo aguardaba Adam Kipling con aquel gesto de preponderancia que él tanto odiaba.

—Parece que no siempre consigues lo que deseas…

—se burló—. En fin... ahora no está Wallace para echarte una mano. ¿No es así, hermanito?

—Deberías tener más respeto por los muertos. Gracias a nuestro padre ahora posees una respetable posición social —le espetó Marcus al tiempo que extendía el brazo para hacerlo a un lado.

—Un último acto de contrición —se limitó a decir burlonamente.

—Oye, no sé lo que esa mente podrida que tienes está rumiando, pero te lo advierto, ¡déjalo!

—Querido hermano... —comenzó a decir Adam—. Lo único que me haría feliz en esta vida sería ver cómo muerdes el polvo —le confesó.

Marcus giró el rostro para mirarlo.

—De verdad que no te entiendo. ¿Tanto odiabas a nuestro padre?

—Tanto como para no soportar a nadie que ostente el apellido Greenwood —le sonrió amargamente.

—Pues, suerte. —Se puso el sombrero y comenzó a descender por las escaleras, antes de añadir—: La vas a necesitar.

—Bueno, según parece tampoco me va tan mal.

Marcus se detuvo en el último peldaño de piedra que daba al jardín. Giró y le dijo:

—¿Qué demonios tratas de decirme?

—Pues que para variar soy yo quien tiene algo que tú deseas.

Lo miró desafiante.

Marcus ascendió de dos en dos los peldaños que los separaban y enfrentó su duro rostro con el de su hermano.

—Cuídate de no ponerte en mi camino, Kipling. Porque puede que termine olvidando el triste lazo que nos une. —Golpeó con la punta de su fusta el ala del sombrero, echando este último un milímetro hacia atrás, antes de decir entre dientes—: ¡Estás advertido!

Después descendió rápidamente el resto de las escaleras, montó a lomos de su caballo, lo espoleó y se perdió en pocos minutos en la lejanía.

Cuando Adam regresó junto a Norah, la halló sumida en sus pensamientos. Ella alzó los ojos y los clavó sobre el atractivo hombre.

—¿Y bien? —le preguntó a Kipling.

—Lamento informarla de que me debe usted cinco libras.

Capítulo 11

Norah tuvo especial cuidado de que sus pies no tropezaran con las maderas sueltas del viejo embarcadero, aunque iba con más cuidado con las que aun sin parecerlo estaban podridas y dispuestas a quebrarse bajo sus pies en el momento más inesperado. Cuando alcanzó su límite, se agarró la falda y se sentó cruzando las piernas bajo el vestido de seda verde. Luego observó con atención los destellos anaranjados del ocaso que se reflejaban en las quietas aguas del lago.

Aquella arcaica plataforma de madera, que se hallaba en tierras de su tía y se usaba de forma ocasional para recibir la harina que trasportaban los rústicos botes del señor Jackson desde el molino que se ubicaba al otro lado del lago, había pasado a formar parte habitual de sus tardes porque desde allí aquel momento del día se mostraba incluso más fascinante que desde cualquier otro lugar.

Norah disfrutó del instante. El atardecer agonizaba ya, tiñendo de extraordinarios matices el cielo.

Cautivar a un dragón

Cada crepúsculo era distinto, más o menos purpúreo, profusamente anaranjado o pajizo. A veces incluso todas aquellas sorprendentes tonalidades se mezclaban dando paso a un insólito y nuevo color.

Inconscientemente su mente se precipitó al pasado, comenzando a desenterrar recuerdos de otro tiempo. Uno en la que su adorada madre aún vivía. Evocó los días de verano en los que Gloria se sentaba sobre el césped y les contaba fábulas e historias a ella y a su hermana pequeña, relatos tan asombrosos como los que le narraba su buen amigo Kipling.

Cerró los párpados fuertemente y sintió que un desasosiego le oprimía el interior del pecho. Sabía que le había fallado a Gloria. Su madre, una mujer de fuertes convicciones y nobles principios, no habría visto con buenos ojos el que Norah comprometiera de aquella forma su virtud con ningún caballero. Para su madre no era propio de una dama dejarse llevar por ese tipo de emociones.

Norah lanzó un silencioso juramento. Quisiera o no, el daño ya estaba hecho. Apretó los labios deseando sollozar. Desconocía cuál iba a ser su futuro a partir de aquel momento. Pero si de algo estaba segura, era de que no iba a engatusar a ningún aristócrata para ocultar su falta de recato, como había hecho la tal señorita Evelyn.

—¡Maldita sea! —masculló en voz baja.

¿Por qué los hombres y las mujeres tenían que atenerse a normas tan distintas? Ellos podían hacer y deshacer. Amar cuanto quisieran sin esperar repercusión social, ni terminar siendo el tema favorito de conversación de la señora Harte. Bueno, pues ella tampoco estaba dispuesta a serlo. Prefería que con el tiempo la terminasen considerando una solterona antes que poner de manifiesto su desliz con el marqués de Devonshire, decidió, ocultando el rostro con ambas manos.

¿Cómo podía haber sucumbido ante aquel hombre? Ella jamás se había considerado una insensata y, sin embargo, se había comportado como una idiota al exponer a su tía y a su familia a una deshonra semejante.

—¡Diablos! —bramó una voz a su espalda.

Norah contuvo el aliento. Giró el rostro y miró a su espalda.

El marqués se hallaba de rodillas en el suelo con una de sus piernas engullida por la madera del embarcadero. Norah se alegró de que fuera Marcus, y no ella, quien hubiese topado con el primer tablón podrido. Se levantó para acercarse a él e, inclinándose, le dijo:

—¡Caramba, milord! —suspiró con falsa aflicción—. No parece usted ahora un hombre tan impresionante.

—¿Acaso no piensas ayudarme? —refunfuñó él, esforzándose en extraer la pierna de aquella inesperada trampa.

—A decir verdad... no —una sonrisa iluminó su rostro—. Creo que esto me divierte sobremanera.

Él se movió rápidamente y la atrapó de ambas muñecas, extrayendo a continuación la pierna con una facilidad asombrosa. Norah, totalmente perpleja, comprimió la mandíbula.

—Es usted el hombre más embustero que jamás he conocido —rugió ella lidiando por arrancarse la inquietante sensación que le producía el contacto de los dedos de él alrededor de sus articulaciones.

Cautivar a un dragón

—Reconócelo, de acercarme a ti sin más, habrías salido corriendo.

—Puede usted jurarlo —admitió ella, luego levantó ambas muñecas y añadió—: ¿Le importa?

Él, a pesar de la negativa de su propia mente, abrió las manos y la liberó.

Ella se frotó las muñecas y apretó los puños, disponiéndose a marcharse de allí, cuando Marcus se lo impidió interrumpiéndole el paso con su formidable cuerpo.

—¡Apártese del medio! —exclamó Norah, ofuscada.

—No hace falta que te enojes. Solo he venido a hablar contigo —le indicó él, haciendo gala de una estudiada tranquilidad.

—¿Quién demonios le dijo dónde encontrarme? —exigió saber ella, cruzando los brazos y alejándose dos pasos de él.

Marcus se encogió de hombros. Sus labios se curvaron, regalándole una de aquellas exasperantes medias sonrisas que a ella tanto la irritaban.

—¿Así que te parezco un hombre impresionante? —repitió sus palabras.

—¡No sea usted presuntuoso! —prorrumpió, evitando tropezar con la madera rota con la que aparentemente él lo había hecho—. No ha respondido a mi pregunta.

—Lady Patterson se encargó de informarme —confesó él, resoplando y alzando sus masculinas cejas—. No sé por qué debería sorprenderte. Te sugiero que dejes de disimular conmigo.

—¿Disimular? —preguntó desconcertada.

—Te aseguro que no soy ningún botarate. Sé lo que tu

tía y tú estáis maquinando —le dijo al tiempo que cernía su cuerpo sobre el de ella.

Norah abrió los ojos y sintió que un odioso e inesperado calor invadía su rostro. ¿Acaso él había descubierto su secreto? Y si así era... ¿Lo usaría para extorsionarla?

Su mente se inundó de todo tipo de preguntas; algunas coherentes y otras no. Entendía poco o nada lo que él pretendía sacar de aquello. Contuvo la respiración cuando Marcus le impidió huir al apoyar la mano sobre uno de los postes que se alzaban a los lados, soportando el peso del embarcadero.

Ella, atrapada al final de la plataforma, no pudo evitar clavar la mirada en él. La exigua luz del ocaso robó un destello al aro dorado de su oreja y se reflejó en sus índigos ojos, haciendo que en el interior de sus pupilas fulgurase una profunda y peligrosa luz.

La respiración agitada de ella se tornó aún más dificultosa y se vio obligada a apoyar una mano cerca de la de Marcus para ayudar a sus rodillas a sostenerla.

—No sé qué es lo que pretende —comenzó a decir, sintiendo que su corazón se desbocaba—. Pero no he llegado hasta aquí para amedrentarme ahora por sus palabras, milord.

—¡Vamos, Norah! Me da lo mismo... —resopló lord Greenwood rozando sus dedos con los de ella. Norah sintió una descarga que la hizo enrojecer—. De hecho, creo que esto podría beneficiarnos a ambos enormemente —concluyó él.

—No sé en qué puede beneficiarnos que mi padre sepa dónde me encuentro. La verdad, dudo de que se

Cautivar a un dragón

pueda sacar a eso ningún provecho —argumentó ella con un hilo de voz.

Marcus la miró pasmado, incorporándose después ligeramente.

—¿Qué tiene que ver tu padre en todo esto? —indagó él, arrugando el ceño.

Norah deseó caer en las frías aguas del lago para que estas la engulleran para siempre. Se sintió desorientada, acorralada contra una quimérica espada y una inexistente pared. Se movió con nerviosismo tratando de huir, pero nuevamente él se lo impidió, asiéndola por el brazo. Ella lo miró, suplicándole en silencio.

—¿Lo sabe lady Patterson? —quiso saber él.

—¿Qué importa eso?

—¡Maldita sea, mujer! ¿Es que no te das cuenta de la gravedad del asunto?

—¡Suélteme! —le gritó ella furiosa.

—Debes regresar a tu casa, dondequiera que esta se encuentre.

—Usted no sabe de lo que está hablando... —lo acusó.

—¡Por supuesto que lo sé! Una dama fugada de su hogar es la desdicha para cualquier familia.

—¿Ahora le preocupa mi virtud? ¡No me haga reír, milord!

—¡Lo que hiciste conmigo no cuenta! —le dijo él, elevando el tono de voz.

—¿Ah, no? ¿Qué demonios tiene de especial que haya retozado junto a usted y no con otro?

Marcus achicó los ojos y exhaló un suspiro. Creía imposible lo que estaba a punto de decir.

—Cásate conmigo —pidió él, como si reclamase una libra de queso.

Ella dejó de agitarse y lo miró pasmada.

—¿Está usted trastornado? Por si no lo recuerda, estoy comprometida con...

—Con Adam Kipling. Sí, ya me sé ese cuento —la interrumpió él.

—¿Ese cuento? —bufó ella.

—Como comprenderás, después de lo ocurrido en la biblioteca, no te casarás con mi hermano.

—¡Me casaré con quien a mí me venga en gana! —bramó soltándose al fin—. Si cree usted que por el simple hecho de haber pasado unas horas a solas voy a casarme con usted, está loco de atar.

Él la miró. Su semblante se relajó y pareció recuperar la serenidad.

—No tienes alternativa —aseveró él.

—¿Qué se apuesta? —masculló Norah a escasos centímetros de su rostro.

—Tú misma... —exhaló cansadamente—. Discutiré con Adam Kipling este tema. Como comprenderás, es mi deber como hermano mayor ponerlo sobre aviso.

—¡Vaya! Juega usted muy fuerte, lord Greenwood. Pues déjeme decirle que su desinteresada advertencia le llegará un poco tarde. —Cruzó nuevamente los brazos sobre su pecho—. Porque él ya lo sabe —mintió.

Marcus enmudeció. Lanzó un fuerte bufido por la nariz y a continuación rompió a reír.

—Está usted loco —barbulló ella, pasando por su lado y abandonando por fin el embarcadero.

Cautivar a un dragón

—¡Piénsalo! —Rio él—. Estamos hechos el uno para el otro.

—Tal y como lo dice parece un defecto… —refunfuñó ella sin mirarlo mientras enfilaba el sendero de vuelta a casa. Tras ella, los pasos del marqués le informaban de la proximidad de este.

—¿Pretende usted seguirme hasta la mansión? —resopló.

—Me temo que sí —respondió él con cinismo—. Tu tía me ha invitado a acompañarlas durante la cena.

—Qué atenta… —ironizó—. Últimamente deja entrar a cualquiera en su casa.

—No sea usted cruel…. —Se rio él.

—La crueldad en este caso sería una virtud, milord.

—La virtud… ese es un tema que me interesa sobremanera.

Norah detuvo súbitamente los pies y giró el rostro para mirarlo.

Él, haciendo caso omiso de las centellas que despedían los ojos de ella, pasó por su lado sin detenerse, adelantándose y cruzando momentos después las puertas del vestíbulo. Allí el señor Edward los recibió.

—Por aquí, milord —dijo el mayordomo, invitándolos a pasar a la biblioteca. Norah siguió al marqués en silencio, sin apartar la mirada de sus anchas espaldas. Su levita, de doble abotonadura, se ceñía a la perfección a sus robustos hombros.

«Demasiado bien», pensó ella con fastidio. Acompañaba la chaqueta un chaleco de sarga de seda bordada y pantalón de tafetán de algodón, que no hacía sino incitarla a evocar las musculosas piernas que aquella prenda cubría.

Una vez en el interior de la lujosa estancia, la joven Mary Anne, con su habitual reserva y discreción, se apresuró a ofrecerle una copa de coñac, que este aceptó encantado antes de tomar asiento.

Con ensayados y desprendidos movimientos, Norah caminó hasta el aparador de caoba para servirse ella misma una pequeña copa de *fée verte**, sobre el borde de la cual apoyó la acostumbrada cucharilla perforada, depositando a posteriori un terrón de azúcar sobre ella.

Marcus admiró extasiado como las hábiles y delicadas manos de Norah derramaban agua fresca en el interior de la copa, bañando al mismo tiempo el azúcar. Por último, depositó la jarra de cristal sobre la rinconera y se llevó la dulce punta del dedo a los labios, lamiéndola después. Aquel gesto provocó que él se removiera inquieto en la butaca, sintiendo al mismo tiempo que una molesta punzada se instalaba en su entrepierna.

—Extraña bebida para una joven ajena a los licores —apreció él—. ¿No teme sus supuestos efectos?

Ella se encogió de hombros, se sentó en la butaca que se hallaba dispuesta frente a él y cogió un ejemplar de *Les Modes* para después ojearlo, tratando de ignorar la perturbadora presencia de él.

—Tengo por costumbre agregar una quinta parte de agua azucarada —comenzó a decir sin apartar los ojos

---

*Licor de absenta, llamado el hada verde *(fée verte)* hasta su prohibición en 1915.

Cautivar a un dragón

de la publicación—. No creo que deba usted temer que pueda ofuscarme lo más mínimo —resopló.

Él balanceó sutilmente su copa, haciendo girar el ambarino contenido. Luego la miró, adoptando una inocente expresión.

—Cuántos recuerdos. ¿No le parece?

Norah alzó las cejas.

—¿El coñac le trae recuerdos? —preguntó sin comprender qué tipo de recuerdos podría evocarle un simple licor.

Marcus rio enérgicamente. Ella entornó los párpados antes de agregar:

—Me satisface que todo lo que digo le parezca tan gracioso.

—Lo lamento —se excusó él, conteniendo la risa—. Pero no me refería al coñac, sino a estas cuatro paredes.

Norah tragó saliva ante la repentina deshidratación de su faringe. Las palabras de él parecían haberse quedado suspendidas en el aire, proyectando en el interior de su mente todo tipo de imágenes escandalosas. Tomó un sorbo de su endulzada bebida y se mantuvo en silencio.

Él entrecerró los ojos, preguntándose hasta dónde debía llevarla para lograr arrancarle una confesión. Una que le aclarase si para ella había significado aquella noche algo más que un encuentro clandestino.

—¿No lo notas? —le preguntó a Norah.

Esta le lanzó una elegante mirada de aburrimiento.

—¿Notar qué? —resopló.

—Ese olor... —murmuró el marqués, inclinándose ligeramente hacia delante y bajando la voz al mismo tiempo.

—¿A biblioteca? —se burló ella, chasqueando seguidamente la lengua contra su paladar.

—Sí. Aunque solo en parte… —Al punto, comenzó a enumerar—: A la piel curtida de los libros, al ceniciento aroma de la chimenea apagada… —hizo una prolongada y deliberada pausa antes de añadir—: y a sexo.

Ella tensó los tendones de la espalda, poniéndose tan rígida como colorada.

—¡No puede usted hablar en serio! —murmuró Norah, centrando su atención nuevamente en las glosas de moda francesa con la firme pretensión de ignorarlo.

—¿Tú crees? —Sus labios se curvaron en una gloriosa sonrisa.

—Veo que finalmente ha encontrado usted a mi sobrina… —indicó lady Patterson en el instante que entró en la sala, interrumpiendo aquel exasperante momento.

Norah desvió la mirada hacia la copa que retenía entre los dedos, agradeciendo que su tía hubiese hecho acto de presencia. Por algún motivo no pudo evitar preguntarse si él se había burlado de ella o si, por el contrario, aquel olor era verdaderamente perceptible. Ella, desde luego, no lo advertía. Alzó el mentón y clavó los ojos sobre el níveo rostro de lady Patterson, indagando en sus facciones algún indicio que apuntara que la absurda aserción de él era cierta.

Marcus se levantó, inclinándose con cortesía para saludar a la dama.

—¿Te sucede algo, querida? —preguntó la dama, percatándose del insólito y taciturno comportamiento de su sobrina.

Cautivar a un dragón

Ella dio otro sorbo al contenido de su copa antes de decir:

—No tía, nada en absoluto. —Se incorporó.

Una vez se puso en pie, notó como una media sonrisa florecía en las facciones del marqués. Comprendió que se había burlado nuevamente de ella.

Lady Patterson, vestida con uno de los hermosos trajes de dos piezas de tafetán y raso de seda que había confeccionado para ella madame Adelaida, les hizo una aristocrática señal con la mano para que ambos la siguieran hasta el salón.

—Si continúa haciéndolo, logrará que sea un pasatiempo tan famoso como el criquet —le cuchicheó a Marcus.

—¿Si continúo haciendo qué?

—Burlarse de mí —contestó ella al tiempo que él apartaba una silla para que ella pudiera sentarse. Luego repitió el mismo gesto con lady Patterson, antes de tomar él mismo asiento.

Por fortuna, la velada transcurrió pacíficamente. La cena, compuesta por huevos, tomates asados y pan negro, estaba deliciosa. No obstante, Norah apenas la probó. Su estómago se había cerrado a cal y canto y se negaba a que ingresara en él ningún alimento. En vez de eso, pasó gran parte del tiempo observando como lady Patterson y el marqués discutían animadamente sobre negocios, tierras e inversiones.

En algún momento durante la noche, Norah pudo escuchar como lord Greenwood incidía en la importancia de invertir en la red ferroviaria ya que, según él, todo el mundo en Norteamérica era conocedor del futuro prometedor del llamado ferrocarril interoceánico. Lady Patterson, adicta a cualquier cosa que contuviera la palabra «libra» en su contexto, prestaba atención sin perder detalle mientras Norah picoteaba con su tenedor el tomate asado de su plato. No podía sacar de la cabeza las palabras del marqués de Devonshire. Su propuesta de matrimonio había sido indiscutiblemente ridícula. No había conocido nunca antes a un caballero tan seguro de triunfar en todo lo que se proponía, aunque lo acometiera de forma pésima. Caviló en lo irónico de la situación: en primer lugar yacían juntos y después, sin tener motivo, le pedía matrimonio. ¿Había pedido también la mano de la señorita Evelyn? ¿Acaso esta lo había rechazado para casarse con un partido mejor?

Norah lo miró entre sus pestañas; no se imaginaba un caballero mejor que él para una dama.

—¡Es fabuloso! ¿No te parece, querida? —exclamó su tía, rescatándola de sus pensamientos.

—¿Perdón? —se limitó a preguntar, odiando no haber prestado más atención.

—Lord Greenwood tiene razón, querida. Vuestro enlace debería suceder antes de que finalice el verano.

Norah tragó saliva antes de dirigirle una mirada asesina a Marcus.

—No voy a casarme, tía Mariel —aseguró antes de tomar un sorbo de agua.

—¿Cómo puedes decir semejante cosa después de lo sucedido en la biblioteca?

La garganta de Norah se cerró bruscamente, impidiendo que el líquido circulase por el lado correcto. Comenzó a toser y la copa derramó el contenido sobre la mesa. En pocos segundos, tanto su lado del mantel como ella misma se encontraron empapados.

¿Qué demonios se había perdido?, se preguntó al tiempo que Marcus, a su lado, le daba suaves golpecitos a la altura de los omóplatos.

—¿Quiere dejar de hacer eso? —lo fulminó con la mirada en cuanto remitió el ataque—. ¡Sabe perfectamente que no vamos a casarnos! ¿Cómo ha podido contarle a mi tía lo de la biblioteca? —masculló ella.

Lady Patterson los observaba a ambos en silencio.

—Porque es allí donde esta noche he pedido su mano. No veo la razón de omitir ese detalle —explicó, poniéndola al corriente de su invención.

Norah le dedicó una iracunda mirada. ¿Así que aquel iba a ser su juego? Adulterar la verdad de manera que ella no supiese cómo actuar. Asió el pañuelo que le entregó Mary Anne y trató de secar el agua caída sobre su regazo. Seguidamente volvió a sentarse, plantando la mirada en el tomate.

—¿Qué demonios quieres decir con eso de que no vais a casaros? —habló finalmente lady Patterson.

—Creo que está suficientemente claro, tía. Lord Greenwood me lo ha pedido y debe de haber entendido mal mi respuesta —explicó mirando a este último.

Él inclinó la cabeza, entornando los ojos al mismo tiempo.

—Pues no veo por qué no —opinó lady Patterson.

—Pues porque ya estoy comprometida, tía —suspiró

Norah, temiendo llevar aquella farsa hasta un punto sin retorno.

—¿Sí? —preguntó pasmada—. ¿Con quién?

Ella se mantuvo un instante en silencio. Marcus la observó durante varios segundos antes de que sus comisuras se tensaran, dibujando una sonrisa y enarcando una ceja. Norah, incapaz de resistir el desafío que él en silencio le estaba lanzando, sonrió antes de decir:

—Con Adam Kipling.

Lady Patterson abandonó su cubierto en el plato y abrió la boca, atónita.

—¡No puedes casarte con ese caballero!

—¿No? ¿Por qué no? Tú misma nos presentaste —objetó ella, posando ambas manos sobre la mesa. Se sintió profundamente culpable al distinguir que el sonrosado color que solía cortejar las mejillas de su tía parecía haberse esfumado, pero no estaba dispuesta a destapar aquel engaño ante lord Greenwood.

—Lo que lady Patterson trata de decirle a usted es que él no es ningún caballero, sino tan solo mi hermano bastardo —interrumpió el marqués.

Lady Patterson se puso colorada como un tomate ante tal aseveración al tiempo que Norah se levantaba de su silla y miraba a ambos.

—Me da lo mismo. Ya le he dado mi palabra —aseguró, irguiendo la espalda y levantando la barbilla.

Lo único que Norah pudo advertir durante el incómodo silencio que sobrevino tras sus palabras fue el sonido de su propia respiración. Su mente fluctuó ocasionalmente, cavilando si debía o no continuar con aquella menti-

Cautivar a un dragón

ra. De seguir, tal vez acabaría siendo demasiado enrevesada para conseguir salir airosa de ella. Cuando el marqués alzó una de sus oscuras cejas, una vocecilla interior la aconsejó escapar a toda prisa. Aun así, inclinó la cabeza, antes de decir:

—Hablaremos mañana sobre este tema, tía. Si me disculpan... —Dio media vuelta y abandonó el salón apresuradamente, haciendo un verdadero esfuerzo por no echar a correr.

¿Quién demonios se había creído ese hombre que era?, se dijo introduciéndose en el sombrío corredor que llevaba a su dormitorio. No consentiría que ni él ni nadie manipulara su vida tratando de decidir por ella. Había tenido bastante con Basil Devlin para ahora soportar también aquello.

En cuanto alcanzó su habitación, se deslizó dentro cerrando la puerta tras de sí. La alcoba, tenuemente iluminada por la luz de una pequeña lámpara de aceite, le dio la bienvenida con una falsa sensación de seguridad.

Se dejó caer sentada a los pies de su cama.

¿Acaso todo el mundo se había vuelto loco en Londres?, se preguntó, arrojando uno de los cojines que descansaban sobre el colchón a la puerta cerrada. Su padre pretendía desposarla con un carcamal, lord Greenwood, que se casara con él mismo y Adam Kipling fingir que estaban ya prometidos. Y entre tanto, ella estaba en medio, observando cómo cada uno deseaba lograr lo que se proponía.

¿Y qué ocurría con lo que ella anhelaba? ¿Acaso su opinión no valía un comino? Según parecía, así era, se dijo, desatando los lazos de seda azul celeste que cerraban su vestido.

Por un momento deseó ser una simple campesina. Alguien a quien nadie exigiría nada más que tratar de enamorarse.

—Enamorarse... —susurró en voz baja. ¿Acaso no era cierto que estaba loca por el marqués de Devonshire?, reflexionó deteniendo un segundo los dedos y mirándose en el espejo que pendía de la pared ante ella. ¿Por qué diablos entonces se negaba a lo evidente?

¡Dios mío, cómo deseaba que un ángel bajase del cielo para explicarle el porqué de su extraño comportamiento! Suspiró al tiempo que se incorporaba, dejando que su vestido cayese al suelo.

Tal vez lo único que pretendía era que él comprendiera que ella también podía manejar su vida, que no estaba dispuesta a dejarse manipular por ningún hombre, aunque este hubiese compartido un intenso interludio junto a ella.

Aquel último pensamiento la hizo estremecer. Y aún peor, desear más.

Tras deshacerse de las enaguas y el liviano corsé, se introdujo en la cama con tan solo los calzones y la camisola de algodón. Después se inclinó hacia la mesita y sopló, sofocando la llama que fulguraba en la lámpara.

Capítulo 12

Marcus descabalgó, entregó su montura al más joven de los hermanos Matheson y atravesó un momento después la puerta del vestíbulo. El inequívoco repiqueteo que produjo la suela de sus botas contra la superficie marmoleña del suelo anunció al señor Anderson el regreso de su patrón al hogar. El hombre se apresuró a acudir a la entrada, peinando sus cabellos con los dedos al tiempo que sostenía en su mano izquierda un plateado candelabro.

—Buenas noches, milord —le dio la bienvenida antes de ayudarle a deshacerse de la levita, ocultándola rápidamente en el interior del guardarropa.

—Es todo, señor Anderson —despidió a su ayuda de cámara al tiempo que asía el candelabro de los dedos del hombre.

Marcus se aventuró en el oscuro pasillo con la intención de pasar un rato a solas en su despacho, estudiando algo del papeleo que durante las últimas semanas se ha-

Cautivar a un dragón

bía ido amontonando sobre su mesa de forma sistemática. Una vez allí, apoyó la luz sobre la esquina de la mesa y se sentó tras ella antes de abrir uno de los cajoncillos de su derecha y extraer del interior una elegante petaca de plata y piel. Tras servirse una buena porción de su contenido en una copa de cristal tallado, dio un largo trago y se hundió en su butaca. El coñac, dulce y amaderado, resbaló por su garganta, calentándole a continuación el soliviantado estómago. Si bien, apenas lo ayudó a relajarse.

—¡Maldita mujer! —gruñó Marcus en voz baja.

Norah Patterson lo estaba volviendo completamente loco. No alcanzaba a comprender nada de lo que aquella muchacha decía o hacía. Primero se entregaba a él y después eludía el obligado compromiso... ¿Y por qué? Porque su queridísimo hermano bastardo estaba dispuesto a tratar de arrebatarle cualquier cosa que él anhelara poseer. Lo complejo del asunto era que no solo deseaba a Norah Patterson, sino que anhelaba algo más de su persona, algo que ni él mismo sabía qué era.

¡Por todos los santos! Su entrepierna volvía a atormentarlo. Si al menos pudiera poseerla una segunda vez..., se dijo, comprendiendo que ni con una segunda, ni con una tercera tendría suficiente ya. Norah Patterson había triunfado donde otras se habían estrellado estrepitosamente y lo peor era que no parecía estar dispuesta a disfrutar de su incuestionable victoria, dedujo abriendo el cuaderno que descansaba sobre la mesa, repleto de notas, números y cálculos.

Trascurridos tres escasos minutos, comprendió que era

incapaz de centrarse en nada. Lo cerró, resoplando, y volvió a hundirse con desánimo en el respaldo de su asiento. Debía poner fin a aquel desasosiego. Debía hacerlo, si no deseaba que aquel año sus negocios quedasen severamente perjudicados.

Por un momento especuló sobre la idea de que aquello fuera tan solo un juego del destino. Uno en que a él le correspondía pagar por la vida disoluta y vacía que había llevado hasta ese momento, caviló, clavando los ojos sobre la multitud de bosquejos que decoraban las paredes tapizadas, en el mismo momento que tocaban la puerta suavemente con los nudillos.

Molly Hayes, con su acostumbrada y sobria vestimenta, entró en la habitación.

—La correspondencia, milord —lo informó, depositando los sobres en el extremo de la mesa.

Él llenó sus pulmones antes de decir:

—Creo que me ocuparé de eso mañana —le indicó al ama de llaves.

Tras desearle las buenas noches, Molly Hayes abandonó el despacho, dejándolo nuevamente a solas con aquel inacabable papeleo.

Marcus se levantó de la butaca y se desabrochó los botones forrados del chaleco al tiempo que se encaminaba hacia la ventana. Allí, lanzó una profunda exhalación, clavando los ojos en el oscuro manto de la noche. Aunque lo hubiera deseado, le habría sido tan imposible ojear aquellas cartas como lo había sido examinar los libros de cuentas. Tal y como él lo veía solo le quedaba una opción: conseguir a esa mujer como fuese.

Cautivar a un dragón

Pasó los dedos por su brillante y espeso cabello negro. Por lo poco que sabía, el hermano del difunto esposo de lady Patterson se había visto obligado a exiliarse a París tras un controvertido matrimonio que le supuso la pérdida de un buen pellizco de su heredad, junto a su título. Con tales credenciales, no costaría demasiado hallar a aquel hombre, dado que los cotilleos no eran dominio exclusivo de las gentes de Londres. Posiblemente, el padre de Norah la estaría buscando por toda Francia, ignorando su auténtico paradero. Después de semejante búsqueda agradecería cualquier información respecto a su fugitiva hija, especuló Marcus entornando los ojos.

¿Juego sucio? Sin duda. Pero rematadamente eficaz. Una vez al tanto de su indiscreción, su progenitor la obligaría a contraer matrimonio con él cuanto antes y ni todos los Adam Kipling del mundo podrían evitarlo, se dijo el marqués, escudriñando la oscuridad a través de los ventanales, mientras una ladina sonrisa se hacía con su boca.

Norah amaneció el primer día de septiembre con un insufrible dolor de cabeza. La noche anterior había reaccionado irreflexivamente. Lo sabía. Y ahora, con la llegada del nuevo día, era plenamente consciente del alcance de su impulsivo y pernicioso comportamiento. Ocultó los ojos con una mano al tiempo que presentía que una nube de desastre se cernía sobre su cabeza. Jadeó y clavó la mirada en el techo. No podía dejarse vencer por aquello. No podía y no lo haría, se dijo con un suspiro. Se incorporó y se dispuso a comenzar la mañana como si nada hubiera ocurrido, suponiendo que tratar de tranquilizarse era lo más productivo en aquellos momentos. Con seguridad, tras un vigorizante baño lo vería todo más claro, se dijo.

Pero media hora después, envuelta en un grueso paño de lino, comprendió que el baño no era la solución. Sabía que Adam Kipling, como era ya habitual, se presentaría en Lakehouse de un momento a otro, y entonces no tendría más remedio que hacerle partícipe del lío en que había metido a ambos.

Jane se afanó en cerrarle los pequeños y argentados botoncillos que atravesaban la espalda del vaporoso vestido, compuesto por un ajustado corpiño y una falda larga con vuelo, que se fruncía en la cintura. Madame Adelaida, muy acertadamente, había decidido realizarlo en nansú* de color crudo con pequeños estampados de tema floral, y le había añadido como complemento una amplia lazada verde que envolvía y ajustaba su talle. La manga, caída y ribeteada en batista de algodón, se unía a la hombrera con adornos de pasamanerías aterciopelados. Norah entendía perfectamente por qué su tía sentía aquella predilección por la costurera, ignorando los diseños de otros modistos más populares.

Jane le peinó el largo cabello rojo, separándolo en dos partes completamente iguales, que procuró cubriesen

---

*Tela de algodón, blanca, de color o bordada, superior al lienzo pero inferior a la batista. Usada por las mujeres para blusas, vestidos de verano, ropa interior, etc.

sus pequeñas orejas. Luego, con el resto, formó un rodete de gran tamaño en la parte baja de su cabeza, dejando escapar algunos mechones que enmarcaron su bello rostro.

—Está usted magnífica, señorita —admitió la doncella, admirando su trabajo.

—Gracias a que tus manos son portentosas, Jane —le sonrió Norah en el momento que Mary Anne accedía al dormitorio para informarla de que Adam Kipling la esperaba, como de costumbre, en la salita azul.

Cuando unos minutos después se reunió con él, Jane sirvió pastas y té. Y como también comenzaba a ser habitual, prolongó su estancia en la habitación más tiempo de lo que se hubiera supuesto necesario. Cuando por fin la doncella desapareció, Norah aproximó un poco más su confidente* al de él.

—Tengo un gran problema —le confesó con un susurro.

Kipling, atraído normalmente por incógnitas y secretos, arrugó inmediatamente el ceño, mirándola con atención.

—¿Un problema? ¿De qué se trata? —la animó a que continuase.

—Bueno, lo cierto es que gracias a mí, ambos lo tenemos —suspiró ella con abatimiento.

—Explíquese —le rogó, ignorando de qué podría tratarse.

Norah inhaló una bocanada de aire antes de comenzar

---

*Asientos cuya forma permite a una persona sentarse frente a otra.

a relatarle lo ocurrido la noche antes. Sus mejillas ardían con más fuerza con cada minuto que pasaba y de vez en cuando hacía una pausa en su relato para examinar las facciones de él, temiendo que se sintiera utilizado u obligado de algún modo. Pese a todo, fuera de todo pronóstico, Kipling parecía divertirse enormemente con aquel enrevesado relato.

Ella trató de ser lo más clara y coherente posible, resolviendo no obviar ningún detalle, por humillante o bochornoso que este fuera. Se vio obligada a tomar un poco de agua al tratar de explicarle el episodio sucedido semanas antes en la biblioteca porque su garganta se secó incomprensiblemente al recordarlo, impidiéndole continuar. Tras ello, Norah agradeció enormemente que Kipling no profiriese ningún tipo de comentario despectivo al respecto. Tan solo hubo en sus facciones un pasajero gesto de asombro que desapareció tan rápido como había llegado.

Cuando concluyó su historia, ambos guardaron un prolongado silencio. Mutismo que se dilató cuando Jane, como cada mañana, entró en la estancia y comenzó a cerrar los postigos y abrir las ventanas. Aquel incómodo momento se prolongó hasta que la doncella volvió a dejarlos solos.

—¿Así que estamos prometidos? —reflexionó él. Ella frunció los labios aguardando a que opinara sobre aquel lío. Tras alzar ambas cejas, Kipling admitió—: Me parece francamente divertido.

Norah suspiró más relajada.

—¿Qué propone que hagamos? —quiso saber ella.

Cautivar a un dragón

—Podemos continuar con esta farsa. La cuestión es, ¿qué es lo que pretende lograr con ello?

Ella lo miró reflexiva antes de responderle.

—Supongo que deseo que lord Greenwood comprenda que no puede tenerme solo porque él lo desee —dijo sorprendiéndose a sí misma ya que, sin pretenderlo, había desentrañado el motivo de su obstinado rechazo.

—¿Y luego…? ¿Qué piensa hacer cuando logre su propósito?

Adam Kipling era un hombre realmente perspicaz, pensó Norah, comprendiendo que no había pensado qué iba a pasar si aquello realmente sucedía.

—Supongo que tan solo me basta con la satisfacción de dar una buena lección a su medio hermano —dijo ella.

—Entonces, puede usted contar conmigo —respondió él con una sonrisa.

Lady Patterson entró en la sala haciendo que ambos se levantaran apresuradamente de sus asientos. La dama hizo un gesto con la mano para que los dos se relajasen antes de decir:

—Buenos días —los saludó—. Señor Kipling, desearía hablar con usted, si no tiene inconveniente.

—En absoluto, milady. —Se giró hacia Norah—. ¿Nos disculpas, querida?

Ella tuvo que reprimir las ganas de reír ante la improvisada actuación del hombre. Se inclinó y abandonó la salita confiando en que su amigo supiera capear el temporal por sí solo.

Fuera, la brisa de la mañana le dio la bienvenida. Utilizó una mano como visera y escudriñó los grises nubarrones que se extendían sobre su cabeza antes de abandonar la escueta protección que le confería la cornisa sobre la puerta principal. Atravesó el patio central, que llevaba a la mayor parte de las dependencias de la casa: vestidor, sala de tertulias, biblioteca o salón de música entre otras, y se dirigió a los establos.

Cuando atravesó el umbral de las caballerizas, el joven Nicholas, que hasta ese momento había permanecido tumbado sobre una bala de heno mirando ensimismado las motas de polvo que flotaban en un haz de luz, se levantó de un salto.

—¿Desea usted echarles un vistazo a las bestias esta mañana, señorita? —le preguntó sacudiéndose la paja que se había adherido a sus ropas.

—Puede... —dijo ella admirando los espléndidos animales.

Se detuvo ante un maravilloso ejemplar color canela.

—Este es Romántico —explicó el joven con orgullo—. Es un buen caballo. Noble y tranquilo, señorita.

Norah extendió la mano para acariciarle el hocico. Él animal se agitó, haciendo que ella dudase un momento si apartar los dedos o no. Sin embargo, pareció tranquilizarse rápidamente, dejándose tocar por ella. Su tacto caliente y su aspecto nervudo cautivó enormemente a la joven.

—¿Te importaría ensillarlo?

—Me temo que no disponemos de sillas de montar para damas, señorita Patterson.

Cautivar a un dragón

—No importa —Sonrió ella—. Siempre he montado a horcajadas.

—Desconocía que en Francia las damas montaran de ese modo.

—No he dicho que fuera en Francia.

Nicholas la miró con los ojos muy abiertos sin atreverse a preguntar nada al respecto y pensando que lo que hicieran o dejaran de hacer los propietarios no era de su incumbencia. Así pues, tan solo se limitó a asir los arreos y a comenzar a preparar la montura.

—¿Tenemos botas? —preguntó ella pasando la vista alrededor.

—Se las conseguiré en solo cinco minutos —prometió el muchacho, otorgando un par de golpecitos en el lomo a Romántico, antes de salir del establo para ir a buscarlas.

Cuando volvió con ellas, Norah comprobó que apenas habían sido utilizadas y que por fortuna eran casi de su talla. Se las puso, se incorporó y se aproximó después al caballo. Romántico retrocedió un paso, relinchando incluso antes de que ella pudiera asir las riendas.

—¿Estás seguro de que es un caballo tranquilo?

—Sin duda, señorita. Es el más tranquilo que posee milady. No sé qué puede ocurrirle esta mañana. Tal vez desee usted que le ensille otro...

—No —respondió ella al tiempo que lo montaba—. Tal vez lo que necesite sea dar un paseo —añadió dando dos suaves cachetadas en el cuello del animal.

A continuación, tiró de las riendas, haciéndolo girar, y abandonó el establo.

LIS HALEY

Transcurrida la primera media hora, Romántico pareció tranquilizarse por completo. Su monótono y suave trote logró que ella dejase de temer que en un momento u otro el animal la tiraría al suelo. Norah se preguntaba cómo se habría desarrollado la charla de su tía con el señor Kipling. Aunque lo cierto era que podía imaginar perfectamente la situación: Adam, adulándola compulsivamente mientras lady Patterson valoraba si era oportuno o no decirle lo que opinaba de su ascendencia y del compromiso de él con su sobrina.

Sonrió al imaginarlo. Apostaba tres libras a que Kipling salía indemne de aquel coloquio.

Una furtiva gota de agua le cayó en el rostro. Pronto, se vio obligada a entornar los ojos ante el asalto de cientos de ellas. En cuanto cruzó una ligera depresión, Romántico se agitó, haciendo que ella se asiera a los correajes fuertemente al tiempo que el caballo aumentaba el ritmo hasta terminar galopando.

Norah trató varias veces de tirar con más fuerza de las riendas, exhortándolo a detenerse. Este, lejos de obedecer, parecía excitarse más por momentos. El burbujeo que manaba de la boca de la bestia y el brillo que cubría su dura piel hacían presumir que se trataba de algún tipo de ataque.

Cuando el caballo se alzó apoyándose tan solo sobre sus dos patas traseras, ella trató se asirse a la crin, pero sus dedos resbalaron del áspero pelo y su cuerpo se precipitó hacia atrás, cayendo a tierra de espaldas. Norah, abatida en el suelo, advirtió aterrada como Romántico trastabillaba hacia un lado. Sus ojos se clavaron sobre el enorme lomo del animal, que parecía estar a punto de caer sobre ella, y trató de protegerse inútilmente con ambos brazos cuando la bestia terminó tropezando con sus propias patas, derrumbándose.

Norah soltó un fuerte alarido cuando notó el peso del animal sobre su pierna derecha. Tras caer, el nervioso corcel se puso nuevamente en pie, haciéndola temer aún más por su vida. La muchacha trató de moverse fuera de su radio de acción, pero el dolor del pie la hizo gritar de nuevo.

Después, todo a su alrededor pareció desvanecerse, sumiéndola en la más absoluta oscuridad.

Capítulo 13

El tintineo del juego de té consiguió hacerla despertar. Aun así, no osó mover un solo músculo; prefirió esperar con los párpados cerrados a que el mareo y las náuseas cesaran. El sonido que produjeron los visillos y el cierre de los postigos antes de abrir las ventanas lograron que finalmente abriese los ojos y trató de incorporarse. El ramalazo de dolor la dejó sin respiración e hizo que apretara fuertemente los dientes y emitiera después un lamento.

—Intente mantenerse quieta, señorita.

—La voz, tremendamente familiar, la obligó a levantar la vista. Georgina, junto a ella, depositó una bandeja sobre la mesita. Norah enmudeció repentinamente y la miró sin saber qué decir, sintiendo como sus mejillas comenzaban a enrojecer.

—¿Dónde estoy? —le preguntó cuando pudo articular palabra.

—Se encuentra usted a salvo, en Greenhouse. Concretamente, en el aposento de lord Greenwood —le indicó Georgina.

—¿Quieres dejar de hacer eso? —farfulló Norah, molesta.

La doncella pestañeó, perpleja.

—No entiendo...

—Deja de tratarme como si no me conocieras.

—Pero usted es una dama. Mi deber es tratarla con respeto.

—¡Oh! ¡Vamos, Georgina...! ¡Somos amigas!

La joven pelirroja titubeó un momento antes de sentarse junto a ella en el colchón y preguntarle:

—¿Por qué no me lo habías contado? —Abrió los ojos exaltada—. Ahora me siento como una verdadera estúpida.

—¡No digas eso! Tú no eres ninguna estúpida.

—¿No? —resopló—. Ni siquiera sé cómo debo comportarme o cómo debo hablarte. Llevo tres días pensando en la manera en que debía reaccionar cuando despertases. ¡Por Dios, eres la sobrina de lady Patterson!

—¿Tres días? —preguntó Norah, alarmada, sintiendo otra punzada de dolor—. ¿Qué demonios ha pasado?

Georgina apartó las sábanas a un lado y retiró los paños que envolvían su tobillo.

—Por lo visto, el caballo cayó sobre tu pie.

Norah contuvo el aliento al recordarlo.

—¿Está...?

—No, no está roto —la interrumpió la doncella. Luego añadió—: Pero sí muy inflamado.

Georgina aplicó una cataplasma de patata, acelga y harina de trigo, como le había indicado el doctor Benning que hiciera, y después volvió a cubrir la hinchazón.

—Al menos, tiene mejor aspecto que cuando te trajo aquí milord.

Ella se puso tan pálida como la cera de una vela.

—¿Quieres decir que fue lord Greenwood quien me encontró?

—No importa que me lo agradezcas.

Recostado sobre el dintel de la puerta, Marcus la observaba con gesto tranquilo e imperturbable. Cuando sus miradas se encontraron, ella estuvo segura de que no existía en el mundo un hombre más irresistiblemente perturbador.

Norah se aclaró la garganta al tiempo que la doncella se incorporaba y abandonaba el dormitorio.

—Veo que te relacionas de maravilla con el servicio —se burló el marqués.

—Olvida que fui parte de él, milord.

—Querida, vamos a casarnos. ¿No crees que deberías comenzar a tutearme? —sugirió él.

Ella rio antes de decir:

—Se ha vuelto loco.

—No sabes hasta qué punto —señaló, situándose a su lado. Cuando Norah notó que se hundía el colchón bajo su peso, trató de alejar su cuerpo de él, pero una intensa punzada de dolor le recordó por qué estaba postrada en aquella cama.

—Qué ironía, ¿verdad? —resopló la joven con desidia—. Aquí es justo donde deseaba tenerme… y, sin embargo, ahora que por fin lo consigue, le es del todo inútil.

Norah tragó saliva cuando él se cernió sobre ella, apo-

Cautivar a un dragón

yando las manos a ambos lados del almohadón donde recostaba la cabeza. Sus ojos verdes se posaron en los sensuales labios del marqués, demasiado cercanos, demasiado irresistibles.

Un brillo divertido flotó en la mirada azul de él.

—Creo que es justo aquí donde tú también deseabas estar. ¿Me equivoco? —Su tibio aliento le rozó la mejilla. Por un momento deseó con todo su ser sentir aquellos labios contra los suyos; sin embargo, él se incorporó apartándose de ella y caminó hasta el alto ventanal para después mirar a través de los cristales.

—Usted no puede saber lo que yo deseo o no deseo —le espetó ella.

Él sonrió sin apartar los ojos del jardín.

—Creo que ni tú misma lo sabes, querida.

—Deje de llamarme así. No soy su querida, ni su prometida, ni nada de nada.

Marcus giró sobre sus talones súbitamente y se dirigió hacia ella, atrapándole bruscamente la boca.

Norah dejó de sentir el dolor de su articulación. Casi creyó que esta había sanado milagrosamente. Ya tan solo lo sentía a él, jugando con su boca, con su lengua. Notó que una de sus fuertes manos cubría su seno, percibiendo como el calor de la piel de sus dedos le traspasaba el fino camisón. Una ola de calor la invadió cuando las manos de él comenzaron a desatarle el fino cordón que cerraba el cuello del camisón. El suave contacto de la piel de sus dedos sobre la cremosidad de sus senos la hizo suspirar. En breves segundos, la prenda quedó abierta, deslizándose por su hombro. Fue entonces cuando él se apartó, logrando que ella se sintiera desorientada y frustrada al mismo tiempo.

—Para no ser nada mío, te entregas a mí con una facilidad asombrosa, querida —aseveró Marcus con voz áspera.

Norah no pudo más que tratar de respirar y dominar su inquieto cuerpo. Abrió los ojos y clavó la mirada sobre su atractivo y masculino rostro, maldiciéndolo en silencio por llevarla de aquella forma al paraíso para después arrojarla a los avernos.

Marcus clavó la mirada en el sonrojado rostro de Norah y añadió:

—Dudo que tu señor padre opine lo mismo que tú.

—¿Mi... padre? —balbució ella.

—Dentro de poco espero tener noticias de Dare Patterson. No dudo que entonces contraigamos matrimonio. —Se levantó, incorporándose e instalando mejor la chaqueta sobre sus amplios hombros.

—¿Dare Patterson? —Sin desearlo, su mente se vio completamente desorientada. Bajó la mirada a la suave sábana de lino blanco y la dejó perdida allí. De repente, un súbito destello de entendimiento acudió en su rescate. Lord Greenwood seguía creyéndola una Patterson y por lo tanto era con el hermano del difunto esposo de su tía con el que trataba de ponerse en contacto. La joven no sabía si desternillarse de risa o no. Mucho menos podía descubrir las consecuencias que acarrearía el que él hubiera ya enviado algún tipo de misiva al rincón de Francia donde el cuñado de tía Mariel residía.

—¿Está tratando de decirme que ya se ha puesto en contacto con ellos?

Cautivar a un dragón

Él se limitó a alzar su fuerte mentón de manera desafiante. Su rostro emanaba seguridad en todas sus facciones. Norah entendió que continuaba tratando de imponer sobre ella su dominio masculino. Una oleada de rabia la embargó y hundió la espalda en el almohadón antes de decir:

—Es usted un retorcido. Una bestia sin escrúpulos.

—Eso no es cierto, querida. —Hizo una pausa—. Aún no he retado a duelo a mi hermano.

—De ser así, nada hace suponer que saliera usted victorioso.

—¿Estás animándome a que lo haga? ¡Cielos, tú sí que eres retorcida!

Norah apretó los dientes, sonrojándose con violencia. Aquel hombre parecía poseer la capacidad de cambiar el sentido de todo lo que ella decía para después usarlo en su contra.

—¿Cuándo vendrá mi prometido?

—Espero que nunca. —Su voz se tornó áspera y seca—. Lo cierto es que Kipling no tiene ni idea de dónde te encuentras.

—¡Usted no puede hacer eso!

—¿Por qué no? Esta es mi casa. No hay motivo para que nadie sepa dónde te encuentras.

—¡Claro que existe un motivo! —exclamó Norah—. ¿Acaso pretende convertir mi accidente en un secuestro?

—Digamos más bien que yo te encontré y, por lo tanto, soy quien decido.

—¡Maldito sea! ¿Cree que voy a quedarme postrada en esta cama para siempre? —resopló—. En algún momento mi lesión curará. Entonces yo misma seré quien lo rete a usted a un duelo.

Los sensuales labios de Marcus se curvaron burlonamente.

—Eso sí sería interesante —dijo él sin pestañear. Luego se dirigió hacia la puerta.

—¿Puedo preguntarle algo, milord? —Lo detuvo Norah.

Marcus se giró para mirarla. Casi había traspasado ya el umbral de la puerta de roble. En silencio movió la cabeza con un gesto afirmativo.

—¿Por qué yo? —preguntó ella frunciendo el entrecejo—. ¿Por qué un hombre que ha huido del matrimonio como si se tratase de la mismísima peste ahora se interesa tanto por él?

La sonrisa se esfumó de las atractivas facciones de Marcus. Su gesto se tornó inescrutable. No deseaba responder a aquella pregunta. No deseaba tener que escudriñar en su interior para hallarla. Temía que, de hacerlo, no encontrara la respuesta que ansiaba darle a ella. Y peor aún, también podría no ser la que él esperaba. Lidió consigo mismo para no aflojar su poder. Jamás lo había hecho antes. No iba a hacerlo ahora. La miró a los ojos y le dijo:

—Porque deseo una esposa. Y no veo a ninguna mejor que tú en este momento. —Luego giró sobre sus talones y se marchó, dejándola consternada.

Norah sintió como si Romántico hubiera vuelto para asestarle una fuerte coz en la boca del estómago. No sabía muy bien lo que la había llevado a formular aquella pregunta. Tal vez el hecho de que su alma deseara darle a aquel sentimiento una segunda oportunidad. Unas palabras gentiles y románticas, eso era todo lo que ella hubiera deseado escuchar. No obstante, las palabras de él solo habían conseguido trastocarla, haciéndole desear una pronta recuperación para poder huir del lado de ese hombre en cuanto le fuera posible.

«¿Porque en aquel momento no había otra mejor? ¡Maldito cretino!». ¿Cómo podía haber sido tan estúpida al pensar que el deseo que él mostraba hacia ella era algo más que carnal? Se sentía como una grandísima tonta. Una majadera que había creído que su amor era recíproco. Cerró los párpados lanzando a su vez un juramento. Ya había jugado bastante con ella, se dijo, prometiéndose que a partir de entonces la cosa iba a ser muy distinta. Marcus iba a pagar por todos sus pecados para con las mujeres. Pero sobre todo, iba a pagar por haberle destrozado el corazón.

Capítulo 14

Respetado marqués de Devonshire;
Me siento realmente consternado tras recibir en mi casa la misiva que el mensajero, enviado por su persona, depositó en mis manos en su nombre.
Tanto mi esposa como yo mismo nos sentimos tremendamente abochornados por el escandaloso comportamiento de nuestra queridísima hija Celíne. Sin duda le atañerá conocer el hecho de que tras su constante e insubordinada conducta, su madre y yo resolvimos recluirla durante un tiempo en un colegio para señoritas cercano al château de Chantilly, de donde, por lo que usted relata en su carta, se ha fugado. Rogamos acuda a París cuanto antes para ponernos en persona al corriente de sus propósitos para con nuestra hija.
Vuelvo a reiterar mi profundo malestar por el comportamiento de Celíne, agradeciendo que obre de la manera que se esperaría lo hiciera un caballero de su estatus social: de manera prudente y discreta al mismo tiempo.

Cautivar a un dragón

Mis respetos y profundo agradecimiento,
Dare Patterson

Marcus plegó con sumo cuidado la carta que el señor Anderson le había entregado aquella misma mañana, durante el almuerzo. A continuación, la introdujo en el interior del bolsillo de su chaqueta de lana gris dando a su vez por sentado que la joven que ocupaba en aquellos momentos sus aposentos y que se había negado a verlo durante las tres últimas semanas le había vuelto a mentir respecto a su verdadera identidad.

Alzó el cuello de su chaqueta, encogiendo al mismo tiempo los hombros hacia delante. Octubre en Londres era de todo excepto cálido, pensó mientras caminaba por el sendero que conducía a su propiedad. Una vez alcanzó a ver la suntuosa fachada de ladrillo rojo, elevó el fuerte mentón, clavando después la mirada en la primera ventana de la segunda planta, su dormitorio. Por un breve segundo trató de sacarse de la mente la imagen de ella sobre su lecho con tan solo un blanco camisón que, para empeorar las cosas, solía deslizarse sobre la nívea piel de su hombro. Apretó los puños. Casi tenía la sensación de haber tocado aquella piel.

La primera vez que la vio junto al río supo que ella sería un problema. Poseía algo, no alcanzaba a saber el qué, que le decía que no se parecía a las damas que él había conocido con anterioridad. No fue tan solo el hecho de hallarla tumbada sobre la hierba, casi desnuda. Aquella certeza le sobrevino cuando la joven abrió perezosamente los ojos, mostrándole aquel brillo audaz que nadaba sumergido en un océano de color verde. Fue entonces cuando entendió que ella era completamente distinta; rebelde, intrépida y temeraria. Aunque para su desgracia, ahora sabía que era igualmente terca.

Creía, no, estaba convencido, de que ella le correspondía del mismo modo. Notaba que su piel se inflamaba bajo sus caricias y cómo reaccionaba su cuerpo al contacto de sus labios. Pero ¿por qué se obstinaba en negarlo, renegando a su vez de él? Marcus siempre había creído conocer a las mujeres. Pero cuanto más tiempo pasaba con aquella, más progresaba en él la seguridad de que no era así.

Norah... Celíne Patterson... ni siquiera sabía cómo llamarla. Aun después de haber compartido un íntimo interludio, continuaba siendo para él todo un misterio. ¿Por qué demonios huiría de aquel internado para muchachas? ¿Sabría lady Patterson que cobijaba bajo su techo a su sobrina prófuga? Y si era así... ¿qué razones tendría una dama como ella para haberlo hecho? Demasiadas preguntas y escasas respuestas. Respuestas que obtendría cuando llegara a París.

Greenwood atravesó las puertas del vestíbulo y se deshizo de la chaqueta, antes siquiera de que Scott Anderson pudiera auxiliarlo en la tarea. Para cuando el hombre apareció, la prenda ya estaba debidamente colgada en el lugar que le correspondía.

—¿Ha disfrutado de su paseo, milord?

—Lo cierto es que no demasiado. Hace un día endiabladamente frío y húmedo. —Soltó los botoncillos de nácar que cerraban los puños de su camisa de algodón y a continuación se la remangó—. ¿Se ha despertado la señorita Patterson?

Los ojos del ayuda de cámara reflejaron una sombra vacilante.

—Me temo que sí, milord; aunque ha reiterado su negativa a verlo —le recordó.

—Bueno, tal vez sea hora de que cesen esos berrinches infantiles —aseveró él.

Subió de dos en dos los peldaños de la escalera cubiertos por la acostumbrada y aburrida alfombra de un solo tono. Una vez llegó arriba, caminó por el corredor con paso firme. Hacía días que por fortuna la joven estaba completamente recuperada del accidente. Ya no había lugar para seguir evitándolo, alegando su indefenso estado, se dijo abriendo la puerta del aposento y deslizándose en el interior sin llamar.

Los ojos de Marcus se clavaron en el lecho vacío y en las sábanas revueltas.

Norah, en el interior de la tina ubicada en el rincón junto a la chimenea encendida, había disfrutado del baño hasta el momento en que él entró en el dormitorio súbitamente, sin siquiera anunciar antes su presencia. Ella observaba en silencio como él, sin reparar en que se hallaba al otro lado de la habitación, miraba inmóvil la cama vacía. Lentamente, introdujo la mano en el agua, asiendo entre los dedos la pastilla de jabón que yacía sumergida. Con un rápido movimiento del brazo, se la arrojó a Marcus.

—¿Tiene la costumbre de entrar en los dormitorios sin llamar primero?

La pequeña pastilla de jabón perfumado rebotó contra su elegante chaleco de sarga de seda gris antes de caer al suelo. Él desvió rápidamente la mirada, clavando sus inescrutables ojos azules sobre ella.

—Sí, cuando se trata de mi propio dormitorio —alzó una ceja inclinándose para recoger el mantecoso objeto. Después se acercó a ella con tranquilidad.

Norah se hundió en el agua caliente hasta que esta rozó su femínea barbilla. Sus cabellos flotaron sobre las perfumadas pompas de jabón como una sedosa alfombra de aromáticos rizos.

Marcus alzó la mano con preponderancia, abriendo después los dedos y dejando caer la pastilla en el interior de la tina desde una altura más que considerable, logrando que ella elevara ambos brazos para proteger sus ojos de la jabonosa salpicadura.

—Gracias —dijo Norah, reticente a comenzar una disputa.

—Espero que estés disfrutando de mi tina.

—Enormemente.

—Me alegra oír eso —aseguró él, observando la mancha lechosa que había provocado el jabón sobre su chaleco de seda—. Una prenda muy costosa —se lamentó.

—Conocerlo a usted me saldrá muy caro, milord. Le debo una alfombra y ahora un traje. ¿Qué será lo siguiente?

—Dímelo tú.

—Continúa usted tuteándome…

—Es natural, pronto te convertirás en mi esposa.

—¡Qué pena! Veo que también continúa mal de la cabeza —ironizó ella.

Cautivar a un dragón

—Si mal no recuerdo, te comenté en una ocasión que hacías que me sintiera como un animal —comentó inclinando su cuerpo y apoyando ambas manos sobre el borde de la tina.

Norah se preguntó si no lo habría incitado a propósito. Verlo de aquella manera comenzaba a causarle los mismos estimulantes efectos que la morfina que le había administrado el doctor Benning hacía tan solo un par de semanas.

—¿Sí? —dijo con una nota de sarcasmo—. Casi lo había olvidado.

—Tal vez tú sí lo hayas olvidado, pero yo no —resopló—. En aquella ocasión hiciste algo por mí. Algo que pienso devolverte ahora mismo, querida «Norah».

¿Era su imaginación o él había imprimido a su voz una extraña nota de perversidad al mencionar su nombre?, se preguntó ella, antes de advertir atónita como él se arrodillaba a su espalda y comenzaba a enjabonarle los hombros. Su cuerpo se tensó, continuando así incluso cuando él le susurró al oído:

—Adoro tocarte.

Su aliento acarició su húmedo lóbulo, produciéndole durante un momento una escalofriante y fría sensación. Ella se obligó a no ceder ante su determinación. Se había prometido a sí misma que no permitiría que él la llevara nuevamente hasta el límite de sus deseos para después abandonarla allí. Esa vez estaba decidida a no ser la única que cayese en el bochornoso abismo de la frustración.

—Haga algo útil y acérqueme un paño caliente —lo recriminó ella, a pesar de que en el fondo su cuerpo deseaba seguir sintiendo el estimulante contacto de los dedos de Marcus sobre su húmeda piel.

Marcus se levantó para asir uno de los lienzos de grueso lino que estaban dispuestos ante la chimenea encendida y sintió que el tejido calentaba su mano. Cuando giró sobre sus talones para entregárselo, se quedó paralizado al verla de pie junto a la cama, completamente desnuda sobre la alfombra Wilton de cinco colores. Su cremosa piel, todavía húmeda, refulgía bajo las escarlatas llamaradas de la chimenea mientras el cabello mojado se adhería a la tez nacárea de sus senos. Él contuvo la respiración y sintió la imperiosa necesidad de aproximarse para tocar aquella sublime piel, al tiempo que notaba que una dolorosa punzada de excitación se hacía con su miembro viril.

—¿Va a permanecer mirándome toda la mañana o me entregará por fin el paño caliente? —indicó ella modulando deliberadamente la voz para otorgarle un tono de inocente complicidad.

Marcus se obligó a mover los pies y caminar hacia donde ella lo aguardaba. Esta, para desesperación de cierta parte de su anatomía, alzó ambos brazos sobre la cabeza, esperando que fuese él quien la envolviera con el lienzo templado.

Estaban tan cerca el uno del otro que Norah creyó percibir el calor que emanaba de su piel dorada.

—Norah Patterson... ¿tratas de incitarme a hacer nuevamente una locura?

—No sea ridículo... —resopló ella—. ¡Ni que fuera la primera vez que ve a una mujer sin ropas!

Cautivar a un dragón

No. Aquella no era la primera vez que un cuerpo femenino se mostraba ante él de aquella explícita manera. Pero desde luego nunca antes uno así: perfectas curvas en el lugar adecuado; pechos plenos de pezones exultantemente rosados y unos muslos que concluían en unas prietas y voluptuosas nalgas. Marcus tragó saliva al tiempo que ocultaba aquel cúmulo de virtudes, envolviéndolas con el lienzo.

Ella sujetó la tela contra sus senos, estrujándolos de forma deliberada, haciéndolos subir y salir por encima del tejido. Cuando percibió la mirada de Marcus clavada en aquel sitio tuvo ganas de lanzar una triunfadora risa. ¿Qué ocurriría si en aquel preciso momento lo tocase?, se preguntó. ¡Al diablo!, se dijo. Estaba desnuda con un hombre en su habitación. Su virtud estaba devaluada aun incluso antes de aquel momento. ¿Qué importaba si lo tocaba o no? Tan solo deseaba rozar la piel de su atractivo rostro. Solo un poco. Solo un momento.

Cuando Marcus sintió los dedos de Norah rozar su mentón, el calor y la precipitación se hicieron con su cuerpo. Apenas podía aguantar más el dolor de su erección.

¿Cómo demonios lo lograba? Lo excitaba de una manera incomprensible con tan solo tocarlo. Sin apenas darse cuenta, sus manos entumecidas se deslizaron por las caderas de ella, atrayéndola hacia sí. Norah arqueó suavemente la espalda y sus senos quedaron comprimidos contra el chaleco de seda, mojándolo. Ella, en su victoria, volvió a preguntarse qué sucedería si lo besaba. Una milésima de segundo después, se encontró animándose mentalmente a descubrirlo. De puntillas, envolvió con los brazos el cuello de él, acercando la boca e invitándolo a que poseyera sus labios.

Cuando él se hizo dueño de ellos, un débil suspiro emergió de su pecho. Concentrándose en permanecer cuerda ante el espeso calor que la envolvía, comenzó a jugar con la lengua de él, sonriendo un segundo después al percibir el quedo gruñido de su garganta. Norah no deseaba parar hasta descubrir hasta dónde llegaba el dominio que podía ejercer sobre aquel hombre. Echó la cabeza hacia detrás, apartando su boca de la de él, y comenzó a separar los botones de su chaleco sin dejar de mirarlo. Marcus, en el mismo sitio, movió los hombros hacia atrás para ayudarla a deslizar la prenda de seda por sus brazos. Esta cayó sobre la alfombra sin emitir ruido alguno.

La mente de Norah, resuelta ya a cualquier cosa, decidió desabrocharle también los botones de la camisa, la abrió y posó las palmas de las manos sobre su fuerte torso. Percibió como Marcus comprimía aún más los músculos de su abdomen cuando comenzó a descender con sus dedos, acariciando su musculado cuerpo. Se inclinó y respiró la suave y seductora fragancia del hombre antes de atrapar con sus labios uno de los comprimidos pezones, comenzando a lamerlo después. Marcus tembló un instante tensando la espalda y adelantando instintivamente la zona erecta bajo su pantalón. Ella alzó el rostro para mirarlo con una sagaz sonrisa en los labios. Sus dedos, delicados y hábiles a un tiempo, soltaron el cordón que cerraba la única frontera entre ella y el deseo de él. Su erección, completamente liberada de la opresión de la

Cautivar a un dragón

tela, se hizo patente. Norah apoyó las manos sobre las caderas de Marcus y flexionó las rodillas, inundando de pequeños y fugaces besos su torso. En esa zona, el olor a jabón de Marsella sustituía al del afeitado. Ella aspiró su masculina fragancia, besando y lamiendo su duro vientre. Marcus contuvo la respiración, asiendo con ambas manos los dos postes que constituían el dosel de la cama cuando ella llegó con sus besos y su boca al centro de su virilidad, envolviéndolo gradualmente con los labios. Por un momento, temió romper por la mitad el dosel de roble. Perdió la capacidad de hablar, dejándose llevar por el placer que aquella boca femenina le estaba proporcionando. Soltó las manos de la madera para rodear suavemente el rostro de Norah, obligándola a ponerse de nuevo de pie y tumbándola a continuación sobre la cama. Marcus se deshizo completamente del pantalón y las botas de piel, arrojándolas a un lado antes de cernir su palpitante cuerpo sobre el de ella. Atrapó un rosado pezón entre los dientes con sumo cuidado, succionándolo después como si fuese algún tipo de brebaje divino.

El placer y el calor nublaban el juicio de Norah.

«Tan solo un poco más», no cesaba de decirse a sí misma. Un poco más y detendría toda aquella intimidad, vengándose de él. Haciéndole entender que ella poseía el control. Que le era sumamente fácil llevarlo al límite y después detenerlo. «Solo un poco más», volvió a repetirse, dejando que el calor de los besos de Marcus sobre su vientre la abrasaran. Abrió los ojos al percibir como él se deslizaba hacia abajo, haciendo que ella le pasara las piernas sobre sus fuertes y nervudos hombros. Cuando vio su morena cabellera bucear entre sus muslos, inhaló fuertemente y decidió que aún no era el momento de detener aquello. Un extravagante y tortuoso sinfín de sensaciones se hicieron con su cuerpo. Se estremeció y tensó todos los músculos cuando Marcus pasó las manos bajo sus nalgas, asiéndolas con fuerza y elevándolas para que aquel contacto fuese aún más penetrante. Él volvió a subir, tumbándose sobre ella. La presión de su miembro sobre la humedad de su interior la hizo estremecer poco antes de sentir como él la penetraba lentamente. Esa vez no hubo dolor ni incomodidad, tan solo un intenso placer.

Gimió cuando él empujó su cuerpo contra el de ella, lánguidamente. Aquella suavidad se transformó poco a poco en una vibrante energía capaz de transportarla a límites que su cuerpo jamás hubiera creído poder experimentar. Marcus posó la boca sobre su cuello con una expresión de éxtasis infinito reflejado en sus facciones. Norah sintió la temblorosa y enérgica respiración de él en su oído. Puso las manos sobre su torso y comenzó a moverse al salvaje ritmo que el cuerpo del marqués le confería. Todo se desvaneció. Ya solo eran él y ella en aquel dormitorio. Placenteros espasmos tomaron posesión de sus cuerpos cuando ambos llegaron a una explosiva culminación.

Cuando su cuerpo se relajó, Marcus se apartó y se tumbó junto a ella.

—Estoy francamente sorprendido —jadeó.

Norah regresó súbitamente a la realidad, mirándolo con el ceño fruncido. ¿Qué demonios le había ocurrido?

Cautivar a un dragón

Si ese era el modo en que ella trataba de darle una lección, estaba todo destinado al fracaso, pensó sentándose en la cama, malhumorada.

Marcus observó como ella, con gesto circunspecto, se levantaba y caminaba hasta la chimenea encendida. Tras aquella intimidad, con las mejillas arreboladas y su cabello revuelto, le pareció la criatura más exquisita que había visto.

Norah, frente al calor del hogar, percibió como él abandonaba el lecho para después rodearla con sus fuertes brazos. El contacto de su torso contra su espalda la hizo temblar.

—Vístase —dijo ella con voz seca, sintiendo como los músculos de él se tensaban a su espalda.

Marcus bajó lentamente los brazos antes de decir:

—¿Qué es lo que pretendes?

—Pretendo que se vista y se vaya de mi dormitorio —susurró.

Él la retuvo por los hombros, haciéndola rotar sobre sí misma para forzarla a que lo mirase.

—No luches contra esto, Celíne —le dijo Marcus alzando la barbilla.

Los ojos de Norah se dilataron, abriéndose de par en par. ¿Quién demonios era Celíne? Contuvo la respiración. ¿Habría equivocado su nombre con el de alguna de sus amantes?

—¡Maldito bastardo! —rugió ella asiendo una de sus botas del suelo para después lanzársela—. ¡He dicho que te vayas!

Marcus esquivó el zapato justo a tiempo.

—Deja de luchar contra esto... sabes muy bien que ambos sentimos lo mismo.

—Y usted sabe perfectamente que estoy prometida.

Él la atravesó con la mirada.

—No permitiré que el bastardo de mi hermano te ponga un dedo encima —rugió poniéndose los pantalones.

—¿Quién le ha dicho que no lo haya hecho ya? —lo retó ella cruzándose de brazos.

Él, con las botas aún en las manos y la camisa abierta, se aproximó a ella, acorralándola junto a la chimenea. El calor del fuego calentó el dorso de las piernas de Norah, advirtiéndola de lo cerca del fuego que se hallaba.

—Si descubro que eso es cierto —hizo una pausa—, mataré a Kipling.

Ella sintió que la boca se le secaba; la respiración se hizo casi inexistente y su pulso no llevaba mejor camino. Tragó saliva tratando de hablar, aunque cuando abrió la boca, de su garganta tan solo emergió un estúpido y fracasado intento de voz.

Marcus inclinó la cabeza hacia su rostro antes de decir:

—Veo que lo entiendes.

Diciendo eso, giró sobre sus talones, y a continuación se sentó en una banqueta tapizada de brocado de seda verde. Allí se puso las botas Wellington de piel, llamadas así en honor de Arthur Wellesley, marqués de Wellington, y artífice de la derrota de Napoleón en Waterloo. En ese momento aquel complemento estaba muy de moda entre los caballeros; de hecho, la mayoría las calzaba. Pero en Marcus, fueran las botas, las camisas o cualquier otra prenda, lucían con más elegancia que en cualquier otro, pensó Norah pasándose la punta de la lengua por los labios resecos.

Greenwood ajustó el pequeño pasador que ceñía el calzado bajo su rodilla al tiempo que clavaba los ojos sobre el sensual gesto de ella. ¿Tenía idea aquella mujer de lo increíblemente irresistible que era?, se preguntó enfurruñando el rostro y levantándose de su asiento.

—Mañana regresaré a casa de lady Patterson —lo informó.

—Me parece bien —y añadió—: Así tendrás ocasión de informar a mi hermanito de la ruptura de vuestro compromiso.

—Es usted detestable.

—Eso se puede curar.

—Siga soñando —le respondió ella, girándose hacia la chimenea.

—Lo cierto es que no necesitas incitarme demasiado para que lo haga —repuso él—; aunque por la mañana cierta parte de mi anatomía sufra las consecuencias.

—No me diga... —bufó ella.

Marcus se aproximó a ella, rozando con los labios la curva de su cuello. Norah, rígida como el palo de una escoba, permaneció completamente inmóvil.

—Puedes quedarte en Greenhouse un día más y comprobarlo por ti misma —le susurró.

Ella sintió que el calor nuevamente la invadía. Cerró fuertemente los párpados, respirando con dificultad.

—No, gracias —dijo, arrastrando las palabras contra el paladar.

LIS HALEY

—Tú misma... —se incorporó él.

Norah pudo oír el repiqueteo de sus pasos abriéndose camino hacia la puerta y a continuación percibió que esta se abría para luego cerrarse de un solo golpe. Permaneció inmóvil, con la mirada perdida en las inquietas llamas que danzaban seductoramente sobre los leños. Sus músculos se negaban a moverse. Temía que, de hacerlo, él estaría agazapado, aguardando para abalanzarse sobre ella. El silencio imperaba de manera sobrecogedora. El tictac del *bracket* inglés de madera de caoba, con asas laterales y aplicaciones de bronce dorado que descansaba sobre la chimenea, era el único sonido que perduró tras haber abandonado el marqués la habitación. El reloj, de esfera metálica, con cuatro molduras de bronce y cifras romanas, pareció asegurarse de señalar el momento, grabándolo en la memoria de Norah con las suaves campanadas que anunciaban las once.

Movió lentamente la cabeza y miró por encima del hombro, comprobando que el hombre, dominante y tenaz, se había marchado.

Capítulo 15

París había recuperado algo de normalidad después de que Luis Napoleón III diera un certero golpe de estado, presentándose después ante los franceses como el único defensor de la democracia. De aquello hacía ya ocho largos años. Desde entonces, Francia había experimentado un notable crecimiento económico, que se reflejaba en sus prósperos comercios y sobre todo en sus elegantes y asombrosos escaparates, la gran mayoría extraordinarias obras de arte.

Aprovechando su visita a aquella ciudad, Marcus había adquirido algunos productos para el aseo personal, junto con dos grandes piezas de seda estampada que con toda seguridad haría las delicias de la señora Hayes. A Marcus le había sorprendido sobremanera su visita a Bon Marche, un inmenso establecimiento que poseía precios que no fluctuaban, evitando por primera vez el regateo. Los productos, innovadoramente, se hallaban al alcance del cliente sobre mostradores anchos y bajos. Aquella

Cautivar a un dragón

nueva forma de comercio, que atraía a las gentes con amplios y luminosos escaparates, otorgándoles la posibilidad de cambiar los artículos e incluso anunciándose en *Le Figaro**, realmente lo había dejado impresionado.

Sentado cómodamente en el interior de su carruaje, Greenwood investigaba el exterior a través de la ventanilla. Podía entender a la perfección por qué las damas inglesas devoraban los artículos publicados por *La Mode*, ya que la revista contenía ilustraciones donde describían las espléndidas prendas que ordenaba la moda de aquellos momentos y que en gran parte era ejecutada por modistos parisienses.

El mayoral hizo girar el vehículo tirado por cuatro caballos, tomando después la *rue St. Antoine*, cubierta por las primeras hojas arrancadas por el otoño a los enormes árboles. Un minuto después, se detuvo ante uno de los edificios de dos plantas que poseía un insólito color crema, que era alternado ocasionalmente con piezas granas. En cuanto abandonó su carruaje, la austera puerta de roble se abrió incluso antes de que él pudiera hacer sonar la campanilla, ofreciéndole hospitalariamente la entrada. El mayordomo parecía estar esperándolo, aun cuando era imposible saber a qué hora exacta llegaría a esa zona de París. Tras recoger su sombrero y guantes, el hombre caminó ante él, acompañándolo a través de un ancho corredor hasta un luminoso saloncito con purpúreas paredes revestidas de seda brocada. La suntuosa habitación

---

*Diario de Francia, de tirada nacional. Fundado el 15 de enero de 1825.

estaba decorada como era habitual, sin dejar apenas espacios vacíos, llenando estos de infinidad de muebles, alfombras y piezas de porcelana.

Dare Patterson se puso en pie en cuanto lo vio, dándole la bienvenida. A su lado, su esposa se limitó a permanecer sentada, inclinando ligeramente la cabeza.

El aspecto de aquella delgada dama llamó poderosamente la atención de Marcus.

Anaïs Patterson, apellidada Dupon con anterioridad a su casamiento, era una mujer completamente opuesta a su hija. No era solo el hecho de que su rostro, anodino e impertérrito, fuese totalmente dispar al de la muchacha, sino que sus cabellos y ojos trigueños distaban mucho de los de Norah. Valoró seriamente la posibilidad de que se tratase de la segunda esposa de aquel conde venido a menos y retirado en París tras su escandaloso matrimonio con una joven de baja alcurnia.

—Nos satisface que haya venido tan pronto a París —expresó el corpulento y educado caballero al tiempo que con un gesto de la mano le ofrecía asiento.

Dare Patterson exhibía un exuberante e ilustre mostacho que casi se unía a sus largas patillas; mas en su cabeza, si bien el cobre relucía, no había ni una sombra de encarnado color.

—No veía mejor solución, señor. Dadas las circunstancias —respondió él acomodándose en unos de los sofás tapizado en seda de color carmesí.

El señor Patterson, recostando la espalda en su propio asiento, le ofreció amablemente la oportunidad de degustar un sabroso té especiado, que Marcus aceptó encantado. Tras preguntarle por el viaje e interesarse por otros pormenores, que se presumían formalidades ineludibles, Dare Patterson no vaciló en abordar el tema que había llevado hasta París a su invitado.

—Si me permite la observación, señor... —Hizo una pausa—. No acabo de concebir el significado de ciertos sucesos que usted relata en su carta.

—Si los pone en mi conocimiento, trataré de aclarárselos, señor.

—Bueno... para comenzar, lo concerniente a la negación de Celíne a contraer matrimonio se escapa completamente a mi entendimiento.

—No puedo negar que a mí me ocurre igual, señor —confesó Marcus—. Su hija es la dama más testaruda e irreflexiva que he conocido nunca.

—Es precisamente por ese mismo motivo por el que su padre y yo resolvimos enviarla a una distinguida escuela para señoritas —explicó Anaïs, elegantemente ataviada con un vestido compuesto por cuerpo y falda en gros de Nápoles de seda verde. Luego se sirvió una taza de té y añadió—: Es del todo inadmisible que todavía no tengamos noticias de *L'école pour jeunes filles* sobre su intolerable comportamiento.

—Opino lo mismo, señora. Después de tantos meses es, cuando menos, insólito.

Ella asintió con un movimiento afirmativo de su cabeza.

—Gracias al cielo, mi esposo pretende tomar en breve las medidas oportunas —indicó ella, posando la taza sobre la mesita a su derecha.

—Así es, aunque ahora... como supongo que estará

usted de acuerdo, el asunto que nos atañe en estos momentos es que nos haga saber sus intenciones con Celíne —observó su marido.

Marcus se movió inquieto en su asiento.

—Por supuesto, mi intención es la de contraer matrimonio con la joven de inmediato. El problema, como ya les relaté en mi carta, es que ella se niega vehementemente a ello. Por lo visto, tiene el convencimiento de que no servirá de nada que hable con usted.

—¡Por el amor de Dios! —exclamó el señor Patterson—. Después de su falta de juicio, esta es la única salida honorable.

—Lo sé. Por ello pretendo que sea usted quien la obligue a ello.

—No dude ni por un momento que lo haré —afirmó tajantemente Dare Patterson.

El mayordomo, pálido como la cera, abrió rápidamente la puerta del saloncito, haciendo que todos volvieran sus rostros para observar a la muchacha que cruzaba el umbral. La joven, habiéndose negado a esperar a que el sirviente la anunciara, caminó con paso decidido hasta el centro de la habitación. Allí se detuvo, clavando los ojos en los tres antes de dejar caer al suelo la bolsa de viaje que portaba en una de sus manos. Marcus observó el rostro sonrosado de la chica, su cabello, a duras penas oculto por un sombrero, y su traje de viaje cubierto por el polvo.

—No... no os bastaba con recluirme en ese horrible lugar... —tartamudeó la joven entre sollozos—. ¡También teníais que ingeniároslas para que me arrojaran de ese estúpido colegio a patadas! —gimoteó.

Cautivar a un dragón

Anaïs y Dare Patterson abandonaron sus asientos para dirigirse rápidamente donde ella se encontraba. Marcus se levantó, observando desconcertado cómo ambos trataban de calmar a la quejumbrosa muchacha.

—Debería habernos informado de que Celíne lo acompañaba, milord —le reprochó el hombre a Marcus.

Él arrugó el ceño. Cuando animada por su madre la joven tomó asiento, Marcus dio un paso para tratar de hablar con Dare Patterson.

—Celíne no ha venido conmigo, milord —alegó él.

—¿Qué demonios está usted diciendo? —dijo el hombre, frunciendo el ceño mientras su esposa trataba de que la chica bebiera un poco de té caliente—. ¡Mi hija está aquí mismo!

Marcus descolgó la mandíbula mirando a la joven de ojos y cabellos pardos que balbucía algo sobre su expulsión tras la falta de pago. Greenwood, intuyendo el error, irguió su espalda antes de indicar:

—Lo lamento, pero esta no es la joven con la que pretendo contraer matrimonio. La dama en cuestión es Norah, su otra hija.

Celíne lloró aún con más fuerza, haciendo que todos volcasen su atención sobre ella.

—No sé de qué me está usted hablando, milord. Celíne es mi única hija.

Capítulo 16

El sonido del tintineo de las copas se mezclaba fácilmente con el de los murmullos en el salón de baile, de forma inusualmente ovalada. Junto a la puerta, el señor y la señora Campbell daban la bienvenida a los invitados al tiempo que dos de sus lacayos recogían capas y sombreros, guardándolos a continuación en la habitación, junto al vestíbulo, que se había habilitado para tal fin.

Norah caminaba con lentitud, atravesando aquel espacio de paredes celestes sitiadas por columnas de un deslucido color ambarino algo desteñido. Estas rodeaban el salón en grupos de a dos, creando un curioso pasadizo entre el lugar donde la muchedumbre se apiñaba y la pared en donde las jóvenes damas, agotadas o deseosas de que algún caballero les solicitara un baile, descansaban sentadas sobre elegantes sillas tapizadas en terciopelo azul.

Hacía ya dos semanas que no había vuelto a saber

del marqués. Justo desde su frustrado intento de desquite.

Sus pómulos ardieron y notó que se le agolpaba la sangre en ellos al recordar lo fácil que le había sido a aquel hombre llevarla hasta su lecho, víctima de su propia inconsciencia. Tras lo sucedido en la biblioteca, Norah había creído del todo improbable el permitir que un hecho semejante se repitiera una segunda vez en su vida. Pero tras el perturbador episodio vivido en el aposento del marqués de Devonshire entendió que había estado indiscutiblemente equivocada.

—Lady Harte a las dos en punto —le indicó lady Patterson, haciendo referencia a su disposición en la sala con relación a las agujas del reloj.

Ella sonrió y caminó junto a su tía en dirección opuesta al lugar donde la chismosa mujer cuchicheaba sin parar junto a un noble grupo de invitados, prestamente deseosos de oír los chismorreos sobre cualquiera de las jóvenes damas o caballeros que habían acudido esa noche a la cena y al baile.

Lady Patterson agitó su abanico de encaje negro ribeteado de plumas ante su nariz de forma innecesaria, porque aquel mes de octubre estaba siendo bastante fresco.

—Deberían confeccionar un bozal para esa horripilante mujer —murmuró haciendo que las plumas que decoraban el borde del objeto se agitasen con su respiración.

Norah no pudo más que sonreír ante tal apreciación. Desde su vuelta a casa, entre ellas se había instalado cierta tensión. Los silencios comenzaban a ser habituales en Lakehouse y en varias ocasiones había pillado a lady Patterson observándola con curiosidad.

Aun así, su tía se había mostrado enormemente feliz de que, tras el incidente con su caballo, no hubiese habido que lamentar algo más que un tobillo inflamado; pero había sorteado en más de una ocasión incidir sobre el hecho de que lord Greenwood se hubiese negado a comunicarle el paradero de su sobrina, llevándola a creer que esta había sido obligada a regresar junto a su padre a Virginia.

Norah percibía que tía Mariel intuía más de lo que trataba de aparentar. Pero a decir verdad casi prefería que continuara disimulando y obviara comentar nada sobre aquel peliagudo tema.

—¡Vaya! Veo que el señor Kipling también ha sido invitado —comentó la dama al advertir al joven al otro lado de la sala, rodeado de damas jóvenes y no tan jóvenes.

—No veo por qué no, tía —respondió a su observación con desgana, al tiempo que entrelazaba el brazo de la mujer con el suyo propio sin dejar de caminar en ningún momento.

—¿Aún sigues con esa ridícula idea del compromiso? —quiso saber la dama.

—Te confesaré algo, tía... —comenzó a decir bajando la voz para que solo su tía pudiese oírlo. Luego añadió—: Jamás he estado comprometida con ese caballero.

Lady Patterson detuvo los pies y la miró asombrada.

Cautivar a un dragón

Norah se apresuró a explicar:

—Lo único que pretendía era dar una lección al marqués de Devonshire —suspiró—. Ese hombre cree poder conseguir lo que desea con tan solo chasquear los dedos.

—Me sorprendes, querida —le dio dos ligeros golpecitos en el dorso de la mano—. Dada tu situación, un matrimonio con lord Greenwood hubiera sido lo más conveniente. ¿No te parece?

—¿Mi situación? —dijo Norah, sintiendo la garganta seca y un nudo en la boca del estómago.

Por un momento se preguntó si su tía sabría de su indiscreción. Apretó los labios, conteniendo el aliento al mismo tiempo.

Lady Patterson, haciendo caso omiso de la pálida apariencia que había adquirido el rostro de su sobrina, tan solo asintió.

—Hasta el momento, tu estancia en la mansión del marqués ha sido un secreto, pero si llegara a hacerse público...

—Lo comprendo —dijo ella, respirando aliviada en parte.

Sabía que lady Patterson estaba en lo cierto. Una indiscreción semejante daría sin duda de que hablar durante meses. Sobre todo a la charlatana lady Harte, la cual se presentaba a sí misma como la máxima defensora en lo que a cuestiones morales se refería.

Norah sintió como su tía tiraba de su brazo, obligándola a caminar. Ambas se abrieron paso con elegancia entre la multitud para tomar asiento en el rincón más alejado y solitario del salón de baile. Allí, cómodamente sentadas en el *tête-a-tête** tapizado en seda azul, les sería más fácil hablar de aquella espinosa situación.

—Y ahora, ¿qué es lo que pretendes? —quiso saber lady Patterson, apoyando elegantemente su codo sobre el apoyabrazos de madera que dividía el asiento en dos.

Nerviosa, Norah retuvo el impulso de retorcer entre los dedos la tela de la falda de su elegante vestido de tafetán color crema, circundado de vistosas cenefas de terciopelo.

—Lo cierto es que no tengo ni la menor idea —dijo en voz baja al tiempo que soltaba lentamente el aire de sus pulmones—. Creo que esto se me ha ido de las manos, tía Mariel.

—Explícate... —exigió la mujer con un susurro.

—Tan solo deseaba que lord Greenwood recapacitara sobre su autoritario modo de proceder. —Clavó su mirada en los almidonados volantes de su falda—. Sin embargo, ahora... es como si deseara batallar constantemente con ese caballero.

Tras un incómodo silencio, lady Patterson rompió a reír ante aquella sincera respuesta. Luego hizo una señal con la mano a uno de los lacayos para que les sirviera sendas copas de ponche y se relajó en su asiento ante la atónita mirada de Norah, la cual se preguntaba qué gracia

---

*Sofá ancho y profundo, en el que cabían dos personas. En ocasiones, por su estructura, estos asientos permitían sentarse mirando al interlocutor.

Cautivar a un dragón

podrían tener sus palabras, pero a juzgar por la absurda reacción de su tía, debían de resultar muy graciosas; por más que lo intentaba, no podía imaginarse de qué se trataba.

Un grupo de personas próximo a donde ellas compartían confidencias y estalló en risas tras la graciosa observación de alguno de sus componentes.

Lady Patterson tomó un sorbo de su copa antes de decir:

—¿Así que estás enamorada del marqués de Devonshire?

Norah, con los dedos aferrados a su copa de ponche, observó a la muchedumbre que se apiñaba en grupos jocosos y despreocupados. Se removió en su asiento, valorando la posibilidad de continuar mintiendo sobre lo que realmente sentía.

—¿Y si así fuera? —tanteó.

—Si así fuera… ya se nos ocurrirá algo —indicó lady Patterson con un brillo de picardía en sus almendrados ojos.

Norah se apoyó en el respaldo y la observó con atención, examinando su semblante en busca de alguna señal que le indicara qué era lo que estaba tramando.

—¿Y qué es lo que propones, tía? —le preguntó finalmente.

Lady Patterson se limitó a encogerse de hombros para después decir:

—Por el momento, continuarás siendo la prometida de Kipling. Si es que él está de acuerdo…

—Ese hombre vive tan solo para tratar de perjudicar

a su medio hermano —resopló—. Créeme, estará más que encantado de seguir con esta farsa.

Una sonrisa curvó los finos labios de su tía. Norah casi comenzó a arrepentirse de haberla hecho partícipe de sus auténticos sentimientos respecto a lord Greenwood.

—Habla con el señor Kipling. Ya es hora de que todo Londres sepa de tu compromiso —dijo lady Patterson alzando la barbilla.

Capítulo 17

El anuncio del compromiso de la señorita Patterson con el señor Adam Kipling promete ser la noticia más emocionante del año. Ambos han hecho público su compromiso con la ilustre aprobación de lady Patterson, dando a conocer su intención de contraer esponsales durante el presente año.

Según se rumorea, Kipling, con motivo del inminente enlace, ha regalado a su prometida una hermosa joya, digna de una gran dama: un magnífico camafeo realizado por Thomas Webb & Sons.

Todo Londres les desea un próspero y prometedor futuro.
Candice Newton: redactora de sociedad

Greenwood releyó una y otra vez aquella nota de prensa negándose a creer lo que sus ojos veían. Arrancó la página del dominical e hizo con ella una bola entre las manos. No podía ser cierto, se repitió hasta que en el interior de su cabeza no resonó otra cosa que aquellas palabras, creadas para su propio autoconvencimiento. Hacía tan

Cautivar a un dragón

solo un par de días que había regresado a Londres, y ahora se encontraba con aquello. Norah Patterson, o comoquiera que se llamara realmente, lo estaba volviendo loco con su impredecible manera de actuar. Tras el corto periodo que había residido bajo su techo, creyó haberle dejado lo suficientemente claro que debía romper su compromiso con Adam Kipling. Pero ella no solo había ignorado su orden, sino que, con aquellas palabras impresas, lo había hecho oficial.

Arrojó la bola de papel a la chimenea encendida, donde las llamas dieron buena cuenta de ella, envolviéndola y consumiéndola rápidamente, como si jamás hubiera existido.

Norah Patterson estaba retándolo a gritos. Había desenterrado el hacha de guerra y ahora esperaba que él mostrara también sus armas, se dijo al tiempo que abandonaba el salón, dejando a medio acabar el desayuno. Seguidamente se dirigió con paso firme hacia su despacho. Una vez allí, cerró la puerta a su espalda antes de cruzar la estancia con tan solo cuatro largas zancadas.

Frente a la licorera de madera, se sirvió una generosa copa de coñac, que luego tomó de un solo trago antes de servirse una segunda. Se sentía completamente desorientado por primera vez en toda su vida. Todo y cuanto había deseado, lo había tomado, tan fácilmente como la copa de coñac que asía entre sus dedos. Sin embargo, con Norah todo era distinto. Se negaba a dejarse llevar, a actuar como él o los demás esperaban que hiciera, e incluso había persuadido a la propia lady Patterson para que aceptara su compromiso con un bastardo.

Miró a través de los ventanales y dio nuevamente un largo trago.

Advirtiendo que sus dedos asían el cristal con más fuerza de la necesaria, se giró y apoyó la copa sobre la mesa, reparando en el sobre cerrado que había depositado sobre ella la señora Hayes semanas antes. Este descansaba semioculto por otra carta, que a su vez estaba sujeta por un pisapapeles de cristal *millefiori,* por lo que no alcanzó a leer más que las cuatro últimas letras de su remitente, «*vlin*». Cuatro letras que llamaron poderosamente su atención. Despacio, apoyó un dedo y deslizó a un lado la carta que lo ocultaba. Su pulso ce aceleró y arrugó el ceño al descubrir un apellido familiar: Basil Devlin.

Rápidamente, lo extrajo del montón y lo examinó con atención. La estampilla daba a conocer su origen. Este no era otro que el nuevo mundo, más concretamente la ciudad de Williamsburg, en Virginia. Lo abrió sin buscar primero el abrecartas y a continuación deslizó los ojos sobre las palabras, elegantemente plasmadas sobre el papel.

Al contrario que con el apellido, el nombre de Basil no le sonaba en absoluto. Según parecía, se trataba de alguien que, a pesar de no poseer un título, era tremendamente acaudalado y que aseguraba además ser el padre de Norah Devlin.

Él arrugó el ceño al leer esto último. Según parecía, la intención de aquel hombre al enviarle aquella carta había sido informarle de su intención de obligarla regresar junto a él a Virginia. No pudo reprimir una oleada de repul-

Cautivar a un dragón

sa al reparar en la expresión «cueste lo que cueste», dudando mucho que fuera una expresión que causara un efecto positivo sobre Norah.

En silencio, Marcus leyó el resto del mensaje. Por lo visto, aquel hombre creía que Norah continuaba prestando sus servicios como doncella en su casa. Así pues, le rogaba que la retuviera allí hasta que los hombres contratados por él, y que ya habían partido de Virginia, se presentaran en Greenhouse con la intención de llevársela de allí. Por un momento, Marcus recordó el libro que había hallado oculto entre la hierba. Y en que el verdadero nombre de Norah aparecía escrito en las primeras páginas.

Aquel descubrimiento lo llenó de felicidad, a pesar de la desastrosa noticia de la carta.

Cruzó la habitación, tirando enseguida del llamador. Al poco, apareció el señor Anderson.

—¿Milord? —se limitó a decir el hombre.

A Marcus le agradaba aquella forma de preguntar lo que requería sin frases como: ¿qué se le ofrece?, ¿deseaba usted alguna cosa?, o redundantes estupideces por el estilo.

—Ordene que preparen mi carruaje, señor Anderson. —Extrajo del bolsillo de su chaleco su *Longines** y lo ojeó antes de ocultarlo nuevamente en el mismo sitio—. En diez minutos.

En los rincones y plazas de Londres, las bandas municipales y quioscos de música parecían proliferar, amenizando los tranquilos paseos de las damas y caballeros

---

*Casa de relojes fundada en 1832 por Auguste Agassiz.

mientras en un rincón del West End, las gentes, ávidas de entretenimiento, se agolpaban ante un hombre que, mediante misteriosos aspavientos, invitaba a los presentes a asistir a algún tipo de espectáculo paranormal nocturno que, según él, les permitiría la comunicación con los difuntos mediante los increíbles poderes de una tal madame Callista.

Marcus, recostado sobre la tapicería de cuero marrón de su carruaje, percibió como el cochero abandonaba aquel lujoso lugar con la intención de dirigirse al sórdido East End. Allí la prostitución era algo habitual. Lord Greenwood había oído en algún sitio que solo en Londres unas dos mil prostitutas malvivían en los barrios bajos de la ciudad, vendiendo a cualquier hombre su cuerpo por unas pocas monedas. Estas provenían de distintos países y aunque lo normal era verlas en el East End, ocasionalmente pululaban cerca de teatros y clubs de caballeros.

Mattie, con los cabellos grasientos recogidos en un tosco moño y las ropas arrugadas, elevó el rostro cuando el elegante carruaje se detuvo a su altura.

La joven, con sus escasos veinte años, sintió una sacudida de temor al percibir como el mayoral se deslizaba de la parte delantera y se dirigía a ella. Temblorosa, volvió a decirse por enésima vez que no debería estar allí. Y otras tantas tuvo que recordar que su madre, la cual había contraído el tétanos, yacía en cama hacía tres días luchando contra aquella calamitosa enfermedad. Necesitaba con urgencia conseguir dinero para costear el servicio que el doctor Evans le proporcionaba. Así pues, cuando

Cautivar a un dragón

el cochero extendió la mano ante ella, mostrándole las valiosas monedas que retenía en el interior de su puño, no lo pensó dos veces y alargó sus temblorosos dedos para asirlas. Randall Paxton cerró la mano antes de que la joven pudiera tocarlas. Después, sin pronunciar palabra, abrió la puerta del carruaje invitándola a subir.

Marcus observó con atención a la joven que entró en el vehículo.

Había confiado la elección de la muchacha al joven Paxton y ahora rogaba por que el muchacho no se hubiera equivocado al elegir a la trémula chica que en aquellos momentos se sentaba ante él. Cuando percibió que el carruaje volvía a ponerse en marcha, vio que ella clavaba los ojos en la tapicería del suelo. Greenwood trató de imaginársela limpia y perfumada. Pero a decir verdad, costaba creer que bajo toda esa mugre hubiese un ser humano.

—¿Cómo te llamas? —preguntó a la joven.

Ella elevó un poco el rostro y lo miró entre las finas pestañas. Marcus sintió un nudo en el estómago al percatarse de lo joven que era.

—Mattie... —respondió con un hilo de voz.

—No tienes por qué temerme, Mattie —trató de tranquilizarla.

Ante la mirada asombrada de Marcus, los temblorosos dedos de Mattie comenzaron a desabrochar los desgastados botones de su vestido. Él se inclinó hacia delante y la detuvo, asiéndola por la muñeca.

—No, Mattie. No es eso por lo que estoy dispuesto a pagarte.

Ella abrió sus grandes ojos azules.

Había oído hablar a algunas mujeres que frecuentaban las calles del East End sobre la extraña inclinación de ciertos hombres a desfogar sus varoniles impulsos con enfermizos e inenarrables métodos. A ella no le parecía que aquel elegante caballero fuese uno de aquellos depravados. Pero dada su inexistente experiencia con los hombres, tampoco se atrevía a jurarlo, pensó cerrando la mano sobre el cuello de su anticuada y tosca casaca de lino.

—¡Por el amor de Dios! —Él entrecerró los ojos—. ¿Desde cuándo te dedicas a esto, muchacha?

—No hace demasiado, señor —respondió ella sorprendiéndolo aún más con su honestidad.

Él se dejó caer sobre el respaldo y la miró con curiosidad.

—¿Y por qué lo haces? —le preguntó.

—Pues por lo mismo que usted, señor. Ambos tenemos motivos que nos impulsan a hacer lo que hacemos. Yo, una madre enferma, y usted... —Mattie sintió que se le secaba la garganta—. La... necesidad de aplacar el deseo que con seguridad alguna dama le ha provocado.

Greenwood rio preguntándose al mismo tiempo qué clase de duende había recogido del arroyo.

—No y sí... —comenzó a decir él—. No tengo la intención de aplacar nada con nadie y sí, existe una dama que me provoca ese deseo.

Mattie se relajó un poco en su asiento. Su puño pareció aflojar la tela del cuello y lo miró entornando los ojos. Algo en aquel hombre la incitaba a confiar en él. No sa-

Cautivar a un dragón

bía si su sospecha era infundada o no, pero dada su situación, se habría agarrado a un clavo ardiendo de llegar a creer que algo podría cambiar en su vida.

—Entonces... ¿por qué me ha hecho subir a su carruaje, señor?

—Pues porque para variar tengo la intención de ofrecerte algo beneficioso.

—¿Beneficioso? ¿Beneficioso para quién, señor?

—Beneficioso para ambos, Mattie.

—Discúlpeme, señor, pero si no se explica, dudo que pueda ayudarlo en algo.

—Quiero que finjas ser mi prometida durante unos días —dijo él, esperando en las facciones de la joven un gesto de asombro.

Sin embargo, Mattie resopló creyendo que sus palabras eran tan solo una burla. Cruzó los brazos sobre el pecho, esperando a que él se decidiera a hablarle en serio. Cuando tras unos segundos, no vio en él ningún gesto que le indicara que estaba de broma, dejó caer la mandíbula.

—¿Está usted hablando en serio?

—Por supuesto —contestó él, extrayendo de su bolsillo su nueva pitillera—. Nunca bromeo cuando se trata de negocios.

—¿Trata de decirme que piensa pagarme por ello? —preguntó ella, asombrada.

Aquello era demasiado bueno para ser cierto. No solo comería y dormiría en un lecho caliente, sino que además le pagarían por ello.

—Te pagaré seiscientas libras y cuidaré de que tu madre esté atendida en todo momento.

Mattie Wilson pensó que debía de haber muerto y estaba en el cielo. Bajó la mirada a sus ajadas manos, pensando en la propuesta.

—No creo que salga bien —dijo ella, aludiendo a su propio aspecto.

—Confía en mí —contestó él, encendiendo un cigarrillo—. Dudo mucho que dentro de dos días alguien pueda reconocerte.

—¿Puedo preguntarle algo? —le dijo la muchacha. Él elevó las cejas e hizo a continuación un gesto afirmativo con la cabeza—. ¿Por qué un hombre como usted necesita que una mujer como yo se haga pasar por su prometida? Supongo que habrá más de una dama dispuesta a hacerlo sin recibir un solo penique.

—Buena pregunta —contestó él, deslizando el cristal hacia abajo un milímetro y arrojando el cigarro fuera—. Supongo que no deseo pedírselo a una dama de la que después me sea imposible deshacerme.

Ella arrugó el ceño. Aquel hombre le recordaba inmensamente a su padre: un hombre bueno y cariñoso, pero que no sabía cómo expresarse sin parecer al mismo tiempo un ogro. Lástima que descubriera cómo hacerlo justo antes de fallecer el invierno pasado, víctima de la tosferina. Desde entonces, Lidia, su madre, había trabajado como lavandera para un pequeño convento cercano a su casa. Era aquel dinero el que ponía un plato de comida en la mesa y pagaba el alquiler que su casero exigía fuera abonado una vez por semana. Eso antes de caer enferma tras un estúpido golpe con la pala de madera que usaba para sacudir la colada. Aquel insignificante golpe-

Cautivar a un dragón

cito le había provocado una herida igual de superficial. Pero, por lo visto, Lidia estaba agotada y demasiado débil para repeler una infección.

—Intuyo que todo esto lo hace usted por una dama.
—Así es.
—Tal vez debería decirle lo que siente, sin más...

Él se removió con nerviosismo en su asiento.

—No hay nada que decir. La deseo y ella a mí. No creo que haya una razón mejor para que ambos nos comprometamos.

Mattie tuvo que emplearse a fondo para reprimir la risita que amenazaba con salir de sus labios. No solo le iban a pagar extremadamente bien, sino que además iba a divertirse de lo lindo, se dijo al tiempo que observaba como abandonaban el deprimente East End. Este dio paso a las burguesas casas de comerciantes y oficinistas.

Ella siempre había soñado con vivir en una de aquellas casitas que poseían un pequeño jardín delantero y que, como ella siempre solía decir, se encontraban situadas en la nada. Ni pobres, ni ricos: simplemente, gente anónima.

Transcurrida una hora, los espaciosos campos y pequeñas viviendas de ventanas emplomadas llenaron su campo de visión. Mattie vio a los hombres y mujeres cultivando los campos de avena que se extendían cercanos al río junto al molino. Allí, varios hombres cargaban un carro con lo que parecían ser sacos de harina, y después ahuyentaban al ganado que les impedía circular con su carga.

—¿Vive usted aquí? —preguntó sin apartar la vista del cristal de la ventanilla.

El rio, atrayendo su atención.

—Lo cierto es que todo esto es mío. —Cruzó los brazos ante su fuerte torso—. Las gentes que has visto cultivan mis campos y cuidan de mi ganado. A cambio, reciben una confortable casa, alimentos y, por supuesto, mi protección.

—Un intercambio realmente ventajoso para ambas partes —observó ella.

Marcus asintió levemente.

Aquella joven de piel deslucida y con más polvo encima que el camino por donde circulaban lo había sorprendido nuevamente. Su agudeza y perspicacia no parecían naturales en una mujer que pateara las calles. Greenwood se prometió tratar de protegerla de la misma forma que protegía a las personas que trabajaban para él. Una vez hubiera cumplido su cometido, su madre y ella podrían trasladarse allí y ocupar una de las pequeñas casas construidas en los alrededores. No era mucho, pero sin duda era más de lo que les esperaba de continuar en el East End.

Cuando al cabo de un rato le comentó a Mattie su intención de ayudarla a cambio de trabajar sus tierras, ella se mostró completamente sorprendida de que algún ser humano quisiera ayudarla. Marcus se sintió aliviado cuando ella aceptó. La idea de ver como una muchacha tan joven e inteligente perdía su vida exponiéndose a múltiples enfermedades que acabarían por nutrirse de su cuerpo se le hacía insoportable.

En silencio, ella se recostó en el respaldo de su asiento, intuyendo que aquel era su día de suerte. Aquel hom-

Cautivar a un dragón

bre le había propuesto un trabajo digno, justo cuando se había visto obligada a decidirse a vender su cuerpo. Sonrió. Ante ella se habrían nuevas perspectivas de futuro.

Mattie se prometió hacer todo lo que estuviera en su mano para devolverle el favor. Y empezaría por tratar a toda costa de que él consiguiera prometerse con la dama que aparentemente le robaba el sueño.

Cuando el carruaje se detuvo finalmente, Randall Paxton se deslizó de la parte delantera y abrió la puerta, entregándole después a Marcus una hermosa capa de terciopelo azul marino. Este la cogió y extendió su mano instando a Mattie a que se la pusiera. Ella no dudó en obedecer, entendiendo que debía ocultar bajo ella su aspecto. Cuando al fin abandonaron el carruaje, él la condujo rápidamente a una de las habitaciones de invitados. El mobiliario, compuesto por un par de cofres, mesillas y un enorme lecho, que prometía ser extraordinariamente cómodo, estaba rematado por un bello tapiz que colgaba de una las paredes empapeladas en chintz de tonos oscuros.

Marcus ordenó llamar a la señora Hayes, la cual no tardó ni dos minutos en hacer acto de presencia. El ama de llaves abrió los ojos y perdió el escaso color que aún subsistía en sus mejillas al observar a la joven que estaba de pie en el centro del dormitorio. Aun así, y como lo había hecho durante años, evitó preguntar nada a su patrón.

—Señora Hayes, esta es la señorita Mattie... —comenzó a decir Greenwood.

—Wilson —se apresuró a añadir la joven, sintiéndose algo incómoda cuando la sombría figura de la mujer se inclinó ante ella.

—Molly se encargará de ti —le informó a la joven.

Mattie asintió antes de comenzar a deambular por la habitación, mirando maravillada la exquisita decoración que la rodeaba.

El ama de llaves, junto al marqués, susurró:

—¿Qué se supone que debo hacer con ella, señor?

—Algo tremendamente difícil, señora Hayes.

Ella lo miró extrañada mientras se hacía un incómodo silencio entre ambos. Marcus clavó los ojos sobre la joven, que en aquellos momentos miraba a través del cristal de la ventana, y añadió suspirando:

—Convertirla en una dama.

Capítulo 18

Norah frunció el entrecejo al observar su imagen reflejada en el gran espejo sobre el cual las finas capas de escayola de París creaban un bonito e intrincado bajorrelieve dorado.

Lady Patterson había insistido en que aquella noche llevara puesto aquel vestido en particular, descartando vehementemente la posibilidad de que luciera cualquier otro.

Cierto que la prenda era realmente exquisita. Estaba realizada en género de seda color marfil, cubierto a su vez por una suave capa de gasa bordada del mismo tono que el resto del vestido. Exquisita y tremendamente costosa. Lo cual no impedía que enrojeciera al observar como sus senos, a duras penas contenidos por el corpiño, subían y bajaban por poco que osara respirar, haciendo que la liviana y etérea pieza de gasa rizada que rematara el escote acariciara aquellas suaves protuberancias. El hecho de que la prenda careciera de tela que ocultara sus

Cautivar a un dragón

hombros no la ayudaba a sentirse más cómoda, ni mucho menos. Sino más bien al contrario, ya que todo en aquel atuendo parecía estar ideado para seducir. El talle, empequeñecido algo más de lo habitual gracias al corsé, estaba rodeado por una lazada de terciopelo rojo, como rojas eran las decenas de florecillas delicadamente bordadas sobre la gasa del vestido, destacando ambos ornamentos sobre aquel tono marfileño.

Su mirada se deslizó sobre la superficie lisa del cristal, tratando de olvidar la perturbadora imagen que este le devolvía, y centró la atención en sus cabellos.

Aquella tarde, mientras su tía y ella cortaban aquellos magníficos capullos de color rosa y crema en la rosaleda, se le había ocurrido a lady Patterson la idea de decorar sus cabellos con ellos. A Norah le había parecido refrescante la idea de llevar aquella noche un tocado de flores entre tanto vuelo de pluma de avestruz. Así pues, lady Patterson los había puesto en su jarrón favorito: una extraordinaria pieza de porcelana de Viena decorada por E. Heider, que descansaba sobre la mesa de té, en el saloncito azul. Después, aguardó durante todo el día a que se abriesen para prenderlas luego en los cabellos de su sobrina, desde el comienzo de la coronilla hasta el final de la espalda. Lady Patterson había logrado así el efecto bello y dulce que según ella había tratado de conseguir.

Norah trató de cubrir la piel desnuda de su escote con un diáfano fichú de color celeste, pero de inmediato se dio cuenta de que llevarlo supondría romper el perfecto equilibrio que mostraban sus prendas, cabellos y calzado.

Así que, sin más, decidió abandonar la suspirada pañoleta sobre la cubierta del piano antes de traspasar las puertas acristaladas del salón de baile.

Lady Patterson, engalanada con un hermoso vestido de tafetán de seda color granate, que destacaba claramente sobre las cándidas indumentarias de las damas más jóvenes, se aproximó a ella en cuanto la vio.

—Estás maravillosa, querida.

—Debería haberme puesto el celeste —observó aludiendo al vestido que horas antes había estado sopesando ponerse.

—No digas bobadas. Este es perfecto.

—Sí, si lo que deseo es no pasar desapercibida —resopló Norah.

—Es tu fiesta de compromiso. ¿Por qué deberías pasar desapercibida?

Al oír aquellas palabras, Norah sintió la tentación de girar sobre sus talones y marcharse de allí corriendo. Se sentía como el Gran Blondin cruzando las cataratas del Niágara sobre un fino alambre. Aunque claro, ni ella era Charles Blondin ni había cuerda alguna que le impidiera precipitarse al vacío.

Tragó saliva tratando de recuperar su aplomo.

¿Cómo había llegado a eso?, se preguntó sin comprender cómo las circunstancias la habían llevado a fingir un compromiso que no deseaba hacer realidad. Kipling, al fondo de la sala, junto al reloj de madera de palosanto, alzó su copa de champán hacia ella. Norah pensaba que era un hombre extraordinario, divertido y educado, había pocos como él. Sin embargo, todas aquellas maravi-

Cautivar a un dragón

llosas cualidades parecían quedar veladas por la presencia de Greenwood en su cabeza.

—Tía Mariel... —Atrajo la atención de la dama antes de continuar diciendo—: ¿Estás completamente segura de que esto va a funcionar?

—¿Lo pones en duda, querida?

—Bueno, no te molestes, pero creo que estamos liando demasiado el ovillo al gato, ¿no crees?

Un tenso silencio pareció dilatarse en el tiempo. Las facciones de lady Patterson se tensaron y Norah creyó percibir en los ojos de la dama un brillo de incertidumbre.

—Siempre podemos romper el compromiso alegando una razón que no perjudique a ninguno de los dos. Aunque si todo va como yo espero, tendrás a lord Greenwood a tus pies antes de que concluya la semana —dijo agitando el abanico ante su rostro.

—Pero... yo no deseo tenerlo a mis pies... —objetó Norah con enojo.

Ella no deseaba eso. Tan solo había pretendido demostrarle que con aquella estúpida y autoritaria actitud suya no le sería fácil alcanzar el objetivo de conseguirla. Abrió la boca para continuar protestando, pero repentinamente se quedó muda. Su enojo se disipó al atisbar entre la multitud la espalda de un hombre que sabría reconocer entre un millón.

La joven observó como Marcus, con su elegante frac y unas calzas que no dejaban lugar a dudas de su inmejorable estado físico, departía animadamente con varios caballeros. Cuando la apiñada multitud de invitados se movió, su atención se posó en la mano que lord Greenwood posaba sobre la cintura de la joven y esbelta rubia que lo acompañaba.

Norah no se atrevió a respirar. Y solo volvió a hacerlo cuando comenzó a marearse por la falta de oxígeno. Sus senos comenzaron a subir y bajar descontroladamente. La cabeza le daba vueltas y un velo oscuro se cernió sobre la multitud, haciéndola desaparecer ante sus ojos.

Lady Patterson arrugó el ceño al observar la palidez que se había adueñado del rostro de su sobrina. Inmediatamente la condujo hacia una de las sillas francesas de nogal con tapicería de Abusón, ayudándola a tomar asiento en una de ellas.

—¿Te encuentras bien?

¿Bien? Si pudiera definirse cómo se sentía en aquel momento con una sola palabra, dudaba mucho de que esa fuese «bien».

Su tía, con gesto preocupado, comenzó a darle aire con su abanico al tiempo que Jane, alertada por la visión del lívido rostro de la muchacha, se acercó a ellas para ofrecerle una de las copas de ponche que portaba en su bandeja.

Lady Patterson cogió el fino cristal tallado y a continuación la llevó a los resecos labios de su sobrina.

El calor del ponche resbaló por su garganta, haciendo que su cuerpo reaccionara ante la bebida caliente y su estómago se relajara como por arte de magia.

—Estoy mejor, gracias —alegó apartando del rostro el abanico de su tía.

Lady Patterson hizo a Jane un gesto, indicándole que

Cautivar a un dragón

podía volver al trabajo. En cuanto la joven doncella se hubo marchado, lady Patterson le preguntó:

—¿Puede saberse a que ha venido eso?

—No es nada, tía... —dijo Norah, irritada consigo misma—. Ya te he dicho que me encuentro mejor.

Su discusión se vio interrumpida por la visión de Adam Kipling, que se dirigía hacia ellas. Antes de que lady Patterson pudiera continuar con su interrogatorio, el joven las interrumpió con su presencia.

Norah no pudo por menos que dar gracias al cielo por aquella oportuna interrupción. No deseaba explicar a su tía lo que le ocurría de verdad; ni a ella ni a nadie.

Todavía perturbada por la presencia de Marcus en la sala, Norah se incorporó apoyándose en el ángulo de noventa grados que había formado el brazo de Adam Kipling. Al punto, ambos comenzaron a caminar, deliberadamente despacio, mientras ella evitaba en todo momento mirar hacia el lugar donde el marqués se hallaba junto a aquella desconocida. No pudo reprimir una incómoda punzada de celos, preguntándose al mismo tiempo si no habría llevado todo aquello hasta el temido punto de no retorno. Le temblaron las rodillas al percatarse de que Kipling caminaba directamente hacia Marcus. Ella trató de tirar de él hacia otro lado, pero Adam parecía estar irremediablemente dispuesto a molestar a su medio hermano. Uno de los invitados que se encontraban frente al marqués advirtió de la presencia de la afortunada pareja a los demás, saludándolos con una sonrisa antes de adelantarse para darles la enhorabuena por sus futuros esponsales.

Norah advirtió que Marcus se giraba y la fulminaba con la mirada.

—Enhorabuena —le deseó a Kipling, que aceptó la mano extendida del marqués.

—¿No va a desearme usted lo mismo, milord? —lo retó ella.

—¡Por supuesto! —Sonrió con un brillo feroz en los ojos—. Aunque opino que no es usted igual de afortunada que mi hermano.

La ira tomó las facciones de Norah. Aun así, inclinó la cabeza con una aparente sonrisa.

—Quisiera aprovechar para presentarles a la señorita Mattie Wilson, mi prometida.

Norah miró a la joven rubia. Sus oídos comenzaron a pitar por el mareo y su cuerpo se inundó de náuseas cuando la muchacha la saludó con una elegante reverencia. Ella inclinó la cabeza correspondiendo a su cortesía. Su corazón parecía querer escapársele del pecho y su pulso parecía marchar más rápido que el tictac de un reloj de bolsillo.

—Encantada —sonrió Mattie, observándola con curiosidad—. Les deseo que sean muy felices.

Norah frunció el entrecejo sin comprender.

—Por lo de su compromiso —aclaró la joven de cabellos dorados—. Según me ha dicho Marcus, piensan contraer matrimonio este mismo año.

¿Marcus? Norah no sabía cómo manejar la situación. ¿Sería mejor fingir estar encantada? ¿O por el contrario, mostrarse enojada? Sintió que le temblaban las manos y, cuando creyó que nada podía ir a peor, notó como Ki-

Cautivar a un dragón

pling miraba embelesado a la prometida de su hermano.

¡Diablos! ¿Es que todo lo que se proponía estaba destinado al fracaso?

Norah trató de recuperar parte de su compostura. Irguió la espalda y sus labios se curvaron en una fingida sonrisa.

—Si me disculpan, iré a tomar el aire. —Sin esperar a que ninguno de ellos le respondiese, se volvió y comenzó a caminar hacia las puertas acristaladas.

Lanzó un profundo suspiro cuando salió al jardín y un incómodo escalofrío le recordó que no había cogido su capa. Sin embargo, trató de relajarse caminando por el sendero que se ocultaba entre los árboles.

Absorta en sus pensamientos, empezó a juguetear con los dedos, retorciendo la tela de su vestido. Poco a poco las luces de los fanales dieron paso al sutil resplandor de la luna, creando sombras grotescamente alargadas. Envolvió su cuerpo con los brazos tratando de protegerlo de la frescura de la noche. Al menos allí se sentía a salvo. Es más, prefería mil veces morirse de frío que continuar junto a Marcus y su maravillosa prometida, pensó lanzando un soplido. Lo peor era que Mattie Wilson parecía a todos los efectos ser una buena chica. Por lo menos eso era lo que parecían decir sus claros ojos azules.

Una amarga sonrisa se instaló en sus comisuras.

—¿Sabes que puedes llegar a ser insufrible? —dijo la voz profunda de lord Greenwood a sus espaldas.

Su pulso se aceleró cuando los dedos de él colocaron la capa sobre sus hombros.

—¿Trata de intimidarme? —Se volvió ella.

—Probablemente.

—¡No sea ridículo!

—¡Vaya! Habló la reina de la sinrazón —se burló él fríamente.

—¡Está completamente loco!

—¿Loco? —bufó—. ¿Y qué me dices de ti y de tu estúpido compromiso?

Norah lo atravesó con la mirada.

—Según he creído entender, usted está tan comprometido con la señorita Wilson como yo con su hermano.

—¿Y qué sugieres? —preguntó Marcus al tiempo que ambos comenzaban a caminar.

—¿Sugerir? —Lo miró ceñuda.

—Solo tienes que insinuarlo y serás tú quien ocupe el lugar de la señorita Wilson.

Enfurecida, Norah agradeció que las sombras del jardín ocultaran el color encarnado que cubrió sus mejillas. Por un momento deseó que su compromiso con Kipling fuese real y no una simple patraña. No comprendía cómo podía amar a un hombre que jugaba así con los sentimientos de una mujer y con el desaliento de otra.

—Es usted un presuntuoso increíble —rugió ella—. Permítame decirle que las mujeres no estamos a su entera disposición. Ni esperamos a que se decida por la que le venga en gana.

—En ningún momento he dicho que crea eso.

—¡No importa que lo haga! ¡Salta a la vista! —resopló entre dientes—. Ahora entiendo perfectamente por qué lo apodaron lord Dragón.

Cautivar a un dragón

Sin molestarse en contestar, Marcus giró sobre sus talones para marcharse.

—Puede seguir huyendo de mí, milord, pero no conseguirá hacerlo de sí mismo —lo retó ella.

Lord Greenwood, con el rostro descompuesto por la furia, se detuvo y a continuación se dirigió con paso firme hacia ella. A Norah se le aceleró drásticamente el pulso. Su corazón comenzó a latir tan rápido que por un momento creyó que Marcus podría escucharlo. Trató de retroceder un paso, pero comprendió que era demasiado tarde. Él la tenía retenida por la muñeca tan fuerte que se le saltaron las lágrimas.

—Querida... —La voz de Marcus sonó cortantemente fría—. Aún no has visto a lord Dragón.

Dicho eso, tiró de su articulación atrayéndola hacia sí y apresando después su boca.

Norah se resistió a separar los labios cuando la lengua de él forcejeó contra ellos, consiguiendo su objetivo un segundo después. Aquel beso, completamente distinto a los que habían compartido antes, fue en extremo posesivo. Ella apretó fuertemente los párpados sintiendo como el calor se hacía con su cuerpo a pesar de su resistencia. El leve quejido que surgió de su garganta hizo que él profundizara su contacto.

Marcus no podía pensar en nada que no fuera continuar besándola. Odiaba que desconociera hasta qué punto conseguía enloquecerlo. Enredó sus fuertes dedos en la hermosa mata de cabello rojo, apurando la dulzura que se escondía tras sus labios. Inspiró profundamente sentenciando a sus sentidos a ser extasiados por el suave aroma de las flores de su pelo. Ella emitió un gruñido de protesta cuando él apartó la boca. No obstante, su protesta fue acallada cuando deslizó los labios sobre la suave curva de sus hombros, besándolos y acariciándolos. Norah tembló excitada cuando Greenwood los posó sobre la cremosa piel que sobresalía de su escote. La mano de Marcus, grande y segura de lo que hacía, cubrió uno de sus senos. Ni tan siquiera la tela de su vestido pudo evitar que ella notara el calor de sus dedos sobre la sensible piel de la zona. Como si de un acto reflejo se tratase, Norah arqueó la espalda entregándose a él una vez más.

Aquel gesto lo provocó aún más, si eso era posible. Su respiración se hizo más pesada y la erección bajo su pantalón, insoportablemente dolorosa.

—Rompe tu compromiso con mi hermano —murmuró él deteniéndose en su oído.

—Dame una buena razón —jadeó ella. Sentía la necesidad de oírlo de sus labios. Una simple confesión que le indicara que aquello era algo más que deseo. Tan solo necesitaba eso.

—Está claro que me prefieres a mí —dijo él con voz ronca.

Los ojos de Norah se agrandaron ante la bofetada que supuso aquella respuesta.

—¡Vete al infierno! —rugió, apartándolo bruscamente.

Marcus la miró sin comprender a qué venía su arrebato. ¡Maldita mujer! Si seguía así, acabaría encerrado en una institución mental.

—¿Se puede saber qué es lo que te sucede? —bramó Greenwood.

Cautivar a un dragón

—Sucede que estoy harta de su comportamiento engreído. —Norah apretó los puños y añadió—: Y hasta el cogote de que trate de darme órdenes.

Por un momento, él la miró sin decir nada.

Aquel silencio se dilató tanto tiempo que Norah llegó a sopesar el romperlo de una vez; sin embargo, fue Marcus quien lo quebró.

—Cuando desees volver a ver a lord Dragón, procura antes romper con Kipling —le dijo él con la sangre aún hirviéndole en las venas.

Antes de que ella ni tan siquiera pudiera contestar, dio media vuelta y se alejó por el sendero sin mirar atrás.

Norah se quedó paralizada mientras observaba como la figura del marqués empequeñecía hasta desaparecer de la vista.

Las lágrimas inundaron sus ojos. Aunque esa vez no trató de retenerlas. Nada de lo que ella dijera o hiciera cambiaría la manera de ser de aquel hombre. Para él, ella solo era algo que anhelaba y estaba resuelto a conseguir. Amaba a Marcus Greenwood, pero se negaba a que la relegara a ser un objeto más de sus posesiones. Ese hombre era obstinado y poseía un corazón de piedra. Uno al que ella nunca lograría acceder.

Capítulo 19

De pequeña siempre había creído que algún día se casaría con un príncipe azul. Uno con unas cualidades muy específicas: tenía que ser alto, con el cabello rubio dorado y, a ser posible, ser sensible. O lo que era lo mismo, un joven hidalgo opuesto por completo al marqués de Devonshire. Norah era más que consciente del problema en el que se había metido. Jamás debería haber dejado que ese hombre la tocara, la besara y mucho menos la sedujera. Aquello había sido un error imperdonable.

Parecía mentira lo mucho que la imagen de su príncipe azul había cambiado desde entonces. El destino se había confabulado en su contra, tal vez para castigarla por su delirante rebeldía, su orgullo o las ardientes veladas pasadas junto a lord Greenwood, pensó mientras observaba la majestuosa Columna de Nelson, construida dieciséis años atrás.

—Los leones fueron realizados con el bronce fundido de los cañones de la flota francesa, señorita —irrumpió a su lado la voz de Mary Anne. La joven doncella carraspeó antes de indicar—: Supuse que le agradaría conocer ese detalle.

—Por supuesto. —Sonrió Norah.

Mary Anne no era que se dijera la compañía más divertida que una pudiera desear. De hecho, aquel comentario era lo primero que había salido de su boca en todo el día. Pero sin lugar a dudas, prefería que fuese ella y no Jane quien la acompañara. Después de todo lo que le había ocurrido desde que se hallaba en Londres, lo menos que deseaba era ser la comidilla principal del susodicho club.

Caminaron despacio hacia el lado opuesto de la plaza, sentándose después junto a un quiosco de música donde disfrutaron del pequeño concierto que ofrecía un joven violinista. Aun bajo aquel sol, el frío de noviembre parecía meterse en los huesos como si no fuera a irse nunca, pensó al tiempo que enderezaba el almidonado cuello de su casaca.

A pesar de sus intentos por evitarlo, la mente de Norah volvió al momento en que Marcus la había abandonado en el jardín. Aunque de aquello hacía ya tres larguísimos días, continuaban resonando en su cabeza las frías palabras de él. Desde entonces, se sentía desconcertada, furiosa, pero sobre todo rota. Sí, aquella era la palabra perfecta para definir como se sentía, «rota».

Su cabeza comenzó a dar vueltas, sus pensamientos se aglutinaron en su interior uno tras otro, provocando que Norah se repitiera por enésima vez que el secreto estaba en mantener la calma y el control sobre sí misma. Un control que sus puños parecían desoír, pues apretaba con tanta fuerza el mango de la sombrilla que los nudillos se le empezaron a poner blancos. Durante un momento sintió unas ganas terribles de abandonarse a su propia desolación y regodearse en su dolor. Al fin y al cabo, era todo lo que podía esperar del marqués.

Permaneció inmóvil, sintiendo como las notas arrancadas con suma destreza a aquel violín la transportaban a algún lugar de Virginia, y solo al oír los murmullos que parecían elevarse a su alrededor consiguió volver a la realidad.

Abrió los ojos y giró sobre su asiento tratando de descubrir qué sucedía.

Ante ellas, la gente se agolpaba frente a un hombre que trataba de llamar la atención de los viandantes. Su voz sonaba segura y adiestrada, anunciando la promesa de una diversión sin precedentes en todo Londres.

¿Quién demonios era madame Callista?, se preguntó la joven levantándose de su asiento y poniéndose de puntillas para tratar de ver algo sobre las innumerables cabezas que se extendían ante sus ojos. Tras un breve momento, comprendió desalentada que desde donde Mary Anne y ella se encontraban no alcanzarían a saber lo que aquel hombre estaba diciendo. Sin detenerse a pensarlo dos veces, plegó su sombrilla, asió a Mary Anne por el codo y comenzó a abrirse paso entre la gente, tirando a su vez de la doncella.

Mary Anne, sorprendida por la impulsiva actitud de su joven patrona, se dejo llevar hasta la primera fila. Allí las palabras «muertos» y «espíritus» resonaron en sus oídos como si fueran pólvora, logrando que abriera desmesuradamente los ojos sin poder evitar que sus mejillas palidecieran en el instante que el hombre la señaló, preguntándole al mismo tiempo si no le interesaba conocer su futuro. Él continuó exponiendo la misma cuestión a los demás congregados sin aguardar a que nadie le diese una respuesta.

—Esto no está bien, señorita —murmuró Mary Anne a su lado.

—No digas tonterías, Mary —se burló—. Creo que puede ser divertido.

—Los muertos nunca son divertidos, señorita.

—Shhh... —Norah apoyó un dedo sobre los labios, rogándole que guardara silencio. La doncella obedeció de inmediato, prestando instantáneamente atención a las palabras del hombre.

Este, con un dramatismo que rozaba lo ridículo, prometía que el increíble espectáculo que aquella noche tendría lugar cerca del Royal Opera House, no dejaría a nadie indiferente. Luego, tras indicarle al público que aquella inigualable diversión costaría el desorbitado precio de treinta chelines, recogió todos sus bártulos y desapareció con ellos en el interior de un carromato de madera.

Los murmullos se acrecentaron por un momento; aunque casi al instante fueron seguidos por el crujir de la seda almidonada de las faldas y el golpeteo de los bastones contra el suelo. Poco a poco, la multitud comenzó a dispersarse en todas direcciones. Los murmullos se habían transformado en susurros, referidos con seguridad a las palabras que acababan de oír.

Norah retuvo el aire en sus pulmones antes de lanzar una vivaz mirada a Mary Anne.

—¡No! ¡No puede usted estar pensando en acudir! —exclamó la doncella, incrédula.

—¿Por qué no? —Sonrió con satisfacción—. ¿Acaso corremos el riesgo de que haya un pasatiempo aún más divertido? —dijo con ironía.

—¿Una mujer que predice el futuro? Eso no es un pasatiempo. ¡Es brujería!

—No seas boba. No he creído ni por un momento en la palabrería de ese charlatán... pero creo que será divertido.

Un suspiro emergió del pecho de la doncella.

—¡Vamos, anímate! —la alentó Norah—. Sabes que no podré ir sin una buena carabina.

—Puede usted proponérselo a Jane.

—Mary... —resopló—. He dicho una buena.

La joven no pudo evitar echarse a reír. Norah clavó la vista en su doncella. Aquella era la primera vez que un gesto semejante brotaba de sus labios y, para ser honestos, no resultaba de ningún modo desagradable; aunque eso sí, muy extraño.

Tras pasar la mañana paseando por Trafalgar Square, Mary Anne y ella volvieron a Lakehouse hacia el mediodía.

Norah decidió dirigirse a la biblioteca. Un rato de lectura tal vez la alejaría momentáneamente de la penosa realidad. Sentándose frente a la chimenea encendida, se abandonó un rato después a la lectura de *El corsario*, una magnífica obra del no menos magnífico Lord Byron. Cre-

Cautivar a un dragón

yendo que aquella distracción velaría por un rato el recuerdo del marqués y la ayudaría a olvidar el ignominioso secreto que atesoraba aquella estancia, posó su atención en una página cazada al azar.

> *No cual los héroes es de antigua raza,*
> *de alma infernal, mas de beldad divina,*
> *el misterioso capitán: su aspecto*
> *no la curiosa admiración excita;*
> *só las negras pestañas, solo un rayo*
> *de oculto fuego concentrado brilla.*
> *No iguala a la de un Hércules su talla;*
> *mas fornido es y fuerte, y quien le mira*
> *con tranquila atención, algo descubre*
> *de superior en él. Todos admiran*
> *la honda impresión que su mirada causa*
> *que todos sienten y ninguno explica.*

¡Maldita fuera! ¿Es que estaba destinada a que todo le recordara a aquel despótico hombre?

Se enojó consigo misma y cerró de golpe el libro.

¿Cómo era posible que no lograra sacárselo de la cabeza? Debería ser tan fácil como lo había sido cerrar aquel tomo. Pero no... Su destino no era por el momento dejar de pensar en él. No podía levantar la alfombra y cubrir la imagen de ese hombre cuando a ella le viniera en gana.

Incapaz de permanecer quieta, Norah abandonó su asiento y se dirigió al ventanal. Abrió la mitad de los postigos, que permanecían habitualmente cerrados para evitar el descoloramiento de los volúmenes, y apoyó su frente contra el frío cristal, clavando la mirada en la hilera de despuntados y redondeados cipreses. Debía olvidar a Marcus. No era una opción, sino una imperiosa necesidad. Debía rehacer nuevamente su vida, ordenarla y tratar de organizarla lo mejor posible. Pronto rompería su compromiso con el señor Kipling. Era solo cuestión de tiempo que se descubriera lo que Jane y la mitad del servicio ya sabían. Tan solo aguardaría a que se corriera la voz de que el señor Adam Kipling rondaba a otra señorita. Aquello era Londres. Por tanto, cuando se destapara aquel rumor, tardaría solo unos días en propagarse tan rápido como un reguero de pólvora. Sería entonces cuando ella podría recluirse un tiempo en Lakehouse, alegando estar profundamente afectada tras el humillante comportamiento del que fuera su prometido. Solo que tan solo ella sabría la verdad: necesitaba estar sola para olvidar al marqués.

Había perdido la noción del tiempo cuando Jane irrumpió en la estancia para informarla de que lady Patterson aguardaba a que se reuniera con ella para almorzar. Norah respondió con un movimiento afirmativo de cabeza antes de instalar el libro al fondo de la estantería de roble con cristales emplomados de donde lo había cogido anteriormente y dirigirse después al salón, donde su tía esperaba ya sentada.

Allí, frente al delicioso estofado con carne y patatas de la señora Bach, conversaron sobre infinidad de temas. Lady Patterson comenzó opinando sobre la fuerte trifulca que enfrentaba a España con Marruecos, y la difícil solución de la misma. Después, continuó hablando sobre el poco cerebro que había demostrado poseer el joven Nicholas al ensillarle a Romántico. Hablaron incluso sobre el espectáculo al que Norah tenía la intención de acudir aquella misma noche. Pero en ningún momento ninguna de las dos osó pronunciar siquiera el nombre del marqués de Devonshire. Lo cierto era que no lo habían hecho desde que Norah revelara a lady Patterson los funestos resultados que habían dado sus intentos de que lord Greenwood dejara a un lado su actitud dictatorial.

Ahora, por desgracia, comprendía dos cosas: que ese hombre no la amaba y que su pétreo corazón no amaría a ninguna mujer, jamás.

—¿Has pensado cómo romperemos nuestro compromiso? —dijo, aludiendo al futuro y ficticio enlace de ella con Kipling al tiempo que tomaba un sorbo de agua fresca.

Cuando no obtuvo respuesta, posó el vaso sobre la mesa y observó el sonrojado rostro de su tía. Esta, con los ojos clavados en su plato, pareció vacilar entre responder o no.

—Creo... —se aclaró la garganta— que no será difícil hallar un buen pretexto —opinó enrojeciendo aún más, al sentir una cierta punzada de culpabilidad.

—¿Por qué dices eso, tía? —preguntó ella arrugando su suave ceño, captando a la vez una expresión de preocupación en las facciones de lady Patterson.

—Según parece, el señor Kipling no ha dejado de visitar a esa tal señorita Wilson durante los tres últimos días.

—Oh, veo que ya te has enterado.

—¿Lo sabías? —quiso saber lady Patterson, aun cuando la respuesta era bastante obvia.

—Así es... —carraspeó—. Posees un servicio de lo más informado —dijo aludiendo a cierta doncella.

—Por desgracia, me temo que sí. Esa chica no aprenderá nunca a dejar de meter sus narices en todo.

—Supongo que es cuestión de tiempo —añadió Norah en su defensa.

Hubo un incómodo silencio cuando entró la doncella y sirvió con calma las deliciosas manzanas glaseadas que la cocinera había prometido serían exquisitas. Un silencio que se prolongó sabiamente hasta que esta volvió a abandonar el salón.

—¿Y te dijo Jane qué opina el marqués al respecto? —volvió a preguntar Norah, sintiendo como si su estómago girase sobre sí mismo.

—No creo que lord Greenwood esté al tanto de esos furtivos encuentros. Por lo que me contó Jane, Georgina, una de las doncellas del marqués, le dijo que se veían a sus espaldas.

Norah abandonó su cubierto en el plato.

—Pronto lo sabrá todo Londres —opinó.

—Sin lugar a dudas.

Ante aquella aseveración, Norah se sintió repentinamente indispuesta. Sabía perfectamente que aquello sucedería más tarde o más temprano. De hecho, y en vista de los últimos acontecimientos, deseaba que ocurriera con la mayor prontitud posible. A pesar de que no podía dejar de pensar que aquel hecho los situaría en el blanco de las críticas de toda la ciudad. Al menos, por un tiem-

Cautivar a un dragón

po. Especuló el modo que afectaría a Marcus y en cómo se sentiría al ser traicionado de una forma tan mezquina por su hermano y por su propia prometida. Suspiró desconcertada ante la preocupación que suscitaba en ella el bienestar de un caballero que había demostrado ser un verdadero bárbaro. Ni siquiera comprendía por qué se preocupaba por aquel engreído. De hecho, él mismo fue el primero que tuvo la idea de romper su compromiso con la señorita Wilson, si ella accedía a ocupar su lugar.

«¡Menudo patán!», pensó, sintiendo al mismo tiempo como la sangre hervía en sus venas. Sí… Dios existía y estaba decidido a que él pagara por su arrogancia. Soltó un dilatado suspiro y después, a pesar de su preocupación, trató de sonreír, arrancando aquellos turbadores pensamientos de su mente.

—¿Por qué no me acompañas esta noche? —preguntó a su tía—. Será divertido.

—No creo que esos espectáculos tan siniestros sean para mí, querida —contestó su tía con una sonrisa—. Además, mañana pretendo madrugar. El señor Monroe abrirá las puertas de su librería muy temprano. Según él, pretende poner a la venta el estudio completo del señor Darwin y, según él mismo mencionó, no duda que será todo un acontecimiento.

—¿No puedes comprar ese libro otro día? —preguntó Norah con fingida desolación.

—¿Y perderme la cara que pondrá el pío de Monroe cuando descubra de qué trata esa obra? ¡Jamás!

Norah rio antes de levantarse de la mesa y rodearla para después besar a su tía en la frente.

—Creo que iré a tomar un poco el aire.
Lady Patterson asintió.
—Disfruta esta noche —le deseó su tía.
—Lo haré.

Norah le sonrió antes de abandonar la habitación para a continuación dirigirse al porche que se ubicaba delante del jardín trasero. Allí se arrellanó en el pequeño banco y soltó un profundo suspiro cuando su espalda se hundió en los ahuecados cojines. Los últimos rayos del sol reverberaban a través de las espesas copas de los árboles mientras la ligera brisa mecía suavemente la hierba. Ante ella, danzaba la belleza y la serenidad de aquel momento, y sin embargo, no pudo evitar experimentar una oleada de amargura. Sumida nuevamente en sus pensamientos, apenas notó como sus ojos se humedecían, pero nada más cobrar conciencia de ello, trató de contener las lágrimas.

¿Qué esperanzas podía tener de que él cambiara?, se preguntó, notando que el pecho le ardía. A fin de cuentas, lord Greenwood lo tenía todo: era increíblemente atractivo, perspicaz y rico. ¿Por qué iba a desear cambiar? Y menos aún por ella, una joven que hasta aquel entonces había permanecido en el anonimato. Y que para más infortunio, seguía sumida en él.

Apoyó las manos sobre el regazo y sus dedos comenzaron a juguetear nerviosos con la fina puntilla que decoraba su falda. ¿Y si no volvía a verlo? Su corazón latía tan rápido que apenas podía respirar. Por un instante se quedó conmocionada al entender que lo deseaba tanto como él a ella. Su cuerpo revivió sus encuentros con una intensidad casi dolorosa. Oleadas de dulce anhelo la recorrieron, haciendo que sus músculos se contrajeran.

¡Maldito hombre! ¿Es que no iba a dejarla tranquila ni a solas?

Enojada consigo misma y recriminándose por lo absurdo de su comportamiento, hizo un esfuerzo por apartar aquel turbador pensamiento de su mente. Ella era toda una mujer. ¿Y qué mujer en su sano juicio perdería el tiempo con un caballero como Greenwood? Hacerlo no sería juicioso ni ventajoso en absoluto. Tendría que superarlo más tarde o más temprano, eso estaba claro. Ya bastaba de lágrimas fugitivas y de suspiros a media noche. Él no iba a tener en cuenta la opinión de una mujer jamás, y ella no estaba dispuesta a ser el juguetito que al señorito se le había antojado poseer. Eso era todo. Entonces... ¿Por qué demonios no podía alejarlo de su mente?

Casi una hora después, dio un respingo cuando Mary Anne apareció, interrumpiendo su incesante torbellino de pensamientos al tiempo que una ráfaga de viento arrastraba de su mente aquellas imágenes.

—Debería prepararse, señorita —le dijo ofreciéndole una taza de té caliente—. Si no desea que nos retrasemos —indicó la doncella.

Norah recordó súbitamente al hombre de Trafalgar Square y se puso en pie. Cogió la taza y, tras dar un largo sorbo, volvió a entregársela a Mary.

El espectáculo de aquella noche la ayudaría a olvidar a lord Greenwood, y que el cielo la ayudara si no lo conseguía pronto.

LIS HALEY

***

Norah se detuvo en la puerta observando cómo las damas y caballeros tomaban asiento en las pequeñas sillas tapizadas en un color granate, oscuro y mate. El sonido sordo de los murmullos inundó sus oídos e impactó en las paredes tapizadas, devolviendo un repetitivo eco que confería a la sala una sensación de amplitud que realmente no poseía. Un lugar curioso. Especuló con la idea de que pudiera tratarse de un espacio alquilado. Alzó el mentón echando un vistazo alrededor, tratando de localizar dos asientos libres. Por fortuna, los halló en las primeras tres filas e inmediatamente se lo indicó a su doncella.

Ella había insistido en que Mary Anne la acompañara en calidad de carabina, y no como doncella de Lakehouse. Así pues, la joven se había puesto un sencillo vestido de tafetán de lana estampado con cuadros escoceses de color marrón que la favorecía enormemente, aunque, por lo visto, Mary Anne no conseguía sentirse más cómoda en su nuevo papel.

Vigilando no tropezar en la penumbra, ambas recorrieron el corto espacio que las separaba de las sencillas butacas desocupas, se sentaron y cogieron el pequeño libreto que colgaba en el respaldo de los asientos delanteros. Tras echarle un vistazo, Norah le explicó a Mary Anne su contenido, ya que si bien la joven sabía leer, lo hacía muy despacio y con gran dificultad.

El lugar, un pequeño y algo decadente teatrillo, de paredes cubiertas de terciopelo azul oscuro, se encontraba convenientemente a media luz. La gente no paraba de moverse de un lado para otro, tratando de ocupar los mejores puestos. O lo que era lo mismo, aquellos que les permitiesen observar con total claridad el desarrollo del espectáculo.

Norah alzó la vista cuando madame Callista golpeó el suelo con su bastón a modo de advertencia, atrayendo la atención del público en su totalidad. La mujer, de pelo castaño y ojos marrones, pidió a todos que guardaran un instante de silencio, que según ella le permitiría adquirir la necesaria concentración que requería para su espectáculo. Ella se sorprendió al advertir lo rápido que la muchedumbre acató la orden mientras la dama, de grandes caderas y pechos exageradamente encorsetados, se deslizaba a través del público, escudriñando por encima de sus cabezas hasta que sus pies se detuvieron súbitamente a la altura de lady Whitmore. Madame Callista alzó su bastón de madera de ébano con empuñadura en forma de león y señaló directamente a la dama con el objeto.

—No debe usted preocuparse lo más mínimo… —le dijo alzando su orgulloso mentón—. Su joven hija alcanzará su propósito antes de que finalice el año.

Norah retuvo una exclamación en el interior de su boca. Todo el mundo en Londres sabía que Corintia, la hija de William y Elaine Whitmore, andaba a la caza de cierto acaudalado francés, que por lo visto era un hueso duro de roer. Y aunque aquella insistencia había comenzado a poner en evidencia a su familia, la muchacha parecía resuelta a todo por alcanzar su cometido. Norah percibió como lady Whitmore se relajaba en su asiento, como si con aquellas simples palabras le hubieran quitado un gran peso de encima. Luego, la dama comenzó a aplaudir, siendo imitada a continuación por el resto del público.

Madame Callista alzó el mentón y continuó caminando despacio entre los asistentes. En ese momento, Norah apartó un fugaz momento la mirada de la mujer para deslizarla a continuación sobre el público, investigando en sus facciones la sorpresa o falta de ella. Sus ojos verdes tropezaron súbitamente con unos que ella conocía a la perfección, y que no habría esperado encontrar allí.

El marqués entrecerró sus ojos azules. No realizó ningún gesto ni aspaviento. Lo cierto fue que Norah no advirtió que hiciera nada salvo atravesarla con la mirada.

La muchacha no pudo evitar experimentar una súbita incomodidad, que la hizo moverse nerviosa en su asiento, al tiempo que desviaba rápidamente el rostro.

Un sudor frío se instaló en la frente de Norah al reparar con asombro en la punta del bastón con empuñadura de león, que yacía a escasamente unos centímetros de su nariz. Madame Callista la señalaba directamente a ella.

—Usted, señorita, se refugia en la música cuando está a merced de sus emociones —afirmó la mujer sin apartar el bastón de su cara mientras la joven abría los ojos, asombrada por la exactitud de su aseveración. Un eterno segundo de silencio inundó el espacio. Madame Callista respiró profundamente y cerró los ojos para casi de inmediato volverlos a abrir, antes de continuar diciendo—: Corre usted un grave peligro, señorita —le dijo madame Callista con el ceño fruncido.

Cautivar a un dragón

Norah contuvo la respiración, notando como el estómago se le encogía ante aquellas atemorizadoras palabras.

—¿Peligro? —preguntó respirando entrecortadamente mientras Mary Anne, a su lado, se llevaba una mano a la boca para retener con la palma un gemido de angustia.

—Existe un hombre... —comenzó a decir clavando los ojos en ella—. Un hombre peligroso que no dudará en acabar con su vida, y con la de los que usted ama, de tener la oportunidad.

Ella jamás había creído en cosas de pitonisas, adivinos o médiums, había cientos de ellos pululando por las calles de Londres, leyendo la palma de la mano o echando aquellas coloridas cartas llamadas tarot. Uno más, o uno menos, debía de carecer de importancia. Pero por alguna extraña razón, aquella advertencia había conseguido abrumarla e impactarla realmente.

—¡Ándese con ojo, jovencita! —le aconsejó la mujer antes de apartar su bastón, alzándolo para dirigirse al próximo asistente.

Carente de color en las mejillas, Norah miró de nuevo a Marcus. Este la miraba con una mezcla de curiosidad y preocupación en el rostro. Por un momento ella se preguntó si realmente le importaba lo que pudiera sucederle. En fin, estaba claro que por ella solo sentía la lujuria del deseo, nada más. ¿A qué venía entonces aquella mirada? Lanzó un suspiro. Aunque lo deseara con todo su ser, no debía olvidar la dureza y hostilidad con la que él la había tratado días antes.

Por un instante estuvo a punto de levantarse y pedirle que dejara de mirarla de aquella estúpida manera. Acobardada por su extraño deseo, apartó los ojos y agitó la cabeza a los lados. Era inútil, él era como era y nada iba a cambiarlo. Respiró profundamente para tratar de calmar el torbellino que sentía en su interior e intentó aparentar calma el resto del espectáculo. Un entretenimiento que se hizo eternamente largo. Cuando por fin hubo finalizado, los asistentes, sumidos en un reflexivo silencio, se levantaron y salieron del teatrillo. Norah hizo lo propio y se encaminó a la salida todo lo rápido que sus pequeños pies se lo permitieron. Mary Anne, tras ella, la persiguió hasta la calle, y ambas subieron al carruaje en cuanto este se detuvo ante ellas.

Norah lanzó una nerviosa y breve mirada entre los visillos de encaje

—¡Maldito cochero! ¿Por qué no partimos? —protestó molesta, mientras se agitaba inquieta en el asiento de piel marrón.

Mary Anne, frente a ella, intentó sacar la cabeza por la ventanilla para investigar qué demoraba al cochero, pero la puerta volvió a abrirse incluso antes de que la muchacha tuviese tiempo de preguntar qué sucedía.

Marcus, ante la atónita mirada de ambas mujeres, abordó el vehículo, cerrando la puerta y sentándose junto a la doncella.

—¡Cómo se atreve! —inquirió Norah.

—Tenemos que conversar —le exigió Marcus a la joven, sentada junto a él.

Mary Anne, intuyendo que aquel era un momento en que ella sobraba, miró a ambos, antes de indicar de manera vacilante:

Cautivar a un dragón

—Si lo desea... viajaré junto al cochero, señorita.

—Gracias —respondió Marcus sin dar ocasión a que Norah opinara al respecto.

La joven doncella miró incómoda a la sobrina de su patrona, antes de darse la vuelta y abandonar el habitáculo para subir seguidamente a la parte delantera del mismo.

Una vez a solas, un ensordecedor silencio pareció adueñarse del vagón, flotando prorrogadamente entre ellos.

—¿Qué es lo que pretende? —preguntó ella rompiendo súbitamente aquella incómoda pausa.

—Lo sabes de sobra.

—¿Usted jamás se da por vencido?

—No contigo —ratificó vehementemente Marcus.

Norah lo miró con la boca abierta. ¿Sería posible que algo hubiese cambiado? ¿Que tal vez hubiera estado equivocada con él?

—¿Qué demonios trata usted de decirme?

—Trato de decirte que no voy a detenerme hasta conseguir lo que deseo.

Norah bufó. Estaba claro que seguía montado sobre el mismo borrico.

—No me haga usted reír. Después de lo que me ha dicho madame Callista, no me quedan ganas de hacerlo.

—¿No te habrás creído esa estupidez? —se burló él.

—¿Usted no?

—¡Por supuesto que no! —respondió con una carcajada.

—Entonces, ¿por qué ha venido aquí esta noche?

—Porque sabía que tú acudirías —afirmó inclinándose hacia delante y apoyando los antebrazos en las rodillas.

—¿Cómo lo ha sabido? —abrió los ojos sorprendida.

—Tengo mis contactos.

Al momento, ella exhaló fuertemente, comprendiendo cuáles eran realmente sus secretos métodos de información. Entornó sus ojos.

—Lo que ambos tenemos, milord, es un grave problema doméstico.

Por toda respuesta, Marcus se encogió de hombros y sonrió a la joven, mostrando el nacarado brillo de sus perfectos dientes.

Ella examinó su semblante tratando de averiguar qué se proponía y obligándose a recordar el peligro que corría junto a él. Una dulce palabra o una sola caricia de aquellos fuertes dedos, y toda la concentración y el autocontrol que había ejercitado durante los últimos días se irían irremisiblemente al traste.

—¿Piensa decirme por qué ha subido a mi carruaje? —preguntó al tiempo que el vehículo se ponía en movimiento, haciendo que ambos se asieran a sus respectivos asientos debido a la fuerte sacudida.

—Tengo algo importante que decirte...

Norah agradeció el que las sombras ocultasen su gesto de asombro.

—¿Y de qué se trata? —trató de averiguar.

—Una respuesta por otra, querida... —La miró con una expresión arrebatadora, que la instó a mirar hacia otro lado.

—¿A qué se refiere? —dijo mientras centraba su aten-

Cautivar a un dragón

ción en la oscura calle iluminada por la ambarina luz de los faroles.

—Yo te hago una pregunta, y a cambio de tu respuesta, permito que tú me hagas otra —explicó Marcus, extendiendo los brazos y apoyándolos sobre el respaldo de su asiento.

Norah giró el rostro, observándolo con recelo.

—Ya... y piensa que voy a creerme que usted responderá a la mía... —se burló ella, enarcando una de sus finas y delicadas cejas.

—Palabra de caballero —contestó él, poniéndose la mano sobre su pecho, a la altura del corazón.

Ella clavó la mirada en el ancho y robusto torso de él, reprimiendo una súbita oleada de calor. Se humedeció los labios con la punta de la lengua, antes de volver a hablar.

—De acuerdo —accedió, cruzándose de brazos y oprimiendo con aquel gesto sus senos—. Puede usted comenzar cuando desee.

Apoyándose en el respaldo, lord Greenwood sonrió, divertido ante el sensual e inconsciente comportamiento de ella.

—¿Por qué te obstinas en huir de mí? —Alzó el dedo índice—: Y no niegues que lo estás haciendo.

—No lo niego... —Se encogió de hombros antes de responder—: Porque es usted un cavernícola. Por eso huyo de su lado con tanta perseverancia.

Una mueca de satisfacción se instaló en el semblante del hombre, antes de que de su pecho emergiera una enérgica y masculina risotada.

—Se supone que íbamos a ser sinceros, ¿no es así? —le recordó el marqués.

—Créame... he sido completamente sincera —expresó con una sonrisa de satisfacción.

—Su turno —le informó él. Ella alzó el mentón antes de preguntar:

—¿Con qué propósito ha abordado esta noche mi carruaje?

—Ya te lo he dicho —se recostó en el respaldo del asiento—. Tengo algo importante que contarte. —Estiró las piernas y un brillo burlón fluctuó en la profundidad de sus ojos azules.

—¡Menudo tramposo! —se quejó la joven.

—Debes concretar, querida —dijo él. Su expresión parecía completamente inocente cuando volvió a abrir la boca para decir—: Te deseo.

Norah reprimió la necesidad de moverse en el asiento.

—Eso no es una pregunta, milord —le indicó.

—Bueno, entonces... digámoslo de otro modo... ¿Tienes idea de cuánto te deseo?

El corazón le dio un salvaje vuelco, abrigando a su vez la sospecha de que la sangre se había agolpado en su rostro, enrojeciéndolo por completo. Soltó un soplido entre los labios semiabiertos, expulsando el aire de manera pausada. «Bendita oscuridad», pensó por un momento, agradeciendo que él no pudiera percatarse de su inesperada turbación.

—No soy una boba, milord. —Se esforzó en que su tono sonara seguro, tratando de que el ligero y perturbador temblor que se había alojado en sus cuerdas vocales no delatara su alterado estado—. Sé perfectamente cuánto me desea.

«Me desea tanto como yo a usted», hubiera deseado decirle. Sin embargo, no estaba dispuesta a ceder un centímetro de terreno ante aquel hombre.

Como si él pudiera leerle el pensamiento, una demoledora sonrisa se instaló en sus atractivas facciones.

Norah se obligó a apartar la mirada. Después de todo lo que había pasado, aún le resultaba difícil dejar de admirar los atributos de aquel hombre, ya fuera su torso, sus piernas o aquella insufrible sonrisa. Con la vista aún clavada en el cristal, optó por preguntar:

—¿Qué es eso tan importante que desea contarme?

—Adam Kipling está viéndose en secreto con mi prometida —respondió sin demora.

Norah giró súbitamente su rostro para mirarlo horrorizada.

—¿Qué? —preguntó asombrada—. ¿Cómo se ha enterado?

—Pues como se enteran las personas de nuestra posición, querida... —Marcus enmudeció un momento al advertir la insólita reacción de ella—. ¿Tú lo sabías?

—Bueno... sí —balbució.

—¿Quién es ahora el tramposo? —dijo él, cruzándose de brazos y alzando ambas cejas.

—Su turno, milord —le dijo ella tratando de cambiar de tema.

Él permaneció en silencio algo más de un minuto al tiempo que Norah se esforzaba por no sentirse como una vulgar embustera. Bajó la mirada y la clavó en el fino terciopelo de su falda, rogando en silencio por que él se decidiera a hablar de una maldita vez. Cuando alzó nuevamente el mentón, halló la inescrutable mirada de Marcus clavada en ella.

—¿Quién demonios eres realmente, Norah Patterson? —le preguntó lord Greenwood.

Su voz, áspera y segura, pareció rebotar contra las paredes tapizadas del carruaje para después inyectarse en los oídos de la atónita muchacha. Su piel, ya de por sí nacárea, se volvió casi traslúcida. Su corazón parecía haberse detenido, y hubiese creído que de verdad era así, si su pulso no hubiera indicado lo contrario. Entre todas las preguntas que ella habría esperado de él, esa habría sido la última que deseaba oír. Ponderó sus palabras, tirando con nerviosismo de la tela de su falda. No podía responder a eso, a pesar de que mentir en aquel momento no era una opción viable, sino más bien un aplazamiento de la verdad. No obstante, recordaba aún las palabras que el marqués le había dicho junto al embarcadero. Greenwood le había dejado perfectamente claro que deseaba hallar a su padre, sin saber que, si lo hacía, la condenaría irremisiblemente a ella.

Basil Devlin jamás admitiría otro candidato a su mano que no fuera su acaudalado socio. Era simplemente un acuerdo de negocios. Tan solo eso. El casi decrépito y libidinoso Ryan Wharton la había pretendido desde que cumplió los dieciocho. Y Basil había acordado a sus espaldas una ventajosa boda con aquel depravado y degenerado hombre. Un tipo que solía dedicarse a observar a las jovencitas con ojos ávidos y el gesto hambriento de una fiera a punto de devorar su presa.

Cautivar a un dragón

¡No! Antes muerta que decirle la verdad a lord Greenwood.

Norah golpeó con su puño fuertemente sobre la pared de madera a su espalda.

Por un momento, el marqués creyó que la llamada no había sido advertida, pero cuando la marcha del carruaje fue disminuyendo hasta detenerse completamente, comprendió que su viaje había concluido.

La joven se inclinó sobre su asiento, abrió la portezuela y lo invitó a que bajase del vehículo.

—¿Va usted a dejarme aquí, en medio de la nada? —le reprochó con tono burlón.

Norah exhaló el aire con impaciencia antes de volver a inclinarse para mirar a través de la puerta abierta.

—¡Caramba! ¿Qué demonios es eso? ¡Pero si son las luces de los fanales de Greenhouse! —ironizó ella.

—¡No seas ridícula! Greenhouse está como mínimo a un kilometro.

—¡Vaya! ¡Debe de fallarme la vista! —suspiró exageradamente alto—; en fin, le conviene hacer ejercicio. Últimamente está usted muy desmejorado.

—Podría demostrarte lo en forma que estoy ahora mismo —la retó él.

Ella se quedó inmóvil, sintiéndose perturbada por lo que implicaban aquellas palabras. Su pulso pareció descontrolarse, mientras un espeso calor invadía su mente. Norah se humedeció los labios y acto seguido sintió como si su cuerpo se sumergiera en un profundo abismo.

¡Demonios! Estaba dejándose llevar nuevamente por su imaginación. Cerró los ojos un instante y aspiró por las fosas nasales. Repentinamente, sintió como Marcus le asía el rostro con sus fuertes manos. Luego, le besó cada centímetro de la boca, sintiéndose obligada a cerrar los labios con fuerza. No quería y no debía dejarse dominar por él. Ya había sucumbido a su dominio demasiadas veces.

Marcus lanzó un gruñido cuando la joven Mary Anne apareció en la puerta, interrumpiéndolos. Tras lanzar uno de los peores juramentos que un caballero podría nombrar, se apartó de ella apresuradamente.

—¿Ocurre alguna cosa, señorita? —entrecerró los ojos y los clavó con suspicacia en el hombre.

—El... el caballero se baja aquí —anunció a la doncella.

—¿Aquí, señorita? —arrugó el entrecejo.

Norah movió la cabeza de manera afirmativa.

—A milord le encanta caminar —dijo tajante.

Mary se echó a un lado para que el hombre pudiera bajar del vehículo, a continuación se subió ella y cerró la puerta.

Cuando el carruaje volvió a ponerse en marcha, ambas se balancearon de un lado para otro.

Los ojos de Mary mostraban una expresión interrogativa.

—¿No teme que pueda ocurrirle algo a milord, señorita?

—¿Estás de broma? ¡Por Dios, Mary! ¿Quién en su sano juicio se atrevería a asaltar a un hombre así? —bufó.

Capítulo 20

Las primeras luces de la mañana se filtraban por los hermosos ventanales emplomados, arrancando a sus cristales cientos de tornasolados y diminutos destellos multicolor, al tiempo que innumerables partículas de polvo flotaban en el haz de luz, suspendidas a su antojo. Norah, sentada ante la gran mesa ovalada de madera de caoba sustentada en seis patas de estilo cabriolé, degustaba en silencio el desayuno a base de huevos, jamón, tomates asados y té que pocos minutos antes le había servido Jane.

Tras la insomne noche que había padecido, había abandonado el lecho de un salto con los primeros cacareos de los gallos que pululaban libres en el redil ubicado tras la casa, y se había puesto apresuradamente un sencillo vestido formado por cuerpo y falda en raso de seda en color malva, para dirigirse a continuación a la cocina. Allí, le sorprendió encontrar a la señora Bach, la cual parecía estar ajetreada desde hacía un par de horas, afana-

Cautivar a un dragón

da en preparar el almuerzo de todos los moradores de Lakehouse, tanto asalariados, como patrones.

Norah dio un sorbo de té, depositando la taza caliente a un lado al tiempo que el señor Edward colocaba el *Times* sobre la mesa junto a ella. Con un movimiento brusco de su muñeca, lo abrió sin formalidad alguna, devorando después ávidamente las noticias.

Estas, como era de esperar, comenzaban con sucesos tan controvertidos como la guerra que enfrentaba a España y Marruecos, el mensaje del presidente del congreso de Estados Unidos a Europa o la mención sobre el hallazgo por parte de un tal señor Blume, que según parecía era un botánico holandés, del cáñamo de Ramé, una fibra usada desde hacía siglos en la India para la confección de ropas y tejidos.

El inequívoco repiqueteo de los pasos de su tía en el corredor atrajo su atención. Alzó la vista al tiempo que esta traspasaba el umbral de la puerta, plegó nuevamente el periódico y lo depositó sobre la mesa.

—Buenos días —le deseó lady Patterson, sentándose al otro extremo de la mesa.

Jane se apresuró a servirle su desayuno, que como siempre consistió tan solo en una taza de té y tostadas untadas con mantequilla y dulce mermelada de fresas.

—Te has levantado pronto —observó lady Patterson.

—Sí —admitió sirviéndose otra taza de té—. Lo cierto es que me gustaría acompañarte hoy a la librería. Como tú misma dijiste, no quisiera perderme la cara del señor Monroe cuando descubra que Darwin no es ningún fabulista, como él cree.

—Pobre hombre —dijo la dama con una sonrisa, y agregó un poco de miel a su infusión.

El tintineo de la campanilla resonó en la puerta principal, inundando el corredor y alcanzando el salón ya casi exánime. Ambas mujeres se miraran perplejas.

—¿Esperabas a alguien esta mañana? —preguntó a lady Patterson, ya que lo acostumbrado y más correcto era siempre pedir una entrevista antes de ser recibido. Sobre todo si era a una dama a quien se pretendía visitar.

—No, que yo recuerde —contestó lady Patterson.

El señor Edward traspasó solemnemente el umbral de la puerta, entrando en el salón y dirigiéndose seguidamente a la dama, ante la cual inclinó su cuerpo. Tras comunicarle algo en voz baja, lady Patterson alzó las finas cejas e hizo un gesto afirmativo que acompañó con un ligero aspaviento de su mano que informó al mayordomo que podía retirarse. Luego miró a Norah.

—¿Sucede alguna cosa, tía? —indagó con curiosidad.

Lady Patterson exhaló un profundo suspiro, abandonando media tostada dentro de su plato antes de responder a su sobrina. Norah intuyó que el mensaje recibido no era de su agrado.

—Según parece, el señor Kipling está aguardando en la salita azul —le dijo sin poder evitar moverse incómoda en su silla.

—Y no sabes cómo debes actuar… —adivinó la joven levantándose de su asiento.

Lady Patterson plegó la servilleta de algodón y la depositó sobre la mesa antes de levantarse. Norah la detuvo y le besó la frente.

—No te preocupes, tía. Atenderé yo misma a Kipling —dijo al tiempo que se detenía, pensativa—. Sería una buena idea que enviaras un comunicado sobre la ruptura del compromiso a la señorita Newton, del dominical. Corremos el riesgo de demorarlo demasiado, ¿no te parece?

Lady Patterson asintió, asombrada ante el maduro razonamiento de su sobrina. Había cambiado muchísimo desde que se encontraba en Londres, convirtiéndose en poco tiempo en toda una mujer. De seguir aún con vida, Gloria, su querida y difunta hermana, se habría sentido muy orgullosa de su hija.

Norah estaba notablemente nerviosa cuando entró en la salita azul, deteniéndose un momento junto a la puerta. Allí la esperaba Adam Kipling, con sus cabellos perfectamente arreglados y su traje impecable, sumido en sus pensamientos. Ella lo miró intuyendo que con seguridad estaría dando vueltas a la mejor manera de abordar el tema. Un tema del que casi todo Londres parecía ya estar al corriente. Cuando reparó en su presencia, Adam se levantó de un salto y se dirigió apresuradamente hacia ella, tomándola después de ambas manos.

—¡Cuánto lo lamento, querida señorita Patterson! —le dijo con verdadero pesar.

Norah le dirigió una mirada tranquilizadora.

—No lo pongo en duda, señor Kipling —dijo señalando uno de los sillones colocados ante la chimenea de mármol, una excepcional e imponente pieza de estilo rococó, trasladada a Lakehouse desde Sicilia cincuenta años antes.

Cuando ambos tomaron asiento, Norah arrugó el ceño al verse obligada, como de costumbre, a esperar a que Jane concluyera la invariable labor de abrir todos los postigos y encender la chimenea.

—Gracias, Jane —dijo a la doncella tratando de que finalizara con prontitud. Afortunadamente, la muchacha no demoró en obedecer, abandonando la sala y cerrando las puertas acristaladas tras de sí.

—¿Qué ha ocurrido, Adam? —le preguntó Norah con nerviosismo.

—No se lo imagina... —suspiró él con impaciencia—. Algo increíble.

—¡Por Dios, explíquese! —le suplicó ella.

—Es esa joven, señorita.

—¿Se refiere usted a la señorita Wilson? —preguntó, aun cuando suponía que la respuesta era más que obvia. Él asintió, esbozando una gran sonrisa.

—Es la joven más encantadora que he conocido jamás —explicó deleitándose en cada una de sus palabras. Norah advirtió el brillo, distinto y placentero, que iluminaba los ojos del hombre. Desde luego, debía de tratarse de felicidad. No podía ser ninguna otra cosa.

—¿Y qué piensa hacer? —quiso saber ella, entendiendo la difícil situación en la que se encontraban.

—Por supuesto, nos casaremos en cuanto ella rompa su compromiso con Greenwood —aseveró, acomodándose mejor en su asiento.

Norah se estremeció ante su determinación. Marcus era

un hombre totalitario, que no cedería a nadie algo de su propiedad. Y por lo poco que sabía de él, la joven Mattie Wilson era precisamente eso mismo.

—Su hermano no lo permitirá... —dijo ella con una sonrisa nerviosa.

—Oh, no debe usted preocuparse por él, señorita Patterson. Según me dijo la propia Mattie, mi hermano no la ama realmente.

—Dudo que eso sea un problema para el marqués.

Adam le dirigió una mirada indescifrable al tiempo que un brillo divertido aleteaba en sus ojos.

—Veremos qué ocurre...

Norah pestañeó sin comprender a qué venía aquella velada respuesta. Más parecía haber sonado como una promesa que una simple observación.

—Por lo que a mí respecta —comenzó a decir levantándose de su asiento—, lo único que va a ocurrir hoy es que visitaré la librería del señor Monroe, junto a mi tía.

Él no dudo un momento en imitarla, incorporándose para después acompañarla hasta el vestíbulo. Allí lady Patterson no vaciló en fulminarlo con la mirada al tiempo que introducía los dedos en los orificios de sus mitones, ajustando la prenda a sus frías manos.

—Me alegra verla, milady. —Inclinó la cabeza con sumo respeto. Lady Patterson alzó una ceja mientras asía su hermoso manguito de piel.

—¿Cómo puede usted...?

—¡Tía! —la interrumpió Norah corrigiéndola con cuidado. La dama lanzó una fugaz mirada al caballero antes de decir:

LIS HALEY

—Sí, señor Kipling, es un placer. —Se dio la vuelta y caminó decidida hasta la puerta. En cuanto Edward la vio, se inclinó y la abrió para que ambas mujeres pudieran salir al exterior, seguidas muy de cerca por Kipling, que las ayudó a subir al carruaje. Antes de que cerrara la puerta, lady Patterson le deseó los buenos días, tan fría y cortantemente como le fue posible. Una vez se acomodó en el asiento, elevó un brazo y dio tres fuertes golpes de puño en la pared tras su espalda para que el mayoral supiera que podían ponerse en movimiento.

El joven David Winsett hostigó a los caballos para que partiesen, haciendo que ambas mujeres se vieran obligadas a sujetarse con fuerza a los asientos de cuero para no precipitarse hacia delante. Tras la predecible sacudida inicial, lady Patterson asió la manta de viaje, la extendió y se la puso sobre la falda. Norah sabía que su querida tía siempre había odiado el frío. Aunque a veces, a ella le pareciera hablar con un colosal témpano de hielo.

Inmersa en sus reflexiones, la muchacha se inclinó hacia delante, pasando después los dedos sobre el cristal empañado y trazando un círculo para poder ver a través de él. La bruma de la mañana, que parecía dormitar entre la cebada de los campos, apenas dejaba ver nada a menos de tres metros. Todo parecía dormido, los sembrados aún estaban en silencio y tan solo las aspas del molino indicaban lo contrario.

Sintió como si sus párpados comenzaran a pesarle. Tras media hora, el monótono repiqueteo de los cascos y la falta de sueño le pasaron factura y se quedó profundamente dormida.

Cautivar a un dragón

El carruaje dio un bote, zarandeándose violentamente de un lado para otro, cuando en su camino se cruzó una honda depresión. Norah abrió los ojos sobresaltada dirigiendo una mirada hacia su tía y se sorprendió al no hallarla en su asiento. Pestañeó al encontrar la mirada azul del marqués clavada en ella.

Debía de ser un sueño. No podía tratarse de otra cosa. Eso… o estaba perdiendo el juicio.

—Eres solo un sueño —le dijo a la onírica imagen.

—Así es —corroboró él.

—Lo sabía. Sabía que eras tan solo un sueño —dijo sintiendo como le pitaban los oídos y cerrando los ojos al mismo tiempo.

Marcus sonrió suavemente. Ella abrió uno de sus párpados para preguntarle:

—¿Y qué demonios haces tú aquí?

La imagen de él se esfumó ante sus ojos. Norah se incorporó, buscándolo después alrededor y conteniendo la respiración al hallarlo a pocos centímetros de ella.

—Eso, querida… solo tú puedes responderlo.

Los ojos de Norah se abrieron bruscamente, sintiendo aún el aliento de él en su oído. Miró al frente. Su tía, en el mismo lugar donde antes se hallaba, se había entregado como ella misma a un placentero sueño. ¿Solo ella podía responderlo? ¡Menuda idiotez de sueño!, resopló dirigiendo la mirada hacia la ventanilla, donde el círculo que anteriormente había creado volvía a estar cubierto de vaho. Despejándolo nuevamente con los dedos, miró a través del improvisado orificio. Los campos habían dado paso a las calles, cuyos húmedos adoquines brillaban bajo los destellos de los primeros rayos del sol que se habían abierto paso a través de la espesura de la niebla, la cual comenzaba en aquellos momentos a disiparse.

Cuando el carruaje se detuvo, Norah se inclinó hacia delante, apoyando una mano sobre los dedos de lady Patterson, enfundados en los mitones.

—Tía —la llamó. Lady Patterson abrió los ojos al tiempo que David Winsett les abría la puerta y desplegaba los pequeños peldaños que ayudaban al viajero a apearse.

En cuanto ambas cruzaron la puerta, John Monroe se apresuró a recibirlas.

—Es un placer que hayan decidido venir, lady Patterson —dijo el inclinándose.

—Mi apreciado señor Monroe, cómo podríamos perdernos la oportunidad de visitar su librería.

Norah percibió que el hombre sacaba pecho, orgulloso. Pero sin duda, no le extrañaba que el señor Monroe se enorgulleciera de poseer un establecimiento semejante. El olor a tinta, a papel y a la piel de las encuadernaciones inundaba el ambiente, mientras la exigua luz de las bellas lámparas de aceite, fabricadas casi en su totalidad en porcelana, iluminaba el ambiente suavemente, lo justo para apreciar la divinidad de aquellos tomos.

A pesar de su avanzada edad y su más que incipiente barriga, apenas disimulada por el apretado chaleco de seda y la chaqueta de lana, el señor Monroe se abrió paso entre los clientes con una agilidad asombrosa. Luego asió una pesada escalera, la arrastró y subió para coger un li-

Cautivar a un dragón

bro que dejó posteriormente sobre la superficie del mostrador.

Norah pasó los dedos enguantados sobre la bella cubierta de piel, observando las letras doradas y repujadas: *El origen de las especies por medio de la selección natural, o la preservación de las razas favorecidas en la lucha por la vida.*

Un título algo pretencioso, tal vez, mas decidió otorgar un voto de confianza a un caballero que había pasado gran parte de su vida estudiando los orígenes de la especie humana. Aunque, por supuesto, prefería continuar denominando la obra tan solo como *El origen de las especies*; en fin, dudaba mucho que el señor Darwin fuese a incomodarse por aquella concentrada alusión a una obra cuyo título sobrepasaba lo recargado.

—No sé… —dijo lady Patterson, mientras ojeaba el interior del libro—. Tal vez debería adquirir un par, ¿no le parece, señor Monroe? Al fin y al cabo… nunca se sabe qué puede atacar a estas magníficas obras —concluyó refiriéndose entre otras cosas al frío y la humedad que solían alojarse en ciertas dependencias de una casa.

—Sí, sin duda debe de ser una magnífica obra. Es un alivio que haya personas como el señor Darwin, dispuestas a preservar las verdaderas creencias y valores. No como esos escritores modernos que tan solo publican tonterías —explicó el librero, poniendo de manifiesto su desconocimiento sobre el autor.

Norah retuvo las ganas de reír sin apartar los ojos de las páginas del libro.

—Aunque no creo que milady deba preocuparse por

eso —añadió Monroe—. Cuando recogí esta mañana los treinta tomos, en la editorial de John Murray*, aún poseían mil doscientos veinte ejemplares más.

—¡Mil doscientos! —exclamó con asombro la dama—. Deben de estar muy seguros de la calidad de la obra —comentó lady Patterson al tiempo que Monroe envolvía el libro con un pliego de rígido papel, ciñéndolo después con un cordel de cáñamo.

La campanilla de latón del establecimiento volvió a sonar. Norah apenas prestó atención. Absorta como estaba en la lectura de las primeras páginas e impresiones del autor, no fue consciente de la presencia del nuevo cliente hasta que este comenzó a aporrear monótonamente con sus dedos el mostrador.

Ella alzó los ojos del libro y giró el rostro, topando con una indescifrable mirada, oscura e insondable al mismo tiempo. E inquietante, añadiría.

—Buenos días, señorita —le dijo él, reparando en su escrutinio.

Ella inclinó ligeramente la cabeza como toda respuesta.

—¿Va a adquirir usted la obra? —le preguntó el desconocido aproximándose un poco más a ella.

—Así es... ¿Piensa hacer usted lo mismo?

—En absoluto. Ya adquirí el año pasado el resumen de la investigación independiente de una teoría similar,

---

*El libro se puso a la venta el 24 de noviembre de 1859, en la editorial John Murray, de Londres, agotando los mil doscientos cincuenta ejemplares impresos en el primer día.

Cautivar a un dragón

realizada por el señor Alfred Russel Wallace —respondió, sonriéndole—. Tan solo vengo a por un pliego de papel.

Lady Patterson, intuyendo que el caballero trataría de continuar la conversación con su sobrina sin antes haber sido presentados, se apresuró a decir:

—La joven es mi sobrina, señor... —dijo, aguardando a que él concluyese la frase.

—Klaus —hizo una pausa cambiando el bastón de mano para asir los dedos enguantados de lady Patterson—. Señor Benjamin Klaus.

—Lady Patterson —se presentó ella.

A Norah le pareció percibir un rápido gesto en las facciones de él. Un aspaviento que fue tan efímero que casi creyó fuese producto de su imaginación.

—Encantado, milady. —Sus labios se curvaron en una sonrisa—. He de suponer entonces que esta maravillosa joven es la señorita Patterson.

Norah inclinó la cabeza, extendiendo al mismo tiempo la mano y rogando al cielo por que el contacto fuese tan rápido como lo había sido con su tía. Cuando él soltó sus dedos, ella los llevó rápidamente a su regazo sintiéndose agradecida de que estos se hallaran enfundados en sus guantes de piel de cabritilla. No era que aquel hombre fuese desagradable a la vista, ni cosa semejante. Todo lo contrario. Aquel caballero, de cabellos morenos y ojos oscuros, era tremendamente atractivo. Aparte de que sus ropas, elegantes y a la última moda, le sentaban estupendamente. Sin embargo, había algo en él que la repelía sin saber por qué.

—Si nos disculpa... —Fingió una sonrisa, tratando de ser amable—. Mi tía y yo debemos irnos.

—Una pena —dijo él, suspirando lánguidamente—. Aunque espero verlas pronto de nuevo.

«En sus sueños», pensó Norah inclinando la cabeza y girándose para abonar al librero los quince chelines que costaba el libro, tras lo cual ni ella ni su tía se demoraron en abandonar el local.

Una vez se hubo cerrado la puerta tras ellas, lady Patterson ocultó las manos en el interior de su manguito de piel, tratando así de calentarlas.

—Ese hombre me provoca escalofríos —murmuró agitando los hombros, como si sufriera un intenso ataque de frío.

Norah, en silencio, abrió los ojos sorprendida de que su tía hubiera tenido la misma impresión que ella, pero no dijo nada. Tan solo subió al carruaje cuando este se detuvo ante ellas y se sentó a continuación en su interior, observando con atención a la dama y alegrándose de que no fuera tan solo su tía, sino también su amiga y confidente.

Capítulo 21

El gabinete estaba en silencio salvo por el tictac del reloj que marcaba la hora. Marcus observó cómo las llamas de la chimenea se reflejaban sobre la superficie del ambarino líquido que contenía su copa, antes de llevársela a los labios y darle un buen trago.

«Bendita sea la ciudad de Cognac y su brandy», se dijo el marqués cuando sintió cómo el templado líquido calentaba su estómago. Exhaló un prolongado suspiro y abandonó el sillón de piel para dirigirse hacia las ventanas y entornarlas a continuación.

Deseaba disfrutar del aire fresco; aunque no pretendía renunciar a la penumbra que habitualmente envolvía la estancia. Tal vez eso le ayudaría a centrarse mejor en el trabajo, pensó mirando con desidia el libro de cuentas cerrado sobre su mesa.

Se sentó ante ella y lo abrió. Como ya le había sucedido con anterioridad, los números y letras escritos en su interior comenzaron a danzar ante sus ojos, escabu-

Cautivar a un dragón

lléndose momentáneamente de su entendimiento. Por un momento su mente jugueteó con la tentadora idea de dejarlo para otro momento. Sin embargo, ya lo había demorado demasiado. Así pues, se negó a hacerlo y trató de centrarse con más ahínco aún que antes. Y lo hubiera conseguido, de no ser porque la ruidosa campanilla de la puerta le impidió concentrarse como debería.

Pasados cinco minutos, su mayordomo, el señor Anderson, penetró en el despacho en penumbra.

El hombre lanzó una rápida mirada hacia las ventanas entreabiertas antes de anunciar:

—Un caballero desea verlo, milord.

—¿De quién se trata? —preguntó Marcus sin levantar la vista del libro de cuentas.

—Dice llamarse Benjamin Klaus, milord, y según él, usted lo está esperando.

Marcus alzó la mirada con el ceño fruncido, intuyendo que aquella visita tendría mucho que ver con la carta recibida semanas antes. No deseaba la visita de nadie. El trabajo se le había amontonado en la mesa. Pero debía admitir que la curiosidad que sentía por saber quién era realmente la señorita Patterson superaba con creces cualquier otra prioridad.

—Hágalo pasar, Anderson —terminó diciendo tras un breve segundo.

—¿Lo recibirá milord aquí?

Marcus se hundió en el respaldo del asiento y echó la cabeza hacia atrás.

—Creo que este será el lugar más apropiado —resopló

entre los labios—. Ya que temo mucho que se trate de una visita de negocios.

El mayordomo abandonó la sala dejándolo a solas durante un momento. Instante en el que Marcus se levantó y se dirigió al aparador del licor, asiendo después dos copas.

—¿Una copa de brandy? —preguntó el marqués al recién llegado en cuanto el chasquido del picaporte le avisó de que este traspasaba la puerta del gabinete. Seguidamente, oyó el sonido que produjo la misma al ser cerrada.

—Sí, gracias, milord —respondió el señor Klaus a su espalda, al tiempo que paseaba su vista alrededor, analizando el lugar con el ceño fruncido.

—Espero que tenga usted algo realmente importante que decirme —le advirtió Marcus, girándose y entregándole la copa—. Como intuirá, tengo una enorme cantidad de trabajo.

—Me temo, lord Greenwood, que ambos sabemos por qué estoy aquí —respondió el hombre acercando la copa a su nariz y oliendo su contenido.

Marcus arrugó el ceño ante aquel desconfiado gesto. ¿Acaso aquel desconocido buscaba el olor almendrado de cierto veneno?, se preguntó, extendiendo la mano e indicándole que tomara asiento en la pequeña silla frente a su escritorio. Luego rodeó la mesa y se sentó en su propia butaca.

—¿Es de su agrado? —le preguntó con ironía.

—¿Perdón?

—El coñac... —dijo señalando su copa—. Le preguntaba si es de su agrado.

Cautivar a un dragón

—Oh, sí… por supuesto. Es un licor excelente. —Dio un sorbo—. Como le decía, presumo que usted sabe por qué estoy aquí.

—Supongo que su visita obedece a la existencia de cierta carta.

—Bien, es usted muy perspicaz… —instaló en sus comisuras una pedante media sonrisa—. Lo cierto es que es preferible que sea así. No soy amigo de dar demasiadas explicaciones, por lo que intuyo que todo será más fácil para ambos.

Lord Greenwood permaneció en silencio durante varios segundos, estudiándolo fríamente. Estaba claro que ese hombre pretendía intimidarlo. Ahora bien, dudaba mucho que lo hubiera pensado dos veces antes de sentarse ante su mesa. Apoyó un codo sobre el reposabrazos de su butaca y posó los dedos bajo el poderoso mentón.

—Antes desearía saber por qué motivo huyó la muchacha de su casa. —Se llevó la copa a los labios para después dar un trago—. Williamsburg está muy lejos de Londres para que tan solo se deba a una rabieta, ¿no le parece?

—Como ya he dicho… no soy amigo de dar explicaciones —respondió con insolencia—. El motivo no nos atañe a ninguno de los dos. Tan solo concierne a su progenitor…

Marcus enarcó una ceja. Si esa era toda la información que pretendía darle aquel hombre, más le hubiera valido no poner un pie en sus tierras.

—Lamento tener que informarle de que ha hecho usted un largo e infructuoso viaje. —Llevó la copa a sus labios y esbozó media sonrisa antes de añadir—: La señorita Norah Devlin no trabaja aquí.

Súbitamente, Benjamin Klaus dejó caer la empuñadura de su bastón sobre la pila de papeles que se interponía entre ambos, atrayendo de inmediato la atención del marqués.

—Temo discrepar, milord. Tengo mis fuentes —hizo una intimidatoria pausa—. Y ellas me aseguran que trabaja para usted como doncella.

Marcus clavó los ojos sobre la plateada cabeza de león que descansaba hundida sobre sus papeles, alzó lentamente su fuerte mentón y le dirigió al hombre la más hostil de las miradas, fría, casi glacial, que hizo que Klaus se estremeciera, antes de cambiar drásticamente de actitud, retirando enseguida aquella empuñadura. Luego, lord Greenwood se inclinó en su asiento, depositando al mismo tiempo con un fuerte golpe seco su copa sobre la mesa y apoyando una mano sobre la misma.

—¿Está usted llamándome mentiroso en mi propia casa?

Benjamin Klaus tragó saliva, notándola espantosamente amarga en la boca. Comprendió que se había precipitado al tratar de intimidarlo con aquellos ensayados modales, sobre todo tras analizar mentalmente la atlética corpulencia de ese hombre.

Tal vez en otras circunstancias o con otro individuo, hubiera funcionado. Lo cierto era que aquella técnica nunca le había fallado hasta aquel momento. Jamás. Y eso que llevaba ejerciendo el oficio de cazarrecompen-

Cautivar a un dragón

sas desde que perdiera su fortuna en una mesa de juego en Kentucky hacía ya cinco malditos años. Sin embargo, Marcus Greenwood no parecía dejarse amedrentar con facilidad. Volvió a humedecerse la boca intuyendo que tras semejante pregunta no tardaría en aparecer el temido y desusado guante, presto a golpear su mejilla.

—Nada más lejos de mi intención, milord —dijo tratando de serenarlo y calmarse a sí mismo—. Me temo que me he expresado mal.

El marqués enarcó una ceja. Se arrellanó nuevamente sobre el respaldo de su asiento y entrelazó los dedos de las manos, apoyando los codos en los brazos del sillón. Aquel hombre, además de un maldito prepotente, era un inmenso cobarde.

—Quiero decir —continuó explicando Klaus— que según mis informes, debía recoger aquí a la muchacha. Eso es todo…

—Y yo trato de decirle, caballero… que esa joven no trabaja en esta casa desde hace ya tres meses —le aclaró tratando de contener su irritación.

—Pero, según me informó el propio señor Devlin, le solicitó a usted en su carta que tratara de retenerla aquí el tiempo que fuese necesario hasta que nosotros llegáramos.

—¿Y qué esperaba ese majadero que yo hiciera? ¿Que la atara a la pata de una mesa? —bramó Marcus, apenas conteniendo ya su irritación.

Marcus no pudo evitar darse cuenta de la mirada estupefacta del hombre, el cual, sin embargo, pareció obligarse a sí mismo a relajar los músculos de los hombros, preguntando inmediatamente después por el paradero de la muchacha, fingiendo no haber percibido el arrebato furioso de él.

—Por supuesto que lo sé —respondió lord Greenwood a su pregunta, al tiempo que a sus espaldas una gélida ráfaga de aire penetraba por las ventanas abiertas, agitando sus cabellos negros y confiriéndole una apariencia aún más peligrosa, si es que era posible.

Las facciones del hombre, pálido y de desusada apariencia, parecieron saltar de un estado nervioso a uno no menos perturbado.

—¡Gracias al cielo! —suspiró Klaus indudablemente aliviado—. ¿Dónde se encuentra? —preguntó inclinándose y abandonando su copa vacía sobre la mesa.

—No creo haberle comentado en ningún momento que tuviera la más mínima intención de decírselo.

Aquella respuesta cogió por sorpresa a Benjamin Klaus. El asombro abofeteó de lleno su rostro, enrojeciendo un segundo después por la cólera.

—¿No? ¿Por qué no? —inquirió Benjamin, totalmente ofuscado.

—Señor Klaus... —dijo Marcus con deliberada lentitud, al tiempo que se levantaba para atizar el fuego que comenzaba a agonizar en la chimenea. Tras echar un nuevo leño, continuó diciéndole—: Creo entender que vino usted a mi casa sabiendo quién era yo.

El silencio reinó en la habitación. Marcus dejó el atizador a un lado. Anduvo hasta el aparador y se sirvió otra copa de brandy, esperando una respuesta y obviando

Cautivar a un dragón

ofrecer otra bebida al visitante. Tras un minuto de silencio, se giró para mirarlo.

—Entonces, sabrá que soy un hombre famoso por mi falta de decoro y por no atenerme a las estúpidas normas establecidas. —Tomó un sorbo antes de apoyarse en la repisa de la chimenea—. Hago lo que me viene en gana, cuando lo deseo. Y ahora no deseo explicarle mis motivos para no indicarle dónde se encuentra la joven. ¿Me ha comprendido bien?

Benjamin Klaus se puso en pie, incorporando su esbelto y alto cuerpo. Pasó los dedos por su pelo negro con nerviosismo, dirigiéndole a su vez una mirada, en la que Marcus advirtió una profunda furia contenida.

—Alto y claro, milord —se limitó a decir. Luego se dio la vuelta, abrió la puerta y se marchó.

Una vez a solas, Marcus anduvo hasta las ventanas abiertas, observando tras los visillos cómo el hombre subía en un carruaje, claramente de alquiler pues carecía de escudo, y cerraba de un portazo. Benjamin Klaus no le gustaba lo más mínimo. No cabía duda que ocultaba algo, pensó al tiempo que asía la pluma que yacía sobre su escritorio y escribía con pulso firme unas rápidas líneas sobre un pliego de papel. Tras plegarlo, derramó un poco de cera sobre su parte delantera y lo selló, antes de caminar hasta la chimenea para tironear del llamador que se ubicaba cerca de aquella pared. Casi de inmediato, apareció el señor Anderson.

—Pide a uno de los Matheson que se prepare para llevar una carta a Lakehouse —ordenó en el mismo instante que reparaba en la presencia de Mattie Wilson. La muchacha, en el umbral de la puerta, se echó a un lado para que el mayordomo pudiera abandonar el gabinete sin tropezar con ella. Mattie lo miró y vio como él la observaba pensativo y con mirada ausente.

—¿Qué ocurre? —preguntó lord Greenwood.

—Solo venía a... —Se humedeció los labios al tiempo que cerraba la puerta tras de sí—. Solo venía a disculparme, milord —consiguió decir la joven.

Marcus tomó aliento, se dejó caer en el sillón de piel marrón aguantando la respiración, y a continuación soltó el aire lentamente, adivinando de qué se trataba.

—No tienes por qué disculparte, Mattie.

—Sí —lo interrumpió ella, aproximándose al lugar donde él se encontraba—. Debo disculparme, milord. He actuado como una verdadera inconsciente.

Lord Greenwood se levantó, apoyando después una mano sobre su pequeño hombro.

—No siempre podemos dominar lo que el corazón desea —resopló—. Créeme Mattie, sé de lo que hablo —dijo, sintiendo una repentina desolación.

Los ojos de la muchacha centellearon antes de clavarlos en el suelo sin atreverse a decir nada. Apretó los labios y se encogió de hombros, al tiempo que hacía todo lo posible por comportarse con normalidad, ya que por dentro era un verdadero manojo de nervios.

—Tan solo desearía preguntarte algo... —dijo Marcus clausurando aquella incomodidad.

Ella elevó el rostro y movió la cabeza de manera afirmativa con la cabeza.

—¿Con mi hermano? —Marcus trató de preguntarlo

con suavidad, aunque no pudo sortear el hecho de que su voz destilaba irritación—. ¿Estás completamente segura de lo que haces?

—¿Usted sí? —le preguntó ella a su vez.

Él la miró pasmado, viéndose cazado nuevamente por la sagacidad de aquella muchacha. Se llevó la copa a los labios y tomó un largo trago antes de decir:

—Sin duda... eres demasiado buena para mi hermano.

Apenas entró en la habitación de la sucia taberna que compartía con Crandall, Benjamin Klaus se despojó del redingote y la chaqueta, arrojándolos después sobre su camastro, pulcramente arreglado. Lanzó una mirada al lecho alborotado donde yacía Crandall, tumbado boca abajo, y arrugó el ceño.

—Podrías al menos recoger esto un poco. —rezongó aflojando el pañuelo de hilo blanco en torno a su cuello, antes de dar dos pasos apartando de una patada las botas de caña alta que Crandall había depositado justo en medio de la habitación.

—Dejo eso para Sandie —farfulló con medio rostro hundido en la almohada—. Esa maldita holgazana tiene poco más que hacer.

—Deberías mirarte a un espejo antes de criticar a esa pobre muchacha.

—¡Ooh, vamos! Sandie es tan solo una furcia —dijo con voz pastosa, asiendo el cojín y deslizándolo bajo su cabeza para a continuación arrojárselo.

Klaus lo apartó de un manotazo.

—¡Al menos ella hace algo! —bramó.

Crandall abrió los ojos y se sentó en la cama.

—¿Se puede saber qué demonios te pasa?

—Lord Greenwood. Eso me pasa —gruñó, desplomándose sobre la silla que yacía cerca de la chimenea encendida. Se inclinó y atizó el fuego casi extinto.

—¿Lo has visto? —preguntó el otro entornando los ojos.

Klaus asintió arrojando el atizador sobre el suelo. Estiró las piernas y reparó en que no se había quitado los guantes.

—¡Maldita sea! —rugió deshaciéndose bruscamente de la prenda manchada por el hollín, tirándola sobre la cama. Luego gruñó—: Eran nuevos.

—Deja de preocuparte por esos malditos guantes. Pareces una damisela —refunfuñó Crandall pasándose los dedos por el pelo—. Cuando tengamos a la chica, podrás comprar todos los guantes de Londres.

—¡Olvídalo! Ese majadero se niega a ayudarnos —resopló Klaus.

—Pues esperamos a que salga de la casa y la cogemos —dijo Crandall restando importancia a sus palabras.

—No es tan sencillo —repuso—. Norah Devlin ya no trabaja en Greenhouse.

—Pero ¿qué demonios estás diciendo? —soltó Crandall levantándose de la cama, maldiciendo para sus adentros.

—Lo que estás oyendo —contestó con una risotada amarga Klaus—. Devlin no va a pagarnos ni una sola libra.

Cautivar a un dragón

—¡No digas tonterías! —le dijo apoyando una mano sobre la chimenea y mirándolo directamente a los ojos—. Esa zorra no puede haberse esfumado en la nada. Alguien debe saber dónde se encuentra.

Klaus le lanzó una mirada de reprobación.

—No deberías hablar así de una dama. Además, ¿cómo puedes estar seguro que se trata de la hija de Devlin? Podría ser cualquier otra.

—No digas estupideces... —lo miró alzando al mismo tiempo una de sus manos—, vi el retrato de Norah Devlin cuando entré a trabajar para su padre... créeme, no hay duda de que es la misma persona.

—Pues no sé cómo hacer para encontrar a esa dama...

—¡Vaya! ¡Ya apareció el caballero! —Se inclinó hacia él—. Un caballero sin un penique. Te lo recuerdo.

Sin esperar una respuesta, Crandall se dio la vuelta y agarró la botella de oporto que descansaba sobre la destartalada mesa, donde Sandie solía servirles las comidas. Tras llenarse un tosco vaso hasta el borde, lo tomó de un solo trago.

—El marqués sabe de su paradero —dijo la voz de Klaus a su espalda, logrando que a Crandall se le atragantara la fuerte bebida. Tras toser con violencia, se volvió para mirarlo con el ceño fruncido.

—Entonces, ¿cuál es el maldito problema? —gruñó.

—El maldito problema es que ese desgraciado de lord Greenwood se niega a decírnoslo.

—¡No me fastidies! —exclamó apretando los dientes—. ¿Es que le mencionaste que yo ando también metido en todo esto?

—¿Acaso crees que deseo que acabe conmigo? —Klaus alzó una ceja—. Ese hombre es un coloso, ¡por el amor de Dios!

—¡Maldito cobarde! —exclamó Crandall, fulminándolo con la mirada.

—Di lo que quieras, Crandall. Pero todavía sigo vivo. —Se levantó para plantarle cara—: Y pienso continuar estándolo durante mucho tiempo.

Apretando los dientes, ambos hombres se desafiaron con la mirada dejando que el silencio los envolviera por un eterno momento. Crandall acertó a esbozar una pequeña sonrisa y se apartó de Klaus, dejándose caer después sobre una silla.

Klaus, aún receloso, volvió a tomar asiento junto a la chimenea.

—Puede que esa lady Patterson sepa algo —dijo Klaus después de un momento—. Según creí entender al señor Devlin, ella es la tía de la muchacha.

—Sí, aunque dudo mucho que nos ayude.

—Tal vez lo haga la sobrina de su marido. La joven no parecía tan desabrida como esa dama.

—¿La sobrina de William Patterson? —Crandall sintió una punzada de curiosidad.

—Así es —afirmó Klaus, recostándose contra el respaldo de su silla—. Una magnifica joven, por cierto. Lo que daría yo por enredar mis dedos en esos cabellos suyos.

Crandall entornó los ojos con fastidio.

—¿Y puede saberse que tenía de especial?

—¿Me tomas el pelo? —dijo el hombre entre dien-

Cautivar a un dragón

tes—. Esa señorita Patterson debe de poseer *Los dieciocho libros de los secretos del arte y la naturaleza**

—¿De qué demonios estás hablando? —preguntó Crandall.

—Me sorprende la falta de cultura que demuestras a veces —observó sin dejar de admirarse las impecables uñas. Tras eliminar de ellas una pequeña mancha de hollín, lo miró—. Sobre todo habiendo sido el ayuda de cámara de ese mequetrefe de Greenwood.

—No me lo recuerdes, y dime de una vez a qué demonios te refieres.

—Que su piel es perfecta y que dudo mucho que el color de los cabellos de esa dama sea natural. Tan solo a eso.

Crandall lo atravesó con la mirada.

—¿De qué color estamos hablando? ¿Un rubio, tal vez?

—Ni de lejos… esa mujer posee un color granate más profundo que el mismo borgoña.

Crandall enmudeció y abrió los ojos de par en par.

—¿Casualmente poseía esa joven unos brillantes ojos verdes? —añadió mientras se servía algo más fuerte que el oporto y se bebía la mitad de un trago.

Klaus arrugó el entrecejo cuando Crandall le ofreció otra copa. La aceptó y la acercó a su boca.

—Como esmeraldas, sí —dio un sorbo, tosiendo al comprobar que se trataba de bourbon—. ¿Qué importancia tiene eso?

---

*Libro de 1661 en el que se explican varios métodos para cambiar el color del pelo a negro, oro, verde, rojo, amarillo y blanco.

—Pues que nos han tomado el pelo como a chiquillos.

Klaus bajó su vaso, observándolo con el ceño fruncido.

—Explícate —le pidió arrojando el resto del bourbon al interior de la chimenea. El fuego repiqueteó con más fuerza durante un breve momento.

Cuando las llamas consumieron el alcohol, Crandall se inclinó hacia él con un brillo extraño en los ojos.

—La dama a la que te refieres no es otra que Norah Devlin. —Volvió a hundirse en el respaldo del asiento—. ¿Quién es el inculto ahora?

Capítulo 22

Tras la breve publicación de la señorita Candice Newton en el dominical respecto a la ruptura del compromiso con el señor Kipling, no cesaron de llegar a Lakehouse las cartas e invitaciones a más eventos de los que podría asistir en cien años, apilándose una tras otra sobre la consola de estilo Biedermeier, de madera de caoba con pequeños adornos de bronce y tallas doradas, que se hallaba en el vestíbulo.

Cada día, la joven ojeaba aquellas cartas, tratando de responder a todas con la mayor brevedad posible y excusándose lo mejor que sabía.

Apenas tenía ganas de divertirse. De bailes o de fiestas. Pasaba las frías tardes leyendo ante el acogedor fuego de la chimenea o paseando por el jardín cuando el tiempo y el sol lo permitían. Derrochaba largas horas de su tiempo junto a la fuente de piedra que decoraba aquel espacio verde y gris, envuelta en un cálido chal de lana tejida que, según lady Patterson, había pertenecido a Gloria, su madre.

Cautivar a un dragón

Norah era consciente de que su tía comenzaba a inquietarse por el desaliento que se había apoderado de ella, ya que en más de una ocasión había pillado a la dama espiándola entre los pliegues de los visillos desde alguna de las muchas ventanas de Lakehouse. A ella le habría encantado poder decir algo que apaciguara el alma de la mujer, pero lo cierto era que durante aquellos macilentos días no se le había ocurrido gran cosa. En ningún aspecto. Estaba completamente sumida en su propia expiación. Por lo menos, era así como Norah lo veía, una expiación por el pecado de haberse fijado en un hombre que jamás la amaría.

¿Qué tenía de malo anhelar casarse por amor? En fin, era rematadamente injusto que tan solo los caballeros tuviesen la posibilidad de elegir con quién desposarse. Tal vez su deseo fuera excesivamente insólito o pretencioso para una muchacha. Pero a ella le daba francamente lo mismo. Si no era por amor, jamás contraería matrimonio con ningún hombre. No estaba dispuesta a hacerlo tan solo para cumplir con lo que la sociedad esperaba de ella como mujer, pensó estremeciéndose al imaginarse como una fracasada solterona y carabina de alguna joven debutante en un mundo de hombres. Demasiado abrumador para darle vueltas. Agitó con fuerza la cabeza y posó la mirada sobre la rosaleda del jardín. Allí encontró a lady Patterson, cortando flores para decorar su jarrón favorito.

Tras alzar una mano para saludarla, abandonó el lugar junto a la fuente y comenzó a caminar por el sendero de tierra, donde los árboles parecían envolverla otorgándole cierta sensación de protección. Suponía que eso era algo bueno, recordando a su vez la carta enviada por el marqués de Devonshire, tan solo tres días antes.

Ni tan siquiera se había molestado en abrirla. Temía que, de hacerlo, descubriría en ella otro motivo más de frustración. De eso tenía ya bastante, se dijo exhalando un suspiro. Se sentó bajo la copa de uno de aquellos protectores árboles y abrió el libro.

En fin, pronto llegaría la Navidad y su tía haría que les llevaran de Alemania uno de aquellos increíbles abetos para después engalanarlo. Al menos, esa era la costumbre en Lakehouse desde que su alteza real, el príncipe Alberto, impusiera aquella insólita moda en Buckingham, hacía ya dieciocho largos años. Cuando eso sucediera, acontecería el último gran baile del año: el de máscaras, ofrecido invariablemente en diciembre por lady Patterson. Después de eso, no tendría que preocuparse más por aparecer en público hasta el comienzo de la nueva temporada, se animó en secreto, al tiempo que una sombra se recortaba sobre la página que trataba de leer.

Alzó los ojos, entornando las pestañas y topándose con la oscura mirada de Benjamin Klaus.

—Lamento haberla asustado —se excusó él cuando ella se incorporó rápidamente.

—No se preocupe, señor Klaus. No lo ha hecho.

Cuando el hombre extendió una mano para ayudarla, Norah trató de aparentar no reparar en ello. El simple contacto de aquel caballero le producía escalofríos.

—¿Qué hace usted aquí? —preguntó sacudiendo el polvo adherido al bajo de su falda de tafetán a cuadros, antes de comenzar a caminar.

Cautivar a un dragón

—Bueno, me disponía a visitar a mi tío en el West End y se me ocurrió pasar a saludarlas.

—Es un placer que se acuerde de nosotras, señor —dijo ella—. Aunque mucho me temo que mi tía es muy estricta en lo que a las visitas se refiere —indicó sin detenerse al tiempo que buscaba desesperadamente con la mirada la silueta de la casa.

Él se interpuso en su camino, obligándola a detener bruscamente sus pasos. A ella el gesto no le agradó lo más mínimo y, a la suma, le pareció totalmente fuera de lugar.

—Al menos permita que la acompañe —se ofreció él sonriente, demasiado cerca.

Ella forzó una sonrisa. Asintió ligeramente apartándose de él y comenzó a caminar de nuevo, tratando de poner algo de distancia entre los dos.

—Mi carruaje está junto al embarcadero.

La detuvo una vez más, obstaculizándole el paso.

Norah arrugó el entrecejo.

—Eso está en sentido opuesto, señor Klaus... —dijo ella, mirándolo con recelo al tiempo que se ponía en marcha de nuevo, lo que lo obligó a echarse a un lado.

Ella, que cada vez se sentía más nerviosa, trataba de mantener la calma. Llegar a casa era su prioridad.

El corazón le dio un brinco cuando el hombre la detuvo de nuevo.

—Tan solo será cuestión de dos minutos —indicó él antes de comenzar a retroceder sobre sus pasos—. Si me hace el favor de aguardar aquí, enseguida pasaré a recogerla.

Norah mantuvo los pies clavados en el suelo mientras

lo veía alejarse por el sendero con pasos presurosos en dirección al embarcadero. Una punzada de temor anidó en sus costillas. ¿Qué caballero insistiría de ese modo en que una joven compartiera su carruaje? Sobre todo sin carabina que los acompañara.

En cuanto Klaus desapareció de su vista, no se detuvo a pensar. Asió el bajo del vestido, giró sobre sus talones y salió corriendo a toda prisa hacia la protección del hogar.

—Maldita falda —gruñó moviendo las manos para tratar de sujetar entre los brazos aquella fastidiosa parte del vestido.

Lakehouse se encontraba tan solo a cien metros y, sin embargo, en ese momento le parecía al menos el triple. Sus pulmones parecían estar a punto de estallar cuando a su espalda el rápido repiqueteo de los cascos de un caballo le avisó de la proximidad de aquel hombre. Sin darse tiempo para girar el rostro, apresuró aún más su carrera. Casi había alcanzado el pórtico principal cuando escuchó tras ella una conocida voz.

Volteó el cuerpo al tiempo que forzaba los pies a detenerse en el acto, lo que provocó que trastabillara un momento hacia atrás, viéndose obligada a hacer verdaderos esfuerzos por no caerse sobre sus posaderas. Pálida como la cera, advirtió que Marcus descendía de su montura y corría hacia ella con una expresión de inquietud en el semblante.

Por impulso, Norah corrió rápidamente hacia él y lo abrazó con fuerza. Marcus la apretó contra su pecho, sintiendo como de la garganta de la muchacha brotaba un li-

Cautivar a un dragón

gero quejido. Después de tres días sin tener noticias de ella, había decidido ir a visitarla. Había sido como una enigmática necesidad. Algo que le corroía las entrañas y le indicaba que no demorara ni un solo minuto más la visita. Una sensación incomprensible hasta que la vio correr por el camino.

Marcus jamás había creído en intuiciones y supercherías por el estilo, pero en aquel momento supo que, de algún modo inexplicable, los dos estaban unidos más allá de lo consciente. La apartó un poco de sí y le retiró con dulzura los ensortijados mechones que se habían desprendido de su recogido, que le cayeron alborotados sobre la frente.

Norah lo miraba con la respiración agitada y las mejillas arreboladas. Aquel aspecto instó a Marcus a contemplarla con detenimiento. Dudaba que en el mundo hubiese otra mujer como aquella, una mujer que no podía estar más bonita con la exigua luz de la tarde reflejada en sus cabellos y aquellos ojos verdes, brillantes tras el esfuerzo. De repente se le antojó un ser sublime, casi inalcanzable... una Venus terrenal.

—¿Se puede saber qué te ocurre? —le preguntó con el ceño fruncido.

Norah apenas tuvo tiempo de responder a su pregunta. El carruaje se detuvo frente a ellos sin darle tiempo a abrir la boca.

Marcus clavó la mirada en el vehículo, sospechosamente familiar, sintiendo al mismo tiempo que ella apretaba los dedos con fuerza en torno a su brazo. Lord Greenwood, endureciendo la mandíbula, observó al mayoral abrir la puerta de la berlina y al momento apareció Benjamin Klaus.

Cuando las miradas de ambos se encontraron, Marcus tuvo la convicción de que el desagrado de verlo allí era mutuo.

—Señor Klaus... —lo saludó fríamente.

Por toda respuesta, Klaus alzó el ala de su sombrero, mostrándole por primera vez su cara con nitidez, porque tres días antes, durante su encuentro con él en su despacho, las sombras que por lo general reinaban en el gabinete no le habían permitido observarlo con claridad: mentón firme, mejillas tersas, una nariz aristocrática y unos labios estrechos, en esos momentos totalmente comprimidos. El pelo, tan oscuro como su impecable chaqueta Eton, estaba arreglado y peinado hacia un lado mientras algunos mechones le caían sobre la frente.

Por un momento, a Marcus le pareció la versión morena de su propio hermano Kipling.

—No me ha esperado, señorita Patterson —indicó él con una dramática sonrisa, ignorando deliberadamente la presencia del marqués.

Norah tragó saliva y alzó el mentón. Luego miró a Marcus con ojos risueños y sonrió.

—No puede usted reprocharme que anhele recibir a mi prometido —dijo, parpadeando de manera seductora sin apartar la vista de Greenwood.

«¡Bendita sea esta mujer!», se dijo Marcus, divertido. Si no hubiera nacido entre algodones, se podría haber ganado la vida perfectamente como actriz; o peor aún, como una embaucadora de primera.

Cautivar a un dragón

El rubor de las níveas mejillas del indeseado visitante se evaporó como por arte de magia.

—Oh, discúlpeme. Desconocía que estuvieran prometidos —comentó, entornando los ojos perversamente con una sórdida media sonrisa en sus comisuras—. ¿No es cierto que ambos rompieron sus respectivos compromisos hace poco?

—¡Vaya! Empieza usted a comprenderlo, señor Klaus. —Marcus alzó una ceja, insinuando que había acertado el motivo de aquellas rupturas.

—Yo… prefiero no hablar de eso, querido —dijo Norah con un fingido suspiro, mirándolo con cierta nota de agradecimiento.

—Sí. Lo lamento, querida.

Le dio tres palmaditas sobre el dorso de su mano y le devolvió la sonrisa al tiempo que en sus ojos aleteaba un brillo de diversión.

Sin comprender por qué, las mejillas de Norah se encendieron. Marcus esbozó una cálida sonrisa que le indicó que aquella reacción no le había pasado en absoluto desapercibida. Lo cual logró que, además, se le encogiera el estómago.

—¿Por qué no entras en casa, querida? —le propuso Marcus—. Según creo, lady Patterson te andaba buscando.

Norah comprendió que aquello era una vulgar e infame mentira, aunque se encogió de hombros y esbozó una pequeña sonrisa, tan falsa como su compromiso.

—Por supuesto, querido —hizo una pausa para inclinar la cabeza hacia Klaus—. Que pase un buen día, señor

Klaus —se despidió ella antes de dirigirse al interior de la casa.

Ambos hombres la observaron en silencio hasta que Norah desapareció, cerrando la puerta tras de sí.

Greenwood se cruzó de brazos y le lanzó a Klaus una mirada envenenada.

—Creí haber dejado muy claro que no estaba dispuesto a que supiera dónde se hallaba mi prometida —soltó sin contemplaciones—. ¿Se puede saber a qué ha venido?

—Lo sabe perfectamente, milord —contestó el otro, alzando los hombros—. Además, no recuerdo que me dijese en ningún momento que la señorita era su prometida.

—¿Y cree que el que yo lo haya obviado le da a usted algún derecho? —dijo extrayendo del bolsillo de su levita un cuchillo para fingir a continuación repasar la punta de sus uñas con él.

Klaus abrió los ojos desorbitadamente al ver el brillo del afilado metal.

—No creerá usted que va a intimidarme... —dijo, tragando saliva y humedeciéndose la seca boca.

Marcus alzó las cejas con desinterés y lo miró.

—¿Lo dice por el cuchillo? —le preguntó sosteniéndolo entre sus dedos por la hoja—. Lo cierto es que el arma es para usted, caballero.

Alargó la mano y se la ofreció.

Klaus observó el arma mientras un peligroso brillo fluctuaba en el interior de sus ojos; mas no hizo el menor esfuerzo por cogerla.

Cautivar a un dragón

—¿Y por qué desea entregármela?

—Pues… —sonrió Marcus alargando aún más su mano—, porque me sentiré terriblemente mal rompiéndole a usted la cara sin darle primero la ocasión de defenderse.

El hombre palideció, como si se hubiera encontrado con la propia muerte. Bajó la mirada nuevamente hasta el objeto, pero retrocedió unos pasos y se dirigió hacia su carruaje. Tras subir en él, apoyó la mano enguantada en el marco de la ventanilla y se inclinó para decirle:

—Está completamente loco.

Marcus se encogió de hombros y volvió a guardar el cuchillo en el bolsillo.

—Bueno… no podrá decir que no se lo dije.

Apretando la mandíbula, el joven de cabellos cortos y negros golpeó el techo del carruaje con la empuñadura de su bastón y el vehículo se puso inmediatamente en marcha.

Norah se había sentado en el saloncito azul a esperar a que aquel indeseable se marchara. Sabía que ese señor Klaus ocultaba algo, pero no alcanzaba a saber qué. Cuando oyó los pasos de Marcus por el corredor, se levantó y fue en su busca.

—¿Se ha marchado? —le preguntó con nerviosismo en cuanto llegó junto a él.

Él asintió con la cabeza.

—Por el momento. Aunque no creo que se dé por vencido con facilidad —apuntó Marcus exhalando profundamente una bocanada de aire.

—¿Por vencido? —preguntó ella, frunciendo el ceño—. ¿A qué se refiere con eso?

—Ese caballero ha venido aquí por una razón.

—Lo sé —respondió ella mientras lo acompañaba al saloncito—. Por lo visto, pasó a saludarnos aprovechando una visita a su tío en el West End.

—No me has comprendido… —Se detuvo junto a la chimenea, posó las manos en sus hombros y la obligó a que lo mirase—. Es hora de que hablemos, señorita Devlin.

Norah abrió la boca y lo observó sin pestañear, se llevó la mano a la garganta y luego rio de manera nerviosa, apartándose de él al mismo tiempo.

—¿Te has vuelto loco? —bufó.

—No tanto como tu padre al contratar a ese bastardo.

La sonrisa se esfumó de los labios de Norah, sintiendo al mismo tiempo que la sangre se le helaba en las arterias.

—¿Qué estás tratando de decir?

—¡Maldita sea, Norah! —exclamó mientras la observaba con el ceño fruncido—. ¿Acaso no leíste mi carta?

Ella apartó la mirada, clavándola en el cristal. En silencio abrió las ventanas. Necesitaba un poco de aire fresco que la ayudara a respirar.

Aunque todavía no había contestado, él se aproximó para exigirle la respuesta.

—¡No la leí! ¿De acuerdo? ¡Ni tan siquiera la abrí! —confesó apretando los puños.

Marcus dudó un momento antes de preguntar:

Cautivar a un dragón

—¿Por qué diablos no la abriste?

Ella le dio un empujón sin apenas conseguir desplazarlo del sitio al tiempo que un gruñido emergía de su garganta.

—¡A ti qué te importa! —le espetó Norah con rabia. Por nada del mundo le diría que odiaba que él la hiciera daño.

—Estupendo —resopló por la nariz—. Ahora seré yo el culpable.

—Deja de protestar. No tienes ningún derecho —replicó, enfervorizada.

—¿Ah, no? ¿Por qué demonios no? —preguntó, retándola a que respondiera.

Las palabras, junto a la fragancia floral procedente del jardín, quedaron suspendidas en el aire.

Norah le mantuvo la mirada mientras trataba de respirar con normalidad, intentando recordar sus prioridades: la primera, arrancar a ese hombre de su mente.

—¿Qué está sucediendo aquí?

La voz de lady Patterson atrajo la atención de ambos, rompiendo aquella tácita beligerancia. La joven notó que el corazón se le subía a la garganta. Se alejó de él y se recostó en el marco de la ventana abierta.

—Nada, tía —dijo, tomando aire.

—¿Cómo puedes decir eso, querida? —replicó Marcus.

Norah alzó el rostro sorprendida.

—¿Perdón...? —arrugó el entrecejo antes de abrir los ojos de par en par cuando él asió una de sus manos para apoyarla después sobre su brazo flexionado.

—Su sobrina y yo nos hemos prometido, milady.

Norah se llevó la mano libre al cuello, tratando de recuperar el resuello mientras advertía como su tía dejaba caer la mandíbula.

Aquello, pensó Norah al tiempo que abría los ojos, era lo último que esperaba oír de los labios de aquel hombre. De repente tuvo ganas de ser como la mítica Anne Bonny, vestirse de hombre y enrolarse como pirata en la primera corbeta que fuese a navegar bien lejos.

—Usted está comprometido, milord —le recordó lady Patterson.

—Permítame contradecirla, milady. —Desvió su atención hacia Norah—. Creo que todos sabemos el catastrófico resultado de mi compromiso…

—Debo admitir que estoy francamente sorprendida —admitió lady Patterson, lanzando una mirada de conspiración hacia su sobrina—. No creí que esto acabara sucediendo.

Norah sacudió la cabeza.

—Y no ha sucedido, tía —dijo ella, volviendo la cabeza hacia Marcus—. Es tan solo por el momento.

—No entiendo nada —admitió lady Patterson, dejando caer los hombros con resignación.

Bien, pensó Norah, había llegado el momento de poner las cartas sobre la mesa. Apartó la mano del brazo de él y cubrió la corta distancia que la separaba de la chimenea para después dejarse caer sobre el lujoso sillón situado junto a ella.

—Teníamos razón al sospechar que había algo siniestro en el señor Klaus, tía Mariel —dijo, apretando los párpados fuertemente antes de continuar diciendo—: Lo envía mi padre.

Lady Patterson se quedó absolutamente helada y lanzó una tímida mirada hacia lord Greenwood.

—Tranquila tía, el marqués está al tanto de todo.

Se hundió en el respaldo del sillón.

—¿Al tanto? —Lady Patterson intentaba decidirse entre fingir sorpresa o no—. ¿Al tanto de qué?

—De que su sobrina se ha fugado de su casa, en Williamsburg —dijo Marcus encogiéndose de hombros, como si el asunto careciera de la más mínima importancia.

La dama abrió la boca para responder, pero Norah la interrumpió.

—Déjalo, tía. —Se puso nuevamente en pie—. No insistas. Milord lo sabe todo.

Marcus la observó en silencio con una mezcla de enojo y asombro.

—¡Qué más quisiera! —replicó él, haciendo que las dos girasen el rostro para mirarlo—. Aún no me has contado por qué decidiste huir y por qué lady Patterson se ha expuesto de semejante manera al ayudarte.

Alzó una ceja mirando a la dama, decidido a descubrir la respuesta. Marcus percibió que esta se ponía tensa, reparando sin duda sobre el hecho de que había tuteado a su sobrina. Su agitada respiración hacía que su torso se hinchara de tal forma que parecía que iba a reventar las ballenas de su corsé.

Con nerviosismo, lady Patterson alzó el mentón y trató de aclararse la garganta.

—Será mejor que pasemos a la biblioteca, milord —dijo recuperando la compostura—. Creo que nos vendrá bien una copa.

Ante la asombrada mirada de Norah, lord Greenwood cruzó con solo tres zancadas la estancia hasta el lugar donde se hallaba su tía junto a la puerta.

—Después de usted —dijo, alargando la mano con elegancia.

Fingiendo ignorar su despótico tono, lady Patterson abandonó la habitación. Cuando tras un momento reparó en que Norah continuaba de pie en el mismo sitio, él ladeó la cabeza y le indicó que siguiera a su tía.

Mientras caminaba por el corredor, Marcus la observó, evaluándola minuciosamente. Era una criatura realmente exquisita. Sus cabellos, alborotados tras la carrera que se había visto obligada a realizar media hora antes, le caían por la espalda oscilando con cada contoneo de sus sensuales caderas. Un cuerpo de pecado con un rostro de ángel, se dijo al tiempo que una ladina sonrisa se dibujaba en sus labios. Si jugaba bien sus cartas, aquel ángel... aquella diosa de cabellos rojos y piel marfileña sería por fin suya. Tan solo debía ser paciente y aprovecharse de la inesperada aparición de Benjamin Klaus en sus vidas. Inesperada y tremendamente oportuna, pensó abriendo la puerta de la biblioteca para que las damas entrasen.

—¿Qué desea beber, milord? —preguntó lady Patterson junto a la licorera.

—Brandy, milady —respondió, y apoyó su hombro contra una de las altas paredes repletas de libros.

Cautivar a un dragón

Norah negó con la cabeza rechazando la pequeña copa de *fée verte* que lady Patterson le ofreció; pero sí aceptó un poco de agua fresca. Tenía la boca demasiado seca para beber algo que no fuera agua. Tras humedecerse la garganta, depositó el vaso sobre la pequeña mesita a su derecha y cruzó la habitación para asir el cordón de seda junto a la chimenea. Luego, hizo sonar la campanilla antes de regresar junto a Marcus y sentarse a escasos metros de él.

Lord Greenwood intuyó que aquel gesto no tenía más función que la de demorar aún más su conversación; en fin, podía aguardar un momento. Lo cierto era que tenía todo el día para abordar el tema.

Cuando la puerta se abrió y entró Jane, aún continuaban en silencio. La doncella miró atónita al marqués, asombrada por su presencia allí por no haber anunciado su inminente visita, no había tocado a la puerta para que el mayordomo lo recibiera, como correspondía haberlo hecho.

—¿Sí, milady? —consiguió preguntar.

—Jane, haz el favor de pedirle al joven Nicholas que traiga leña y encienda la chimenea. Aquí hace un frío de muerte —le pidió Norah, sintiendo la mirada del marqués clavada sobre ella.

—Inmediatamente, señorita.

Se giró, marchándose de manera apresurada.

Marcus cruzó los brazos sobre su fuerte pecho.

—¿Y bien? —obviamente, aquello no era ninguna pregunta, sino más bien una orden.

Norah suspiró y cambió de postura sin poder apartar

la mirada de él y de su pecaminosa boca. Tragó saliva reparando en la sonrisa que anidaba en sus labios y volvió el rostro hacia su tía.

La tarde pasó lentamente. Tal vez más despacio de lo que a ella le hubiera gustado. Marcus pareció prestar suma atención a todas y cada unas de las palabras de su tía, mientras ella los oía en silencio. No deseaba verse obligada a relatar el porqué de su forzosa huida. Mucho menos la humillante razón que había llevado a Basil Devlin a prometerla con semejante degenerado. Aquello la hacía sentirse realmente insignificante. Con el rostro girado hacia la chimenea, que Nicholas había encendido hacía ya un rato, jugueteaba con las manos y los pliegues de su falda de manera inconsciente.

En más de una ocasión, Marcus había clavado la mirada sobre aquellos dedos, deseando volver a sentirlos sobre su piel. Pero dejó a un lado el recuerdo de sus furtivos escarceos amorosos y decidió sentarse en uno de los grandes sillones orejeros de piel, con la esperanza de disimular el incómodo pálpito que se había instalado en su entrepierna.

Consciente de cómo cruzaba y descruzaba continuamente las largas piernas, Norah lo miró advirtiendo un perturbador brillo en sus ojos. ¿Deseo?, se preguntó arrugando el ceño y alegrándose al mismo tiempo de no ser la única transparente como el cristal. Echó un vistazo hacia lady Patterson, esperando encontrar en ella un indicio de enojo o irritación ante el gesto del caballero.

Cautivar a un dragón

Sin embargo, lady Patterson continuaba relatando aquel desagradable episodio de su vida con total fluidez.

Miró el Bracket de caoba que reposaba sobre la repisa de la chimenea y al comprobar que casi era hora de cenar, clavó los ojos en la alfombra. Sus mejillas ardieron inauditamente al recordar lo sucedido sobre aquel tapiz de vivos colores y formas complicadas.

—¿Te encuentras bien, querida?

Ella alzó los ojos, reparando inmediatamente en el brillo travieso y divertido en los ojos de él.

—Perfectamente —lo acuchilló con la mirada al comprender que él había intuido el motivo de su repentino azoramiento.

—A mi juicio, será mejor que sigáis fingiendo vuestro compromiso con mi sobrina, milord —dijo lady Patterson, atrayendo la atención de ambos—. Por lo menos, hasta que ese hombre horrible desaparezca, ¿no cree?

Marcus asintió. Su gesto de cálida compasión no engañó ni por un momento a la joven.

—Estoy completamente de acuerdo, milady.

Norah se mantuvo en silencio. Fingir ser la prometida del marqués era algo que odiaba y ansiaba al mismo tiempo. Deseó que su mente adquiriese de una vez la cordura necesaria para no padecer aquellos estremecedores y contradictorios pensamientos. Tal vez cuando Benjamin Klaus desapareciera podría por fin deshacerse de la imagen de ese hombre para siempre, pensó suspirando al tiempo que agitaba la cabeza. Qué estupidez. En el fondo sabía de sobra que jamás podría alejarlo de su cabeza, ni cuando desapareciera Klaus, ni en mil años.

Al oír que llamaban a la puerta, los tres guardaron silencio. La doncella entró para después dirigirse a lady Patterson:

—La señora Bach desea saber si podemos servir la cena, milady. No quiere que se enfríe.

—Por supuesto, Jane. Acudiremos al salón en cinco minutos —dijo, volviendo el rostro hacia Marcus—. ¿Desea acompañarnos, milord?

Él miró a Norah, haciendo que esta frunciese el ceño, sorprendida de que, por primera vez desde que lo conocía, quisiera conocer su opinión.

—Claro... —dijo, levantándose—. Será para nosotras un honor.

Media hora después, Marcus parecía relajado sentado frente a la elegante mesa mientras conversaba plácidamente con su tía. Norah cortó un trozo de salchicha y se la llevó a la boca observando al marqués con atención al tiempo que su cabeza se llenaba de mil y una formas de evadir aquella peligrosa situación, evitando a su vez fingir ser su prometida. Pero para su desconcierto, no parecía ocurrírsele nada. Era como si su mente se negara a considerar la opción siquiera.

Puso los ojos en blanco. ¿Y si simplemente escapaba? No tenía por qué enrolarse en un barco vestida de hombre, por supuesto... Aquello en 1859, además de ridículo, era una soberbia estupidez. Pero sí que podría marcharse a algún otro sitio. Lo había hecho una vez. ¿Qué le impedía repetirlo?, se preguntó sin tener ni idea de por qué destino se decantaría. En San Petersburgo hacía unos días que se había dado por finalizada la guerra del Cáu-

Cautivar a un dragón

caso, una vez que el imán Shamil había sido capturado, según había leído en el *Morning Post*. Y bueno… a París ni hablar, sobre todo después de saber por el mismo noticiario que en aquellos momentos padecía una ola de frío que había llegado a congelar los conductos del gas con el que muchos locales y comercios se iluminaban. Exhaló un suspiro.

Marcus y lady Patterson se callaron y la miraron.

—¿Ocurre algo, querida? —le preguntó su tía.

A Norah casi se le escapó una risa. ¿Algo? No. Más bien de todo, pensó, recordando las noticias que aquella misma mañana había leído sobre Europa. Sonrió antes de decir:

—Nada en absoluto. —Se limpió la comisura de los labios, abandonando después la servilleta sobre la mesa. Luego añadió tratando de arrinconar aquellos quiméricos planes de escapatoria—: ¿Cuándo llegará el abeto?

—Mañana mismo. —Lady Patterson sonrió, agradeciendo cambiar un momento de conversación—. Oh, hablando de eso, milord. Supongo que debería acudir al baile de máscaras. Sobre todo ahora que está prometido con mi sobrina.

La joven sonrió al observar el semblante que puso la doncella tras aquellas palabras. Jane, de pie junto al aparador donde descansaban las bandejas repletas de carnes, verduras y frutas, había dejado de parpadear. Bueno, una noticia más para el club de los chismorreos, pensó Norah mordiéndose el labio inferior sin poder dejar de sonreír.

Cuando la cena concluyó, Norah alegó estar mortalmente cansada y, tras acompañar a Marcus hasta la puerta para despedirlo, se retiró y subió lentamente las escaleras que daban a sus aposentos.

El día había resultado realmente agotador. Había paseado, leído bajo la sombra de un árbol e incluso corrido. Bueno, eso último muy a su pesar, se dijo cerrando las ventanas del dormitorio y abriendo los gruesos postigos para que penetrase algo más de luz, ya que la exigua llama de la chimenea y el candelabro que yacía sobre su mesita serían la única iluminación con la que contaría.

Antes de cerrar las puertas acristaladas del pequeño balcón, se detuvo a contemplar la vista que ofrecía la noche. El cielo estaba rebosante de estrellas. Radiante como si Nut, diosa egipcia de los cielos, portara prendidos de su manto miles de fanales. Exhaló un suspiro de placer al sentir la brisa mecer sus cabellos y la fragancia de las rosas que yacían sobre la mesita. Echó la cabeza hacia atrás y disfrutó de aquel mágico momento.

De repente, trató de imaginar cómo sería estar casada con lord Greenwood. Sentir cómo la abrazaba en la intimidad de su dormitorio, pegado a su espalda y rodeándola con sus tibios brazos. Cerró los ojos y dejó que aquellos eróticos pensamientos fluyeran libres a su antojo. Jamás sería realmente su esposa. Así pues, qué más daba lo que imaginara o no. Por lo menos, esa parte de una mujer no estaba sujeta a restricciones. Su mente era totalmente libre para imaginar lo que ella deseara, cuando lo deseara, se dijo suspirando y cerrando las puertas del balcón. Tras atizar el fuego, se metió en la cama y sopló la vela. Con una sacudida, la llama se apagó dejando que la habitación quedase tan solo iluminada por el rojizo ful-

Cautivar a un dragón

gor de las brasas que perduraban aún, moribundas en el hogar.

En pocos minutos, Norah flotaba en un dulce y apacible sueño. Una alucinación que debía haber sido inducida por los pensamientos de los que había disfrutado junto al balcón. ¿Como si no, Marcus la estaba besando? Lanzó un quedo gemido. Los labios de él apresaban los suyos, consumiéndolos y devorándolos como si tratase de borrarlos de su rostro. Notó el tacto de los fuertes dedos sobre la piel de sus hombros, caliente y seductor. Ella alzó los brazos y le rodeó el cuello, ese cuello fuerte y masculino. Emitió un ronroneo al tiempo que advertía que él aumentaba la presión de sus labios, sintiendo que un intenso calor se hacía con su cuerpo cuando retiró las sábanas y se introdujo en su lecho, completamente desnudo. Notó el peso de su cuerpo y sintió que Marcus pronunciaba su nombre. Demasiado claro, demasiado real, pensó somnolienta, abriendo los ojos al mismo tiempo.

De repente, la mano segura y fuerte del marqué se posó sobre su boca acallando un chillido.

—Shhhh —siseó él.

Con un parpadeo y el ceño fruncido, Norah se percató de que no se trataba de ningún sueño.

Él, con una sonrisa en los labios, apartó la mano.

—¿Qué demonios estás haciendo tú aquí? —preguntó con un susurro.

—He decidido adelantar la noche de bodas —respondió Marcus a escasos centímetros de su boca.

Norah contuvo la respiración, tratando de ser coherente.

—No habrá ninguna noche de bodas...

—Por eso mismo —susurró él, asiendo la colcha y tendiéndose junto a ella.

—Mi tía duerme al fondo del pasillo. Si despierta...

—Entonces, no tendremos más remedio que hacer firme nuestro compromiso. —Depositó un suave beso sobre la piel de su hombro desnudo.

El corazón de Norah parecía decidido a escapársele del pecho. Se había acelerado tanto que por un momento creyó que Marcus podría oír los latidos.

—Deja de hacer eso... —le pidió cerrando los párpados.

—¿Dejar de hacer qué? —se burló él, depositando más besos a lo largo de su cuello.

—Deja de besarme y sal de mi cama —le dijo con un hilo de voz.

—Para eso, primero tendrías que soltarme el cuello, ¿no te parece?

«Cielo santo», pensó Norah apartando rápidamente las manos.

Él le acarició el pecho, aplastando un seno entre sus dedos con suavidad. Norah hundió la nuca en la almohada cuando él bajó la cabeza y succionó su pezón, lamiéndolo y mordisqueándolo con sutileza. El calor se hizo más intenso a pesar del frío invernal que penetraba por el balcón. De repente, recuperó algo de la conciencia perdida. ¿Por qué el marqués dejaría aquellas puertas abiertas? A no ser, claro, que no le importara que alguien los escuchara. No, se dijo ella, lord Greenwood no era ningún tonto. Si las puertas estaban abiertas de par en par era

Cautivar a un dragón

porque él lo había deseado así, pensó furiosa, mirándolo a los ojos.

—¿Qué pretendes? —le dijo con el rostro rojo de la cólera.

—Estoy desnudo contigo en una cama. Creo que la respuesta es más que obvia —dijo él sobrepasando el susurro.

De un fuerte empujón, Norah lo apartó y salió de la cama. Una vez estuvo de pie, comprobó que él le había subido el camisón a la altura de los pechos. Farfullando, lo bajó y fue hasta el balcón para cerrar los cristales. A continuación se dio la vuelta para enfrentarlo sin poder impedir dar un respingo al encontrarlo desnudo tras ella.

—¿Por qué haces esto? —lo increpó.

—Porque te deseo —contestó él, entornando los ojos.

Norah hizo el mayor esfuerzo de su vida al tratar de ignorar aquel cuerpo fuertemente excitado.

—¡Basta! Sabes de sobra a qué me refiero. Lo único que pretendes es que mi tía nos pille —expuso retrocediendo al notar que se aproximaba a ella.

—Puede... —murmuró el marqués atrapándola contra el frío revestimiento de seda de la pared.

—¿Por qué? —preguntó, boquiabierta.

—Te dije que tarde o temprano serías mía.

—Pues déjame informarte de que esta no es la manera.

—Y dime... ¿cuál es la manera?

La pregunta la pilló por sorpresa. Se mordió el labio inferior clavando los ojos sobre los de él sin poder pronunciar una palabra.

Él curvó sus labios en una media sonrisa.

—¿Tal vez sea esta? —susurró cerca de su oído, antes de que su boca descendiera sobre su cuello.

El cuerpo le ardía nuevamente. Emitió un gemido cuando sintió como él desataba los lazos de su camisón, para deslizar después las manos por sus brazos y dejarlo caer suavemente al suelo. El cuerpo de Norah se estremeció al notar la dura musculatura de él contra sus senos. Marcus la apartó un momento para poder contemplarla sin retraimientos.

—Perfecta —dijo con voz áspera observando el blanco y esbelto cuerpo de la muchacha, antes de abrazarla frenéticamente. Su cuerpo, tenso, buscaba degustar cada centímetro de aquella mujer.

Norah notó como el peso de Marcus la retenía inmóvil contra la pared. Sintió un latigazo de ardiente deseo cuando él atrapó sus nalgas, la levantó a la altura de su excitación y se rodeó las caderas con las piernas de ella. Por instinto, Norah las entrelazó agarrándolo por el cuello al mismo tiempo, sintiendo la palpitante excitación de él sobre la delicadeza de su femineidad. Sin embargo, Marcus la retuvo contra la pared con más fuerza mientras le masajeaba los pechos con las manos, lamiéndolos y mordisqueándolos, cubriendo cada centímetro de su carne. Ella lanzó un profundo gemido cuando sintió que él se hundía en su cuerpo. Echó la cabeza hacia atrás y dejó que la invadiera una y otra vez.

—¿Tienes idea de lo que me estás haciendo? —preguntó él antes de emitir un quedo y primitivo gruñido al tiempo que se hundía una vez más en su interior.

Cautivar a un dragón

Ella acalló su boca con un beso, excitándolo aún más. Su olor a *agua de Farinas* penetró en su olfato, haciéndolo perder la cabeza. Desconcertado, sintió nuevamente aquella sensación. La que le decía que deseaba más de ella. Más que el simple contacto. Más que aquella multitud de sensaciones gloriosas. A su alrededor todo desapareció. El tiempo parecía haberse detenido. Ya solo eran él y ella. Asió con fuerza sus nalgas para llevarla hasta la cama y la tumbó sin abandonar su húmedo interior.

Norah se sentía a punto de estallar mientras la respiración de Marcus se tornaba ruda al tiempo que aceleraba sus movimientos al llegar a un clímax explosivo. Cuando se detuvo, miró a los ojos brillantes de Norah.

Ella creyó que como de costumbre se iría, pero en aquel momento se sintió sorprendida de que no lo hiciera. Tan solo se quedó allí, inmóvil sobre ella.

—No me cansaría de ti ni en mil años —le susurró él sin apartar la mirada de sus ojos.

Ella le sonrió besándole suavemente la frente. Aquel simple gesto provocó en Marcus una extraña e intensa ternura. Amaba a esa mujer... y cómo. Más allá de lo que nunca creyó posible. Una ráfaga de aire azotó suavemente sus cabellos negros esparciendo por la habitación el suave perfume de las rosas.

—Tu dormitorio huele casi tan bien como tú —opinó él posando un beso sobre su hombro.

—Son las rosas —lo miró—. Me encanta tener flores frescas en mi habitación.

—Cuando seas mi esposa, llenaré toda la casa de jarrones.

Ella frunció el ceño.

—Olvidas que todo esto es fingido... —le indicó la joven.

Marcus se retiró y se puso inmediatamente de pie.

—Hace un momento no parecía que fingieras.

—Eso no cambia nada.

—Sí, sí que lo cambia... lo cambia todo —masculló al tiempo que se vestía.

—No tienes por qué irte todavía —murmuró Norah, sentándose sobre la cama.

El la miró con relámpagos en los ojos.

—¿Se puede saber a qué estás jugando?

Ella abrió la boca sorprendida.

—Yo no estoy jugando a nada.

—Pues entonces decídete, Norah, antes de que sea demasiado tarde.

—No... no te comprendo —dijo ella, mirándolo ceñuda.

Él se inclinó sobre la cama para decirle:

—¿Cuántas veces más crees que podremos hacer esto hasta que quedes encinta?

Norah sintió un grueso nudo en la garganta. No había pensado en ningún momento en tal posibilidad, una posibilidad que, de llegar a suceder, pondría en entredicho la respetabilidad de lady Patterson como carabina de su propia sobrina.

—Entonces... no volverá a repetirse.

—¿Y qué te hace pensar que no lo estás ya? —preguntó, poniéndose las botas y abriendo las puertas del balcón, por donde antes se había colado.

Cautivar a un dragón

A Norah le pasó una extraña idea por la cabeza.

—Eres detestable.

—¿Y por qué, si puede saberse? Según creo, aquí estábamos los dos.

Tragó saliva antes de responderle.

—Tratas de obligarme a casarme contigo —lo acusó, arrojándole la almohada.

—Si no bajas la voz, sucederá de todos modos.

—Oh, vamos. No negarás que esa era tu intención.

—A veces, Norah Devlin, eres completamente insufrible —dijo antes de desaparecer por el balcón.

Norah envolvió su cuerpo con la colcha y saltó de la cama para ir tras él.

Como si se hubiera esfumado por arte de magia, se topó tan solo con el sonido de los grillos y el crepitar de la oxidada cancela de hierro que daba al redil.

Capítulo 23

La luz de las tres grandes arañas de cristal que colgaban fastuosas del cielo raso acariciaba suavemente la superficie del ponche en el magnífico bol de plata. Mientras, los murmullos y el tintineo de las copas anegaban gratamente el ambiente y los invitados se hallaban dispersos por todos los rincones: salón, terraza y jardín. Sin obviar, claro está, aquellos que se encontraban gozando del baile bajo la inquebrantable mirada de las numerosas carabinas e institutrices o de las viudas que solían chismorrear en pequeños grupos.

La fresca brisa que penetraba por las puertas dobles y acristaladas que daban al jardín mecía suavemente los delicados pétalos de las rosas que decoraban el interior de la sala, inundado el espacio de un penetrante y exótico aroma. El ponche, el baile y la proximidad de los cuerpos hacían más que necesario la apertura de aquellas puertas, refrescando a los numerosos invitados al tiempo que invitaba a expandir aquella congregación más allá del sa-

Cautivar a un dragón

lón. Marcus, apoyado sobre la balaustrada de piedra que circundaba la inmensa terraza, observaba pensativo la multitud de cabezas coronadas con ostentosas y empolvadas pelucas y grandes y llamativas plumas. Él, evidentemente, había descartado la posibilidad de lucir ningún otro atuendo que no fuera su frac negro, pantalón blanco y botas de piel azabache. Por nada del mundo se le habría ocurrido presentarse en Lakehouse con uno de aquellos disfraces de casaca, chupa y calzón bajo la rodilla, que según parecía se utilizaban en 1750. Para él aquello solo era un indicio de la nostalgia que sentía la alta sociedad londinense por la pomposidad y fastuosidad mostradas en el pasado.

Marcus se negaba a hacer uso de ostentación semejante. Prefería la elegante simpleza de las formas y odiaba a los engreídos dandis que dedicaban sus días a cuidar su aspecto, reflexionó llevándose la copa de vino a los labios. Apenas lo probó. Su mirada se clavó en el reloj de pie y se movió nervioso. Aquella misma mañana se había hecho oficial el anuncio de su compromiso con Norah Patterson. Sin embargo, tan solo unos pocos asistentes se habían atrevido a felicitarlo o presentarle sus respetos. Sin duda, como siempre, su fama lo precedía. Sonrió satisfecho consigo mismo mientras daba un largo trago a su copa. La orquesta había hecho una pausa y los asistentes se apresuraron a abandonar el medio del salón de baile, creando un curioso vacío en su centro, vacío que le permitió admirar con total claridad a la dama que atravesaba las puertas del salón en ese momento.

Norah, con un hermoso vestido de sarga de seda en

color rojo, bordado con delicados hilos dorados y tan ajustado a su diminuta cintura que no dejaba dudas sobre la perfección de sus curvas, sonreía y saludaba a los asistentes, atrayendo a la vez un incontable número de miradas: algunas de admiración, otras, por supuesto, de rivalidad. Sus gruesos y llamativos cabellos caían sobre su hombro izquierdo y llevaba prendidas en el tocado varias plumas de color grana tan encarnadas como el antifaz que cubría su bello rostro. Unas facciones que, sin embargo, él habría reconocido bajo cualquier disfraz. Cuando sus miradas se encontraron, Marcus se quedó inmóvil, abrumado por el deseo que esa muchacha volvió a despertar en él a pesar de que sus cuerpos ya comenzaban a familiarizarse. Sin apartar los ojos de ella, advirtió cómo se movía con soberbia gracia, abriéndose paso entre los asistentes y saludando al mismo tiempo. Aquellos elegantes ademanes parecían ser innatos en ella: su forma de caminar, de sonreír e incluso de pestañear. Se movía como un animal en su hábitat; como un gato frente a un cuenco de leche templada; con seguridad y devorando la distancia que los separaba.

—Milord —dijo, haciendo una exagerada reverencia cuando llegó a su lado.

—Milady —respondió él, imitándola. Luego se inclinó hacia ella—. Bonito disfraz, estás magnífica. Casi me dan ganas de arrastrarte al jardín y hacerte el amor tras su espesura —le susurró con una maquiavélica sonrisa.

—Dudo que eso sea posible. —Le devolvió aquel gesto educadamente.

—¿Tan segura estás?

Cautivar a un dragón

—¿Debo recordarte que en la última ocasión que nos vimos no te despediste?

—Sabes muy bien que entre nosotros sobran esos formalismos, querida.

—Sí, es cierto —suspiró dándose la vuelta para mirar a los invitados.

—Te confieso que ese antifaz te da un aire provocadoramente misterioso.

—Hmm —ronroneó ella al tiempo que enlazaba su brazo con el suyo.

Repentinamente, Marcus se sintió orgulloso de tener a su lado una dama como aquella. Misteriosa, bella e insuperable. Ella era única. La mujer que cualquier hombre anhelaría tener a su lado. Confidente y divertida por el día y rabiosamente salvaje por la noche. ¿Qué caballero la dejaría escapar? Él no, desde luego, se dijo al tiempo que contemplaba cómo los delicados dedos de ella asían su abanico de seda, pintado a la aguada[*].

Estudió su perfil durante varios minutos mientras los invitados comenzaban a acercarse a ellos como las abejas a la miel, atraídos por la belleza y carisma de ella. Lord Greenwood alzó las cejas sorprendido ante la nueva actitud hacia su persona. Lo felicitaban por su futuro enlace y hablaban de cosas tan triviales como el tiempo, los paseos a media tarde o París. Todo el mundo parecía estar enamorado de aquella ciudad. Lejos quedaba la admi-

---

[*]Técnica pictórica que consiste en mezclar en distintos grados agua con diversas tintas. Permite la utilización de una amplia gama cromática a partir de un único color de base.

ración por Viena o Venecia. Nadie tocaba ningún tema controvertido o de índole beligerante. Ninguna dama o caballero osaba mencionar su colérico apodo. No se hablaba de libros, aunque sí de ópera y teatro. Repentinamente, y como de costumbre, ella volvió a romper sus esquemas preguntándole si había leído *Los mohicanos de París*, de Alejandro Dumas, a lo que él respondió negativamente. Ella pareció momentáneamente decepcionada, como si esperara de él cosas que el propio Marcus desconocía. Sintió deseos de explicarle que le encantaba la lectura. Los relatos de piratas y los de cierta escritora llamada Jane Austen, su autora preferida. Sin embargo, dada la envergadura de sus negocios, poco tiempo le quedaba para dedicarse a ese placer, aunque reconocía que debería haber sido más flexible respecto a su tiempo libre. Pues bien... no estaba dispuesto a que todo continuara del mismo modo. Cuando contrajera matrimonio con Norah, contrataría a un secretario. Había muchos y muy altamente cualificados en Londres. Y, desde luego, más centrados en la labor de lo que él lo había estado desde que la joven ingresó a trabajar en su casa.

La suave voz de Norah lo sacó de su ensimismamiento. Giró el rostro y vio su dulce y natural sonrisa. Se sintió completamente desarmado ante tal despliegue de encanto.

—Necesito un poco de aire fresco —le indicó la joven apoyando la mano en su antebrazo.

Marcus comenzó a caminar con tranquilidad.

—Así que al fin cedes a mis pretensiones... —le susurró él.

Cautivar a un dragón

—¿Tus pretensiones? —le preguntó divertida al tiempo que fruncía el ceño.

—Ya sabes… —susurró—, las de llevarte al jardín.

Ella rio. Una risa que iluminó su rostro cegándolo momentáneamente.

—No me estás llevando a rastras.

—¿Es eso una invitación? —preguntó con el gesto más inocente que poseía, sintiendo al mismo tiempo como ella le daba un débil golpecito con su abanico plegado.

—No seas presuntuoso —lo regañó en broma.

La luna, plena y nacárea, iluminaba la copa de los árboles creando sombras largas y en cierto modo algo grotescas. Apenas se percibían estrellas aquella noche, pues la luz de Selene las había velado, engulléndolas en la profundidad del hosco infinito. Las piedrecitas del camino resonaban bajo sus zapatos.

En aquel jardín, a solas con el marqués, Norah se sintió por un breve segundo inmensamente feliz. En completa armonía con aquellos silenciosos árboles y con el hombre que la acompañaba. Suspiró cuando alcanzaron el embarcadero. El eco de aquella exhalación resonó en el silencio de la noche.

—Me gusta cuando no discutimos —opinó Marcus.

Ella lo miró y una sonrisa afloró iluminando su rostro.

—Creo que a mí también.

—Entonces… ¿por qué lo hacemos?

Le devolvió la sonrisa. Aunque en cierto modo permanecía alerta, esperando que en algún momento toda aquella paz se disipara.

—No negarás que eres terriblemente mandón —dijo

despacio, antes de quedarse atrapada por la maravillosa y vibrante risa que emergió del pecho de él.

—Si tú reconoces que eres terriblemente voluble.

—No digas tonterías. Yo no soy voluble —se quejó.

—¿Y cómo llamarías a los vaivenes de nuestra relación?

—¿Relación? —Ella arrugó el entrecejo.

—No creo que se le pueda denominar de otro modo, *mon petit sauvage*. —Se encogió de hombros.

A Norah no le había pasado por alto el tono seductor del marqués. Se humedeció los labios con la punta de la lengua y preguntó:

—¿Y adónde nos lleva esto?

Él seguía mirándola absorto, escuchándola como si desconociera la respuesta.

De repente, todo el valor pareció abandonarla. No sabía qué la había impulsado a realizar aquella tonta pregunta y comenzaba a sentirse francamente arrepentida de haberlo hecho. Notó que él se movía, pero siguió sin decir nada. Hasta aquel momento, ignoraba que el cuerpo completo de una persona pudiera ruborizarse. Lo cierto era que el suyo enrojeció más allá de lo que cualquier ser humano hubiera creído posible mientras él permanecía con los ojos clavados en ella.

Marcus, con las manos en los bolsillos, acariciaba la pequeña cajita con los dedos. ¿Cómo demonios responder a aquella cuestión sin que ella saliera corriendo? Todo su ser le pedía a gritos que simplemente extrajera aquel objeto y le mostrase el dorado anillo que yacía en su interior, presto a engalanar el dedo de ella. ¿Cómo propo-

Cautivar a un dragón

ner a Norah que se casara con él sin temer una negativa? Esa era básicamente la respuesta que había recibido durante los últimos meses. Deseó exponerse. Abrió la boca para contestar, pero volvió a cerrarla. No podía decidirse. Deliberó mientras tocaba de nuevo el estuche. Era realmente extraño. Jamás le había sucedido nada semejante. Comprendió que se trataba de miedo. Pavor. Pánico ante la posibilidad de perderla. Sacudió la cabeza para alejar esa abrumadora idea. Nadie habló por unos instantes. El corazón de Marcus comenzó a latir con fuerza. ¿Qué podía decir?

Sin darse cuenta, lord Greenwood batallaba con el estuche tratando de abrirlo ante la sorprendida mirada de Norah. Se puso de rodillas y tomó una mano entre las suyas.

Norah pensó que todo parecía perfecto, ansiaba escuchar por fin una pregunta de sus labios. Tan solo eso, no una orden o dictamen. Solo una pregunta que la involucrara en aquella decisión. Con ansiedad, esperó a que aquellas palabras surgieran de su boca. Si era así, jamás abandonaría a aquel hombre. Permanecería a su lado hasta que sus huesos se consumieran con el tiempo. De repente, la noche pareció destapar una sombra tras él. Norah abrió los ojos como platos advirtiendo al mismo tiempo que Marcus se plegaba sobre su estómago y un desgarrador alarido emergía de su pecho. Ella, inmóvil, percibió con espanto como una gran mancha roja se hacía cada vez más grande, tiñendo su chaleco gris y los calzones, hasta aquel momento de un impoluto blanco. Dio un paso hacia él para auxiliarlo. Sin embargo, sintió aterrorizada como una mano le amordazaba con fuerza la boca, impidiéndola llegar hasta él. Norah se agitó violentamente, forcejeando con desesperación mientras un fuerte brazo rodeaba los suyos. Con los ojos desorbitados, vio como Marcus trataba con toda sus fuerzas de alcanzarla, pero el esfuerzo hizo que trastabillara de un lado para otro y terminara desplomándose un poco más cerca de ella. Norah intentó gritar, pero la mano pareció oprimir su boca con más fuerza. Trató de respirar. Su pulso se había disparado y el corazón no iba mucho mejor. Se sentía mareada. La falta de aire y la tensión nublaron su juicio mientras aquella mano ahogaba sus gritos.

—¡Haz que se calle, maldita sea! —fueron las últimas palabras que llegaron a sus oídos. Luego la oscuridad la engulló.

Pasaba la media noche cuando lady Patterson se percató de la ausencia de su sobrina. En principio, una duda más de índole moral que de ninguna otra cosa anidó en su pecho. Tardó unos minutos en asimilar lo que aquello podría significar antes de ir a buscarlos ella misma, examinando cada una de las dependencias de la mansión. Algo no le acababa de gustar. Transcurridas dos horas, comprendió que algo malo había sucedido. Eran las dos y media de la madrugada y los invitados comenzaban a retirarse. El ponche, el champán y las bandejas interminables de canapés habían logrado amodorrarlos y afortunadamente ninguno de ellos pareció reparar en la ausencia de la pareja.

Cautivar a un dragón

Dejando de lado su orgullo, lady Patterson se aproximó al último invitado al que habría demandado auxilio. Un asistente que, de no ser porque se encontraba allí en calidad de hermano y cuñado de los ficticios prometidos, jamás habría sido nuevamente invitado a Lakehouse.

Adam Kipling, en el vestíbulo, asiendo el redingote que le entregaba un lacayo, apenas se movió del sitio cuando la vio aproximarse a Mattie y a él.

—Señor Kipling... señorita Wilson —los saludó.

—Lady Patterson. —Él inclinó la cabeza con sumo respeto. Cuando alzó la mirada comprendió por la inquietud que se alojaba en las facciones de la mujer que algo no iba bien—. ¿Qué ocurre, milady?

Lady Patterson le hizo un gesto para que se apartara de la puerta. El rincón del vestíbulo, junto a la lujosa consola, parecía ser un lugar más apropiado para hablar.

—Mi sobrina y su hermano han desaparecido.

—¿Cómo? —La miró arrugando el ceno—. ¿Está completamente segura de que no...?

—Completamente —se apresuró a decir lady Patterson sin permitirle concluir semejante pregunta.

Kipling asintió en silencio. Dio media vuelta y se dirigió a Mattie. Esta accedió de inmediato a subir en el carruaje que la esperaba para regresar a casa. Tras asirle del brazo, le pidió fervientemente que tuviese cuidado. Él se sintió abrumado por la dulzura de aquella joven, nacida en la inopia, como lo hacían las más bellas flores surgidas en todo su esplendor de la peor y más infecta tierra del jardín.

Cuando se marchó el último invitado, Kipling, ayudado por Edward y el joven Nicholas, emprendieron la búsqueda de Norah y el marqués. Barrieron en la noche cada centímetro del redil, jardín y caminos. Cuando tras media hora Adam reparó en el oscuro bulto que yacía tumbado sobre las tablas del embarcadero, corrió hacia el sitio, apoyando el farol en el suelo antes de darle la vuelta. Tras advertir la mancha escarlata que teñía sus ropas, gritó fuertemente pidiendo ayuda. Marcus gimió de dolor cuando él abrió el chaleco y la camisa para comprobar el daño, poniendo de manifiesto que estaba aún vivo. Adam analizó la herida. Era profunda, aunque afortunadamente no parecía haber dañado ningún órgano. Aquello era motivo de alivio en parte, ya que semejante lesión corría el riesgo de infectarse. Además, por lo amplia que era la sombra escarlata que cubría sus ropas, Marcus había perdido mucha sangre.

Por un momento, su hermano se estremeció y miró a su alrededor. Tal vez el marqués fuera el hombre más detestable e insufrible que hubiera conocido, pero jamás se habría separado de Norah voluntariamente, pensó al tiempo que Edward y Nicholas llegaban a su lado con la respiración entrecortada.

—¿La señorita Patterson? —preguntó Adam.

Edward se limitó a negar con la cabeza.

—Hay que trasladarlo a la mansión enseguida —comenzó a decir rodeándole el pecho con ambos brazos mientras indicaba al mayordomo que lo sujetara por los pies—. ¡Nicholas!

—¿Sí, señor?

—Ve a buscar enseguida al doctor Benning. Dile que es

Cautivar a un dragón

un asunto de vida o muerte —le ordenó Adam, acarreando el cuerpo de su hermano.

El muchacho, pálido como la luna que los iluminaba, pestañeó antes de girarse y marcharse corriendo en busca del hombre.

Lady Patterson, en el pórtico principal, abrió los ojos atónita cuando los dos se presentaron en su casa acarreando el cuerpo inerte de Marcus. Se echó apresuradamente a un lado y les indicó que lo subieran enseguida a uno de los dormitorios de invitados que se hallaban en la planta superior. En cuanto lo tumbaron sobre la cama y reparó en la sangre que teñía sus ropas, se llevó la mano a la boca, silenciando un gemido.

—¿Está…? —No se atrevió a concluir la pregunta.

—Todavía no —respondió Adam despojándole del chaleco y la camisa antes de añadir—: Ordene que traigan agua caliente y paños húmedos, y una botella del licor más fuerte que tenga.

Lady Patterson se giró e hizo un gesto a Mary Anne para que trajese lo que él había solicitado, sintiéndose aliviada de que fuese a ella y no a Jane la que le correspondiera trabajar aquel día. Por fortuna, aquel veinticuatro de diciembre había caído en sábado, día de la semana que le correspondía el descanso a la chismosa doncella.

—¿Y Norah? —preguntó con un nudo en la garganta que a duras penas le permitía respirar.

—Nada —contestó Adam.

—¡Dios santo! —exclamó, tapándose la boca de nuevo. Su rostro, en forma de corazón, se quedó completamente lívido preguntándose si Basil habría sido el causante de tal atrocidad. Su cuñado era un completo idiota, carente del más mínimo sentido de la honradez, pero tratar de matar a un marqués... Eso era demasiado hasta para un ser tan despreciable como Basil Devlin.

Mary Anne entró en la habitación y depositó a continuación los objetos que él había pedido sobre la mesita. Clavó la mirada en la herida descubierta luchando por no marearse.

—Está bien, Mary —le dijo lady Patterson asiéndola suavemente del brazo—. Puedes salir a esperar al doctor.

La joven tuvo que hacer un esfuerzo sobrehumano para apartar su mirada de aquel profundo corte; jamás había visto nada semejante. Dio un respingo al oír el grito que Marcus profirió al recibir la primera tanda de alcohol directamente en la honda hendidura y escapó aceleradamente escaleras abajo.

El doctor Benning se presentó en la mansión apenas transcurrido un cuarto de hora, con cara cansada y su maletín de cuero en la mano. Apenas atravesó el vestíbulo, Mary Anne asió su abrigo y lo acompañó rápidamente al lugar donde Marcus yacía inconsciente. Tras examinar con cuidado la herida, hizo salir al mayordomo y a las mujeres, quedándose a solas con Adam y el herido.

A pesar de haber sentido en el pasado la más dura animadversión por su hermano, Adam se sintió tranquilo cuando el doctor Benning le informó de que Marcus se recuperaría. Tan solo debía guardar reposo, seguir meticulosamente sus instrucciones y tratar de moverse lo menos posible para evitar que los puntos se abrieran y volviera a sangrar. Tras unos minutos, introdujo las manos en el agua tibia y las lavó para después extraer de su maletín un libro altamente conocido entre los doctores y boticarios: *Kitab al-Adwiya al-Mufrada (Libro de los medicamentos simples),* una completísima obra del siglo XII que seguía siendo muy útil a la comunidad médica.

Tras apuntar en un pliego de papel varias recetas de jarabes y cataplasmas, entregó la hojita a Adam, que la leyó y prometió mandar a preparar aquellos remedios de inmediato.

Marcus tenía la expresión de un niño, pensó Adam cuando el doctor se hubo marchado, dejando tras de sí la puerta abierta. Repentinamente toda la furia contenida que había estado devorando su alma desde que supo que era el hijo bastardo de Wallace Greenwood pareció disiparse como si jamás hubiera existido. Aquello había corroído sus entrañas durante demasiado tiempo. Cada año el odio que sentía hacia aquella familia crecía. Se hacía mayor y más letal. Cuando lady Greenwood murió (Marcus contaba apenas diez años), pensó equivocadamente que Wallace Greenwood iría a buscarlo a su madre y a él. Sin embargo, Margaret Kipling había sido tan solo un error. Un tropiezo tan enorme como lo había sido el que se quedara encinta. El odio que sentía hacia los Greenwood se hizo más intenso, casi doloroso. Ellos no tenían casi para comer mientras que la familia de su padre arrojaba las sobras a sus queridos perros labradores. Aquellos animales habían sido más importantes para él que su amante y su bastardo. Ahora, sin velo alguno que nublara su mente, se daba cuenta de que aquellas bestias también eran más queridas para Wallace Greenwood que el propio Marcus. A pesar de todo, su hijo siempre lo había defendido. Nunca le había dado la espalda. Aunque jamás lo hubiera admirado.

Tuvo que esforzarse para no sonreír ante aquel descubrimiento. No era el momento ni el lugar para hacerlo. Pero en su corazón supo que su hermano, lord Marcus Greenwood, marqués de Devonshire, era el hombre más respetable y noble que había conocido. De pronto se oyeron golpes en la puerta y se sobresaltó. Miró al frente y vio que lady Patterson se apoyaba cansada sobre el marco.

—Se pondrá bien —le dijo lentamente Adam. Su rostro denotaba una profunda tristeza—. ¿Y Norah? —volvió a preguntar.

Lady Patterson agitó fatigadamente la cabeza.

—Edward y Nicholas han recorrido cada centímetro de la casa y del jardín —dijo, frotándose los ojos—. Me temo que ha desaparecido.

—No puede haberse esfumado en la nada.

Ella abrió los ojos para mirarlo.

—En la nada no... pero hay cosas que usted aún no sabe.

—Créame, milady. No pretendo ir a ninguna parte esta noche —aseveró mirando el relajado rostro de Marcus.

Capítulo 24

Norah despertó al notar un fuerte y pestilente olor a humedad. Trató de abrir los ojos, pero a pesar de sentir el ligero aleteo de sus pestañas, no veía nada. La oscuridad la envolvía y un ruido sordo, difícil de identificar, parecía rasgar el silencio. Pronto descubrió que la superficie rugosa donde tenía apoyado el rostro era madera. Se echó hacia atrás, apartándose de aquella base lijada, dando un respingo cuando su espalda topó con el límite de aquel claustrofóbico espacio. Aturdida, intentó tantear con las manos delante de ella, pero se dio cuenta de que las tenía fuertemente atadas a la espalda. Su mente se abrió a la dura y desagradable realidad: Basil Devlin finalmente la había encontrado. Cerró fuertemente los ojos y contuvo el aire en el interior de sus pulmones al oír el inequívoco sonido de unos pasos. Luego, zarandearon la caja en la que estaba encerrada, provocando que se precipitara nuevamente contra la superficie pulida de madera. Un grito apenas audible emergió de su garganta. Notó

Cautivar a un dragón

el sabor del lienzo que mordía en su boca. Estaba amordazada, inmóvil y la sacudían. ¿Qué más le podía suceder? Trató de apretar los dientes, pero la tela en el interior de su boca no se lo permitió. De repente, se preparó para lo peor. Los golpes y crujidos indicaban que iban a abrir la caja donde se hallaba retenida de un momento a otro. Contuvo el aliento. Tal vez encontraría el hosco rostro de su padrastro mirándola con altanería, como si pretendiera decirle: «te he cazado, Norah Devlin».

Cuando fueron retirados los gruesos tablones, la tenue luz del exterior penetró en el cajón, semejante a un ataúd. Norah alzó la mirada. Abrió la boca y su corazón se detuvo congelándose como uno de esos icebergs de los que le había hablado en alguna ocasión Adam.

La grotesca voz de Cesar Crandall resonó en sus oídos.

—Bienvenida —dijo entrecerrando los ojos—. Espero que me hayas echado de menos tanto como yo a ti —dijo agarrándola por el hombro y empujándola violentamente hacia delante.

Atada de pies y manos, Norah se estrelló contra el suelo, sintiendo al mismo tiempo un intenso dolor en el brazo derecho. Echó un vistazo a su alrededor. Sin duda aquel lugar era un camarote, conjeturó con la mirada puesta en los clavos que retenían los muebles en el suelo. ¿Cuánto tiempo había permanecido inconsciente? ¿Qué le habría sucedido a Marcus?, se preguntó reprimiendo una oleada de náuseas. A pesar de estar muerta de miedo, giró sobre sí misma y lo miró furiosa. Sus ojos esmeraldas echaron chispas cuando se encontraron con los del hombre.

—Veo que sigues tan afectuosa como de costumbre —dijo él con sarcasmo, acercándose a ella.

Su cuerpo se puso tenso por el miedo al advertir que el hombre alzaba su puño apretado. Oprimió los dientes sobre el trapo, aguardando el golpe, cuando Benjamin Klaus irrumpió en la habitación con gesto cansado y miró incrédulo a Crandall.

—¿Se puede saber qué pretendías hacer? —bramó, cerrando la puerta a su espalda y girando la llave en el picaporte.

—¿Qué demonios te importa? —vociferó Crandall bajando la mano.

—¡Pues claro que me importa! —Lo empujó haciéndolo caer sobre su litera—. ¿Crees que he venido hasta aquí para no obtener ni un solo penique?

Crandall se incorporó e inclinó después su cuerpo para apoyar los codos en las rodillas.

—No seas estúpido... —bufó—. Tan solo trataba de asustarla.

Klaus entornó los ojos y lo miró entre las pestañas. Luego asió la bolsa de viaje del hombre e introdujo en ella la chaqueta y la camisa que momentos antes se había quitado.

—¿Qué demonios crees que estás haciendo? —le preguntó a klaus.

Este le arrojó la bolsa de piel, estrellándola contra su pecho.

—¿Qué demonios crees tú? —Torció la boca—. Será mejor que busques otro camarote. Ya he tenido bastante con lo del marqués. Eres un tipo sin escrúpulos y no sabes contenerte... no permitiré que acabes dañando también a la chica.

Norah se estremeció al oír aquella mención sobre el ataque de Crandall hacia Marcus, entendiendo a su vez la intención de Crandall de compartir con ella aquel pequeño habitáculo. Con un silencioso sollozo, rogó al cielo porque Klaus lograra sacarlo de allí.

—A mí nadie me da órdenes... —prorrumpió, echándose la mano al bolsillo de su pantalón con un brillo amenazador en los ojos.

Sin aguardar a saber qué pretendía extraer de aquel bolsillo, Benjamin Klaus, conocido por su increíble puntería, sacó la pistola que tenía oculta a la espalda y lo apuntó directamente entre los ojos.

—No te atreverás... —dijo Crandall con voz temblorosa, sin apartar los ojos del interior de aquel hosco cañón.

—Puedes apostar —lo retó Klaus.

—Todo el mundo acudiría tras oír el disparo —bufó, tratando de intimidarlo.

—No creo que eso sea mayor problema. —Se encogió de hombros—. No serías el primer tipo que se cuela en un dormitorio para tratar de forzar a una mujer. Incluso me inclino a creer que ella estaría encantada de fingir ser mi esposa, casi ultrajada, pero no mancillada.

Crandall desvió la mirada hacia Norah. La rabia y el arrojo que brillaba en el interior de los ojos de la muchacha le indicaban que Klaus estaba en lo cierto. Pálido y furioso, se levantó asiendo con fuerza su escaso equipaje. Con un gesto de desagrado en la boca, lanzó una última mirada de profundo desprecio hacia Klaus. Este apenas se inmutó. Se limitó a continuar apuntándolo con el arma mientras Crandall salía del camarote y cerraba tras de sí con un enérgico portazo.

Norah lanzó un suspiro, aflojando su cuerpo sobre el suelo.

—Bien... —comenzó a decir Klaus, atrayendo la mirada de ella—, la cosa está así. Como habrá podido comprobar, nos encontramos en un barco.

Ella frunció el ceño.

—Lo sé... no es ninguna mentecata —continuó él, dándose cuenta de que Norah ya había reparado en aquel hecho—. Volvamos al tema. Este barco es el *Concordia*, la fragata de Anton Klaus, mi hermano —Se dejó caer sobre el catre antes de continuar—, cosa que, gracias al cielo, desconoce ese cretino de Cesar Crandall. Pero que como comprenderá, no le beneficiará en absoluto.

Norah lo miró sin comprender adónde quería llegar.

—Por supuesto, mi hermano y su tripulación están al tanto de su presencia en el barco. Así que, como entenderá, nadie va a querer ayudarla —suspiró—. No tengo intención de tenerla amordazada durante todo el viaje. Es largo y seguramente se hará pesado.

Klaus hizo una pausa para encenderse un Partagás. Tras agitar la mano con fuerza, apagó el largo fósforo Congreves, que momentos antes había extraído de una pequeña caja, arrojándolo después al suelo.

—Le voy a quitar la mordaza, Norah Devlin —dijo él inhalando una bocanada de humo—. Y se lo advierto, si trata de armar alboroto, se la volveré a poner y no se la quitaré hasta que lleguemos a Portsmouth.... Si ha entendido todo lo que le he explicado, mueva la cabeza.

Norah asintió rápidamente. El nerviosismo se apoderó de su estómago cuando Klaus abandonó la litera para inclinarse sobre ella. Cuando el hombre le extrajo el grueso paño del interior de la boca, la joven trató de humedecer la lengua de esparto que se le había quedado. Por un momento se replanteó su decisión. ¿Y si le había mentido? Tal vez en aquel barco no se hallara ningún conocido suyo, pensó al tiempo que él deshacía sus ligaduras y la ayudaba a ponerse en pie. Frotándose las muñecas doloridas dedujo que había pocas posibilidades de que la hubiera engañado realmente. Se exponía demasiado liberándola de aquel modo. Puede que Klaus fuera un hombre inquietante y pendenciero, pero no era ningún tonto.

—¿Cómo está Marcus? —fue su primera pregunta.

—Según mis pesquisas, no muy bien... —respondió—, pero sobrevivirá.

—No lo dude ni por un momento.

Él la miró intentando descubrir si aquellas palabras contenían una amenaza implícita. Manteniendo una expresión completamente estoica, ella volvió a preguntar:

—¿Así que nos dirigimos a Portsmouth? —observó, abriendo y cerrando las manos para que volviera a circular por ellas la sangre—. ¿Cuánto tiempo hace que partimos?

—El suficiente para que ningún hombre alcance la costa a nado —respondió él enarcando las cejas y la miró.

El color de sus mejillas fue desapareciendo poco a poco.

—Deje que le dé un consejo —suspiró él—. Si continua dándole vueltas a lo mismo, lo único que conseguirá será ahogarse en el océano.

Tal vez aquello fuera lo que anhelaba en esos momentos. Lo miró sin pronunciar una palabra.

Regresar a Williamsburg junto a su padre y retomar su compromiso con el degenerado de Ryan Wharton sería lo contrario a sus deseos. Sin embargo, aún les quedaba un largo camino hasta que el barco atracara en Portsmouth. Unos días durante los que ella podría pensar, buscar una escapatoria a su desesperante situación. Una que no incluyera tragar medio océano. Se sentía angustiada ante la idea de volver a estar frente a frente con Basil Devlin. Pero al mismo tiempo el dolor de la añoranza le hacía ansiar ver nuevamente a Monique. Pocas palabras había podido cruzar con ella antes de su precipitada huida. Tenía el convencimiento de que, de saberlo, su hermana habría guardado celosamente el secreto de su paradero. Pero por desgracia, la correspondencia en casa de los Devlin siempre se dejaba sobre la mesa del despacho de Basil, que la revisaba a conciencia antes de que llegase a las manos de alguna de sus hijas. Su padrastro era un hombre manipulador, rígido y autocrático. Pocas veces, por no decir ninguna, se escapaba algo a su control. Así pues, hubiera sido tremendamente arriesgado enviarle a Monique una carta o mensaje.

—No soy una estúpida, tranquilo —le dijo a Klaus al tiempo que comenzaba a pasear por el camarote, indagando su interior—. No pretendo arrojarme por la borda, a menos…

Cautivar a un dragón

Las palabras quedaron suspendidas junto al humo del Partagás en el recargado y tupido aire del compartimento.

—¿A menos que qué? —Se inquietó él.

Norah se encogió de hombros antes de responder.

—A menos que no logre mantener alejado de mí al nauseabundo de Crandall.

Klaus lanzó una risotada dejándose caer otra vez sobre el catre.

—Tranquila. Crandall no será ningún problema… a menos que desee servir de comida a los peces.

Ella tragó saliva al comprender a lo que él se había referido.

—¿Es verdaderamente el barco de su hermano?

—Ajá. —Asintió con la cabeza—. Por lo visto, Anton posee más sesera que yo. En vez de jugarse la fortuna que nos dejó nuestro padre, la invirtió en esta tetera —dijo alzando las manos.

Los dos permanecieron unos segundos en silencio. A ella le pareció que pasaban horas antes de que Klaus volviese a hablar.

Norah levantó por fin la vista.

—Es libre de moverse por el barco a su antojo —le indicó él sorprendiéndola—. Aunque le recomiendo que tenga cuidado de no topar de nuevo con Crandall.

—¿De nuevo? Creo que entenderá que no fui yo quien topó con él, sino más bien al contrario.

—Eso es precisamente lo que me preocupa —mencionó con el ceño fruncido—. Mientras esté aquí, yo de usted mantendría esta puerta bien cerrada.

LIS HALEY

Se levantó seguido por la atenta mirada de ella. Luego añadió antes de salir:

—Es tan solo un consejo. —Cerró la puerta.

Norah cruzó el camarote y giró rápidamente la llave, retrocediendo después tres pasos.

¿Así que eso iba a ser su vida? Una pila de consejos y órdenes. Resonaron en su cabeza las palabras de Marcus, Crandall y Molly Hayes: «recógete el pelo con un buen alfiler; no te equivoques de habitación; recuerda qué puesto ocupas en esta casa». ¿Es que nadie iba a dejar de tratar de manejar su vida?

—¡Maldita sea! —masculló sentándose sobre la litera con el rostro enfurruñado.

¿Qué tipo de vida era esa? Las mujeres no podían elegir con quien contraer matrimonio, tener experiencias antes del mismo u obviar los preceptos que un hombre ordenaba, fuera padre, marido o desconocido, pensó deseando darle un buen golpe en la cabeza al señor Darwin con cierto libro.

Ella había amado otrora a su padre como lo habría hecho su verdadera hija. Pero ahora, todo su ser comenzaba a detestarlo por el odioso destino al que pretendía condenarla. Recordó vagamente como el siete de septiembre, durante la celebración motivada por la entrada en funcionamiento del reloj de la torre, deseó con todas sus fuerzas que Basil hubiese estado allí para poder verlo. A su padre le apasionaban los relojes. En su casa de Williamsburg poseía cuatro brackets ingleses y más de una decena de bolsillo, de firmas tan variadas como conocidas: Vacheron & Constantin, Dueber o Waltham, entre otras. Pero nada se podía asemejar al impresionante reloj de la torre. Alto, colosal y, según se comentaba en Londres, increíblemente preciso. Ahora, en aquel barco y de camino a casa, se sentía como una idiota al haber permitido que tal pensamiento anidara en su cabeza. Pero se sentía aún peor de que también lo hubiera hecho en su corazón.

Basil no era su padre. Aunque ella lo hubiera tratado como tal, ese era el auténtico hecho. Y ahora pagaría por ello, gimió enroscándose sobre el colchón.

Capítulo 25

Marcus sintió un intenso escozor en el costado cuando Adam le retiró el vendaje para a continuación aplicarle la cataplasma. Durante el último mes su hermano se había cuidado de que la herida estuviese completamente libre de infecciones y de que cicatrizara como era debido, obligándolo para ello a permanecer en cama.

Él no se habría mostrado dispuesto a recibir órdenes de nadie. Sobre todo desconociendo lo que podría haberle sucedido a Norah después de que ambos fueran sorprendidos y asaltados en el embarcadero. Pero a pesar de que su inquietud por ella crecía día a día, se había visto obligado con resignación a permanecer inmóvil en aquel lecho hasta finales de enero, ya que se encontraba demasiado débil para tratar de hacer cualquier heroicidad. El tratar de averiguar dónde se encontraba la muchacha, en aquel deplorable estado, no habría sido de demasiada ayuda. Por lo tanto y, muy a su pesar, tuvo que mantenerse quieto y acatar cada uno de los preceptos que había indicado el doctor Benning para tratar de recuperarse en el menor tiempo posible.

Así pues, había pasado los días en una de las habitaciones para invitados de lady Patterson, leyendo las noticias contenidas en los noticiarios que Adam le traía cada mañana. Noticias tan extrañas como la suscitada por el folleto *El papa y el congreso* o el artículo del mismísimo *Times*, que aplaudía la nueva política comercial del gobierno francés. Cada día sentía cierto alivio al no hallar en aquellas noticias ningún párrafo destinado a Norah, lo cual significaba que continuaba viva. Hacía veinte días que Marcus se había aventurado a escribir una carta dirigida a Basil Devlin, informándole de su compromiso con la muchacha y de su posterior desaparición, a pesar de saber que el propio Devlin tenía mucho que ver en ello. Había sido un tonto al creer que el hombre se sentiría tentado a que su hijastra contrajera matrimonio con un marqués, que además de título poseía una considerable fortuna.

Con un gesto de dolor, observó como Adam envolvía nuevamente la herida. Luego lo miró.

—¿Sabes algo de ella? —preguntó, tratando de acomodarse mejor sobre la almohada.

Adam asintió antes de responder:

—Por lo visto, partió al día siguiente de su desaparición en un navío llamado *Concordia*.

Marcus sintió un extraño y estremecedor frío al oír ese nombre. Clavó la mirada en la pared más alejada de la puerta, sobre los cristales de las ventanas.

—¿Cómo puedes estar tan seguro? —resopló contemplando las descoloridas cortinas.

—Por lo que parece, ese barco no descargó nada en el puerto. Tan solo esperó y se largó el día veinticinco de diciembre —explicó al tiempo que concluía el trabajo.

—Eso no indica que ella fuese en él.

—Ya... pero Kart, uno de los trabajadores de los muelles, me indicó que el maldito barco era propiedad de un tal capitán Anton Klaus —lo miró a los ojos—. Según me dijo lady Patterson, ese apellido os suena a ambos, ¿no es así?

Marcus hundió la nuca en el almohadón.

—¡Maldita sea! —refunfuñó—. Debí haberle partido la cara cuando tuve ocasión.

Adam permaneció callado un momento, con expresión pensativa. Tras lavarse las manos en la jofaina de porcelana, se las secó y resopló.

—Pronto tendrás la oportunidad. La herida está casi curada, y si continuas tomando el brebaje que la señora Bach te prepara cada día, tendrás fuerzas suficientes para enfrentarte a ese tipo.

A Marcus le costaba creer que su hermano hubiera cambiado de manera tan radical. Pero ahí estaba: encargándose de que recuperase la salud. Repentinamente decidió que le iba a gustar aquello de tener nuevamente una familia, sobre todo después de haber gozado de una no demasiado apegada.

—¿Cómo se encuentra Mattie? —le preguntó.

Tras estudiar las facciones relajadas de su hermano, Adam le respondió:

—¿Ahora llamas a mi prometida por su nombre de pila?

Cautivar a un dragón

—Adam... sabes perfectamente quién es tu prometida.

—¿Y crees que eso va a importarme? —Arrugó el ceño.

—Querido hermanito, trato de decirte que Mattie nunca ha sido mi prometida —admitió Marcus.

Adam lo miró con una mezcla de incredulidad y asombro a partes iguales. Si bien la joven le había hecho saber que el marqués no pretendía casarse con ella, había obviado el hecho de que ni tan siquiera se hubieran prometido realmente.

—¿Lo sabe Norah?

—Eso ahora no importa... —dijo él sonriente—. Pero si vas a continuar cortejándola, deseo que la trates como se merece, ¿me has comprendido?

Adam exhaló un suspiro prolongado, devolviéndole la sonrisa.

—Es una gran dama, ¿no te parece?

—Una de las mejores que he conocido —respondió Marcus pensando en Norah.

Capítulo 26

No era la primera vez que visitaba ciudades como Portsmouth o Norfolk. Sin embargo, en aquella ocasión se sorprendió al comprobar que los muelles se encontraban atestados de gente. Cientos de personas: pescadores sentados en el suelo que reparaban sus redes para la siguiente faena; marinos que prestos a embarcar en cuanto la carga fuese desalojada de las bodegas, caminaban o apostaban a los dados usando la superficie de cualquier caja o tonel; e incluso alguna que otra prostituta ansiosa por ofrecer sus favores a cambio de unos centavos de dólar que ayudaran a poner un plato de comida caliente en su mesa. Marcus observaba todo atentamente desde la cubierta del *Warrior*, una magnífica fragata de ciento veintisiete metros de eslora y cuarenta cañones de distintas cargas. La travesía no había discurrido según lo esperado. A unas millas de alcanzar su destino toparon con una desagradable tormenta que desgarró parte de las velas y alborotó la cubierta y los estómagos. Aunque gra-

Cautivar a un dragón

cias al cielo, aquella tempestad fue tan violenta como breve. Después de aquello, el puerto le pareció un glorioso caos.

Balbuciendo maldiciones sobre el despiadado frío reinante en Portsmouth aquel dos de marzo, alzó las solapas de su abrigo, ajustándolo mejor en torno a su cuello. Luego giró sobre sus talones y enfiló hacia la pasarela que la tripulación había dispuesto para facilitar a los pasajeros el desembarque. Semanas antes, tras su ardua y lenta recuperación, el doctor Benning se había mostrado conforme con su decisión de abandonar Lakehouse, si bien no se había quedado muy satisfecho con la determinación que mostró Marcus respecto a su propósito de realizar tan larga travesía. Sin embargo, el marqués, desoyendo aquella última opinión, embarcó en el *Warrior* en cuanto tocó puerto inglés. Durante el viaje, y con cada milla de recorrido, su temor a no descubrir el paradero de la muchacha se había ido acrecentando de tal manera que cuando llegó por fin a Virginia fue incapaz de soportar el quedarse un segundo más en aquella fragata. Así pues, en cuanto la voz del grumete confirmó su pronta llegada a puerto, había abandonado el camarote, subiendo a cubierta con la rapidez de un galgo.

Lord Greenwood se detuvo para cederle el paso a una elegante dama que pretendía cruzar el inestable puente, portando en su mano derecha un lujoso maletín de cuero y en la izquierda a un pequeño de tan solo cuatro o cinco años. Cuando la mujer alcanzó el dique, él se dispuso a desembarcar también, pero la voz de Kipling lo detuvo, acercándose a él a paso rápido.

—¿Dónde está el equipaje? —preguntó Adam, elevando la voz sobre la multitud para que Marcus lo oyera claramente, escudriñando al mismo tiempo la serie de bultos que aún yacían sobre la cubierta.

—El capitán Tyler hizo que la tripulación lo desembarcara hace un minuto —respondió él, dirigiéndole a su hermano una mirada impaciente—. ¿Lo has conseguido?

Kipling asintió al tiempo que exhalaba un largo soplido.

—Sí. Es aquel... —señaló la berlina detenida en el muelle—. El muy canalla exige que le paguemos diez dólares para llevarnos a Williamsburg.

—Pues buscaremos a otro —reflexionó Marcus con desagrado.

—No creo. Según me ha comentado el capitán Tyler, hoy nos será difícil encontrar otro carruaje dispuesto a llevarnos a ningún sitio. La gente está un poco agitada por la elección de Abraham Lincoln como presidente del senado.

—Entonces, mucho me temo que tendremos que pagarle esa cantidad.

Marcus observó al cochero con desagrado. El hombre, desgarbadamente inclinado hacia delante y con los codos apoyados sobre las rodillas, no cesaba de mascar hojas de tabaco para después escupirlas a un lado u otro sin importarle lo más mínimo la presencia allí de caballeros y damas.

Repulsivo, pensó Greenwood al tiempo que desplazaba una mano tras la espalda para palpar el revólver oculto en su cinto. Él no era un hombre asiduo a portar armas

Cautivar a un dragón

de fuego, de hecho, aquella era la primera vez que la llevaba encima desde que la había adquirido en la Colt's Firearms Company, en Hartford, hacía ya más de tres años. Sin embargo, dada la naturaleza de su viaje, desconocía hasta qué punto se podría ver envuelto en algún problema. Cualquier caballero inteligente sabía que ir preparado nunca estaba de más. Sobre todo en un lugar aún tan inhóspito como aquel, donde la popularidad de las armas había hecho célebre la frase: «Dios creó a los hombres; Samuel Colt los hizo iguales».

Durante un segundo, Marcus dudó en tomar el vehículo o aguardar a algún otro cuyo cochero estuviese dispuesto a realizar el largo viaje que aún quedaba hasta Williamsburg. Pero en su cabeza, la imagen de Norah renovó instantáneamente su determinación a no demorarse más.

Quince minutos más tarde, ellos iban sentados en el interior del carruaje y el cochero era diez dólares más rico, lo cual no impidió que el desgarbado hombre tirara bruscamente de las riendas, haciendo que la berlina se zarandeara topando al mismo tiempo con todos los baches del camino; los habidos y por haber. Marcus se aferró con una mano al marco de la ventanilla para evitar precipitarse sobre el asiento de piel que ocupaba su hermano.

—¡Menudo...! —Dejó suspendido el juramento en el aire.

—¡Dios mío! —resopló Kipling, extendiendo los brazos y apoyando ambas manos en las paredes—. Creo que deberíamos haberle pagado veinte dólares y no diez.

—De cualquier modo, juzgo que ya es demasiado tarde —dijo Marcus rebotando nuevamente en su asiento, a lo que Adam respondió arrugando el ceño.

Pasaron los dos días posteriores dirigiéndose al noroeste y deteniéndose ocasionalmente para recobrar fuerzas en tabernas infectadas de pulgas y hostales que podrían haberse confundido fácilmente con establos. Al menos, se había dicho Marcus hasta la saciedad tratando de alentarse, dormitaban en una cama, resguardados del intenso frío de la noche. Eso era más de lo que se podría haber esperado en un principio de Bill Howard, el grosero y algo más que deplorable cochero.

Cuando llegó el lunes tanto Adam como él estaban ya exhaustos, con los huesos desechos y los estómagos revueltos. Apenas eran las diez de la mañana cuando Marcus sacudió la cabeza tratando de despejarse y centrarse en el joven que se aproximaba a ellos, galopando sobre un alazán. Bill detuvo el carruaje en cuanto el chico, de apenas veintidós o veintitrés años, los interceptó con su montura. El muchacho casi no prestó atención a los pasajeros, sino que se dirigió directamente a Bill advirtiéndole de que se adentraban en terrenos privados. Marcus, con el codo apoyado sobre el marco de la ventanilla, oyó como el cochero informaba al joven, que momentos antes se había presentado como Jhoss Newman, de que se dirigían a la propiedad de Basil Devlin. Jhoss asintió e informó que les acompañaría él mismo ante su patrón.

—Parece que el chico trabaja para Basil Devlin —le comentó Marcus a su hermano, introduciendo nuevamente la cabeza en el carruaje.

—¿Crees que el señor Devlin nos espera? —conjetu-

Cautivar a un dragón

ró Adam cruzando los brazos sobre el pecho y estirando las piernas hacia el asiento del marqués.

—No me cabe la menor duda —le dijo antes de clavar la mirada en la ventanilla, contemplando la imagen que ofrecía aquel agreste lugar.

El cielo estaba radiante y el sol acariciaba vivamente los pastos. Estos no estaban tan verdes como los de Inglaterra, sino más bien de un profundo y resecado color trigueño. Azul y oro era todo lo que los rodeaba hasta que el carruaje atravesó la verja que delimitaba la propiedad de los Devlin, apartándola relativamente de aquellos campos de cereal. Fue entonces cuando ante ellos se abrieron extensos cultivos de lavanda, romero e hileras de flores que en su gran mayoría eran aromáticas. Estas florecían mecidas por una suave brisa que las empujaba irremisiblemente hacia un solo lado, todas inclinadas en la misma dirección, como si reverenciaran y dieran la bienvenida al visitante que cruzara aquellas puertas. Pronto, toda aquella explosión de color dio paso a la vivienda: una hermosa casa de dos plantas cuyo pórtico principal descansaba sujeto por seis grandes y ostentosas columnas, tan blancas como el resto de la propiedad.

Jhoss tiró de las riendas y giró hasta situarse a la altura de los viajeros.

—Iré a avisar al patrón —les dijo el muchacho a través de la ventanilla del vehículo. Luego espoleó al animal y trotó rápidamente hasta la casa, deslizándose después de su montura sin esperar a que esta se detuviera por completo.

—Tal vez no desee recibirnos... —temió Adam cuando el carruaje se detuvo ante la puerta.

—No creo. Actuar así pondría de manifiesto su implicación en la desaparición de Norah.

—De todas formas, está metido hasta el cuello —repuso Adam.

—Si hacen el favor de aguardar en el vestíbulo... —les interrumpió Jhoss, abriendo la portezuela y desplegando el pequeño peldaño de madera oculto en la parte inferior de la berlina.

Ambos hombres abandonaron el lujoso interior del vehículo y siguieron al muchacho, un joven de complexión robusta, más alto que la media. Tras observarlo detenidamente, Marcus llegó a la conclusión de que tan solo le faltaban un par de piezas dentales para asemejarse a un querubín de mejillas esféricas y rubicundos caracoles.

Marcus y Adam obedecieron y aguardaron a que informase de su presencia en el vestíbulo. Aquel era un espacio curioso. No había tapices, alfombras ni muebles. Tan solo una amplia escalera de color blanco que conducía a las plantas superiores en forma de semicírculo y los umbrales correspondientes a cuatro largos corredores: uno a su derecha; otro a su izquierda; y finalmente dos más que se hallaban a cada lado de la escalera, y que parecían conducir a la parte posterior de la casa, pensó Marcus al tiempo que una doncella les pedía sus sombreros y chaquetas.

—El patrón los atenderá en un minuto, señores —les informó Jhoss, tras asomar por el corredor a su derecha, situándose después junto a ellos.

Cautivar a un dragón

Marcus asintió.

—¿Crees que estará aquí? —le preguntó Marcus a su hermano.

Adam observó como Jhoss pestañeaba un segundo.

—Pudiera ser... —se limitó a responder Adam.

Basil Devlin no tardó mucho en aparecer a recibirlos con una gran y cordial sonrisa. Tal vez demasiado cordial, dada las circunstancias, no pudo evitar pensar Marcus.

La imagen del hombre distaba mucho de la que él había imaginado. Era alto, casi tanto como Adam. Moreno y de nariz aguileña. A Marcus no le gustaron sus ojos: pequeños, hundidos y de pestañas cortas. Unos ojos que le recordaron demasiado a los de Wallace Greenwood, su padre. De alguna manera supo que pertenecían a un hombre artificial e igualmente falso.

—Buenos días, caballeros —los saludó.

Ambos inclinaron respetuosamente la cabeza.

—¿Qué les trae por aquí? —preguntó Basil Devlin a continuación.

Marcus escudriñó sus facciones con el entrecejo arrugado.

—¿No recibió mi carta? —indagó el marqués a sabiendas de que la respuesta era afirmativa.

Sin embargo, Devlin se encogió de hombros aparentando desconocer ese hecho.

—¿Y usted es...?

—Lord Greenwood —respondió, volviendo su rostro hacia Adam—. Y mi hermano, el señor Kipling.

—Oh, es un verdadero honor, milord —abrió los

ojos—. De haber sabido de su visita, habría enviado a alguien a Portsmouth a recogerlos.

—No hubiera permitido que se molestara, señor Devlin —dijo Marcus mientras lanzaba una mirada a su hermano por el rabillo del ojo.

Este se removió inquieto, revelando con aquella desazón que se había percatado de la estudiada sobreactuación del hombre, el cual no se demoró en hacer una rápida seña con su mano a Jhoss para indicarle que podía regresar al trabajo. El joven, que se según parecía se encargaba de las cuadrillas de hombres y mujeres que recolectaban con paciencia los pétalos y hojas aromáticas que se utilizaban a posteriori para elaborar el jabón perfumado que salía de las fábricas de los Devlin, saludó con amabilidad antes de ponerse el sombrero de ala ancha y abandonar la casa para a continuación subir a lomos de su alazano y alejarse nuevamente sobre su montura.

Con tranquilidad, Devlin acompañó a Marcus y a Adam hasta la biblioteca. En cuanto Marcus le echó un vistazo a aquel espacio, comprendió que tan solo estaba consagrado a otorgar majestuosidad al lugar: altas paredes, estanterías elegantes y unas butacas perfectamente colocadas alrededor de una mesa baja de forma ovalada. Paradójicamente, aquel lugar, que por lo general estaba destinado al disfrute y al incremento de la cultura, contenía pocos libros que no hablaran de economía o negocios, obviando de manera evidente los temas históricos, poéticos o lingüísticos.

Una verdadera pena, pensó Marcus apartando la vista de aquellos tomos y clavándola sobre el dueño de la propiedad, que atravesaba la habitación con pasos firmemente decididos hasta la curiosa licorera en forma de globo terráqueo, que se hallaba junto a la chimenea.

—¿Bourbon? —les preguntó.

—Preferiría coñac, si es posible —opinó Adam.

El señor Devlin alzó una de sus cejas e instaló en su rostro, delgado y tostado, una media sonrisa.

—Discúlpenme... —comenzó a decir el hombre extrayendo del curioso mueble una botella de Hennessy—. Olvidaba que en Inglaterra tienen ustedes gustos más selectos —dijo, otorgando a su voz un tono de menosprecio.

—Según tengo entendido... usted también es inglés. —matizó Marcus con ironía, comprendiendo que los ojos del señor Devlin revelaban su verdadera y despótica personalidad.

—Llevo tanto tiempo aquí que casi se me ha olvidado —respondió, sirviéndose un vaso de bourbon.

—No lo dudo —respondió el marqués. Luego hizo una pausa antes de decir—: Tiene usted una casa muy peculiar.

—Sí, así... es —admitió el otro con gesto inexpresivo.

En aquel momento, la puerta que comunicaba la biblioteca con el gabinete se abrió y entró una elegante joven de cabellos pelirrojos y ojos grises. Apenas soltó el picaporte, los miró sin pestañear.

—Lo... siento padre —se disculpó al tiempo que asía nuevamente el pomo de la puerta con la intención de marcharse—. No sabía que estabas reunido.

Devlin extendió una mano hacia ella, depositando rápidamente el vaso que asía en la otra sobre la mesita redonda de estilo francés decorada con marquetería de limoncillo.

—No te vayas, querida —la detuvo su padre—. Nuestros invitados han venido desde muy lejos.

La joven alzó las cejas con aire especulativo y los miró antes de volver a cerrar y caminar hasta el lugar donde se hallaba su padre.

—Esta es mi querida hija, Monique —la presentó.

Tanto Marcus como Adam la saludaron, inclinando al mismo tiempo la cabeza.

Inmóvil en medio de la sala, Marcus analizó a la joven.

Así que aquella muchacha era la hermana de Norah, se dijo atisbando algo del parecido que no fue capaz de encontrar en Celíne Patterson durante su breve y desafortunada visita a París. Miró el rostro ovalado de la joven, de corte clásico y distinguido, con unos ojos tan grandes que parecían no cuadrar en aquel semblante pequeño y delicado.

—Los señores han viajado desde Londres, querida —la puso al corriente su padre.

A Marcus le fue del todo imposible no reparar en el brillo anhelante que iluminó los ojos de Devlin. Estaba claro que si bien él no era adecuado para su hijastra, un marqués era notablemente bienvenido para su auténtica hija, pensó Greenwood, sintiendo unas ganas irreprimibles de atizarle a aquel canalla un puñetazo.

—Y díganme, señores. ¿Han venido a Virginia por negocios? —A diferencia de su padre, Monique les indicó cortésmente que tomaran asiento.

—No exactamente... —respondió Marcus sentándo-

Cautivar a un dragón

se en la aristocrática butaca—. Lo cierto es que soy el prometido de su hermana Norah.

La muchacha abrió los ojos anonadada y se llevó una mano a la altura del pecho.

—¿Sabe usted dónde se encuentra mi hermana, milord? —tras el primer impacto que produjo en sus facciones la noticia, su rostro se iluminó repentinamente.

En silencio, Marcus le dirigió una mirada a Devlin. Sorprendida al no oír respuesta alguna, Monique se puso nuevamente en pie, haciendo que en la sala todos la imitaran.

—¿Qué ocurre? —exigió saber la joven con cierta ansiedad en la voz.

—Me resulta cuando menos extraño que su padre no la haya informado de que su hermana se encontraba conmigo en Londres.

Hubo una pausa. La cara de Devlin enrojeció hasta lo inaudito e hizo un ademán de responder directamente. Sin embargo, no lo hizo. Cerró la boca y se limitó a terminar su copa de un solo trago para a continuación carraspear con fuerza.

—¿Es cierto eso, padre? —le preguntó Monique, alterada.

—¡Qué más da! —exclamó, depositando su vaso vacío sobre la mesa con un golpe fuerte y seco.

—¿Cómo puedes decir eso? —Se aproximó a su padre, pálida como la cera.

—Querida…. Hablaremos luego. Ahora tenemos visita —murmuró su padre, intercambiando miradas con ella.

—¡Y un comino!
Los tres hombres abrieron los ojos sorprendidos.
—Solo tienes dieciocho años, hija, no puedes comprenderlo.
—Bobadas, lo entiendo perfectamente. Me has mentido. Me has hecho creer que desconocías su paradero. ¡Por Dios! ¡Hace tan solo un mes mencionaste que tal vez no estuviera viva!

Devlin frunció sus espesas cejas e hizo una honda inspiración.

Aquello en cierta manera le pareció a Marcus de lo más cómico. Basil Devlin, amedrentado por una mujer pequeña, delgada y de mejillas sonrosadas, pero indudablemente hermana de Norah. De haberse encontrado en otra situación, no habría dudado en romper a reír allí mismo; sin embargo, no era risa lo que sus labios ansiaban exteriorizar.

Con los ojos cristalinos por las lágrimas, Monique se giró hacia ellos.

—Si me disculpan... —se excusó.

Luego dio media vuelta y se dirigió hacia la puerta por donde minutos antes había entrado.

Un incómodo silencio flotó entre los tres hombres cuando aquella puerta se cerró de un solo y brusco golpe. Marcus advirtió en la respiración agitada de Devlin, el cual apenas podía reprimir su nerviosismo, sus evidentes deseos de ir tras su hija y el estado neurasténico en el que se hallaba sumido. Por un momento, odió profundamente a aquel hombre. Un padre que reverenciaba a una hija, pero echaba a los lobos a la otra. ¿Podía haber en el

Cautivar a un dragón

mundo algo más ruin?, se preguntó sintiendo una profunda oleada de repulsa hacia aquel despótico elemento.

Erguido y con expresión pensativa, Adam observaba la escena en el más riguroso de los silencios. Intuía que poco, o más bien nada, sacarían de aquella visita. Estaba claro que Devlin pretendía hacerles creer que desconocía que su hija había desaparecido.

Había oído comentar que el Pony Express, un servicio de correo rápido que proyectaba cruzar los Estados Unidos, pretendía estar operativo en el mes de abril. Sin embargo, después de tanto tiempo, el que aún no dispusieran de aquel servicio no era excusa para que ese correo no hubiera llegado ya a sus manos. Claramente estaba mintiendo. Ocultando, con seguridad, el presente paradero de su hija.

—Deberíamos marcharnos —comentó Adam.

—Oh, no por favor... —les suplicó Devlin con evidente nerviosismo, evidenciando a la vez la escasez de aristócratas que frecuentaba—. Monique está muy afectada, pero se le pasará. Es... demasiado joven.

—Sin embargo, yo creo que es igualmente lista —le dijo Marcus inclinando la cabeza a modo de despedida.

—Sí, lo es —respondió, sonriendo con desesperación—. Si se quedan a almorzar con nosotros, podrá usted conocerla mejor. Es una criatura encantadora.

—Señor Devlin... olvida que estoy prometido con su hermana.

—Lo sé, lo sé... —repitió el hombre—. Pero estará de acuerdo conmigo en que poseer una segunda opción es del todo necesario.

—¿Necesario? —Marcus se detuvo en el vestíbulo, alzando al mismo tiempo una ceja.

Las palabras se quedaron atascadas en la garganta del hombre.

—No va a decirme dónde está, ¿verdad? —añadió Marcus, aceptando el sombrero y los guantes que le entregó la doncella.

A su lado, Adam miró expectante a Devlin, aguardando una contestación a aquella cuestión.

—No. —Aquella simple palabra pareció retumbar en la casa, golpeando los oídos y el estómago de Marcus.

—¿Dónde está Norah?

—No la encontrará jamás —fue la fría respuesta de Basil Devlin.

—Está muy seguro de eso, ¿cierto?

—Estoy tan convencido de que no la hallará que si lo hiciera les daría personalmente mi bendición.

—Por mí... puede guardarse su bendición donde le quepa —aseveró Marcus, poniéndose el sombrero y entornando los ojos, oscurecidos por la cólera—. Buenos días.

Con la cabeza hecha un mar de dudas, Marcus subió lentamente a su carruaje. No podía dejar de pensar en Norah, especulando sobre cuál sería su paradero. Frustrado, emitió una larga exhalación cuando Bill Howard azuzó a los caballos para que se pusieran en marcha. El silencio reinaba en el interior del carruaje. Alzó la vista y vio como Adam se recostaba sobre el lado izquierdo de la pared, con gesto cansado. Parecía estar tan abatido como él mismo.

Apretó los puños, reprimiendo las ganas de estrellarlos contra las paredes del carruaje. Suponía que toda aquella rabia contenida se debía al hecho de haberse estado conteniendo para no coger a Basil Devlin del gaznate y obligarlo a fuerza de golpes a que le dijera dónde se hallaba su hijastra. La idea lo había tentado de una manera extraña. Como si el sacudir a aquel mequetrefe resarciera todos los años de indiferencia que este le había infligido a Norah. Sin embargo, tanto su hermano como él eran caballeros y no harían de ningún modo daño a la hermana de Norah.

—¿Qué ocurre? —preguntó Adam, notando que el carruaje se volvía a detener.

La portezuela se abrió mostrando a un agitado Jhoss Newman.

—Están ustedes buscando a la señorita Norah, ¿no es cierto?

Marcus y Adam se miraron antes de responder.

—Así es.

—¿Por qué? —receló el muchacho.

—Norah Devlin es mi prometida.

—No me lo creo —aseveró vehementemente Jhoss.

—¿Qué te hace suponer que miento?

—Norah no se casaría nunca. Solo lo hará por amor. Ella misma me lo dijo.

—Parece que la conoces muy bien —dijo, alzando una ceja Marcus.

—Lo suficiente...

—¿Vas a decirnos donde está, o no? —preguntó Adam, ansioso.

Jhoss pareció vacilar un momento. Luego se quitó el sombrero bruscamente y dijo:

—¡Demonios! Tienen que sacarla de allí.

—¿De dónde? —lo instó Marcus a responder.

—Del Hospital para las personas dementes, en Williamsburg. Su padre la hizo recluir allí hasta que acceda a casarse con su socio, el señor Ryan Wharton —explicó el joven, tomando aire antes de añadir—: Temo que Norah intente hacer una locura, señor.

—¿Una locura? —Un escalofrío recorrió la espina dorsal de Marcus—. ¿Qué tipo de locura?

—Una que no tenga remedio, señor.

El marqués se paralizó ante aquella aseveración.

—¿Insinúas que sería capaz de quitarse la vida? —preguntó en esa ocasión Adam.

Jhoss movió la cabeza de forma afirmativa.

—Norah detesta a ese tipo. En más de una ocasión me comentó que llegaría a hacerlo de verse obligada a contraer matrimonio con él.

—Gracias, Jhoss —dijo Adam.

—Si de verdad es su prometida, señor... —miró a Marcus—, llévesela lejos del patrón y cásese con ella. Aléjela de aquí tanto como pueda. Basil Devlin tiene tratos con gente indeseable. Personas que darán nuevamente con ella.

—Tranquilo, Jhoss. Eso es justo lo que pretendo hacer.

Con una sonrisa desacorde con el brillo de preocupa-

Cautivar a un dragón

ción que flotaba en sus ojos, Jhoss Newman cerró nuevamente la puerta del carruaje y montó a lomos de su caballo.

—Recuerde, milord... —comenzó a decirle mientras trataba de retener las ansias de trote de su montura—. Yo no los he visto.

Marcus inclinó la cabeza de forma afirmativa. Cuando alzó nuevamente los ojos, el joven estaba ya a cincuenta metros de distancia por lo menos.

Capítulo 27

Le resultaba imposible no contemplar la seductora imagen que tenía ante sí: el alto pasto y los árboles que cubrían casi por completo la visión del serpenteante camino de tierra, aunque los refulgentes rayos del sol primaveral lo iluminaban a la perfección. Era una lástima que aquellos malditos barrotes se interpusieran entre ella y su libertad, impidiéndole salir de aquella rústica celda que apenas medía diez por diez metros. Se apartó de la ventana y con un suspiro observó el contenido intacto de la bandeja que yacía sobre la apolillada mesa. La panceta y los huevos parecían decirle: «cómeme». Se le hacía la boca agua al imaginarse dando bocados a aquella deliciosa tostada de pan negro untada con mantequilla. Mas ni por asomo iba a morder lo más mínimo de aquella comida.

El murmullo que produjo el pasador de la puerta al ser deslizado atrajo su atención.

Cintia Warwick, una de las trabajadoras más vetera-

Cautivar a un dragón

nas de la institución mental, entró y lanzó una mirada a su plato intacto.

—Hace tres días que no pruebas bocado... —refunfuñó—. Si continúas así, te morirás de hambre, muchacha.

Ella se dejó caer sobre su rudimentaria litera.

—Entonces mi padre tendrá un problema menos.

—Oye, no me importa lo más mínimo el problema que tengas con tu padre, jovencita. Pero no pretendo entregarle un cadáver cuando regrese por ti.

—Tranquila, señorita Warwick, mi padre le pagará de todas formas.

—Lo dudo —dijo, poniendo los brazos en jarras—. Al menos... podrías tratar de comerte la fruta.

—No, gracias —se negó en redondo.

La mujer encogió sus delgados hombros con indiferencia. Con aquel traje negro, que le ocultaba cuello y muñecas, y un moño del que no escapaba un solo cabello, a Norah le pareció estar ante un cuervo de aspecto sombrío y gris.

—Allá tú —dijo desdeñosa la mujer—. Pero yo de ti, trataría de comer algo y dejaría de mirar por esa ventana. No puedes salir de aquí. Y aunque lo lograras, ese tipo que trabaja para tu padre te alcanzaría de inmediato —añadió, asiendo la bandeja—. Estoy francamente harta de verlo revolotear en las cocinas.

Bueno, por lo menos en una cosa estaban de acuerdo, ella también estaba harta de ver a Crandall revolotear a su alrededor.

Con un cansado suspiro, Norah apoyó la espalda contra la pared y se abrazó las rodillas. Su padre había demostrado ser una persona tan carente de moral como de buen juicio al dejar allí a Cesar Crandall para vigilarla. Se movió visiblemente incómoda al tiempo que apartaba la mirada de aquel cuervo desplumado para clavarla de nuevo en los barrotes de la ventana. Con el tiempo, tal vez adelgazara tanto que cupiera entre aquellos hierros sin esfuerzo. Lástima que para aquel entonces... tal vez ya estuviera muerta.

El sonido de la bandeja al estrellarse contra el suelo la hizo dar un brinco y mirar sorprendida hacia donde la señorita Warwick se encontraba. La mujer continuaba de pie, inmóvil frente a la puerta. Norah se preguntó qué podía ocurrirle. Se incorporó en su cama y bajó los pies al suelo al tiempo que Cintia Warwick comenzaba a retroceder, reculando sobre sus propios pasos. Norah se dio cuenta del pánico que se había apoderado de las frías facciones de la mujer al advertir que un hombre armado traspasaba el umbral de la puerta. La joven se puso en pie rápidamente, preguntándose qué estaba pasando. Tragó saliva y miró fijamente al encapuchado. Este extendió una mano hacia ella. Horrorizada, Norah se quedó inmóvil.

—Vamos —le ordenó el hombre.

Ella vaciló un momento antes de obedecer, pero como si estuviera en algún tipo de trance, se acercó y sintió cómo la agarraba y la empujaba junto a él, fuera de la celda. Una vez en el exterior, el encapuchado deslizó el cerrojo dejando a la señorita Warwick encerrada en aquella asfixiante prisión.

Cautivar a un dragón

La condujo despacio por las escaleras. Ella trató de no ponerse nerviosa. No sabía quién era aquel hombre o lo que pretendía. Repentinamente por su cabeza pasó la estremecedora idea de que pudiera tratarse de Crandall, temor que se fue acrecentando a medida que llegaban a la pequeña puerta trasera del hospital. Tal vez aquel depravado pretendiera dañarla. Sacarla de allí para después dejarla moribunda en algún recóndito lugar de la pradera. Y no era tan mal plan si lo que pretendía era vengarse por lo ocurrido en la biblioteca de lord Greenhouse meses atrás.

Ahogó una exclamación, mientras su imaginación daba vueltas a la hipótesis, y sin pensárselo dos veces lo empujó a un lado y corrió despavorida hacia la puerta. Tras de sí escuchó un juramento al tiempo que alcanzaba la puerta, gruesa y mohosa, que llevaba al exterior. Por un momento era todo júbilo y felicidad. Por fin huía de aquel horrible sitio, inundado de atroces gritos nocturnos que se incrementaban con las tormentas hasta el límite de lo soportable por una mente sana. Apenas puso un pie fuera, una sombra, casi tan alta como la que portaba el revólver, se interpuso en su camino. Norah no pudo evitar estrellarse fuertemente contra el otro encapuchado. Sintió que la agarraba fuertemente de la cintura y sus pies se separaban del suelo. Frustrada en su intento de huida, pataleó y se agitó furiosa tratando de que la soltara, intentando gritar al mismo tiempo. El cuerpo le temblaba y tenía la respiración acelerada.

—¿Qué demonios…? —masculló Crandall inmóvil en lo alto de la escalera.

LIS HALEY

Sorprendida, alzó el mentón y vio a Crandall dirigirse apresuradamente hacia ellos. Asombrada, analizó la corpulencia del hombre que la tenía sujeta. Un rayo de esperanza iluminó sus ojos, a pesar de estar convencida de que no se trataba de Marcus. Entonces giró el rostro y miró hacia donde se encontraba el encapuchado armado, advirtiendo con horror como Crandall se arrojaba encima de él, forcejeando después para tratar de arrancarle el revólver de las manos.

El encapuchado soltó un gruñido y lanzó un puñetazo que impactó directamente en el rostro de Crandall, haciendo que este perdiera en el acto el sentido y cayera escaleras abajo, rebotando brutalmente en cada uno de sus peldaños. Ella alzó la mirada en silencio. Notó que el hombre que la sujetaba se tensaba, pero sin tiempo de decir nada, la arrastró hasta un carruaje y la arrojó bruscamente en su interior. En cuanto los dos hombres subieron junto a ella, el más alto golpeó con fuerza el techo y la berlina se agitó violentamente emprendiendo el camino. Norah, sobre el asiento de piel, se preparó para descubrir de quiénes se trataba cuando uno de los desconocidos deslizó su capucha hacia detrás, mostrando sus dorados mechones.

—¿Adam?

Lo miró sin pestañear. Luego, sin aguardar a que el otro hombre se deshiciera de su disfraz, saltó hacia él y le rodeó el cuello con los brazos.

Marcus se deshizo de su capucha.

—¿Sueles saltar sobre todos los desconocidos? —se burló, sujetando su rostro entre las manos.

Cautivar a un dragón

—No seas ridículo. Sabía que eras tú —aseveró ella con una sonrisa.

—¿Porque estoy con Adam? —dijo, entornando media sonrisa—. Válgame Dios... Adiós a mi reputación.

—Hermano, tú nunca has poseído reputación alguna de la que preocuparte —farfulló Adam a su lado al tiempo que miraba entre los visillos corridos.

—¿Nos siguen? —preguntó Norah ocupando nuevamente su asiento.

—No... por ahora —respondió soltando un suspiro—. Estaremos realmente seguros en cuanto lleguemos a Portsmouth.

—Pues tendremos que ir más deprisa —indicó Marcus con nerviosismo.

Adam extrajo de su bolsillo un gran puñado de dólares de plata.

—¿Qué demonios estás haciendo?

—Ir más deprisa... —dijo golpeando tres veces el techo del carruaje.

La niebla ocultaba aún la línea del horizonte cuando embarcaron en el *Warrior*, que zarpó en cuanto los tres pusieron un pie sobre la cubierta. A Norah no le pasó por alto la gratificación que le entregó Marcus a uno de los oficiales de mayor rango, seguramente en pago por haberlos aguardado el tiempo suficiente para que pudiesen abordar la nave. Ni tampoco le fue ajeno el hecho de que la tripulación parecía estar al tanto del porqué de la demora. El propio capitán Tyler se había interesado por su estado, asegurándole además que no faltarían colchas de lana en su litera y buena comida en la mesa. Lo cierto era que todo el mundo se mostró altamente amable con ella: la habladora pasajera, Marie Donald; el joven grumete Pitt; y la gran mayoría de oficiales y marinos de abordo.

Horas más tarde, cuando estaban lo suficientemente lejos de la costa para apenas advertir su contorno, aquella envolvente niebla se había disipado, humedeciendo el suelo del barco y llevándose con ella todo su temor, un temor que había ido menguando con cada milla que se alejaban de Portsmouth, transformándose en una alterada felicidad. Estaba afectada. Lo sabía. Pero era consciente de que lo insólito hubiera sido no estarlo después de todo lo sucedido.

Apoyada sobre la suntuosa balaustrada que ornamentaba la borda, no pudo evitar pensar en su buena suerte. Sin embargo, su corazón se encogió al pensar en Monique. Desconocía si volvería a ver a su hermana. Con un nudo en el estómago, clavó la mirada en el horizonte, prometiéndose dos cosas: volver a ver a Monique y no permitir jamás que tratasen de manejar nuevamente su destino.

—¿Cómo te encuentras?

Marcus se aproximó a ella con una taza humeante entre los dedos. Se la dio y se apoyó donde ella lo había hecho.

—Dadas las circunstancias, no estoy del todo mal... supongo —le respondió soplando la infusión caliente.

—Te sentará bien.

Cautivar a un dragón

—Gracias. —Posó una mano sobre el brazo de Marcus, haciendo que él clavase los ojos en sus delicados dedos.

—Es tan solo un poco de té con melisa —dijo él, encogiéndose de hombros.

—Sabes perfectamente a qué me refiero, Marcus.

Aquella era la primera vez que oía su nombre de labios de ella. Y sonrió pensando que le gustaba cómo sonaba. Norah era perfecta, se dijo mientras la observaba otear la lejanía. Perfecta para él. Fuerte y vulnerable al mismo tiempo. Como si la diosa afrodita hubiera escapado del Olimpo y necesitase a un ser humano que la protegiera en aquel mundo hostil. Una deidad que no estaba nuevamente dispuesto a perder.

—No permitiré que nadie trate de hacerte daño, Norah.

Asombrada, ella bajó la taza, apartándola de su boca y apoyándola sobre el pasamano de madera. Luego, lo miró comprendiendo el significado del brillo que flotaba en sus anhelantes ojos azules.

—Deberíamos bajar al camarote —dijo Marcus con una sonrisa aproximándose a ella y acariciando el suave cabello de la muchacha con los dedos.

—Marcus… —musitó con un suspiro.

—Hmm —contestó con un ronroneo al tiempo que le besaba el cuello—. Puedo continuar aquí mismo si es lo que deseas.

Espantada, lo miró.

—No. —Se apartó de él—. Estoy harta. Harta de este juego tuyo.

—No seas ridícula, amor mío… vamos a casarnos.

—No vamos a...

Las palabras enmudecieron en su boca al ver como Marcus se arrodillaba ante ella. A continuación sacó un anillo de su bolsillo y le tomó una mano.

—Vamos a continuar esto donde lo dejamos... —carraspeó aclarando su garganta—. Norah Devlin, ¿me harías el gran honor de ser mi esposa?

Se quedó pálida, sintió que las rodillas se le iban a doblar en cualquier momento y que la respiración se le aceleraba, haciendo bajar y subir sus senos bruscamente.

—¿Por qué?

Él enarcó las cejas ante la inesperada pregunta de ella.

—¿Cómo que por qué? Pues porque entre otras cosas... me harías el hombre más feliz del mundo. Por eso —se sinceró.

—El mundo es muy grande... y hay muchos caballeros en él —balbució incoherentemente Norah.

—Cielo santo, mujer, tan solo debes hacer feliz a uno... ¿Sí o no? —se impacientó Marcus, comenzando a sentirse ridículo.

—Por supuesto —contestó ella, poniéndose colorada al decirlo en voz alta. Luego se sorprendió de que finalmente su boca hubiera expresado su auténtico deseo.

Marcus se levantó y la abrazó con tal fuerza que casi la dejó sin respiración. Después le plantó un tierno beso en los labios. Ella posó las manos sobre su fuerte pecho, sintiendo como él se estremecía con tan efímero contacto.

—¿Podríais dejar eso para después del matrimonio, ¿no

Cautivar a un dragón

os parece? —farfulló Adam cerca de ellos, haciendo que ambos se detuviesen para mirarlo.

Apoyado en la borda, Adam les dedicó la más inocente de las sonrisas antes de continuar diciendo:

—Según creo, el capitán Tyler tiene potestad para hacerlo. Lo digo, hermanito, porque dudo que aguardéis a llegar a Londres.

Marcus y Norah se miraron en silencio. Él alzó una mano y le acarició la mejilla, estremeciendo con aquel gesto el alma de ella.

—Prometo ser un devoto marido —dijo con una sonrisa.

—Me contentaría con que fueras menos mandón —respondió ella sonriendo.

Marcus extendió el brazo y la atrajo hacia sí para besarla apasionadamente.

—Por amor de Dios… ¡queréis hablar de una vez con el capitán! —exclamó Adam, poniendo en blanco los ojos con un sonoro suspiro.

Cuando acabó de vestirse, tenía las manos entumecidas y su cuerpo estaba tiritando. En un principio, Norah había valorado muy seriamente la posibilidad de que se tratara de frío. Pero dado el hecho de que hacía un día espléndido y se encontraban ya a principios del mes de marzo, descartó enseguida aquella absurda idea de su cabeza. Aquellos estremecimientos nada tenían que ver con las bajas temperaturas. De hecho, el camarote era de lo más cómodo y templado. Más bien, el causante de semejantes sacudidas era el estado nervioso en el que se hallaba inmerso su cuerpo.

Sentada frente al espejo, estudió su imagen, dulce y etérea, por enésima vez. En un primer momento había esperado casarse con el tosco vestido de algodón celeste y el desusado jubón de seda en color morado con el que había embarcado. Pero tras haberse hecho pública la noticia de que se celebraría un boda a bordo, la señora Bort, una joven dama que se dirigía a Londres para instalarse definitivamente en la ciudad, había insistido en que se pusiera el vestido de novia que ella misma había lucido hacía dos años y que se hallaba perfectamente guardado en el interior de uno de sus baúles. Aunque ambas poseían semejante altura y constitución, Norah se había visto obligada a ceñir la cintura de aquel magnífico vestido de gasa blanco con un hermoso chifú de seda color plateado, tratando así de disimular la diferencia que existía entre el estereotipado talle de la mujer y el suyo, mucho más estrecho.

Meredit Bort había peinado después sus cabellos, recogiéndolos en un complicado tocado, parloteando al mismo tiempo sobre su color y belleza. Norah suspiró con alivio cuando la joven dama concluyó la tarea y decidió subir a cubierta, dejándola a solas para que pudiera tranquilizarse. Tras sentarse ante el pequeño tocador clavado al suelo, Norah se había quedado de piedra al observar su imagen en el espejo. Aún continuaba boquiabierta cuando alguien llamó a la puerta.

—¿Está preparada? —le preguntó Adam asomando la nariz.

Cautivar a un dragón

Norah deslizó la mirada sobre el espejo, posándola en la imagen reflejada de él.

—Deberías tutearme —dijo ella, dándose la vuelta para mirarlo frente a frente—. Al fin y al cabo, estamos a punto de convertirnos en cuñados. —Sonrió la joven.

Los ojos dorados de Adam adquirieron un brillo casi líquido.

—Estás preciosa.

—Espero que tu hermano opine lo mismo —suspiró ella levantándose.

—Si no lo hace, es que estás decidida a contraer matrimonio con un idiota.

—Adam... Marcus podrá ser muchas cosas, pero en absoluto un botarate —opinó ella antes de apoyar la mano en el brazo que él le ofrecía.

Comenzó a andar saboreando por anticipado el efecto que anhelaba causar en Marcus. Se sentía excitada y agitada al mismo tiempo. Su corazón latía con fuerza y tuvo que carraspear un par de veces para conseguir responder a las preguntas que le hacía Adam y que su estado de nervios le impedía comprender. Como si flotara en un hermoso sueño, llegó a cubierta y vio a Marcus. Este, de espaldas a ella, aguardaba su llegada frente al capitán Tyler, el cual alzó los ojos y sonrió ampliamente en cuanto la vio.

Advertido por aquella muestra de satisfacción, el marqués volteó el rostro para después hacer lo mismo con el resto del cuerpo. Murmuró algo que ella no pudo entender y que nadie, salvo él mismo, pareció oír. Norah percibió como su mirada adquiría un tono aún más azul e intenso, mirándola después con descaro. Luego, lanzó un suspiro para liberar algo de la tensión que se había apoderado de su cuerpo y asió los dedos de ella entre los suyos.

Ella sintió que le ardían las mejillas ante aquella tácita aprobación. Nunca había experimentado nada semejante. Se sentía fuerte, poderosa, como si poseyera el poder de hipnotizar a aquel hombre. Y qué hombre, pensó con un suspiro. Se había cambiado de traje y puesto su frac de color negro y blanco. Su aspecto era impecable. Perfectamente afeitado y sus cabellos impolutamente recogidos en una elegante coleta. Sin embargo, no se había deshecho del aro de la oreja. A ella no le habría gustado lo más mínimo que lo hiciera. Lo amaba así. Sin más. Amaba a lord Greenwood, marqués de Devonshire y dueño de su corazón.

Después, todo sucedió deprisa. Como si se encontraran dentro de una nube arrastrados a toda velocidad por el viento. Los murmullos cesaron sobre la cubierta y todos guardaron silencio durante los minutos que utilizó el capitán Tyler para realizar la ceremonia. Vagamente, oyó las palabras del hombre que hablaban sobre lealtad y respeto, sintiéndose terriblemente contrariada cuando advirtió que no tenía en su poder más que el anillo que Marcus le había entregado. Adam, haciéndose cargo de la situación, se acercó a Norah y, tras deshacerse del sello de oro que llevaba en su dedo anular, se lo entregó. Fue una suerte que fueran hermanos, se dijo Norah con un suspiro de alivio, aunque con todo le costó un poco que entrara en el dedo de Marcus.

A partir de aquel momento, ya no percibió nada. Solo

Cautivar a un dragón

eran él y ella, y tan solo reaccionó cuando los vítores y chanzas del pasaje la despertaron de toda aquella deliciosa ensoñación, tan solo para verse sumergida después en el suave y exquisito beso que le dio Marcus. Este la cogió en brazos y ella se aferró a aquellos fuertes hombros. Se sintió transportada. Aunque se negó a separar la boca de la de él para comprobar que su observación fuera cierta. Eso era todo lo que necesitaba en aquel momento: besarlo, sentirlo, amarlo.

La boca de Marcus se apartó de ella y Norah comprobó ruborizándose que se hallaban en el interior del camarote.

—Tranquila —le susurró Marcus con una sonrisa, depositándola en el suelo—. Los pasajeros tendrán de qué hablar durante una buena temporada.

—Ni siquiera nos conocen.

—Tanto mejor —aseguró él, apresando nuevamente su boca, mientras acariciaba el contorno de su cintura.

Norah percibió como Marcus le quitaba el chifú de seda y lo arrojaba sobre la litera. Luego apretó los labios contra la curva de su cuello, susurrando palabras dulces y sensuales al mismo tiempo. Él olía a jabón de afeitar y a lavanda. Dejó escapar un suspiro de deleite, notando el calor que se alojaba bajo su vientre.

—Te deseo, Norah Greenwood. —Le tomó el rostro entre las manos y lo llenó de suaves besos.

«Norah Greenwood», se repitió mentalmente, con un ramalazo de satisfacción. Le gustaba. Tanto que posiblemente se acostumbraría a llamarse así antes de que tocasen puerto inglés. Soltó una suave risita que fue inmediatamente acallada cuando él desabrochó los marfileños botones de su vestido, dejándola tan solo con el corsé y los calzones de puntilla.

—Preciosa —murmuró Marcus con la mirada clavada en sus perfectas redondeces.

Ella no deseó comportarse como se suponía que una dama, casada o no, debería hacerlo. Se apartó un poco de él y lo miró con el mismo descaro que Marcus había utilizado, al tiempo que lo despojaba de la chaqueta, el pañuelo y la camisa.

Con la respiración entrecortada y los ojos brillantes por el deseo, Marcus retrocedió, sentándose a continuación sobre la litera sin apartar los ojos de ella.

—Quítate el resto —le ordenó él suavemente.

Dio un paso hacia su esposo, contoneándose como una pantera, y sin dejar de mirarlo deshizo los lazos de su corsé, poco a poco, dejándolo caer al suelo un instante más tarde. Marcus contempló aquellos senos, libres y plenos, tratando de no saltar sobre ella. Sobre todo, cuando percibió que Norah clavaba impúdicamente la mirada sobre su más que evidente erección.

Ella disfrutaba de aquel juego de deseo y de poder, observando las facciones de Marcus y el remolino de sensaciones que se dibujaba en ellas. Con un suave contoneo de las caderas, introdujo los pulgares en la cintura de los calzones y los deslizó por sus piernas hasta que cayeron al suelo.

Con tan solo las medias y el mismo ritmo pausado y cautivador que había utilizado para despojarse de sus ropas, se acercó a él.

Cautivar a un dragón

Con la mandíbula comprimida, Marcus trató de frenar la impaciencia por poseerla. Ella era su esposa. Tenía todo el tiempo del mundo para hacerle el amor. Sin embargo, casi se olvidó de todo, sintiendo la boca reseca cuando ella le quitó las botas y el calzón. Su corazón, ya acelerado, se desbocó al sentir las manos de Norah acariciarlo a todo lo largo, deteniéndose en la revelación de su masculino deseo. Se puso rígido, su respiración se tornó pesada, como si por mucho aire que tomara, no le llegara suficiente. Alzó los brazos hacia ella y posó las fuertes manos en la piel suave de sus senos, deleitándose un minuto en los endurecidos pezones. Todo en ella era perfecto: sus curvas, sus pechos, los dedos que parecían conocer el secreto de su anatomía masculina tanto o mejor que él mismo. Rodeó la cintura de Norah con las manos y la atrajo hacia él, sentándola a horcajadas sobre sus tensas piernas al tiempo que hundía el rostro ente los senos de ella, lamiéndolos y mordisqueándolos suavemente, sintiéndose duro, excitado e impaciente.

Ella arqueó la espalda y adelantó su delicado torso, permitiendo a Marcus saborear cada centímetro de su perfumada piel. Las manos de Marcus bajaron por su espalda, enredando los dedos en sus mechones.

—Mi diosa... —jadeó Marcus alzando el cuerpo de Norah y colocándola sobre la dureza de su virilidad, penetrando inmediatamente después en el húmedo calor de ella.

Norah dejó escapar un agradable gemido y comenzó a moverse ayudada por las poderosas manos que la sujetaban por las caderas.

—Marcus... —susurró envuelta en una espesa nube de placer. Él la apretó con más ímpetu, contrayéndose contra ella, y mientras su cuerpo brillaba bañado en sudor, juntos alcanzaron el clímax más extraordinario, una culminación de su amor casi divina.

Permanecieron inmóviles durante una eternidad con los labios pegados, compartiendo el aliento acelerado. Despacio, pulso y corazón fueron recuperando la normalidad. Fue entonces cuando Norah se apartó de él y se tumbó después sobre la litera con una sonrisa de satisfacción en los labios. Marcus se tendió a su lado y la abrazó con fuerza. Por un momento ella sopesó la idea de comentarle que la asfixiaría de tanto apretarla, pero tras observar los ojos de él, azules y profundos, calló. No precisaba decir nada. Ninguno de los dos lo necesitaba. Solo estar así: unidos y en silencio.

Capítulo 28

El sol poniente acarició el cristal de la ventana de uno de los dormitorios que se encontraban en la primera planta, arrancando un molesto destello. Norah entornó los párpados y movió la sombrilla, tratando de evitar que aquel refulgente reflejo la cegara momentáneamente, al tiempo que deambulaba en silencio por el jardín. El envolvente silencio, junto al ansiado cobijo que ofrecían las copas de los grandes árboles, era una verdadera caricia para el alma. Alzó el libro que portaba en una de sus manos y echó un vistazo a su bella encuadernación: *Historia de dos ciudades*, leyó claramente en el lomo. Aquel era el último trabajo de Charles Dickens, el cual había adquirido, cómo no, en la librería del señor Monroe una semana antes junto a su tía. No podía negarlo, le apasionaba leer. De hecho, era feliz cuando lo hacía. Casi tanto como cuando Marcus la besaba. Solo casi, por supuesto. Ya que nada, que ella supiera, podría asemejarse a los besos de aquel hombre.

Cautivar a un dragón

Aunque jamás creyó que fuera posible, Norah se iba dando cuenta de que su amor por Marcus crecía día a día. Ella siempre había creído que la pasión y el deseo duraban lo que se tardaba en ceñir un anillo al dedo, pero ahora estaba francamente feliz de haberse equivocado. Muy feliz... se repitió pasando la mano por su vientre. Pronto daría la noticia a su esposo de que un nuevo marqués estaba en camino. No había decidido el momento aún, pero no debía demorarlo demasiado por razones evidentes. Tal vez aquella misma noche, en el baile que ofrecería su esposo por primera vez en Greenhouse, fuera el momento idóneo. Lo cierto era que no deseaba actuar premeditadamente con aquel asunto. Prefería sin duda que fuera algo espontáneo. Cuando fuera más oportuno, se lo diría a Marcus. Su embarazo pasaba todavía inadvertido, indicio de lo cual era que nadie le hubiese hecho comentario alguno. Sin embargo, pronto debería hacerlo público, abandonando a su vez sus tardíos paseos. El calor que reinaba aquel mes de julio no era lo más recomendable para ella en su estado, y mucho menos para el bebé.

Cerró los ojos y dejó que la refrescara una inusitada brisa estival. Aquel suave soplo de aire, aunque templado, produjo una sensación extrañamente fría en Norah, que se encogió de hombros sintiendo un mortal estremecimiento.

—¿Ocurre algo? —la voz de Marcus a su lado atrajo su atención y la hizo abrir los ojos.

—Estoy... bien —respondió un poco débil al tiempo que cerraba el libro.

—Parece que hubieras visto un fantasma y no a tu amado esposo.

La tomó por la cintura y la estrechó entre sus brazos. Norah carraspeó y entornó una traviesa sonrisa.

—Creo que me estoy clavando el mango de la sombrilla en las costillas.

—Oh... —exclamó él apartándose de ella al momento—. Dichosos artilugios.

—Pues yo creo que son muy útiles —dijo ella riéndose mientras empezaba a caminar junto a él hacia la casa—. De hecho, acabo de encontrarle un nuevo uso. —Lo miró con un brillo de diversión en los ojos.

Él la observó esperando una explicación.

—Aleja a los maridos demasiado impetuosos —dijo con una melodiosa risa.

Marcus frunció el entrecejo.

—Querida... ni un millar de esos armatostes conseguiría apartarme de ti —le dijo pasándole una mano por los hombros y atrayéndola un poco hacia su cuerpo.

—¿Dónde te habías metido? —le preguntó ella alzando una ceja.

—Debía recibir a unas personas en los muelles.

—¿Negocios? —dijo Norah poniendo un falso mohín.

—Negocios —admitió él encogiéndose de hombros.

—Deberías deshacerte de ese maldito chisme —opinó ella, sintiendo la dureza del revólver contra su cintura.

—Aún no me acostumbro a pensar que ya no corres ningún peligro.

—Pues es cierto. Así que deshazte de ese arma lo antes posible —dijo con una sonrisa.

Cautivar a un dragón

—Te lo prometo —le dijo—, esta misma tarde lo ocultaré en la biblioteca.

Un fuerte y tintineante sonido de cristales los recibió en cuanto traspasaron el umbral principal de Greenhouse, haciendo que ambos se miraran asombrados y caminaran rápidamente en dirección al gran salón de baile, respirando tranquilos un segundo más tarde al descubrir que el sonido se debía a que estaban descolgando desde el techo una de las grandes arañas de cristal para adecentarla y sacarle lustre.

Norah deslizó la mirada alrededor, observada atentamente por Marcus.

—Jamás hubiera dicho que... —se interrumpió para mirarlo—. Es realmente maravilloso.

Él le sonrió satisfecho.

El gran salón de baile había permanecido cerrado desde el fallecimiento de la madre de Marcus, Colette Winthrop, su apellido de soltera antes de contraer matrimonio con Wallace Greenwood, y no había vuelto a utilizarse desde aquel entonces. Ahora, retirados los lienzos destinados a salvaguardar el mobiliario, los fanales y las lámparas desempolvados, el salón se exhibía como el más grandioso que ella hubiese visto nunca antes.

—Mi madre lo llamaba el salón del Edén —le explicó Marcus con orgullo, señalando al mismo tiempo al techo. Norah dirigió la mirada al lugar donde él le indicó, comprendiendo el porqué de su nombre. El techo estaba engalanado con relieves de incontables rosas de colores vivos. Y las hiedras diestramente pintadas parecían deslizarse del lado de aquellas hermosas flores, bajando por las paredes hasta llegar al suelo, exquisitamente barnizado en un tono oscuro y terroso, que había estado durante años cubierto por grandes alfombras que lo protegían del deterioro inexorable que el abandono y el paso del tiempo producían.

—Es un lugar de ensueño —suspiró ella.

—Así lo creía mi madre —dijo él, cogiéndola fuertemente de la cintura—. Fue un lugar muy famoso en su época, ¿lo sabías?

Ella sacudió la cabeza negativamente. Y Marcus prosiguió:

—Todo el mundo deseaba ser invitado a los bailes que Colette ofrecía en Greenhouse. Incluso creo que su alteza real llegó a estar presente en alguno.

—¡Estás bromeando! —exclamó Norah con los ojos muy abiertos.

—No, si no he oído mal —aseveró Marcus, encantado de que a ella le fascinaran sus historias de aquel modo.

Norah sonrió. Le gustaba aquella nueva faceta de Marcus, vivaz e inquieta. Durante los últimos meses había descubierto muchas cosas sobre el carácter de su esposo. A veces misterioso, otras optimista, y más a menudo digno de algún tipo de ogro. Pero ella lo amaba con sus defectos y virtudes.

—Milady... —los interrumpió Georgina, entrando en el salón—. La señora Hayes desea informarla de que su baño ya está listo.

—Gracias, Georgina —dijo, dirigiéndole una sonrisa a la doncella.

Aquello era lo que hasta el momento le había resulta-

Cautivar a un dragón

do más difícil. Tratar a su antigua amiga y compañera de trabajo como a una empleada más. Si bien se negaba a hacerlo también en privado, sí era cierto que hablaba con innegable prudencia. Sobre todo, después de saber por medio de Jane que la muchacha tenía serios problemas para sujetar su lengua.

Norah miró a lord Greenwood.

—No te preocupes —dijo Marcus besándole la frente con dulzura—. Yo me encargaré de que todo esté perfecto.

—El que tú estés junto a mí lo hará suficientemente perfecto —le susurró ella antes de rozar con sus labios la mejilla de él y girar sobre los talones para dirigirse a la planta alta.

El baño había sido preparado en el dormitorio que supuestamente le pertenecía, pero que poco o nada visitaba, ya que tanto ella como Marcus preferían compartir habitación y lecho. Sonrió al recordar los hermosos amaneceres que compartían. Por nada del mundo hubiese cambiado aquellos instantes.

Media taza de avena, una cuarta parte de leche fermentada y dos cucharadas de miel. Esos fueron los ingredientes que mezcló y extendió por su rostro la joven Georgina, mientras Norah se encontraba sumergida en la tina. Una pequeña penitencia a cumplir a cambio de una piel radiantemente fresca y despejada, se recordó retirando la mezcla con un paño húmedo y aclarándose la piel antes de abandonar el baño.

Con un estremecimiento, Norah envolvió su cuerpo en el grueso lienzo que le entregó Georgina, dirigiéndose a continuación al bello *boudoir* decorado en tonos pastel.

Flotaba aquella noche algo extraño en el ambiente. Norah casi podía percibirlo. Algo excitante y angustioso al mismo tiempo. Una sensación que aquella tarde, en el jardín, se había instalado en su mente, acrecentándose con el paso de las horas. Aparentemente todo estaba como siempre. Sin embargo, ella intuía que algo no iba bien del todo. Sacudió la cabeza a ambos lados tratando de quitarse de la mente la ridícula idea. Aquella sería la primera vez que se presentaría ante la alta sociedad londinense como lady Greenwood. No debía parecer inquieta o molesta por ningún motivo.

Media hora más tarde, aferrada a uno de los fuertes doseles de la cama, reclamaba a Molly Hayes que apretase más los lazos de su corsé. La mujer exhaló un largo suspiro antes de tirar nuevamente. Sin embargo, al poco se detuvo, alzando una de sus cejas.

—Yo creo que ya es más que suficiente, señora —dijo anudando livianamente los lazos.

—Pero... si está casi desatado —se quejó Norah.

—Milady, posee una cintura lo suficientemente estrecha para no usar esta prenda. Además, no creo que sea prudente en su estado apretarla mucho más.

Norah la miró con la boca abierta, preguntándose si la mujer se habría percatado hacía mucho de aquel hecho.

—Porque sabe, milady, que está encinta... ¿no es cierto? —añadió la señora Hayes arrugando el ceño.

Cautivar a un dragón

—Pues… —comenzó a balbucir ella sorprendida.

—Ya… discúlpeme. Sé que no es asunto mío —le dijo ayudándole a ponerse las enaguas blancas de muselina.

—¿Crees que milord se percatará? —le preguntó a Molly, estudiando su propio reflejo en el espejo.

—¿Con tal cantidad de ropa? —Molly se rio—. ¡Ni hablar!

—Bien… —suspiró entendiendo que disponía de algo de tiempo antes de comentárselo.

—Aunque yo de usted, no lo demoraría demasiado. Me extraña que compartiendo el mismo aposento, él aún no lo sepa.

Norah se estremeció y suspiró.

—Siempre fui muy delgada.

—Eso mismo pensé yo la primera vez que la vi. Pero no lo dude, la cosa no continuará demasiado tiempo así.

—Pretendo informar al marqués en cuanto tenga ocasión.

—Si me lo permite, milady, ustedes se ven todos los días.

—Lo sé, señora Hayes —dijo ella, sonriendo a la mujer—. Pero deseo que el momento sea especial.

Molly suspiró.

—En fin, supongo que son cosas de la juventud —le abotonó el vestido de raso de seda color rojo.

Capítulo 29

En el vestíbulo, los asistentes al baile no dejaban de llegar mientras dos de los jóvenes lacayos, vestidos con libreas de un color rojo intenso y contratados expresamente para aquella noche, recogían y guardaban con cuidado los sombreros y los bastones de los caballeros junto con las frescas y livianas capas de muselina que portaban las mujeres sobre los hombros.

Norah tomó el brazo que le ofrecía Marcus y caminó orgullosa junto a él hasta la mesa donde se hallaban los refrigerios. Allí, el marqués solicitó a uno de los lacayos una copa de ponche, que a continuación puso en las manos de su maravillosa flamante esposa. No había que ser demasiado listo para comprender que lord Greenwood se sentía absolutamente fascinado por su mujer. La mirada del hombre y las atenciones que le profesaba eran indicio más que suficiente de la devoción que sentía por ella.

Norah asió la copa de manos de Marcus al tiempo que ambos cruzaban sendas y cómplices miradas.

Cautivar a un dragón

—¡Querida! —Lady Patterson se dirigió a ellos, saludándolos y tomando las manos de su sobrina entre las suyas—. ¡Estás encantadora!

—Gracias por venir, tía —dijo Norah complacida.

—No me las des, querida —apretó un poco más sus dedos—. No me lo habría perdido por nada del mundo. —Hizo una pausa e inhaló profundamente antes de añadir—: ¿Sabías que cuando yo era tan solo una debutante todo Londres se moría de ganas de acudir al baile anual que aquí se celebraba? —confesó expulsando el aire con un melancólico suspiro.

—He oído algo al respecto. —Lanzó una mirada hacia Marcus, que la sujetaba con firmeza por el codo.

El baile estaba en su mejor momento. Los lacayos ofrecían sin cesar las bebidas y canapés que portaban en bandejas plateadas. Marcus dio un buen trago a su bebida, percatándose de cómo la mayoría de invitados le dirigía fugaces miradas de curiosidad. Según parecía, especulaban sobre el inaudito hecho de que lord Dragón hubiera finalmente sucumbido ante el estatuto del matrimonio.

Sonrió al tiempo que alzaba su copa hacia un grupo de mujeres que incautamente lo habían estado observando durante más tiempo del que él creyó oportuno. Entre murmullos, las damas desviaron el rostro azoradas, murmurando con evidente turbación. Tal vez Marcus fuese un dragón desposado y loco de pasión por su mujer, pero un dragón al fin y al cabo. Y no iba a permitir que aquellas gentes, la mayoría alimentadas de chismorreos y rumores, lo olvidasen.

En ese momento, devolvió la atención a su esposa, percatándose de cómo esta asía con fuerza su copa de cristal tallado. Sus mejillas habían perdido todo rastro de color sonrosado y estaba completamente paralizada. Él alzó el mentón y siguió la dirección de su mirada para descubrir a Monique Devlin de pie al fondo del salón, ataviada con un hermoso vestido de un suave tono verde que hacía contraste con sus pelirrojos cabellos, la mirada perdida entre los invitados.

Lord Greenwood apenas tuvo tiempo de detener a Norah, cuando esta le pasó su copa y se dirigió rápidamente hacia su hermana.

Cuando llegó hasta Monique, Norah se detuvo sin poder creer que la joven estuviese ante ella. Ambas se miraron en silencio con la respiración entrecortada durante un eterno segundo en el que los sentimientos parecieron negarse a brotar y, las palabras, hacer acto de presencia. Un instante después, Norah la atrapó del brazo y la condujo apresuradamente hacia el corredor. Una vez allí, lejos de cualquier mirada indiscreta, las dos jóvenes se fundieron en un efusivo e interminable abrazo.

—Me vas a asfixiar, hermanita —Se rio Monique, transcurridos unos minutos.

Con los ojos llenos de lágrimas de alegría, Norah se apartó de su hermana, tomándole a continuación las manos y alzándolas para poder contemplarla con mayor claridad.

—Estás maravillosa, tesoro. —Sonrió emocionada.

—Tal vez. Pero según creo, ahora tú eres marquesa de Devonshire. —Hizo una graciosa y socarrona reverencia.

Cautivar a un dragón

—¿Cómo has...? —comenzó a preguntar Norah.

—Ya sabes que papá me adora —dijo con un mohín.

—Es una suerte —dijo ella y la volvió a abrazar.

—Lo cierto es que, después de lo sucedido, se encuentra realmente arrepentido.

—Estás de broma... —dijo Norah, boquiabierta.

—Sí, lo estoy... —comentó Monique, riéndose—. Pero le dije que si no te pedía perdón, me escaparía de casa y terminaría pidiendo limosna en el West End.

—Eres perversa —se burló Norah.

—Puede... pero en vista de que nos encontramos aquí, no carezco tampoco de astucia.

—¿Encontramos? ¿Él está aquí contigo?

—Muy a su pesar... —suspiró Monique—, pero si no te pide perdón por todo lo que te ha hecho, pienso cumplir mi promesa. —Hizo una pausa, pensativa—. Obviando lo del West End, por supuesto.

—Eres incorregible... —le dijo antes de asomarse al salón de baile y pasar la mirada sobre las cabezas de los asistentes—. ¿Dónde está?

—Te espera en la biblioteca... Ya sabes cómo es nuestro padre para estas cosas. Si tiene que humillarse, prefiere que no haya demasiados testigos.

Norah se quedó inmóvil al tiempo que observaba a Monique.

—No sé si estoy preparada para esto... —vaciló un momento.

—Cuanto antes lo hagas, mejor —opinó su hermana atrapando una de sus manos.

—¿Y si él... —parpadeó nerviosa—, no desea verme?

—Puede que estés en lo cierto —dijo Monique con un afligido suspiro—. Pero aún recuerdo lo bien que os llevabais antes. No pierdes nada por intentarlo, ¿no crees?

—Bien... ¿A qué estamos esperando? —Norah se puso en movimiento, entrelazando su brazo con el de su hermana.

—¿No deberíamos avisar al marqués? —preguntó Monique.

—No creo que el hecho de que Marcus esté presente ayude demasiado a nuestro padre.

—Supongo que tienes razón... —comentó ella—. Un caballero muy interesante, por cierto.

—¿De verdad...? —dijo con diversión al tiempo que caminaban hacia la biblioteca.

—No disimules... he visto cómo lo miras.

—¿Y cómo lo miro? —resopló Norah.

—Como si fueras un corderito... así lo miras —contestó Monique, riéndose.

—Bueno... no puedo negar que estoy un poco loca por ese hombre.

—Nadie está un poco loco, Norah —repuso su hermana con una risilla—. O lo estás, o no lo estás.

Norah le lanzó una mirada risueña.

—Es maravilloso... —susurró.

—Lo sé —dijo ella, encogiéndose de hombros—. Fue lord Greenwood quien se ocupó de informarme sobre lo sucedido y de tu paradero.

Norah se detuvo.

—¿Mi esposo es quien te ha traído a Londres?

Cautivar a un dragón

—Bueno... no él en persona —repuso Monique—, pero sí fue el marqués quien dispuso nuestro viaje —explicó Monique al tiempo que llegaban. Luego giró para mirar a su hermana y le tomó las manos antes de decir—: Yo... creo que esperaré en el salón.

Norah tomó aire y asintió.

Antes de que los nervios la hicieran darse la vuelta y regresar de nuevo al salón de baile, abrió la puerta y entró en la biblioteca. La estancia, sutilmente iluminada por dos lámparas de aceite y un candelabro de plata de cuatro brazos, olía como de costumbre, a piel y tinta. Norah percibió con asombro que en el interior del hogar las brasas estaban encendidas, a pesar del calor estival. Por un breve momento, se preguntó quién podría haber encendido la chimenea y por qué. Sin embargo, entendió que aquella luz le permitiría observar con mayor claridad lo que la rodeaba, un lugar que en aquel momento se encontraba prácticamente en silencio, ya que los tapices y las gruesas paredes amortiguaban la música y los murmullos que provenían de la fiesta.

Al fondo, la silueta de Basil Devlin le dio la bienvenida. Norah cerró la puerta tras ella, anunciando así su presencia. En cuanto alzó la mirada, el hombre se puso rápidamente en pie, observándola después en silencio.

Con los latidos del corazón desbocados, la muchacha intentó adoptar un aire serio y confiado. Tratando de mantenerle la mirada, le dirigió una amarga media sonrisa.

—Buenas noches, Norah —la saludó en voz baja.

LIS HALEY

Ella no respondió, sino que se limitó a apartarse de la puerta y después se dirigió pausadamente a la licorera.

—¿Te apetece beber algo, padre? —le preguntó asiendo la botella de brandy. Él pareció vacilar un segundo, clavando sus pequeños ojos en la ambarina bebida.

—Un brandy me vendría bien —afirmó con un cierto temblor en la voz.

—Creía que el brandy era demasiado elegante para ti —lo miró por encima de las pestañas al tiempo que llenaba una copa. Tras percibir la palidez de su rostro, añadió—: Mi esposo me contó vuestra conversación en Virginia.

—Los hombres no deberían hablar de según qué cosas con sus esposas —dijo, tragando saliva.

—Y los padres no deberían arrojar a sus hijos a los lobos —dijo ella, sonriendo con ironía.

—Yo... —carraspeó—. No me hagas esto mas difícil, hija.

—¡Vaya! En tu boca esa palabra parece obsoleta.

Él parpadeó con nerviosismo. Agitó la cabeza hacia los lados y dio un ligero paso al frente.

—Creo que será mejor que me vaya... —Agachó la cabeza y agarró el sombrero que yacía sobre el diván—. Esto ha sido un tremendo error —dijo antes de disponerse a abandonar la habitación.

—Padre...

Ofuscada, Norah atrapó la muñeca del hombre, el cual se detuvo respirando entrecortadamente. Por un momento el silencio quedó suspendido en el aire. Ella, percatán-

Cautivar a un dragón

dose de su inconsciente impulso, aflojó los dedos en torno a la muñeca de su padre.

Él la miró inmóvil y asombrado al mismo tiempo. Norah se preguntó si realmente todo aquello no habría sido un más que un grave error. Sin embargo, tras un breve momento en el que ninguno de los dos dijo una palabra, ella preguntó:

—¿Por qué?

La pregunta pareció desarmarlo. Norah se percató del tortuoso sentimiento que se reflejaba en el interior de los ojos de su padre, el cual se limitó a encogerse de hombros con semblante circunspecto.

—¿Porque tan solo soy un idiota? —le preguntó apretando la mandíbula.

—Debo saberlo padre, debo saber por qué cambiaste conmigo.

Por un momento Norah creyó que su padrastro no respondería a su pregunta. Bajó los hombros, sintiéndose abatida, cuando la voz de su progenitor la hizo alzar la mirada.

—Lo cierto es que desconozco la razón. No sé por qué me comporté así…

Bajó los párpados, retrocedió y se dejó caer sobre la butaca que antes había ocupado.

—Cuando murió tu madre, me sentí perdido —continuó diciendo—. Y tú… tú… —ocultó su rostro con una mano—. Lo cierto es que no deseaba verte. No podía hacerlo. Me recordabas demasiado a ella. Tu pelo, tu sonrisa… todo eso era demasiado…

Norah retuvo el aliento en sus pulmones. La imagen

que ofrecía su padre era devastadora, torturadamente culpable. Con el corazón en un puño, se arrodilló junto a él.

—Sabes que yo habría hecho cualquier cosa por ti, papá.

Su padrastro sintió un hondo dolor en el pecho al oír aquellas palabras. Alzó una mano y acarició el rostro de la muchacha.

—En aquel momento no podía pensar, Norah. Solo sentía que, si continuaba tratándote como si nada hubiese ocurrido, me volvería loco. Sentí que debía hacer lo posible por apartarte de mí.

—Pero... ¿cómo pudiste prometerme a Ryan Wharton? —Norah sintió que le dolía el pecho al recordar ese desagradable episodio de su vida—. Todo el mundo sabe que es un hombre depravado.

Basil Devlin alzó los ojos y la miró ceñudo.

—Si hubiera sabido eso, no te habría prometido a él jamás... —dijo con voz temblorosa—. ¡Tienes que creerme! ¡No lo sabía!

—Te creo... —afirmó ella sabiendo que su padre siempre había prestado más atención a sus negocios que a lo que ocurría a su alrededor.

—¿Podrás perdonarme? —rogó en voz baja.

—No lo sé... —se sinceró ella. El rostro de su padre adquirió un tono ceniciento y apretó los párpados para contener las lágrimas. Ella jamás lo había visto llorar. Ni tan siquiera lo había hecho cuando murió su madre. Sin poder evitarlo, Norah posó una mano sobre la de él—. Pero creo que puedo intentarlo, papá.

Cautivar a un dragón

Él alzó sus pequeños ojos brillantes y húmedos.

—Te prometo que haré lo que esté en mi mano para volver a merecer tu cariño —le dijo con franqueza, y ella sonrió con ojos tristes.

—Será mejor que regresemos al baile... —le dijo incorporándose y extendiendo una mano hacia él.

Durante unos breves instantes, Norah confió en que todo iría bien. Se sentía pletóricamente feliz de haber recuperado a su hermana Monique y a su padre, todo en la misma noche.

Devlin tomó su mano y se incorporó cuando el golpeteo de una mano contra la otra resonó en la habitación.

Norah se mantuvo inmóvil con los ojos clavados en la puerta, sobre la cual se encontraba Cesar Crandall apoyado, aplaudiendo deliberadamente despacio.

—Precioso... —exclamó Crandall achicando los ojos—. Realmente conmovedor.

Basil Devlin, con el ceño fruncido y desconcertado por su extraño comportamiento, se levantó y lo atravesó con la mirada.

—¿Qué demonios haces aquí, Crandall? Creí haberte dicho que esto era una reunión privada. Deberías estar junto al resto del servicio.

Crandall se incorporó y cerró la puerta con lentitud. Cuando lo hizo, Norah no pudo evitar que a su mente acudiese el recuerdo de lo sucedido allí, casi un año atrás.

—Digamos que no soy demasiado popular entre los trabajadores de esta casa... ¿no es así, señorita Devlin?

¿O tal vez debería llamarla milady? Después de todo, eso es lo que has estado buscado desde el principio.

—¿De qué demonios estás hablando? —lo amonestó Devlin, desconociendo el tipo de sabandija que había contratado.

—Está diciendo que Marcus logró lo que él no pudo —explicó Norah con frialdad.

Él la miró y su rostro se puso pálido.

—Lo hubiera logrado si el estúpido del marqués no nos hubiese interrumpido —dijo atravesando la sala y apoyando su cuerpo contra la licorera. Asió una botella y, tras arrancar el corcho con los dientes, lo escupió y bebió directamente de ella. Norah lanzó una mirada a su padre. Su expresión no le hizo ni pizca de gracia. Sin darle tiempo a hacer nada, ella lo retuvo por el brazo.

—Padre, es peligroso... —le dijo Norah sintiendo los latidos del corazón de su padre retumbar contra la piel de sus dedos.

Devlin la miró arrugando el ceño.

—Más vale que prestes atención a tu hija... sabe de lo que habla —farfulló Crandall arrojando la botella vacía sobre al suelo, donde la alfombra persa absorbió el impacto.

Luego pasó la mano tras su espalda y, con una sórdida sonrisa, extrajo un revólver. Norah se quedó sin aliento al reconocer en sus manos el arma de Marcus.

—Y ahora... tú y yo vamos a continuar donde lo dejamos —le dijo a Norah, apuntando directamente a Devlin cuando este se dispuso a dar un paso hacia él. Crandall chasqueó la lengua—. Vamos, papaíto —bufó entre dientes—, no pretenderás que me crea que ahora sois como uña y carne.

—Me importa un bledo lo que creas o no, maldita alimaña.

Devlin apretó los dientes mientras Norah asía su brazo con más fuerza aún que antes. Ella se puso tensa, entendiendo que no podría retener a su padre eternamente. Devlin parecía dispuesto a enfrentarse a Crandall, fuese armado o no. Norah miró a su alrededor buscando una salida, algo que le sirviera para defenderse llegado el momento, y posó la mirada sobre el atizador, como lo hiciera un año atrás. Con un nudo en el estómago se dispuso a saltar hacia el objeto para hacerse con él, pero justo en el momento la puerta se abrió, mostrando a un Marcus que los miraba iracundo, inmóvil junto a la puerta.

—Siento interrumpir... —ironizó el marqués—, pero antes de que te dé una patada en el trasero, me gustaría saber qué estás haciendo en mi casa.

—Marcus... —ella ahogó un grito al ver como Crandall se ponía rígido y lo apuntaba directamente al pecho.

—Sin duda, hoy es mi día de suerte —dijo con una quebrada carcajada—. Acariciaba la idea de que no se perdiera esto, milord —añadió moviéndose rápidamente y aferrando a Norah por la muñeca para después arrojarla violentamente sobre el diván, encañonando rápidamente a Devlin cuando trató de intervenir.

Marcus, sintiendo un nudo en el estómago que le impedía respirar con normalidad, trató de aproximarse a ellos.

—¡Quieto, valiente! —Crandall giró su cuerpo y apoyó el cañón de la pistola sobre la sien de Norah, haciendo que tanto Devlin como Marcus retrocedieran un paso—. Supongo que ninguno de los dos deseáis veros obligados a recoger sus sesos.

La estancia se sumió de nuevo en el silencio. Norah, sentada en el diván, sintió que un sudor frío se extendía por todo su cuerpo al percibir el duro contacto del arma sobre la delicada piel de su frente. Su mirada iba de Marcus a su padre y de su padre nuevamente a Marcus. Su respiración se aceleró y, sin embargo, su pulso parecía estar detenido.

—Déjala en paz —siseó Marcus y el corazón le dio un vuelco—. Te recuerdo que ella no fue quien te sacó de esta casa a patadas.

—Y yo recuerdo perfectamente que fue la culpable de que eso sucediera —repuso él, empujándole la cabeza con el cañón del arma. Norah no pudo evitar que las lágrimas comenzaran a deslizarse por sus mejillas mientras apretaba fuertemente los párpados, tratando de permanecer inmóvil.

Fuera la orquesta comenzó a ejecutar un vals y el murmullo de los invitados se hizo más alto e intenso.

Con un gesto de fastidio, Crandall asió a la joven por el brazo y la obligó violentamente a incorporarse, empujándola y caminando con ella hacia la puerta, observados de cerca por Devlin y el marqués. Este último, a su pesar, se vio obligado además a apartarse de la entrada para permitir que Crandall y su rehén pudiesen alcanzarla sin obstáculos, mientras apretaba los puños fuertemente.

Cautivar a un dragón

—No me sigan. Si lo hacen, se convertirá en un hombre viudo, milord —los amenazó de frente, rodeando los hombros de Norah con el brazo armado y tanteando con la mano libre el picaporte a su espalda. Cuando lo tocó, abrió la puerta y se dispuso a abandonar la biblioteca sin perderlos en ningún momento de vista.

Los ojos de Norah se agrandaron como platillos de café al sentir de repente un estrepitoso sonido, metálico y sordo. Inmóvil, advirtió que la pistola caía al suelo y el abrazo de Crandall se aflojaba. Se quedaron atónitos cuando Crandall terminó soltándola y desplomándose a continuación en el suelo. Ella, presa de los nervios y temblando como una hoja, notó que se le doblaban las rodillas. Cuando Marcus llegó de un salto hasta ella, las articulaciones de la muchacha cedieron a la presión, en el instante que él la tomaba entre sus brazos.

—Marcus… —sollozó Norah con un hilo de voz.

Por un momento, nadie se movió, tan solo pudieron observar la imagen de la doncella, de pie junto a la puerta, asiendo entre sus manos el mango de un pesado objeto semejante a una cacerola. La joven, pálida como la cera, temblaba con los ojos clavados en Crandall.

—Yo… —comenzó a balbucir Georgina al tiempo que alzaba el rostro para mirar al resto de los presentes—, solo deseaba asar unas castañas… cuando… —le temblaba la voz y parloteaba incoherentemente hasta que fijó su atención en las brasas de la chimenea—. Me encantan las castañas…

Devlin se dirigió a Crandall y colocó una mano sobre la nariz y boca del hombre.

—Parece que continúa vivo... —le dijo a Marcus.
—Busca al señor Anderson y dile que vaya por el doctor Benning —ordenó el marqués a la estupefacta doncella mientras alzaba en brazos a su esposa para llevarla al fondo de la biblioteca, apartándola al mismo tiempo de Crandall—. Ya está, amor mío. Ya ha terminado todo —la consoló sentándose en el diván e instalándola sobre sus rodillas para abrazarla con fuerza, mientras ella hundía el rostro en su pecho, tratando de contener las lágrimas.

Devlin se aproximó a la puerta y la cerró para evitar que algún invitado despistado pudiera ver lo que sucedía en aquella sala. Luego se aproximó a donde ellos estaban, pasando junto al inconsciente asaltante.

Nadie pareció reparar en el momento en que Crandall abrió los ojos, sintiendo un increíble dolor de cabeza. Al fondo de la sala vislumbró la forma de tres siluetas, borrosas, totalmente desenfocadas. Sintió que su estómago se arqueaba y los sollozos de una mujer le aporreaban los oídos. ¿Por qué demonios estaría lloriqueando?, se preguntó antes de advertir el brillo plateado del revólver a escasos metros de él, sobre el suelo. Poco a poco, su mente se fue aclarando y, su odio, regresando. En su pecho sentía un deseo de venganza que solo cesaría con el derramamiento de sangre... su sangre. Clavó los ojos en Norah. Alargó sigilosamente la mano y aferró de nuevo el arma. Nadie, ni tan siquiera Devlin, que era la persona más cercana a él, advirtió que se levantaba y los apuntaba con el revólver.

—¡Malditos seáis todos! —masculló con el rostro manchado de sangre. Se llevó una mano a la frente y

Cautivar a un dragón

comprobó que tenía una brecha. Los tres, completamente inmóviles, lo miraron sin apartar los ojos del cañón. Aquel terror dibujado en sus semblantes alentó aún más su deseo de sangre—. ¿De verdad creíais que sería tan fácil?

De repente y sin que nadie pudiese preverlo, el estruendo golpeó con su eco cada una de las paredes de la biblioteca.

Marcus, con los ojos llenos de espanto, envolvió el cuerpo de Norah con el suyo propio mientras Devlin, por instinto, trataba de interponerse en la trayectoria del proyectil dirigido a su hija. La música cesó y los murmullos de la muchedumbre se sentían cada vez más próximos. Norah alzó la mirada, ahogando un grito de terror en su pecho. Su padre se giró para ver lo que ella veía y, tras la sorpresa, se arrodilló rápidamente junto a ella para tratar de calmarla, obligándola a apartar la vista.

Cesar Crandall, con un agujero en el pecho del tamaño de un puño, trastabilló a un lado antes de que las rodillas le fallaran, cayendo después al suelo fulminado, tiñendo la elegante alfombra persa de un oscuro color escarlata.

Norah gritó en el mismo momento que la puerta de la biblioteca se abría, llenándose la estancia de caballeros curiosos y damas a punto de perder la consciencia. Norah, abrazada a Marcus, dejó por fin que las lágrimas emergieran de sus ojos sin restricciones sin percatarse del momento en el que Monique y lady Patterson entraban precipitadamente en la habitación, abriéndose paso entre la muchedumbre. Lady Patterson abrió los ojos y contuvo el aliento mientras su sobrina, Monique, empujaba suavemente a los invitados, invitándolos a abandonar el lugar, y pedía que buscaran un médico. Una vez salió el último de los convidados, cerró la puerta y lanzó un prolongado suspiro, evitando mirar hacia el cadáver.

—¿Qué demonios ha pasado aquí? —Norah abrió los ojos para clavarlos a continuación sobre su padre. Marcus abandonó a su esposa un segundo, dejando que Devlin ocupara su lugar junto a ella, se inclinó y asió el revólver para estudiarlo.

—Podría haberme sucedido a mí —musitó con los ojos clavados en el arma, que según parecía había sufrido algún tipo de desperfecto, debido con toda seguridad a su falta de uso y mantenimiento. Norah, recuperando el autocontrol, lo miró.

—¿Qué estás tratando de decir? —le preguntó con un ahogado sollozo, al tiempo que su padre le apartaba el mechón de cabellos que se había deslizado por su frente.

—Si hubiese disparado el arma, la explosión del cañón me habría matado —aseguró Marcus.

Norah se levantó y fue hasta él para abrazarlo mientras sus labios se encontraban. Después apoyó la cabeza sobre su hombro.

—Afortunadamente, no soy amigo de estos cachivaches —dijo, besándola tiernamente en la frente.

—Afortunadamente —se limitó a decir ella cuando la puerta se volvió a abrir y apareció el doctor Benning. Los murmullos crecieron nuevamente para después verse silenciados tras la puerta.

Cautivar a un dragón

—¡Por todos los santos! —exclamó el hombre al reparar en el cuerpo inerte de Crandall sobre la alfombra. Tras inclinarse y tomarle la muñeca para comprobar la falta o no de pulso, la dejó nuevamente caer, agitando la cabeza negativamente—. ¿Están todos bien?

Marcus asintió y se incorporó sujetando a Norah por los hombros.

—Llevaré a mi esposa a su dormitorio —dijo abriendo la puerta y ayudándola a salir de la biblioteca mientras los curiosos asistentes se apartaban, permitiéndoles llegar hasta la escalera.

Una vez en el dormitorio, Marcus depositó a Norah suavemente sobre la cama y a continuación abrió las ventanas para que entrara algo de aire fresco. Luego, dirigió su atención al doctor, el cual depositó el maletín junto a la muchacha y puso una mano sobre su frente, tratando de comprobar su temperatura.

—No estoy enferma, doctor Benning —observó Norah.

—Lo sé, milady, pero la fiebre también puede ser un síntoma de shock.

—No estoy bajo ningún tipo de shock, doctor... —suspiró al tiempo que Marcus apresaba suavemente su mano—. Tan solo estoy alterada.

—Tal vez debería administrarle algo que calmara sus nervios. Ha sido una noche horrorosa —le pidió Marcus.

—No... —se apresuró a decir Norah—. Yo... no creo que deba...

—Cielo, es comprensible, dadas las circunstancias.

—Lo sé, querido. —Rozó la piel de su rostro con la

punta de sus dedos—. Pero tal vez no sea lo mejor para... el bebé.

Marcus se sintió desorientado por un momento. La noche había resultado ser un desastre y habían estado a punto de morir... y ahora Norah mencionaba una palabra que se escapaba a su entendimiento.

—¿Qué bebé?

—Marcus... pensé que lo entenderías inmediatamente —se burló al tiempo que en sus ojos flotaba un brillo risueño.

—¿Un niño? ¿Mío?

—Por amor de dios, Marcus... —comenzó a decir ella, tan roja como un tomate maduro, al tiempo que lanzaba al doctor una mirada por el rabillo del ojo—. Dicho así, cualquiera diría que podría ser de otro.

Él no respondió, tan solo la abrazó fuertemente mientras el doctor Benning, sonriente y colorado a partes iguales, recogía su maletín y se disculpaba con ellos antes de dejarlos solos sin que ninguno de los dos reparara en ello.

—Prométeme que no volverás a hacer algo sin contar conmigo... —dijo él, apartándose para mirarla a los ojos—. No quiero ni pensar qué habría podido suceder de no habérseme ocurrido ir a buscarte.

—Tal vez te lo prometa... si a cambio tú haces algo por mí.

—Lo que desees —le aseguró con una sensual sonrisa.

—Dime que me quieres —suspiró con una mueca de abatimiento—. Sé que es una tontería, pero aún no me lo has dicho y necesito oírlo. Sobre todo, esta noche.

Cautivar a un dragón

Los blancos dientes de Marcus centellearon en una sonrisa.

—Norah Greenwood... no voy a decirte que te quiero.

Ella arrugó el entrecejo.

—¿No? ¿Por qué no?

—Porque eso sería una gran mentira —repuso él con una sonrisa—. Quiero a mi casa y a mis caballos. Pero a ti, mi dulce esposa... —rozó sus labios—, a ti te amo.

Ambos se sumergieron en un profundo beso, tierno y ardiente al mismo tiempo.

—¡Los invitados! —exclamó ella con un hilo de voz.

—Ya se encargará tu tía...

—Pero...

—Cállate, Norah. Ahora soy yo quien te necesita —dijo antes de volver a atrapar sus labios.

Últimos títulos publicados en Top Novel

A merced de la ira – LORI FOSTER
Palabras prohibidas – KASEY MICHAELS
El regreso del rebelde – LINDA LAEL MILLER
Víctima de una obsesión – DEANNA RAYBOURN
Los Cordina – NORA ROBERTS
Tierras salvajes – DIANA PALMER
Algo más que vecinos – ISABEL KEATS
Sueños de verano – SUSAN WIGGS
Tiempo de traiciones – ROSEMARY ROGERS
Nuevos comienzos – ROBYN CARR
Pasión de contrabando – BRENDA JOYCE
Los Montford – CANDACE CAMP
Tentando a la suerte – SUZANNE BROCKMANN
De repente, un verano – ROBYN CARR
Empezar de nuevo – ISABEL KEATS
Una luz en el mar – SUSAN WIGGS
Los Mackenzie – LINDA HOWARD
Una rosa en la tormenta – BRENDA JOYCE
Sabor a peligro – LORI FOSTER
Entre las azucenas olvidado – GEMA SAMARO
Cierra los ojos… – SUSAN WIGGS
Más allá del odio – DIANA PALMER
Historias nocturnas – NORA ROBERTS
Vacaciones al amor – ISABEL KEATS
Afterburn/Aftershock – SYLVIA DAY
Las reglas del juego – ANNA CASANOVAS

www.ingramcontent.com/pod-product-compliance
Lightning Source LLC
LaVergne TN
LVHW030332070526
838199LV00067B/6241